W0299820

KNAUR

Im Knaur Taschenbuch Verlag ist bereits folgendes Buch des Autors erschienen:
Mogelpackung

Über den Autor:
Jan Schröter, geboren 1958 in Hamburg, hat Sonderpädagogik studiert und eine eigene Buchhandlung geführt. Seit 1995 schreibt er Drehbücher für große Fernsehproduktionen (»Großstadtrevier«, »Alphateam«, »Traumschiff«) sowie Reisebücher und Kriminalromane. »Kreisverkehr« ist sein zweiter Roman bei Knaur.

Jan Schröter

KREIS-
VERKEHR

Roman

KNAUR

Besuchen Sie uns im Internet:
www.knaur.de

FSC
www.fsc.org
MIX
Papier aus verantwortungsvollen Quellen
FSC® C083411

Originalausgabe August 2013
Knaur Taschenbuch

Redaktion: Regine Weisbrod
Umschlaggestaltung: ZERO Werbeagentur, München
Umschlagabbildung: FinePic®, München
Satz: Adobe InDesign im Verlag
Druck und Bindung: CPI – Clausen & Bosse, Leck
Printed in Germany
ISBN 978-3-426-51113-8

2 4 5 3 1

1

Was ist mit Nele? Ich höre dich nicht … Bist du noch da?« Linus Kruse blieb im Treppenhaus stehen, um nicht mit dem Geräusch der eigenen Schritte die Funktelefonverbindung zu übertönen.

Petra war noch da. Leider. Linus lauschte am Handy ihrer Stimme, die wie immer, wenn sie sich aufregte – also meistens –, eine halbe Oktave über Normalton lag.

»… habe schon gestern …« Rauschen, Stille, Rauschen. »… und sie will nicht …« Rauschen, Stille, Rauschen …

»Die Verbindung ist echt mies«, unterbrach Linus. Hier im Treppenhaus war der Empfang wirklich grottenschlecht. Wie erfreulich.

»Wo bist … denn?«

»Im Bahnhof. U-Bahn.« Draußen auf der Straße wäre der Empfang erfahrungsgemäß einwandfrei. Also blieb Linus, wo er war, und ließ sich gemächlich auf den Treppenstufen nieder. »Mach schneller, der Zug kommt gleich!«

Damit provozierte er einen aufgeregten Redeschwall, gnädig überlagert von sphärischem Rauschen und von Funklöchern durchbrochen. Petra verstehe ich sowieso selten genug, amüsierte sich Linus stillvergnügt. Jetzt habe ich wenigstens mal einen guten Grund dafür. Irgendwie war von ihrer gemeinsamen Tochter Nele die Rede, offenbar im Zusammenhang mit der Unterhaltszahlung. Linus rekapitulierte im Geiste, dass er die Überweisung erledigt hatte – einigermaßen pünktlich sogar, obwohl sein Konto in der letzten Zeit ziemlich rote Zahlen auswarf. Petra regte sich also offenbar mal wieder über irgendeine Nichtigkeit auf.

»Du, mein Zug kommt!«, verkündete Linus fröhlich. »Lass uns später noch mal reden, ja? Tschüs!«

Linus drückte das Gespräch weg und schaltete das Handy sicherheitshalber gleich ganz aus. Schließlich wollte er nicht den Rest des Tages im Treppenhaus verbringen, und Petra würde es bestimmt spätestens in ein paar Minuten noch mal versuchen. Er steckte das Telefon ein und stieg die Treppen hinunter bis zur Haustür, vor der die Briefkästen hingen. Acht Kästen, zusammengeschweißt zum grauen Metallklotz an der Hausflurwand des betagten Mehrfamilienaltbaus, etliche davon mit mehrfach überklebten Namensschildern. Ergänzt durch Unter- und Unteruntermieternamen, gekritzelt auf Heftpflasterstreifen. Aus den meisten Briefschlitzen quollen bunte Papierfluten, von gestern, vorgestern und vorvorgestern. Für die Post von heute war es wahrscheinlich noch zu früh. Linus kramte trotzdem in der Jackentasche nach dem Briefkastenschlüssel. Wenn man schon davorsteht, kann man auch reingucken, entschied er. Am Erscheinungsbild des Postdepots ließ sich ohnehin nicht ablesen, ob der Briefträger heute bereits da gewesen war oder seit Wochen streikte. Als Linus das chronisch verkantete Blechtürchen seines Kastens mit brachialem Ruck öffnete, rieselten aus diversen Öffnungen Werbebotschaften, Postwurfsendungen und Wochenblätter zu Boden. Da dort bereits ein ganzer Haufen davon lag, kam es nicht weiter darauf an. Sein Briefkasten war leer. Hatte er sich doch gleich gedacht. War viel zu früh für die Post.

Linus ballerte die Kastentür energisch zu, ignorierte die nächste, dadurch ausgelöste Papierlawine und trat hinaus auf die Straße. Auf dem Kalender regierte noch der Spätsommer, doch der Wind pfiff das kalte Lied vom Herbst. Zum Hamburger Wetterklassiker fehlte nur der Nieselregen. Aber der konnte ja noch kommen. Im

Haus gegenüber stand die Eingangstür weit offen, ein paar Menschen drängten sich im Flur zusammen. Linus entdeckte einige bekannte Gesichter: junge Leute, die dort wohnten. Die Bude war längst zum Abriss fällig, aber ein paar hartgesottene Wohngemeinschaften hatten bislang zäh allen Entmietungsversuchen widerstanden und undichten Dachpartien, Wasserschäden und Heizungsausfällen getrotzt.

Neugierig wechselte Linus die Straßenseite, trat durch die offene Tür und gesellte sich zur Menge. Die Stimmung unter den jungen Leuten wirkte ziemlich aufgeheizt. Gerade zerfetzte ein Zweimeterhüne mit wallendem Pferdeschwanz und Piratenohrring ein Stück Papier zu Konfetti.

»Wir lassen uns nicht vertreiben!«, dröhnte er. »Wir schlagen zurück!« Wutschnaubend imitierte er einen Steinwurf. Dass dabei bloß Konfetti über alle Köpfe rieselte, konterkarierte die martialische Geste beträchtlich. Abgesehen von Linus fiel das jedoch anscheinend niemandem auf.

»Wir gehen hier nicht weg!«, bekräftigte eine stupsnasige junge Frau und hakte den Hünen fest unter, als gelte es schon jetzt, die Kampfreihen geschlossen zu halten. »Das ist unser Haus! Unsere Heimat!«

»Ich hab hier auch mal gewohnt«, entfuhr es Linus spontan. Völlig überflüssige Bemerkung, bereute er sofort, als sich ihm prompt alle Anwesenden zuwandten, ihn misstrauisch musterten und ihren Mutmaßungen lautstark freien Lauf ließen.

»Wer ist das denn?«

»Bist wohl einer von denen?«

»Spekulantenpack, raus mit dem Kerl!«

Linus erwog bereits den geordneten Rückzug, da übertönte die Stimme des Hünen alles Gezeter: »Hört auf, der Typ wohnt doch gegenüber!«

Das zeigte Wirkung. Die aggressive Meute hielt sich zurück. Der

Hüne schob sich vor Linus. »So, Sie haben hier also mal gewohnt. Und was wollen Sie uns damit sagen?«
Linus wollte sich eigentlich nicht auf eine Diskussion einlassen. Aber dann überwog in ihm doch das Gefühl, dem Hünen nach dessen Eingreifen eine Antwort schuldig zu sein. »Dass es auch schon vor euch Leute gab, die hier gewohnt haben. Ohne deshalb zu glauben, ihnen gehöre diese Hütte.«
»Wann haben Sie denn hier gewohnt?«, wollte die Stupsnase wissen.
»Lange her«, erwiderte Linus, »als Kind.«
»Dann müssten Sie doch voll auf unserer Seite sein! Es geht immerhin um die Stätte Ihrer Kindheit ...«
»Leute, Leute. Macht mal halblang.« Linus schüttelte seufzend den Kopf. »Ein Haus ist nur ein Haus. Ein Haufen Steine. In diesem Fall sogar ein ziemlich ungepflegter Haufen.« Er wies auf einen kapitalen Schimmelpilz, der neben ihnen den blätternden Wandanstrich des Treppenhauses überwucherte. »Lasst das mystische Geschwurbel einfach weg, bleibt bei den Fakten und kümmert euch rechtzeitig um den Umzug. Sonst werden eure Sachen vom Räumkommando zerhackt, bevor euch die Wasserwerfer wegpusten.«
Damit ließ Linus die aufgebrachte Hausgemeinschaft stehen und verließ das Treppenhaus. »Desillusionierter Greis!«, hörte er noch jemanden hämisch kommentieren, als er zurück auf die Straße trat. Traumtänzer, schlug er im Geiste zurück und dachte: Ich bin kein Greis, ich bin bloß erwachsen. Was man von einem Mann von vierzig Jahren schließlich auch erwarten kann. Nun ja – fast vierzig, ein paar Tage fehlten noch bis zur Punktlandung. Die magische Vierzig. Für andere vielleicht, nicht für ihn. Er stand mitten im Leben und weigerte sich, einen schnöden Geburtstag als Demarkationslinie zu betrachten – nach dem Motto: Heute gehört man noch dazu, morgen nicht mehr. Leider sehen

das nicht alle so, dachte Linus bitter. Bei seinem letzten Arbeitgeber, einer Werbeagentur, hatte man ihm vor vier Monaten unter ganz offensichtlich vorgeschobenen Gründen gekündigt – und sich dabei um das einzig relevante Entlassungsmotiv herumgelogen: Jugendwahn seitens der Kunden, die flächendeckend der Ansicht auf den Leim gingen, über Gespür für angesagte Trends verfüge nur, wer eben erst den Pubertätspickeln entwachsen war. Armselig, diese Gesinnung.

Doch davon würde er sich nicht den Tag verderben lassen. Weder vom Wetter noch von tatsachenverblendeten Nachbarn und ganz sicher nicht von den Bewerbungsabsagen, die garantiert nachher im Briefkasten auf Linus lauerten, wenn der Postbote denn endlich seinen Job erledigt hatte. Erst einmal gäbe es Frühstück. Zum Frühstück gehörte die Tageszeitung. Und die gab es bei Bärbel Maschmann.

Was Petra vorhin wohl von ihm gewollt haben mochte, überlegte Linus, während er den kleinen Eckladen ansteuerte. Wenn Nele ein Problem mit ihm besprechen wollte, würde sie es bestimmt selbst tun und nicht über ihre Mutter. Alt genug war sie ja inzwischen. Wie alt? Fünfzehn. Linus grämte es ein bisschen, dass er einen Moment lang hatte grübeln müssen, bevor ihm Neles aktuelles Alter einfiel. Er war bereits vor ihrem fünften Geburtstag aus der gemeinsamen Wohnung ausgezogen. Seitdem lebte Linus zwar nach wie vor in derselben Stadt wie seine Tochter, sah sie aber seit der Trennung nicht sehr oft – die ersten Jahre hatte Petra gegenseitige Besuche meist erfolgreich verhindert. Und als Linus darauf hoffte, dass Nele ihre zunehmende Selbständigkeit nutzen würde, um den Kontakt zu ihm von sich aus auszuweiten, musste er feststellen, dass die Entfremdung längst ihre Verbindung zernagt hatte wie Rostfraß einen schrottreifen Wagen. Würde der TÜV Vaterplaketten vorschreiben, wäre seine längst abgelaufen, ahnte Linus. Und obwohl er nicht wusste, wie er diese

Entwicklung hätte ändern können, quälte ihn deswegen manchmal das schlechte Gewissen. Wie jetzt, zum Beispiel. Er würde nachher doch noch einmal bei Petra anrufen, um zu hören, was da los war.

Aber erst frühstücken.

Als Linus den Eckladen betrat, begrüßte ihn die kleine Signalglocke mit einem warmen »Dingdong« und löste damit sofort ein Heimatgefühl in ihm aus, das er in dieser Intensität nicht einmal in seiner eigenen Wohnung verspürte. Zeitungen, Lotto, Tabakwaren, Süßigkeiten, alles angeboten in drangvoller Enge auf selbstgezimmerten Regalen – hier hatte sich die Zeit den Zahn ausgebissen, es sah immer noch so aus wie früher, als sich Klein-Linus bei Maschmanns mit sämtlichen Herrlichkeiten von Comics bis Kaugummi versorgt hatte. Seit dem Tod ihres Gatten vor zehn Jahren führte Bärbel Maschmann das Geschäft allein. Doch allein im Geschäft war sie selten. Nicht nur, weil ihr die Kunden die Treue hielten. Sondern wegen Freddy. Freddy war irgendwann einfach da gewesen. Und wenn er überhaupt eine Adresse hatte, dann den Laden von Bärbel Maschmann, in dem er sich – je nach Jahreszeit – aufwärmte oder Kühlung suchte. Dafür war er dann da und passte auf den Laden auf, wenn Bärbel mal zur Toilette oder zur Bank musste oder sich ein belegtes Brötchen kaufen wollte.

Auch jetzt saß Freddy an dem kleinen Tresen, auf dem sonst die Lottojunkies ihre Scheine ausfüllten, und blätterte in einer Illustrierten. Von Bärbel keine Spur.

»Tag, Freddy«, grüßte Linus. »Bärbel nicht da?«

Freddy blickte kaum von seiner Lektüre auf, sondern wies bloß mit dem Daumen über die Schulter. Was so viel hieß wie: Irgendwo in den hinteren Räumlichkeiten. Freddy machte nie viele Worte. Wahrscheinlich hieß er nicht einmal Freddy. Aber wenn er nachts betrunken um die Häuser zog – was gar nicht selten der

Fall war –, pflegte er dröhnend laut den Freddy-Quinn-Schmachtfetzen »Junge, komm bald wieder« zu grölen. Jeder aus der Gegend nannte ihn deswegen Freddy. Und sicher war: Er kam wieder. Ob man wollte oder nicht.
Linus pflückte sich eine Tageszeitung vom Regal und zählte passendes Kleingeld ab, als die Besitzerin des Ladens im Durchgang hinter dem Kassentisch auftauchte und ihn freundlich anlächelte.
»Hallo Linus! Alles klar?«
Bärbel Maschmann sah man ihre vierundsechzig Jahre nicht an. Sie strahlte so viel Leben aus, dass man ihren Anblick einfach nicht mit Rente und Ruhestand assoziierte. Damenhaft dezent gekleidet, Frisur wie frisch aus dem Salon. Wacher Blick hinter funkelnden Brillengläsern, mit dem Bärbel jedem Kunden das Gefühl vermittelte, sie höre exklusiv ihm zu – ganz gleich, wie viele Leute sich ansonsten im Laden tummelten. Schon deshalb erzählten, berichteten, beichteten ihre Kunden Bärbel hemmungslos *alles*. Weshalb Bärbel *alles* über alle wusste. Was eine ganze Menge war, wenn man bedachte, dass sie seit zweiundvierzig Jahren in ihrem Laden stand.
»Ich denke, also bin ich.« Linus legte die Münzen auf die kleine Wechselgeldschale mit der aufgedruckten Werbung für eine Programmzeitschrift, die es längst nicht mehr gab.
»Heute philosophisch angehaucht?«
»In Anbetracht meiner chaotischen Nachbarn von gegenüber die einzig angemessene Geisteshaltung.«
»Die haben heute ihre Kündigung erhalten. Da darf man schon mal auf Krawall gebürstet sein.«
»Die haben den Brief gerade erst zerrissen! Wieso weißt du schon davon?«, wunderte sich Linus.
Bärbel Maschmann lächelte nur unverbindlich. »Und wie geht es deinem Vater?«

Linus deutete ein Achselzucken an. »Länger nicht gesehen. Er ist mal wieder umgezogen.«
»In eine Senioren-Wohnanlage, hab ich gehört. Kann ich mir bei Valentin gar nicht vorstellen …«
»Das weißt du also auch schon. Dann bist du auf demselben Stand wie ich.«
»Bloß, wie es dir geht – das weiß ich immer noch nicht.«
»Wie es mir geht, weiß ich nicht mal selbst. Schon gar nicht vor dem Frühstück.«
»Das süße Leben eines Arbeitslosen.« Bärbel schaute demonstrativ auf ihre Armbanduhr, dann musterte sie Linus mitfühlend. »Immer noch nichts in Aussicht?«
Linus schüttelte nur den Kopf, Bärbel lächelte aufmunternd. »Wird schon noch. Die Welt braucht dich!«
»Dann soll die Welt mal anrufen«, grinste Linus gelassen. »Postkarte oder E-Mail reicht auch.« Er klemmte sich die Zeitung unter den Arm. »Tschüs dann.«
»Mach's gut, Junge.«
Freddy konzentrierte sich weiter auf seine Illustrierte, als Linus an ihm vorbei auf die Ladentür zuging. Bei dem Tempo, in dem er die Seiten durchblätterte, konnte er sich eigentlich nur die Bilder angucken. Oder Freddy besaß ein fotografisches Gedächtnis und führte ein Doppelleben als Kopiergerät. Linus stellte sich vor, wie Freddy sich nach Feierabend in eine stille Ecke hockte und kilometerlang skandalöse Enthüllungen aus den Abgründen des europäischen Hochadels, Liebesbeichten deutscher Volksmusiker und Interviews mit Hollywoodstars ausschied. Linus versuchte dieses Bild in seinem Kopf rasch wieder zu verdrängen und verließ den Laden im Eilschritt. Auf der Straße rekapitulierte er kurz, dass ihm nun nichts mehr für ein gelungenes Frühstück fehlte. Brot war noch da, Eier und Aufschnitt ebenso. Es geht mir gut, dachte Linus. Und das, was viel-

leicht nicht so rundläuft, kann ich nicht großartig beeinflussen. Ich bin allein, aber dafür habe ich meine Ruhe. Mein Leben verläuft in einem Kreisverkehr ohne Abzweigung – da verfährt man sich wenigstens nicht. Im Großen und Ganzen geht es mir gut, befand Linus.

Er trottete über die Straße auf seinen Hauseingang zu. Ein Stück weit vor Linus schlug jemand dieselbe Richtung ein. Ein Mädchen oder eine junge Frau. Eine seltsame Erscheinung: Trotz des kühlen Windes trug sie lediglich einen grünen Minirock mit Faltenwurf, darüber eine weiße Bluse mit grün abgesetzten Manschetten und einer Art Matrosenkostümkragen, ebenfalls grün. Über den Kragen fiel langes, schwarzes Haar, das sogar auf ein paar Meter Entfernung noch künstlich aussah. An den nackten Beinen trug sie weiße Kniestrümpfe und braune Halbschuhe. Mit der linken Hand schleppte sie eine voluminöse Reisetasche, mit rechts zog sie mühsam einen Trolleykoffer hinter sich her, dessen Rollen unter dem anscheinend beträchtlichen Gewicht erbärmlich jaulten. Besonders merkwürdig erschien Linus jedoch ein in eine Wolldecke gehüllter Gegenstand von der Größe eines Nachtschränkchens, den sich die Frau mittels eines improvisierten, aus mehreren Gürteln zusammengesetzten Trageriemens auf den Rücken geschnallt hatte. Das Ganze hatte etwas von Schulmädchenuniform oder Spielmannszugtracht, aber irgendwie doch nicht – zusammen mit dem quietschenden Koffer, der Perücke und der unförmigen Traglast wirkte es ziemlich abgedreht, fand Linus. Andererseits: Bei den ganzen anderen Irren in seinem Viertel kam es auf einen bunten Vogel mehr auch nicht an. Im Geiste belegte er bereits sein Frühstücksbrot, als der bunte Vogel stoppte.

Genau vor seiner Haustür.

Gar nicht beachten, sagte sich Linus. Einfach an ihr vorbeigehen und ab in die Höhle. Sollen sie hier draußen gerne alle verrücktspielen, oben habe ich meine Ruhe. Einfach vorbeigehen war allerdings nicht so einfach – der fette Trolleykoffer blockierte den Hauseingang.

»Würden Sie bitte Ihr Gepäck aus dem Weg nehmen?«

Statt dieser Aufforderung nachzukommen, wuchtete die junge Dame auch noch die schwere Reisetasche auf den Koffer. »Das machst du. Die Treppe rauf schaff ich es sowieso nicht!«

Die Stimme kam Linus bekannt vor. Er sah genauer hin: Das Mädchen trug tatsächlich eine Perücke. Eigentlich war ihre Haarfarbe Flachsblond, das wusste Linus genau. Und sie war wirklich noch ziemlich jung.

Fünfzehn.

»Nele …?«

»Hat Mama dich nicht angerufen?«

2

Linus kantete das Ungetüm von Rollkoffer durch den engen Wohnungsflur, wobei er die Ausmaße der prallen Reisetasche in seiner anderen Hand aus den Augen verlor und prompt mit diesem Gepäckstück sämtliche Jacken von der Garderobe abräumte. Er ließ den Kram am Boden liegen und zirkelte seine Last hinein in den kleinen Raum, der ihm als Allzweckzimmer diente. Hier stand vom Bügelbrett bis zum unvollendet restaurierten Sperrmülltisch alles, was im Wohn- oder Schlafzimmer nur nerven würde. Am liebsten hätte Linus Koffer und Tasche sofort aus der Hand fallen lassen, aber das sähe dann ja so aus, als wäre die Aktion anstrengend für ihn gewesen. Diese Blöße wollte er sich vor seiner Tochter nicht geben. Also ackerte Linus das Gepäck noch bis zum Schlafsofa und stellte es betont lässig darauf ab. Dabei wandte er Nele den Rücken zu, damit sie nicht sehen konnte, wie sehr er um Atem rang. Ein Stockwerk mehr, und aus seinen Ohren wären Dampfwölkchen aufgestiegen. Vielleicht wäre es doch angebracht, gelegentlich wieder etwas Sport zu betreiben. In seinem Kopf zwitscherte etwas. Hoffentlich lösten sich da nicht gerade irgendwelche überhitzten Blutgefäße auf.

Es zwitscherte schon wieder.

Nicht in seinem Kopf.

Eindeutig hinter ihm.

Nele hatte den merkwürdigen Kasten von ihrem Rücken geschnallt und auf den Sperrmülltisch gestellt. Jetzt löste sie gerade die Wolldeckenverpackung und flötete dabei trillernd vor sich hin.

Es trillerte zurück.
Linus sah, wie seine Tochter behutsam einen Vogelkäfig enthüllte, an dessen Seitenwand sich ein verängstigt flatternder Wellensittich klammerte. Nele flatterte ihrerseits um den Käfig herum, als sei es wesentlich wichtiger, den konfusen Piepmatz zu beruhigen, als, zum Beispiel, ihrem Vater zu erklären, was dieser ganze Auftritt eigentlich zu bedeuten hatte. Nele öffnete ein kleines Schiebetürchen am Käfig und zog einen leeren Plastiknapf heraus. »Er braucht Wasser«, erklärte sie lapidar und entschwand mit dem Behälter in Richtung Badezimmer. Linus hörte den Wasserhahn rauschen und starrte ratlos auf den Sittich, der immer noch an der Wand klammerte, aber nun wenigstens Ruhe gab. Der Vogel starrte zurück, aus runden, schwarzen Knopfaugen. Sein grünes Brustgefieder hob und senkte sich stakkatomäßig. Dem geht ganz schön die Pumpe – fast wie mir eben auf der Treppe, dachte Linus mitfühlend und streckte den Zeigefinger durchs Gitter. Mit schrillem Kampfkrächzen hackte der Sittich seinen Schnabel in die Fingerkuppe und verzog sich umgehend auf die Schaukel in der Käfigmitte. Linus lutschte noch an seinem blutenden Finger, als Nele mit gefülltem Wassernapf zurückkam. Sie schob es in den Vogelbauer und schien erst dann die Blessur ihres Vaters wahrzunehmen.
»Wie ich sehe, hast du Chuck kennengelernt«, bemerkte sie schmunzelnd.
Linus nahm den Finger aus dem Mund. Es ging schon wieder, aber Neles Grinsen hielt er dennoch für unangebracht. »Chuck? Der heißt so?«
»Nur mit Vornamen. Vollständig: Chuck Norris.«
Linus bedachte erst den Sittich, dann seine Tochter mit einem langen Blick. »Wusste gar nicht, dass du einen Vogel hast«, versetzte er zweideutig.

»Du weißt so manches nicht«, konterte Nele gleichmütig.
»Scheint mir auch so. Zum Beispiel: Was wird das hier eigentlich?«
»Mein Umzug.«
Linus schluckte ungläubig. »Zu mir? Hierher?«
»Schön, wie du dich freust!«
Bei allem Trotz, der in dieser Bemerkung lag, stand Nele jetzt ängstliche Verunsicherung ins Gesicht geschrieben. Sie wirkte vollkommen erschöpft, registrierte Linus plötzlich. Nun doch zerbrechlich und durchaus kindlich. Ihre merkwürdige Uniform und die Perücke unterstrichen diesen Eindruck noch.
»Was ist mit deinen Haaren? Und was sind das für Klamotten?«
Zeit gewinnen, dachte Linus. Sammeln, durchatmen. »Gehst du jetzt auf eine Privatschule oder so?«
Nele zog sich die Schwarzhaarperücke vom Kopf. Darunter quoll der vertraute flachsblonde Schopf hervor – zur Erleichterung von Linus, der insgeheim schon mit der Enthüllung eines Irokesenschnitts oder ähnlicher Frisurpannen gerechnet hatte.
»Das ist das Kostüm von Kagome.«
»Kagome?«
»Aus ›Inu Yasha‹.«
»Inu– was?«
»Ein Manga-Charakter.« Angesichts Linus' verständnisloser Miene setzte Nele seufzend nach: »Mangas. Japanische Comics.«
»Ach so«, gab sich Linus erkenntnisfreudig. »Also so wie bei Donald Duck. Der trägt ja auch immer einen Matrosenanzug. Aber sind die nicht eigentlich blau?«
»Du kapierst es nicht«, winkte Nele ab. »Was ist nun – kann ich bleiben? Früher hättest du dir das gewünscht!«
Vor einem Jahrzehnt oder so, dachte Linus und ließ weiter Diplomatie walten: »Hast du Hunger? Ich habe nämlich noch nicht gefrühstückt. Und ohne Kaffee laufe ich nicht rund.«

Sie musterte ihn prüfend. »Okay. Ich geh unter die Dusche, du machst Frühstück.«
Linus nickte und verließ das Zimmer. Schon auf dem Weg zur Küche fingerte er sein Mobiltelefon aus der Hosentasche, legte es dann aber doch zunächst auf dem Küchentisch ab und lauschte, bis die Badezimmertür klappte und die Dusche rauschte. Erst dann rief er Petras Handynummer auf und wählte sie an. Zunächst kam gar nichts, dann nur die frustrierende Ansage: »Teilnehmer ist vorübergehend nicht erreichbar.« Auf ihrer Festnetznummer sprang nicht einmal ein Anrufbeantworter an. Linus hätte ohnehin darauf verzichtet, nach dem Piepston eine Nachricht zu hinterlassen. Er benötigte Soforthilfe.
Und dringend ein Frühstück, verdammt noch mal.

»Petra heiratet? Ich wusste nicht mal, dass sie jemanden hat. Und wo, sagst du, ist sie dafür hin?«, erkundigte sich Linus verwirrt.
Nele mümmelte konzentriert an einer leicht vertrockneten Möhre. Sie trug nun Jeans und Sweatshirt sowie auf dem Kopf einen schrillen Turban, improvisiert aus einem Handtuch aus Linus' Beständen. Seine Leberwurst und den luftgetrockneten Schinken hatte sie naserümpfend verschmäht und sich stattdessen übers welke Obst und Gemüse hergemacht, das Linus neulich in einem temporären Anflug von Gesundheitsbewusstsein gekauft hatte.
»Las Vegas.«
»Dafür muss man normalerweise besoffen sein.«
»Das wäre ein Grund«, stellte Nele grimmig fest und ließ die Möhre zwischen den Zähnen knacken. »Aber Mama schafft es sogar nüchtern, sich zum Affen zu machen.«
»Wollte sie dich nicht dabeihaben?«
»Wieso glauben Eltern immer, es sei bloß entscheidend, was *sie* wollen?«

Nele hämmerte in einem spontanen Wutausbruch die Restmöhre auf die Tischkante. Ein Stück Gemüse brach ab, schoss als vegetarisches Schrapnell über die Aufschnittplatte und blieb in der Leberwurst stecken. Geburt einer neuen Geschmacksrichtung. Immer locker bleiben, beschwor sich Linus.

»Du wolltest also nicht. Warum?«

»Weil ich nicht will. Weil der Typ peinlich ist. Weil es Mama ärgert. In dieser Reihenfolge.«

Peinlicher Typ, interessant, vermerkte Linus und verspürte eine gewisse Befriedigung. Nicht, dass er noch irgendwelche Ambitionen hinsichtlich Petras hegte – das war lange, lange vorbei. Aber immerhin schmeichelhaft, wenn seine Tochter ihren Vater offenbar als weniger peinlich empfand als Mutters Neuen. Komplimente – nicht einmal indirekte – hatte Linus von Nele nicht mehr gehört, seit er ihr vor gefühlt hundert Jahren Gutenachtgeschichten vorgelesen hatte. Wahrscheinlich war der Las-Vegas-Bräutigam ein Langweiler ersten Ranges. Bestimmt eine spießige Sachbearbeiter-Schlipsratte. Oder ein staubtrockener Golffahrer aus der mittleren Beamtenlaufbahn mit Hornbrille und chronischer Bügelfalte. Würde beides gut zu Petra passen.

»Inwiefern peinlich?«, erkundigte er sich, scheinbar ganz beiläufig.

»Maximilian?« Nele schnaubte verächtlich. »Immer gut drauf, Charmebolzen, Geld wie Heu. Porsche, Villa mit Elbblick …«

»Sieht aber komplett bescheuert aus?«, soufflierte Linus.

»War früher Unterwäschemodel«, versetzte Nele. »Dieser markige Männertyp mit kantiger Fresse und energischem Grübchen am Kinn. Waschbrettbauch und breite Schultern. Hat er immer noch.«

»Verbringt bestimmt ganze Tage in der Muckibude, weil er nichts Besseres zu tun hat«, äußerte sich Linus lahm.

»Allerdings. Die Buden gehören ihm nämlich«, entgegnete Nele trocken. »Eine ganze Kette davon jedenfalls. Die besten, edelsten, teuersten Wellnessclubs der ganzen Stadt. FIT IN THE CITY – nie gehört?« Sie ließ Linus keine Zeit zur Antwort, sondern streifte mit vielsagendem Blick seinen Bauchansatz und stellte gnadenlos fest: »Okay, kennst du wohl eher nicht …«

Linus ignorierte diese Bemerkung wohlweislich. »Petra heiratet also Superman. Du hast keine Lust auf die Hochzeitssause nach Vegas und bist deshalb hier. Weiß Petra das?«

Nele nickte. »Sie ist einverstanden! Also – was ist nun?«

Hätte ich Petra vorhin am Telefon nicht verschaukelt, dachte Linus, wäre vielleicht alles anders gelaufen. Klarer Fall von Eigentor. Obwohl, es könnte ja auch ganz nett werden. Und es ist wohl auch nicht für lange. In Vegas heiratet man ratzfatz, dann geht's vielleicht noch ein, zwei Wochen auf Rundreise – schon ist das junge Glück wieder daheim und Nele geht zurück zu Mami. Und ich kann inzwischen mal als Vater punkten.

»Geht klar«, willigte er generös ein.

Nele strahlte, zog sich den Handtuchturban vom Kopf, ließ ihn kurzerhand zu Boden segeln und schüttelte die flachsblonde Mähne. »Super! Dann hol ich noch ein paar Sachen. Bis später!«

Weg war sie. Bevor sich Linus hinter dem Tisch hervorgearbeitet hatte, hörte er bereits die Wohnungstür ins Schloss fallen. Linus hob das Handtuch auf und hängte es demonstrativ über Neles verwaisten Stuhl. Was will sie denn noch holen?, wunderte er sich. Für zwei Wochen sollten die Klamotten aus dem Riesenkoffer und der fetten Reisetasche eigentlich reichen. Andererseits, Frauen und Garderobe … Nele zählte zwar vielleicht noch nicht ganz als Frau, aber möglicherweise waren weibliche Teenager in dieser Hinsicht sogar noch extremer als ausgewachsene Geschlechtsgenossinnen. Linus fehlte da die einschlägige Erfahrung.

Aber das würde sich nun offenbar ändern.

»… müssen Ihnen leider mitteilen, dass wir uns bei der Besetzung dieser Stelle in anderem Sinne entschieden haben …«
»… danken Ihnen dennoch für Ihre Bewerbung und behalten uns Ihre Anfrage gerne für künftige Eventualitäten vor …«
»… nach Bewertung aller in Frage kommenden Kriterien können wir Ihnen jedoch keine positive Nachricht …«
»… bedeutet keine Wertung Ihrer fachlichen Qualifikation. Es ist eine rein sachbezogene Entscheidung, die sich einzig und allein auf unsere Belange bezieht …«
Linus klickte sich durch die E-Mails des Tages. Eine so deprimierend wie die nächste, alles Absagen auf diverse Online-Bewerbungen bei diversen Arbeitgebern aus dem Bereich Werbung und Medien. Der analoge Briefträger war irgendwann auch endlich da gewesen und hatte vier weitere Absagen abgeladen. Nur in einer davon steckte die komplette Bewerbungsmappe nebst persönlichem Beileidsschreiben. In einer weiteren befand sich lediglich die knapp formulierte Jobabsage. Die beiden verbliebenen Kandidaten sandten immerhin Zeugniskopien, Lebenslauf und Passfoto zurück, hatten aber jeweils die Bewerbungsmappe für sich behalten. Die kostete ja auch 2,50 Euro. Da kam fast Mitleid darüber auf, wie schlecht es diesen Firmen gehen musste. Gut, dass er bei denen keinen Job kriegte – wer weiß, ob es dort jemals Gehalt ohne juristische Auseinandersetzung durch sämtliche Instanzen hindurch gab …
Obwohl die Absagen alle unterschiedlich formuliert waren: Der eigentliche Grund dafür war immer der gleiche. Fast vierzig. Zu alt. Alt. Alt. Er schloss alle Programme und ließ den PC herunterfahren. Der Monitor wurde dunkel. Dann verröchelte der altersschwache und daher überlaute Lüfter im Gehäuse. Abgesehen von den gedämpften Stadt- und Straßengeräuschen draußen herrschte nun Stille im Wohnzimmer. Linus reckte eben seine ermatteten Glieder, als ihn ein abnorm hochfrequentes Quiet-

schen aus dem Schreibtischstuhl katapultierte. Sein Herzschlag beruhigte sich gerade, als ihm die nächste schrille Trommelfellattacke ins Bewusstsein ätzte, wer hier so randalierte.

Chuck Norris.

Wie ein paar Gramm Fleisch und Federn diese eindrucksvolle Dezibelleistung zu erreichen vermochten, war Linus schleierhaft. Aber es musste aufhören, so viel war mal klar. Und zwar schnell. Linus eilte ins Zimmer mit dem Vogelkäfig, der im Dunkeln auf dem Tisch stand, und knipste in rascher Folge dreimal das Licht an und aus. Der grüne Wellensittich saß auf dem Käfigboden und blinzelte irritiert mit seitlich geneigtem Köpfchen. Dann schoss sein Schnabel vor und hackte gegen den Wasserbehälter. Prompt flog das Teil aus der Drahthalterung, die Nele anscheinend nur schlampig verriegelt hatte, verkleckerte im Flug den kompletten Inhalt und landete vor Linus' Füßen. Als er sich instinktiv danach bückte und sein Kopf dabei für einen Moment lang auf Tischplattenhöhe verharrte, nutzte Chuck Norris die günstige Gelegenheit für einen akustischen Terror-Akt auf Nahkampfdistanz. Linus fuhr entsetzt zurück und knallte rücklings in ein Regal. Es regnete Staub und Taschenbücher. Fluchend riss er eine Wolldecke vom Sofa und warf sie ausgebreitet über den Vogelkäfig. Gute Nacht, Mr. Norris, grollte Linus, schloss die Zimmertür hinter sich und lauschte noch eine Weile im Flur. Der Vogel hielt den Schnabel. Beruhigt kehrte Linus ins Wohnzimmer zurück.

Erst jetzt fragte er sich, wo Nele eigentlich blieb. Draußen war es längst dunkel. Petra wohnte nur ein paar U-Bahn-Stationen entfernt … Linus suchte gerade im Verzeichnis seines Mobiltelefons nach Neles Handynummer, als es an der Tür klingelte.

Nele schleppte drei Umhängetaschen und über beiden Armen diverse Mäntel und Jacken. Der Mann hinter ihr war unter dem von ihm transportierten Haufen von Taschen, Koffern und Klamotten kaum noch als Mensch zu erkennen. Wie er jetzt alles zu Boden fallen ließ, hatte es eher etwas von einer Lawine. Dabei stieß er ein mitleiderregendes Geräusch aus, das an ein verendendes Maultier erinnerte. Dann wischte sich der Kerl den Schweiß von der Stirn und hielt demonstrativ die Hand auf. Nele drückte ihm einen Geldschein in die Kralle und bemerkte aufmunternd: »Sehen Sie, war doch gar nicht so schlimm!« Der Mann rang nach Luft und schien etwas erwidern zu wollen – entschloss sich dann aber doch für ein knappes Fingertippen an die Stirn und den stummen Abgang.

»Taxifahrer.« Nele verdrehte die Augen himmelwärts. »Trägst du mit rein?«

Schon wuselte sie an Linus vorbei zu ihrem kleinen Zimmer.

»Was ist das denn?«, hörte er sie rufen. Zornsprühend tauchte sie wieder auf, in der Hand die Wolldecke.

»Der Geier hat geschrien ohne Ende«, rechtfertigte sich Linus.

»Ich schrei auch gleich!«, wütete Nele.

»Aber nicht bei offener Tür«, bestimmte Linus und warf seiner Tochter eine der zahlreichen Taschen zu, die sie instinktiv auffing. Dann schmiss er alle übrigen Sachen und Gepäckstücke kurzerhand in den engen Flur, wo sie sich zu einem kapitalen Haufen türmten. Er schloss die Wohnungstür und sah Nele auffordernd an. »So. Kannst loslegen.«

Nele sah plötzlich gar nicht mehr so aufgebracht und selbstsicher aus. »Keine Lust.«

Linus wies auf den wüsten Gepäckhaufen. »Wie lange, sagtest du, ist Petra weg?«

Neles Schultern zuckten trotzig. »Ist doch egal.«

»Egal?«

»Ich darf hierbleiben. Hast du gesagt!«

»Du meinst … auch wenn Petra wieder da ist?«

»Die wollen mich doch gar nicht!«, brach es aus Nele hervor.

»Und ich will die auch nicht! Was soll ich in Blankenese? In Maximilians Protzvilla? Meine Schule ist hier, und überhaupt ...«
In Neles Augen glitzerte es feucht, doch sie biss sich auf die Lippen und bewahrte tapfer Haltung. Irgendwie rührte das Linus noch mehr, als wenn seine Tochter hemmungslos in Tränen ausgebrochen wäre. Er hätte sie jetzt gerne tröstend in den Arm genommen, aber so eine Geste war zwischen ihnen zu lange nicht mehr vorgekommen. Am Ende finge sie dann vielleicht doch noch an zu schreien. Und was Geschrei anbelangte, reichte ihm Chuck Norris voll und ganz.
»Dann bleibst du eben«, bekannte Linus ergeben. »Früher oder später meldet sich deine Mutter, dann sehen wir weiter. Okay?«
»Okay.« Nele wirkte nicht sonderlich beruhigt, schien aber einzusehen, dass für den Moment nicht mehr drin war als dieses einstweilige Abkommen. »Dann geh ich schlafen. Bin irre müde. Gute Nacht.« Damit verschwand sie in ihrem Zimmer und schloss die Tür hinter sich. Linus blickte ihr verdattert nach – dann auf den Gepäckhaufen im Flur.
»Und wann räumst du die Klamotten weg?«
»Morgen!«, antwortete es gedämpft durch die Tür.

3

Irgendwas fühlte sich anders an.
Das Rollo vor dem Fenster war nicht vollständig heruntergezogen. Wie immer, wegen der frischen Luft – Linus schlief stets bei offenem Fenster. Sein Schlafzimmer lag zur ruhigen Hofseite hin, sogar der nie ganz verstummende Großstadtlärm störte hier selten. So weit schien alles okay zu sein. Dass es schon nach neun Uhr und draußen längst hell war, störte Linus nicht weiter. Abgesehen vom Erwerb einer aktuellen Tageszeitung stand nichts auf seinem Programm. Seit Monaten schon.
Trotzdem, irgendwas war anders.
Er kam erst darauf, als er schlaftrunken über den Flur zum Badezimmer schlurfte, sein nackter Fuß unsanft gegen einen Hartschalenkoffer prallte und der jähe Schmerz die Erkenntniskette provozierte: Aua – Gepäckhaufen – Nele – Aua. Dass er nicht mehr allein in seiner Wohnung hauste, hätte Linus ansonsten spätestens vor dem Badezimmerspiegel bemerkt. Die Ablage darunter, das kleine Regal neben dem Spiegel und sogar der Rand des Waschbeckens waren mit einer aberwitzigen Flut rätselhafter Tiegel, Flakons, Tuben, Bürsten, Pinselchen und Pülverchen zugestellt. Mühsam darum bemüht, nichts davon abstürzen zu lassen, erledigte Linus in aller Vorsicht seine Morgentoilette. Das meiste von dem Zeug würde vermutlich umgehend Löcher in die Fliesen ätzen, befürchtete er. Wieso musste sich eine Fünfzehnjährige schminken? Im Job vielleicht, aber als Schulmädchen … Das brachte Linus darauf, dass Nele wohl schon längst im Schulunterricht saß und er sich gar nicht danach

erkundigt hatte, wann sie aufstehen musste. Ob er sie wecken sollte. Ob sie etwas frühstücken wollte. Gehörte das zum normalen Vater-Pflichtprogramm? Oder machte Nele morgens lieber ihr Ding alleine und ungestört? Linus hatte keine Ahnung. Vor seiner Trennung von Petra war Nele noch in den Kindergarten gegangen. Danach hatte sie nur selten bei ihm übernachtet. Und auch das nur am Wochenende oder während der Ferien. Alltag mit Schulkind war für Linus etwas Neues.

Vielleicht schlief sie ja auch noch. Linus zog sich an, schlug im Flur diesmal wohlweislich einen Bogen um den Gepäckhaufen und lauschte an Neles Zimmertür. Nichts zu hören, nicht einmal Chuck Norris. Linus öffnete und sah seine Tochter auf dem zum Bett umgebauten Sofa verschlafen unter der Decke hervorblinzeln.

»Guten Morgen. Keine Schule heute?«

Als Antwort ertönte unwilliges Genuschel mit Gähnintermezzo, dann krächzte auch noch der Sittich dazwischen. Linus beschloss, die Schulfrage später zu diskutieren.

»Gut geschlafen, wenigstens?«

Nele reckte sich ausgiebig. »Glaube schon. Irgendwann hat draußen jemand gesungen. Irgendwas von einem Jungen und hinaus aufs Meer oder so …«

»Das war Freddy«, schmunzelte Linus. »Gehört hier zum Lokalkolorit. Dabei fällt mir ein, ich gehe eben runter und besorge eine Zeitung. Bin gleich wieder da.«

»Bring Müsli mit.«

»Müsli?«

»Ich will kein totes Tier!«

Erst im Treppenhaus kam Linus darauf, dass Nele damit auf seine wunderbare Leberwurst und den köstlichen, luftgetrockneten Schinken anspielte.

Sie war wirklich ganz schön anders.

»Jaja. Kommen Männer in die Jahre, entdecken sie den Wert gesunder Ernährung«, empfing ihn Bärbel Maschmann mit einem vielsagenden Blick auf die Müslipackung, die Linus eben im Supermarkt erstanden hatte und offen in der Hand trug. »Oder hast du eine neue Freundin? Das wäre natürlich auch ein Motiv.«
»Das ist für meine Tochter«, erklärte Linus würdevoll.
»Ein Mann wie ein Fels«, kicherte Bärbel, um dann neugierig nachzusetzen: »Nele ist bei dir? Die habe ich ja ewig nicht gesehen!«
»Sie wohnt eine Weile bei mir. Vorübergehend. Falls Freddy nachts nicht immer so laut singt wie gestern.«
Freddy schämte sich überhaupt nicht. Linus hatte auch nicht ernsthaft damit gerechnet. Der Mann saß wieder lesend an der Lottotheke und raunzte ihn jetzt empört an: »Brauchst du sonst noch was?«
Ein ganzer Satz. Bemerkenswert.
»Schöne Frauen und Weltfrieden.«
»Ausverkauft.«
»Dann möchte ich vorbestellen.«
Freddy grunzte nur mürrisch und wandte sich wieder seiner Illustrierten zu. Bärbel signalisierte Linus mit einem verstohlenen Wink, es nun aber mal gut sein zu lassen. Linus zwinkerte ihr vergnügt zu, nahm sich eine Zeitung, legte das Geld dafür in die Schale und verließ den Laden.
Vor dem abbruchreifen Haus seiner kämpferischen Nachbarn von gegenüber parkte ein nachtblauer Mercedes Kombi. Luxusausstattung vom Feinsten. An den Flanken ein Logo und der Firmenname, dynamisch kursiv gedruckt: *Event Emotion.* Die Abdeckung über dem Laderaum war eingerollt und bot dem vorbeigehenden Linus freie Sicht auf die exquisite Fracht: mehrere Tabletts mit verlockend angerichteten Leckerbissen. Meeres-

früchte, edler Käse, Fleischspezialitäten. Da hatte jemand tief in die Tasche gegriffen. Wohl kaum einer von denen aus dem Abbruchhaus. Vielleicht feierte jemand Silberhochzeit. Oder runden Geburtstag. Womit Linus wieder sein bevorstehender Vierzigster einfiel. Er würde sich keine große Feier leisten können, dachte er im Weitergehen. Und selbst wenn, ihm fielen auch kaum Freunde ein, die er dazu einladen würde. Und eine Zahl von Lebensjahren zu feiern, die einem offenkundig den Weg zurück in die Arbeitswelt verbaute, erschien ihm ohnehin paradox. Nicht zum ersten Mal beschlich Linus ernsthaft Sorge darüber, wie es eigentlich mit ihm weitergehen sollte. Er müsste in Sachen Bewerbung einfach viel mehr ausprobieren. Es in allen möglichen Branchen versuchen, nicht nur in der Werbung oder bei Zeitungen. Zu bieten hatte er ein abgebrochenes Germanistikstudium und fast fünfzehn Jahre Werbetexterei. Was machte man damit? Wer brauchte das schon? Und dann noch von einem Vierzigjährigen?

Zurück in der Wohnung, hörte er Nele im Bad rumoren. Immerhin schon aufgestanden. Wenn sie allerdings alles benutzte, was sie dort an Kosmetika bunkerte, könnte es noch Stunden dauern, schätzte Linus. Also ging er nicht in die Küche, sondern verzog sich mit der Zeitung ins Wohnzimmer. Stellte die Müslipackung auf der Fensterbank ab, warf einen Blick durchs Fenster hinaus auf die Straße und stellte fest, dass der nachtblaue Kombi dort immer noch parkte. Der Zweimeterkerl mit dem wallenden Pferdeschwanz und ein paar seiner Genossen entluden gerade die festlichen Delikatessen aus der offenen Heckklappe und schafften ihre Beute in die Abrisshöhle. Ob die den Wagen aufgebrochen hatten? Die Frage beantwortete sich im nächsten Moment, als der Riese die Heckklappe zuknallte und einen kleinen Gegenstand in der Hand betätigte – den Autoschlüssel. Der Wagen blinkte kurz, Pferdeschwanz verschwand hinter seinen Mitbe-

wohnern im Haus. Schimmel an der Wand, aber Hummer fressen, dachte Linus amüsiert. Salonkommunisten in Reinkultur. Fehlt nur noch, dass denen der Mercedes gehört. Oder gleich die ganze Firma – wie hieß die noch, *Event Emotion* …
»Dass alte Leute immer aus dem Fenster glotzen müssen!«
Linus hatte Neles Hereinkommen nicht bemerkt, so gebannt hatte er das Treiben auf der Straße beobachtet. »Der Nation geht's prächtig«, kommentierte er. »Hierzulande lassen sich sogar die Hausbesetzer Feinkost anliefern.«
»Das Haus ist besetzt? Cool.«
»Cool ist es bestimmt. Die Heizung ist längst abgestellt.«
Linus wandte sich vom Fenster ab und stutzte: Nele trug wieder ihr seltsames Kostüm, inklusive der Schwarzhaarperücke.
»Schon wieder Karneval?«
Nele tippte sich nur an die Stirn, nahm die Müslipackung von der Fensterbank und ging in die Küche, wo Linus sie mit einem Schälchen klappern hörte. Er sah wieder nach draußen und erhaschte gerade noch einen unscharfen Blick auf den Rücken einer Frau in elegantem Business-Kostüm, die in den nachtblauen Mercedes einstieg, damit aus der Parklücke kurvte und um die nächste Ecke verschwand. So wie es aussah, gehörte Pferdeschwanz Auto und Firma doch nicht. *Event Emotion – Macht auch aus Ihrer Hausbesetzung ein unvergessliches Erlebnis.* Was trieb eine Eventagentur eigentlich sonst noch? Müsste man mal googeln. Kopfschüttelnd folgte Linus seiner Tochter nach und setzte sich zu ihr an den Tisch. Nele schaufelte verdrossen Müsli und Milch in sich hinein und schwieg ihn an.
»Tut mir leid«, entschuldigte sich Linus. »Ich weiß, es hat nichts mit Karneval zu tun, sondern mit diesen … diesen Mangos oder so.«
»Mangas.«
»Japanische Comics.«

»Genau.«
»Gehst du denn in diesem Dress auch zur Schule?«, erkundigte sich Linus vorsichtig.
Nele schüttelte nur den Kopf.
»Das heißt«, hakte Linus nach, »du gehst heute gar nicht zur Schule?«
Das Mädchen nickte lapidar.
»Gibt das keinen Ärger?«
Nele schob die geleerte Müslischale von sich. »Nicht, wenn du mir eine Entschuldigung schreibst.«
»Nur, wenn du ab morgen wieder hingehst.«
Sie zuckte ergeben mit den Schultern. »Okay.«
Linus musterte seine Tochter eingehend. Kostüm und Perücke verfremdeten sie, aber eigentlich kannte er sie ohnehin kaum. Zwar entdeckte er in ihrem Gesicht Vertrautes, beispielsweise, wie sie die Nase rümpfte oder die Brauen hochzog, wenn sie nachdachte. Andererseits war ihm ihre Art, sich blitzartig in sich zurückzuziehen, bisher noch nie aufgefallen. Von einem Moment auf den anderen war sie völlig in sich gekehrt. Machte sie das immer so oder nur bei ihm? Sie wirkte sehr viel fraulicher, als Linus sie in Erinnerung gehabt hatte. Kein Hungerhaken, eher stabil gebaut. Vielleicht war ihr Müsliverzehr eher diätisch als ideologisch motiviert. Darauf würde er sie aber lieber nicht ansprechen. Frauen und ihre Figur, das war ein Minenfeld – in jedem Alter.
»Und? Was machst du mit dem Tag heute?«
Wieder das obligate Achselzucken. »Ein paar Leute aus der Szene treffen.«
Oh Gott, sie nimmt Drogen, fuhr es Linus durch den Sinn. »Szene?«
»Cosplayer.«
Kenn ich nicht, diese Droge, dachte Linus. Bestimmt was Syn-

thetisches mit verschärftem Suchtpotenzial. »Ist das irgendwie illegal?«
Zu seiner Erleichterung brach Nele in schallendes Gelächter aus. Das wirkte befreiend – auf beide.
»Quatsch! Cosplayer, das kommt von ›costume play‹. Das sind Leute, die sich verkleiden und damit Manga-Figuren imitieren.«
»So wie du«, stellte Linus aufatmend fest. »Und was macht ihr so in der Szene?«
»Manga-Dialoge nachspielen, die Songs aus den Filmen singen, über die Kostüme reden und so. Illegal, also echt …« Sie kicherte vergnügt. »Was hast du denn gedacht, was ich treibe?«
»Ach, keine Ahnung«, wich Linus aus. »Ich weiß ja nicht viel von dem, was du so treibst.«
»Tja. Geht mir bei dir genauso.« Nele wurde wieder ernst. »Was machst denn du mit dem Tag?«
Diesmal war es Linus, der mit den Achseln zuckte. »Zeitung lesen.«
»Kein Job in Sicht?«
Kopfschütteln. Diesmal Linus.
»Warum nicht, was meinst du? Woran liegt's?«
»Fast vierzig«, entgegnete Linus knapp und stand auf. »Wann willst du los?«
»Jetzt gleich. Hast du einen Haustürschlüssel für mich?«
Linus kramte in einer Schublade des Küchenschranks, fand den Ersatzschlüssel und warf ihn Nele zu, die ihn lässig auffing.
»Wann kommst du nach Hause?«
»Frag mich was Leichteres.« Nele steckte den Schlüssel ein und huschte aus der Küche.
»Okay – was macht eigentlich eine Eventagentur?«
Keine Antwort mehr, stattdessen klappte die Wohnungstür. Keine Ahnung, was die machen, sinnierte Linus. Was er als Nächstes

täte, war dagegen sonnenklar: Neles Müslischale wegräumen, die noch auf dem Tisch stand.

Nele spürte die neugierigen Blicke der anderen U-Bahn-Fahrgäste auf sich und ihrem Kostüm ruhen, aber dagegen war sie längst immun. Sollten sie doch glotzen, war ihr egal. Kam nicht darauf an. Worauf kam es überhaupt noch an? Sollten getrost alle denken, sie sei vom Karneval übrig geblieben. So, wie ihr Vater es vorhin gesagt hatte.

Neles Gedanken blieben bei Linus, während der Zug am Baumwall hielt, sie ausstieg und zu Fuß den Weg zur Hafencity einschlug. Und nicht einmal in Gedanken war sie sich über eine passende Anrede für ihn im Reinen. Ihr Vater. Das ist er natürlich, aber so kann man ja niemanden anreden, dachte Nele. »Vater, reich mir bitte mal die Butter rüber« – das wäre volle Pulle neunzehntes Jahrhundert, einfach nur peinlich. Sie könnte ihn schlicht »Linus« nennen. Doch das machte ja jeder, der ihn kannte. Bis auf die, für die er »Herr Kruse« war. Ein Vater ist doch etwas Besonderes, da musste etwas anderes als der bloße Name her. Zu ihrer Mutter sagte sie »Mama«. Bei ihrem Vater ging ihr ein »Papa« nicht über die Lippen. Früher hatte sie es vielleicht mal zu ihm gesagt, aber Nele konnte sich nicht mehr daran erinnern. Dieser Mann war ihr nicht völlig fremd, aber auch nicht besonders vertraut. Und deshalb wand sie sich seit gestern hilflos um jede direkte Anrede herum. Sogar in Gedanken.

Es wäre einfacher gewesen, alleine zu wohnen. Leider spielte Mama da nicht mit. Der war es viel zu wichtig, was »die Leute« darüber denken könnten – eine Fünfzehnjährige und ganz alleine wohnen … Dann lieber bei einem Vater, den sie kaum kannte. Das war anscheinend okay.

Immerhin haben mein Linus-Vater und ich ein ähnliches Pro-

blem, überlegte Nele, während sie jetzt die Niederbaumbrücke überquerte und in ein paar vorwitzige Sonnenstrahlen blinzelte, die sich glitzernd auf dem Elbwasser brachen. Das Problem mit dem Alter. Wenn auch von verschiedenen Seiten aus. Ich bin zu jung für alles und er zu alt. Irgendwo zwischen fünfzehn und fast vierzig musste also der magische Tag liegen, an dem man alt genug und gleichzeitig noch jung war.
Hoffentlich verpasste sie den nicht.

Linus langweilte sich. Seit Stunden. Das war neu. Lag bestimmt an Nele. An ihrem merkwürdig forschenden, fast mitleidigen Blick vorhin bei ihrer Frage: Keinen Job in Aussicht, was meinst du, woran liegt's? Als ob das Leben keine Inhalte böte, wenn man gerade keiner geregelten Arbeit nachging. Ausgerechnet von einer Schulschwänzerin sollte man sich da nicht verunsichern lassen. Einer Schulschwänzerin, die ihre Freizeit mit einem – jedenfalls aus seiner Sicht – reichlich sinnentleerten Hobby ausfüllte. Linus fand so ziemlich alle Hobbys sinnlos. Er hatte keine. Er langweilte sich ja auch nie.
Bloß jetzt.
Die Zeitung hatte er längst durch. Er könnte noch mal versuchen, Petra auf ihrem Mobiltelefon zu erreichen, aber das hatte er erst vor fünf Minuten getan. Teilnehmer nicht erreichbar. Wie lange flog man nach Las Vegas? Oder feierte sie gerade Hochzeitsnacht? Linus versuchte sich vorzustellen, wie Petra und ihr Muskeltarzan in wilder, ungezügelter Ekstase das Schlafgemach einer Luxussuite umpflügten, und musste unwillkürlich lachen. Undenkbar. Nicht mit Petra. Sie war der kühle, blonde Typ, der nie richtig auftaute. Genau das hatte Linus dereinst durchaus reizvoll gefunden. Anfangs. Später war er daran verzweifelt.
Also nicht anrufen. Früher oder später würde Petra sich melden.

Und es änderte ja auch nichts an seiner Situation, ob sie nun anrief oder nicht. Planlos streifte Linus durch die Wohnung. Die Tür zu Neles Zimmer stand offen. Chuck Norris amüsierte sich mit einer Toilettenpapier-Papprröhre, die er mit dem Schnabel in winzige Einzelteile zerfetzte und um den Käfig herum verteilte. Der hatte wenigstens keine Langeweile. Die Klorolle als Event, dachte Linus und dabei fiel ihm ein, dass er noch gar nicht diesen Firmennamen gegoogelt hatte, der auf dem nachtblauen Kombi stand.

Nachdem der PC hochgefahren war, überprüfte Linus schnell seine E-Mails. Spam und zwei neue Bewerbungsabsagen. Das müssten so ziemlich die letzten gewesen sein, die noch offen waren, überlegte er. Mehr Bewerbungsmöglichkeiten fielen ihm kaum noch ein. Deprimierend.

Er öffnete die Suchmaschine, gab den Begriff ein – *Event Emotion* – und klickte sich in der Ergebnisliste auf die Homepage. Eine Eventagentur, in der Tat. Hier in Hamburg. Firmenfeiern, Produktpräsentationen, Jubiläen. Spezialität: Teambuilding-Events in außergewöhnlichen Locations. Bungee, Klettergarten, Karaoke. Das volle Programm. Linus klickte sich durch die verschiedenen Unterseiten der Homepage. »Unser Team« war auch dabei: Porträtfotos der Mitarbeiter, ein gutes Dutzend. Linus suchte nach der Frau, die vor seinem Haus im Kombi fortgefahren war. Ein aussichtsloses Unterfangen. Er hatte ihr Gesicht nicht deutlich gesehen, nicht einmal die Haarfarbe oder Frisur richtig erkannt. Irgendwie brünett und halblang, aber das traf auf mehrere der hier abgebildeten Damen zu. Alles dynamische Jungspunde, Damen wie Herren, höchstens zwei oder drei davon älter als Anfang dreißig, schätzte Linus. Eine Ausnahme war die Chefin und Geschäftsführerin, eine Frau namens Daniela Andersen – die Einzige in dieser Fotoshow, deren Haare bereits grau waren. Eine Chefin konnte sich das erlauben. Ein Bewerber sicher nicht, dachte Linus grimmig und fand sich bestätigt, als er die Seite »Jobs« öffnete und das Profil für einen dort angebotenen Arbeitsplatz als »Projektleitung Assistance« bei *Event Emotion* studierte:

Sie sind jung, passen daher perfekt in unser junges Team, liegen voll im Trend und wissen, was angesagt ist …

Na toll. Warum, um Himmels willen, musste man jung sein, um Anforderungskriterien wie diese zu erfüllen:

- *Sie haben Erfahrungen in der Erlebniskommunikation.*
- *Sie können Menschen für Ideen begeistern.*
- *Sie sind initiativ und entscheidungsfreudig.*
- *Sie sind eine lebensfrohe Persönlichkeit mit Power & Drive.*
- *Sie haben einen hohen Anspruch an sich selbst und die Qualität Ihrer Arbeitsergebnisse.*
- *Sie sind belastbar, flexibel und teamorientiert.*

Kann ich alles, bin ich, dachte Linus. Aber die nehmen mich ja von vornherein nicht. Zwecklos. Jemand schloss die Wohnungstür auf. Nele. Linus sah auf die Zeitanzeige auf dem Monitor, es war erst einundzwanzig Uhr. Schien ja doch ganz verantwortungsvoll zu sein, das Mädchen.

Nele fror höllisch. Ein Mantel wäre angebracht gewesen, hätte aber nicht zum Kostüm gepasst. Also hatte sie gefroren. Und das auch noch beinahe ganz umsonst. Eigentlich hatte sich eine ganze Reihe von Cosplayern auf den Magellan-Terrassen verabredet, aber es war kaum jemand gekommen. Es wurden sowieso immer weniger, die sie kannte. Ein paar Neue waren da gewesen, mit denen sie nicht viel zu reden hatte. Alles in allem ein Tag für den Eimer, dachte sie, während sie zu Linus trat und auf den Monitor lugte. Eventagentur, soso.

»Hallo. Bewerbung?«

Linus schnaubte. »Klar. Ich bin jung und passe perfekt ins junge

Team! Kann man von vornherein vergessen. Und du? Schönen Tag gehabt?«

Nele nickte bloß, schlang sich die Arme um den Leib und fröstelte. »Ich geh ins Bett. Gute Nacht.«

Erst als seine Tochter nach längerem Durchgangsaufenthalt im Bad in ihrem Zimmer verschwunden war, fiel Linus ein, dass immer noch ihr Gepäckhaufen im Flur lag.

Aber darauf kam es an so einem öden Tag auch nicht mehr an.

4

Linus schreckte aus unruhigem Schlaf auf. Zum wiederholten Mal. Und zum wiederholten Mal kontrollierte er den Wecker. Gestellt auf 6.30 Uhr und in Alarmbereitschaft, alles in Ordnung. Es blieben noch ein paar Stunden Nachtruhe. Trotzdem: Die Gewissheit, zu einer bestimmten Zeit – und dann noch zu einer derart frühen – aufstehen zu müssen, versetzte ihn in einen Zustand innerer Anspannung, der ruhigen Schlaf unmöglich machte, ihn durch wirre Träume hetzte und immer wieder hochfahren und den Wecker überprüfen ließ. Gefühlt alle paar Minuten. Als der Wecker dann wirklich die Nacht durch sein nervtötendes Piepen beendete, riss es Linus trotzdem aus tiefsten Schlummergründen, in die er kurz zuvor doch noch abgeglitten war. Wie ein ferngesteuerter Spielzeugroboter stieg er aus dem Bett, tappte mit schlafblinden Augen über den Flur und stieß prompt gegen denselben Hartschalenkoffer wie gestern. Diesmal mit dem anderen Fuß. Nach Abklingen des Schmerzes klatschte er sich im Bad ein paar Hände kaltes Wasser ins Gesicht. Beides zusammen genügte, um sein Bewusstsein vorläufig auf Betriebstemperatur zu bringen.

Früher bin ich doch auch immer ziemlich früh aufgestanden, um zur Arbeit zu gehen, erinnerte sich Linus. Das hat mir nie viel ausgemacht. Reine Gewöhnungssache. Jetzt war er es nicht mehr gewohnt, ganz offenbar. Kein Wunder, es gab für ihn seit Monaten keine frühen Pflichttermine mehr. Aber heute gab es einen. Vaterpflichttermin. Die Tochter wecken, ihr ein Frühstück zubereiten und sie zur Schule schicken. Obwohl das nicht mit ihr verabredet war. Umso mehr würde es Nele beeindrucken, dass er ihr diesen Service bot.

»Guten Morgen!«

Linus hatte das Licht im Flur angeknipst, um Nele in ihrem Zimmer nicht gleich mit voller Deckenbeleuchtung zu schocken. Sie sah mindestens so verpennt aus, wie er sich noch vor ein paar Minuten gefühlt hatte. Der Vogelkäfig war zur Hälfte mit einem Handtuch abgedeckt, der Sittich hockte aufgeplustert auf seiner Schaukel und blinzelte Linus träge zu. So viel zum Thema »früher Vogel«. Aber Chuck Norris musste ja auch keine Würmer fangen. Und wenn er diesen Job nicht erledigen musste, gewöhnte sich so ein Flattermann sicher ganz schnell ans süße Nichtstun – in dieser Hinsicht war ein Vogel auch nur ein Mensch, schätzte Linus.

»Wasnlosverdammtnochmal«, nuschelte Nele und zog sich einen Deckenzipfel über den Kopf – den Linus mit beherztem Zugriff entfernte.

»Aufstehen, Schule.« Linus blickte sich suchend um. »Hast du gar keinen Wecker?«

»Noch nicht ausgepackt.« Nele setzte sich auf, kauerte mit angewinkelten Beinen im Bett und zog sich ihr Schlafhemd – ein ausgeleiertes XXL-Shirt mit dem verwaschenen Emblem einer Diätmargarine – über Knie und Unterschenkel. »Hab mir den Handyalarm gestellt.«

»Hat wohl nicht funktioniert. Gut, dass ich da bin«, stellte Linus zufrieden fest. »Sonst hättest du glatt verschlafen!«

Das war der Plan, dachte Nele genervt. Aber Vater? Linus? Wie auch immer – der musste offenbar unbedingt den großen Disziplinator heraushängen lassen. So ein Mist.

»Ich mach dir Frühstück«, verkündete Linus energiegeladen. »Müsli, wie gestern?«

»Okay«, brummelte Nele, wälzte sich von der Schlafcouch und trottete schicksalsergeben ins Badezimmer.

Auf der Straße sechzehn Grad und Nieselregen. In der U-Bahn dampften Menschen in durchnässter Kleidung, zusammengequetscht in drangvoller Enge. Jeden Blickkontakt miteinander vermeidend, als würde der umgehend Amokläufe auslösen. Toller Sommer, dachte Nele. Tolle Mitmenschen. Tolles Leben. Gebt mir den Bombenzünder, ich drücke drauf. Und für die verfluchte Schule auch gleich die volle Ladung.

Früher war Nele ganz gerne zur Schule gegangen. Sie hatte auch ganz gute Noten gehabt. Beides länger her. Dies alles nur mit Mamas neuer, großer Liebe zu Mister Maximilian Supercool und dem damit verbundenen Nachlassen ihrer erzieherischen Aufmerksamkeit zu erklären, wäre natürlich zu billig – zu so viel Selbstkritik war Nele durchaus fähig. Zumal alles schon begonnen hatte, bevor Maximilian das Spielfeld überhaupt betreten hatte. Irgendwann war für Nele der Faden in Sachen Schule einfach gerissen, jedes Interesse daran erloschen. Gleichermaßen verlor sie das Interesse an ihren Mitschülern und Lehrern – erst recht, als sie feststellte, dass es denen ebenfalls völlig egal zu sein schien, wie es ihr ging. Anfangs blieb sie stundenweise dem Unterricht fern, vorzugsweise schwänzte sie Mathe. Dann auch andere Fächer. Oft gänzlich unbemerkt von den Lehrern. Und wenn sie doch mal einer darauf ansprach, wo sie denn in der letzten Stunde gewesen sei, erzählte sie, ohne mit der Wimper zu zucken, Geschichten von plötzlich aufgetretener Übelkeit, Sportverletzungen, verspäteten Bussen und versagenden Weckern. Besonders gegenüber der männlichen Lehrerfraktion erwies sich das Schlagwort »Menstruationsschmerz« als universeller, nie hinterfragter Freifahrtschein für unbeschwerte Extratouren. Schließlich hatte Nele ganze Tage in Eigenregie verbracht, bei gutem Wetter in Parks, am Hafen oder an der Alster – bei schlechtem in Kaufhäusern und Einkaufszentren. Sie streifte

durchs Universum wie ein anonymer Asteroid auf ureigenster Umlaufbahn.
Leider auf Kollisionskurs mit der Realität, wie sich herausstellte.
Den ersten Brief des Klassenlehrers an ihre Mutter hatte Nele aus dem Verkehr ziehen können, weil sie früher als Petra zu Hause und am Briefkasten gewesen war. Und weil Mama sehr viel unterwegs und in der Freizeit meist bei Maximilian war, hatten sich auch einige Anrufe der Schulleitung mit zunehmend ungeduldigeren Bitten um Rückruf kurzerhand vom Anrufbeantworter löschen lassen. Petras Handynummer war in der Schule glücklicherweise unbekannt. Trotzdem würde sie diese Manöver nicht unbegrenzt durchhalten, das wusste Nele. Sie war schließlich nicht blöd. Aber jetzt verschaffte Mamas Hochzeitsreise ihr einen weiteren Aufschub.
Zwei Wochen.
Zwei Wochen auf jeden Fall. Plus die Tage, die es dann noch dauern würde, bis Mama dahinterkäme, dass ihre Tochter in diesem Schulhalbjahr der neunten Klasse an mehr Tagen geschwänzt als am Unterricht teilgenommen hatte.
Vielleicht kam ihr Vater schon vorher dahinter, überlegte Nele. Der nahm es ja heftig ernst mit seiner Aufsichtspflicht, damit hatte sie nicht gerechnet. Diese Weckaktion heute früh, also echt. In der Küche hatte dann schon eine Schale mit viel zu viel Müsli in viel zu wenig Milch bereitgestanden, aber weil er sie so erwartungsfroh angesehen hatte und es ihr für Erklärungen noch zu früh gewesen war, hatte sie die Pampe weggelöffelt. Dann hatte er genau aufgepasst, dass sie unbedingt ihre Schulsachen mitnahm. Immerhin auch eine Entschuldigung für den gestern versäumten Schultag geschrieben. Und ihr etwas Geld für einen Snack zustecken wollen, aber nach einem Blick in sein Portemonnaie hastig einen Rückzieher gemacht – er müsse

erst wieder zur Bank und sei auch etwas knapp bei Kasse. Verlierer. Na ja, arbeitslos halt. Zum Glück war Nele von ihrer Mutter für die nächsten Wochen großzügig mit Geld ausgestattet worden. Die konnte es sich neuerdings leisten, Maximilian zahlte ja sonst alles.

Der Zug hielt am Bahnhof Hoheluftbrücke. Nele stand von ihrem Platz auf, klemmte sich die Schultertasche mit den Schulbüchern fest unter den Arm und rammte sich durch die Masse griesgrämiger Fahrgäste zum Ausgang. Draußen regnete es immer noch. Eigentlich wäre sie gerne den ganzen Tag in der Wohnung ihres Vaters geblieben, ohne den Vater natürlich. Die Einkaufszentren hatte Nele längst satt. Die Wohnung ihres Vaters war zwar alles andere als glamourös, aber durchaus gemütlich. Und dieses besetzte Haus gegenüber, das fand sie ganz schön spannend.

Nun, eine Schlechtwetteralternative blieb ihr noch. Wenigstens für zwei Wochen.

Nele verließ den Bahnhof am Grindelberg, marschierte um die Ecke in die Schlankreye. Eine Straße, gesäumt von trutzigen Mehrfamilienhäusern aus rotem Backstein. In einem davon befand sich ihre Wohnung. Nicht ihr Zuhause, das gab es nicht mehr für Nele. Mama würde zum Monatsende zu Maximilian ziehen. Auch für Nele stünde dort ein riesiges Zimmer mit eigenem Bad bereit – falls sie nur wollte. Eigentlich wollte sie nicht. Mama rechnete natürlich damit, dass ihre Tochter nach zwei Wochen bei Linus auf Knien zu ihr zurückgekrochen kam. Und selbst, wenn ich nicht gekrochen komme, dachte Nele bitter – so erschrocken, wie Vater geguckt hat, als ich meine Sachen bei ihm abgeladen habe, schiebt er mich ab, sobald Mama wieder da ist.

Nele trat durch die Haustür ins Treppenhaus. Bevor sie die Stufen zur Wohnung hinaufstieg, leerte sie noch den Briefkasten. Es

befand sich nur ein behördengrauer Umschlag darin, mit dem Absenderstempel ihrer Schule.
Zwei Wochen.

Linus trat gezielt auf den Schalter des Staubsaugers, dessen Röhren daraufhin verstummte. Mit Staubsaugen war er heute sehr viel schneller durch als sonst. Im Flur war die meiste Bodenfläche von dem Gepäckberg bedeckt, da blieb nicht viel zum Saubermachen übrig. Und Neles Zimmer hatte er auch ausgespart – angesichts des röhrenden Saugungetüms war Chuck Norris schier ausgeflippt und wie irre herumgeflattert, bis der ganze Käfig schepperte. Vielleicht mochte der Vogel es bloß nicht mitansehen, wie man die am Boden verstreuten Fitzelchen seiner geliebten Toilettenpapierrolle wegsaugte. Also ließ Linus es.
Erst jetzt, als endlich Stille herrschte, hörte er das Telefon klingeln. Linus nahm ab. Es war Petra.
»Endlich gehst du ran! Ich lass es schon ewig klingeln …«
»Du hättest das Gespräch natürlich auch mit einer Entschuldigung dafür beginnen dürfen, dass du dich jetzt erst meldest«, konterte Linus gelassen. »Aber dann könntest du ja nicht gleich auf mich einprügeln.«
Normalerweise brannten Petra nach so einer Antwort sofort die Sicherungen durch. Wider Erwarten hörte Linus sie laut auflachen – durchaus herzlich.
»Du hast recht, Linus. Entschuldige bitte.«
»Kein Problem.« Linus wechselte das Standbein und lehnte sich gegen die Wand. Das lief ganz anders als gedacht. »Es ist nur so … Du hättest mir vielleicht etwas früher ankündigen sollen, dass Nele zu mir kommt. Und warum sie kommt.«
»Geht es Nele gut? Sie kann doch bei dir bleiben?« Das klang etwas besorgt. »In zwei Wochen sind wir wieder da.«

»Zwei Wochen sind nicht das Problem. Sie spricht davon, auch danach bei mir wohnen zu wollen. Hat schon ihre ganzen Klamotten hergeschafft. Samt Wellensittich.«
»So ein stures Stück«, schnaubte Petra. »Denk dir nichts dabei. Purer Pubertätsaktionismus.«
»Scheint mir ziemlich ernst gemeint zu sein.«
»Seit wann hast du von Teenagern im Allgemeinen und deiner Tochter im Besonderen die leiseste Ahnung?«
»Da bist du ja wieder, liebe Petra! Ich dachte schon, du bist in Amerika einer bewusstseinsverändernden Sekte beigetreten.«
Sie lachte tatsächlich schon wieder. Vielleicht war da doch was mit einer Sekte.
»Wenn du damit meinst, ich wäre anders als früher – damit liegst du bestimmt richtig, Linus!«
»Der Zauber der Ehe?«, spöttelte Linus.
Petra ging nicht auf seinen Tonfall ein. »Der Zauber der Ehe – ja, durchaus, wenn du so willst.«
»Ich habe nicht gewollt. Du früher auch nie.«
»Früher war ich nicht jung genug.«
Was soll man dazu sagen, dachte Linus. Und deshalb sagte er nichts dazu.
»Seid ihr schon verheiratet? Oder kommt das noch?«
»In drei Stunden.«
»Das volle Las-Vegas-Hochzeitsprogramm?«
»Wedding Chapel, Blumenstrauß aus dem Kühlschrank, Trauzeuge im Arrangement enthalten und hauptberuflich Elvis-Imitator. Er wird auch singen.«
»Romantisch.«
»Von Romantik hast du noch weniger Ahnung als von deiner Tochter!«
Schweigen.

»Entschuldige, Linus – das ist mir so rausgerutscht …«
»You can do anything, but lay off of my blue suede shoes.«
»Witzig.«
»So bin ich.«
Sie schwiegen beide. Linus lauschte einem transkontinentalen Verbindungsrauschen, bis sich Petra wieder meldete, mit dünner Stimme.
»Ich hätte Nele gerne dabeigehabt.«
»Werde ich ihr sagen.«
»Danke.« Möglicherweise schniefte sie etwas. Oder es war doch wieder nur transkontinentales Verbindungsrauschen. »Auch dafür, dass du auf Nele aufpasst.«
»Kein Problem. Alles Gute für die Hochzeit.«
»Danke.« Petras Stimme flatterte nicht mehr, sie hatte sich wieder gefangen. »Vielleicht kommt es bei dir ja auch noch mal so weit.«
»Dafür werde ich nicht mehr jung genug, wenn es nach deiner Logik geht.«
»Tschüs, du Greis!«
»Tschüs.«
Sie legten beide auf. Linus kehrte zum Staubsauger zurück, der im Flur vor der offenen Tür zu Neles Zimmer stand. Chuck Norris klammerte sich an die Gitterstäbe der Käfigwand und äugte misstrauisch auf Mensch und Maschine. Linus packte das Saugrohr wie einen Mikrofonständer, verstörte den Sittich durch einen dynamisch ausgeführten Elvis-Hüftschwung und schmalzte lautstark in die Bodendüse: »Well, since my baby left me/well I found a new place to dwell/well it's down at the end of Lonely Street/at Heartbreak Hotel …«
Chuck Norris krähte ohrenbetäubend, dann kickte er, seinem Namen alle Ehre bereitend, mit einem gezielten Kopfstoß den vollen Wasserbehälter aus seiner Halterung. Einmal mehr lande-

te der Napf samt Inhalt vor Linus' Füßen. Beifall sah anders aus. Wahrscheinlich stand Chuck nicht so auf Elvis.
Linus plötzlich auch nicht mehr.

Der Kühlschrank war abgestellt. Lebensmittel lagerten darin ebenso wenig wie in allen anderen verbliebenen Schränken, und das waren nicht mehr viele. Sie hatten schon reichlich Möbel verschenkt oder im Sperrmüll versenkt. Die wenigen Sachen, die Mama in Maximilians Villa mitnehmen wollte, waren schon dorthin umgezogen. In Neles Zimmer standen nur noch ein zerschlissener Sessel, ein wackeliger Kleiderschrank und zwei Billy-Regale.
»Du darfst dir die Möbel für dein neues Zimmer aussuchen«, hatte Mama gelockt, aber das hatte Nele nicht interessiert.
»Wirf weg und kaufe, was du willst«, hatte sie sich kategorisch verweigert, »mir ist es egal!«
Das stimmt auch, dachte Nele, als sie sich jetzt ein Glas Leitungswasser abfüllte und damit in ihr einstiges Kinderzimmer zurückkehrte. Zu dieser halbleeren Bude war ihr jegliche Beziehung abhandengekommen. Und den von Mama möblierten Jungmädchentraum in der Strahlemannhütte würde sie sich gar nicht erst ansehen.
Seufzend ließ sich Nele in den alten Sessel fallen, trank das Glas leer und griff nach einem schon reichlich zerfledderten Taschenbuch. »Inu Yasha«, Band eins. Über Jahre eine ihrer Lieblings-Mangaserien. Der Hundedämon Inu Yasha und das junge Mädchen Kagome auf ihrer Jagd nach dem Zauberjuwel. Nele blätterte sich durch das Buch, das sie längst auswendig kannte. Schon ein bisschen kindisch, gestand sie sich ein – diese ewigen Kämpfe mit Fabelwesen und Unholden. Mit fünfzehn ist man da ein wenig herausgewachsen. Trotzdem verkleidete sie sich immer noch gern als Kagome. Die wanderte zwischen den Welten: Ei-

gentlich ein ganz normales Schulmädchen irgendwo im modernen Tokio, sprang Kagome einfach in einen verwunschenen Brunnen, und bäämm! – landete sie zu völlig anderer Zeit in völlig anderer Umgebung. Das hatte Nele vom ersten Moment an faszinierend gefunden. So ein Brunnen wäre die Lösung meiner Probleme, dachte sie, das habe ich wahrscheinlich damals schon geahnt.

Sie steckte den Manga in ihre Schultasche. Dabei stach ihr der behördengraue Briefumschlag ins Auge, den sie dort vorhin ungeöffnet abgelegt hatte. Wenigstens lesen sollte ich ihn, überlegte Nele. Damit man weiß, was der Feind plant ... Sie riss den Umschlag auf.

»... wiederholt dem Unterricht unentschuldigt ferngeblieben ... wünschen dringlichst sofortige Kontaktaufnahme ... verweisen in diesem Zusammenhang auf § 37 Hamburgisches Schulgesetz (HmbSG) und die dort geregelte, grundsätzliche Verpflichtung zum Schulbesuch ... als Sorgeberechtigte nach § 41 HmbSG sind Sie verpflichtet, dass Ihr Kind am Unterricht teilnimmt ... bei weiterer Nichtbeachtung dieser Aufforderung erwägen wir gemäß § 41a HmbSG die zwangsweise Vorführung ...«

Erschüttert ließ Nele den Brief sinken. Zwangsweise Vorführung? Wie sollte man sich das denn vorstellen – Polizei, Handschellen oder was? Auf jeden Fall nichts Gutes. Sie fühlte ihren Magen wegsacken und schaffte es gerade noch bis zur Toilette, um sich dort zu übergeben. Es kam nicht viel, kein Wunder bei nur einer Schale Müslipampe und einem Glas Wasser. Scheißescheißescheiße, was mache ich nun?, fragte sich Nele verzweifelt, sackte neben der Toilette zu Boden und verharrte dort erschöpft, an die Wand gelehnt. Wäre die Kloschüssel ein Zauberbrunnen, ich würde hineinspringen. Bäämm! – und weg. Egal, welche Dämonen mich auf der anderen Seite erwarten – schlimmer kann es nicht kommen.

Aber solche Träume führten zu nichts. Sie brauchte einen Plan. Denk nach, Nele!, beschwor sie sich, rappelte sich auf und ging zurück in ihr Zimmer. Der Brief lag, wo sie ihn hatte fallen lassen: neben dem Sessel auf dem Fußboden. Nele nahm das Schreiben auf, setzte sich damit in den Sessel und las es erneut, Wort für Wort. Es hörte sich immer noch mies an. Die Formulierung »erwägen wir … die zwangsweise Vorführung« fand Nele jedoch nicht mehr ganz so erschreckend wie vorhin. »Zwangsweise Vorführung« klang natürlich heftig. Aber »erwägen wir« bedeutete immerhin nicht »hiermit beantragen wir«. Wer etwas erwog, überlegte noch, oder? Zwischen diesem Brief und einem Bullenwagen vor der Tür kommt bestimmt noch was, zog Nele ihren Schluss. Die Schule ist eine Behörde, und bei einer Behörde kommt immer noch was. Das dauert, bis da der Hammer fällt.

Aber er wird fallen. Und dann?

Man würde kommen, um sie zu holen. Zwangsweise. Aber *wohin* würde man kommen?, schoss es Nele plötzlich durch den Sinn. Hierher, zu dieser Wohnung. Die hatte Mama bereits gekündigt, zum Monatsende. Es gab sogar schon Nachmieter. Alle Formalien mit der Wohnungsgesellschaft waren längst geregelt, die restlichen Möbel sollte der Hausmeister nächste Woche wegschaffen. Wenn Mama zurückkam, trüge sie einen neuen Nachnamen. Hieße Albers, nicht mehr Wichmann wie ihre Tochter. Wohnte woanders, und so, wie Nele ihre Mutter kannte, meldete sie sich bestimmt ewig nicht um, weil sie Behördengänge hasste. Petra wäre nicht ohne weiteres ausfindig zu machen. Und wenn Nele nicht bei ihr wohnte, würde sich Mama garantiert nicht von sich aus um die Schule kümmern – das wäre dann nicht mehr länger ihre Sache.

Ich muss nur bei Vater bleiben, erkannte Nele. Den kennt in der Schule niemand. Weder ihn noch seine Adresse. Bis die das her-

auskriegen, ist die neunte Klasse durch. Nach neun Jahren ist die Schulpflicht vorbei, hatte sie mal gelesen. Keine Ahnung, was ich dann mache – aber jedenfalls das, was ich will. Ich muss Linus unbedingt dazu bringen, dass ich auch bei ihm wohnen darf, wenn Mama wieder da ist.
Linus ist mein Zauberbrunnen.
Bäämm! – und weg.

Tschüs, du Greis. Frechheit, dachte Linus und prostete sich selbst mit einem bereits halb geleerten Glas Rotwein zu, während er darauf wartete, dass sein betagter PC hochfuhr. Die Flasche mit dem Roten war auch schon halb leer. Und das am hellen Nachmittag. Eigentlich nicht seine Art. Aber wenn man schon arbeitslos ist, darf man auch mal ein Klischee bedienen, fand Linus und trank noch einen Schluck. Irgendwie war ihm danach. Das Telefongespräch mit Petra ging ihm nicht aus dem Kopf, dabei lag es bereits Stunden zurück. Wie viele Stunden? Linus sah zur Uhr: Genau drei Stunden. Showtime in Vegas. Er pfiff gedankenverloren ein paar Takte von Mendelssohns Hochzeitsmarsch, brach dann jedoch jäh ab – das Stück hatte der Trauzeugen-Elvis garantiert nicht im Repertoire.
Petra war innerhalb weniger Tage schon die Zweite gewesen, die ihn als Greis bezeichnet hatte. Die Hausbesetzer von gegenüber hatten ihn sogar einen desillusionierten Greis genannt. Warum bloß – nur weil er den Tatsachen ins Auge sah? Okay, für die jungen Wilden um den Pferdeschwanzheini galt wahrscheinlich jeder jenseits der dreißig als Greis. Prinzipiensache, damit konnte man leben. Aber Petra? Hat sich früher nicht jung genug gefühlt für eine Ehe. Lächerlich. Sie *waren* jung gewesen, alle beide. Sehr jung. Knapp über zwanzig, als sie sich kennenlernten. Vierundzwanzig, als Petra schwanger wurde. Hochzeit war für sie damals – und später – kein Thema gewesen. Die meisten Ehen in

ihrer Bekanntschaft endeten als totales Fiasko. Und wenn Linus an die Ehe seiner Eltern dachte …

Aber daran dachte er besser nicht. Jetzt nicht. Lieber noch mal das Glas nachschenken. Der PC meldete volle Einsatzbereitschaft. Linus prüfte das E-Mail-Postfach: Nichts. Im Briefkasten war heute auch nichts gewesen. Linus spürte, wie etwas in ihm aufkochte – eine brodelnde Mischung aus Frustration, Wut und Rotweindunst. Es gab sie ja, die Arbeitsplatzangebote. Und alle wollten Kandidaten mit Erfahrung und Disziplin und Verantwortungsbereitschaft und und und … Merkte denn keiner, dass man sich diese Eigenschaften vor allem durch ein paar Lebensjahre auf dem Buckel aneignete? Was leisteten schon Firmen wie diese Eventagentur *Event Emotion* – Kindergeburtstage auf gehobenem Niveau, na und? Feiern kann ich wie ein Weltmeister, dachte Linus und trank einen darauf, während er nebenbei die Homepage von *Event Emotion* aufrief. Guck sie dir an, diese Grünschnäbel. So eine Luftnummer. Da, diese Chefin. Graue Haare, und trotzdem verantwortlich für diese jugendwahnsinnige Stellenausschreibung. Daniela Andersen. Die ruf ich an, beschloss Linus spontan, der erzähle ich mal was übers richtige Leben!

Während er zum Telefon griff und die Nummer wählte, die auf der Homepage unter Daniela Andersens Foto stand, klappte die Wohnungstür. Nele kam ins Wohnzimmer, trat zu Linus und blickte neugierig auf den Monitor und die danebenstehende leere Weinflasche.

»Bewerbung? Ach – doch die Eventagentur?«

Linus warf ihr einen kurzen Blick zu und wies auf den Telefonhörer. Nele nickte und schwieg. Am anderen Ende zog ein melodisches Engelsorgan die Begrüßung über drei Oktaven: »Event Emotion, Sie sprechen mit Celia Karbach, wie kann ich Ihnen weiterhelfen?«

»Daniela Andersen, bitte«, hielt sich Linus kurz wie ein befehlsgewohnter Entscheidungsträger.

»Darf ich fragen, in welcher Angelegenheit …«

»Fragen Sie nicht.«

Das verwirrte den Engel nur für einen winzigen Augenblick.

»Ich verbinde, kleinen Moment.«

Das Warteschleifenintermezzo bestritt ein Potpourri aus Trance-Hip-Hop und Walgesängen. Dann übernahm eine atemlos hektische Frauenstimme.

»EventEmotionAndersenGutenTag.«

»Linus Kruse, guten Tag. Ich rufe an wegen Ihrer …«

»MomentkleinenAugenblickSekundemal …« Die Stimme drehte sich offenbar vom Hörer weg. Linus vernahm mehrere Leute in hitziger Diskussion, ohne verstehen zu können, worum es ging. Aber worum auch immer – die Stimme von Frau Andersen setzte sich im Kommandoton durch. Dann hechelte sie wieder Linus ins Ohr. »WaskannichfürSietun?«

»Die Stellenausschreibung«, nahm Linus neuen Anlauf. »Auf Ihrer Homepage suchen Sie einen jungen Menschen für den Posten als Projektleitung Assistance …«

»Und wie dringend, sage ich Ihnen!«, flötete Frau Andersen, um sofort wieder in Hektik zu verfallen: »KleinenMomenthieristwaslossorry …« Weg war sie, eine verbale Revolte im Hintergrund nahm ihren turbulenten Lauf bis zur einstweiligen Niederschlagung durch Daniela Andersens imperativschwangeres Stimmorgan.

Dann wandte sie sich wieder dem Telefonat zu. »Alsowowarenwirstehengeblieben …?«

»Projektleitung Assistance«, versuchte es Linus erneut. »Sie suchen einen jungen Menschen …«

»Stimmt genau«, fiel Frau Andersen ihm ins Wort, eindeutig schon wieder abgelenkt durch den nächsten Krawall im Off.

»Kommen Sie einfach her. Morgen, neun Uhr. Bisdannichmussins Meetingwirsehenunstschüs!«
Und weg. Linus starrte verdattert auf den Telefonhörer in seiner Hand.
»Was war das denn?«, erkundigte sich Nele neugierig.
Linus legte kopfschüttelnd den Hörer auf. »Ich soll da hin«, murmelte er.
»Echt? Die wollen dich? Ist ja super!«
»Ist doch zwecklos. Die wollen einen jungen Mann. Höchstens dreißig oder so. Die hat nicht richtig zugehört. Da herrscht das totale Chaos, sag ich dir …« Er griff zur Weinflasche und quälte die letzten Tropfen in sein Glas.
Das ist *die* Chance, schoss es Nele durch den Kopf. Sie griff zur Schreibtischlampe und drehte den Lichtkegel wie einen Suchscheinwerfer auf Linus' Gesicht. »Du hast noch tolle Haut. Und kaum Falten.«
»Was soll das?« Linus blinzelte verdutzt.
Nele drehte die Lampe wieder weg. »Ich schminke dich auf dreißig. Du gehst da morgen hin!«
Linus sah seine Tochter verdutzt an. Komm schon, sag ja, flehte Nele insgeheim. Vielleicht klappt es ja und du kriegst die Stelle. Dann bist du jeden Tag weg und merkst überhaupt nicht, dass ich nicht zur Schule gehe. Und ich kann hierbleiben und muss nicht bei Regen und Wind heimatlos durch die Gegend eiern.
»Stell dir vor, die nehmen mich – wie soll das auf Dauer funktionieren?«
»Ich kann dich auch jeden Tag schminken.« Dann brauchst du mich und ich darf immer bei dir wohnen, frohlockte Nele.
»Und was ist mit Personalpapieren? Gehaltsabrechnungen? Geburtsdaten?«
»In der Firma herrscht das totale Chaos. Hast du eben selbst gesagt.« Nele knuffte ihrem Vater aufmunternd die Faust gegen

die Schulter. »Hey, das sind doch Probleme von übermorgen! Erst mal musst du den Job kriegen! Schaffst du das?«

Meine Tochter vertraut mir, dachte Linus gerührt. Diese Erkenntnis schob ihn mindestens so an wie die Flasche Rotwein. Und was konnte bei dieser schrägen Aktion schon passieren? Schlimmstenfalls schmiss man ihn gleich wieder hochkant raus, na und? Ich bin der Mann, der immer wieder aufsteht. Er straffte sich und sah Nele direkt in die erwartungsvoll auf ihn gerichteten Augen.

»Ich schaffe das.«

5

Guten Morgen!«
Zu müde, um wirklich erschrocken zu sein, blinzelte Linus orientierungslos umher und erblindete umgehend beim direkten Blick in die just in diesem Moment aufflammende Deckenlampe. Als sich seine geblendeten Sehnerven endlich wieder anschickten, verschwommene Bilder zu übermitteln, schob sich, wie bei einer Sonnenfinsternis, ein Schatten vors Licht.
Nele.
»Aufstehen!«, kommandierte sie, packte seine Hand und zog ihren Vater gnadenlos aus dem Bett. »Ab ins Bad! Wenn du mit Duschen fertig bist, sag Bescheid. Dann steigt die Verjüngungskur.«
Oh Mann, diese Schnapsidee mit dem Jugendbluff, fiel es Linus endlich ein. Frau Andersen und *Event Emotion.* Er riss sich los und griff nach dem Wecker. Sechs Uhr. »Wer um diese Zeit aufsteht, altert rasant – da hilft keine Schminke.«
»Werden wir ja sehen«, bügelte Nele den Einwand ab und schob Linus vor sich her bis durch die Badezimmertür, die sie hinter ihm schloss. »Ich mache schon mal Frühstück«, hörte Linus sie noch durch die Tür verkünden. Dann entfernte sich Nele, um ihren frühmorgendlichen Aktivitätsdrang in der Küche auszutoben.
So ein Quatsch, dachte Linus. Worauf habe ich mich da bloß eingelassen. Aber Nele freut sich so, dass sie mir helfen kann, das ist wirklich rührend. Schon deshalb muss ich mitspielen. Nachher in der Agentur, das ist dann etwas anderes. Jetzt, zu nüchterner

Morgenstunde und bar aller rotweinbeflügelter Illusionen, war ihm völlig klar, dass sein Auftritt dort nur Minuten dauern würde. Was soll's, dachte Linus, dann bin ich umso eher wieder zu Hause und kann vielleicht noch einen Mittagsschlaf halten, bevor Nele aus der Schule kommt.

Eine Viertelstunde später stand er frisch geduscht, bekleidet mit Business-Oberhemd und heller Leinenhose bereit und rief nach seiner Tochter. Nele drückte ihn vor dem Badezimmerspiegel auf einen Stuhl und legte ihm eine Schürze um. Die meint es aber wirklich ernst, erkannte Linus.

»Musst du nicht gleich los zur Schule?«, erkundigte er sich hoffnungsvoll.

»Die ersten beiden Stunden fallen heute aus«, erklärte Nele, »der Biolehrer ist auf Klassenreise.« Sie betrachte Linus kritisch und wuschelte ihm durch die Haare. Flachsblond, wie meine, dachte sie. Na ja, er ist mein Vater – irgendwoher muss ich die ja haben. »Schon mal gut, dass du ein heller Typ bist. Da fallen die ersten grauen Haare nicht auf.«

»Ich hab keine grauen Haare«, protestierte Linus.

»Dafür hast du hier immer weniger«, stellte Nele gelassen fest und berührte die entsprechende Stelle an Linus' Hinterkopf. »Geht aber noch, es gibt ja auch Endzwanziger, die schon mit 'ner Vollglatze herumlaufen.«

»Na also.«

»Die Frisur ist allerdings echt panne. Da müssen wir ran.«

»Wieso, die trag ich immer so!«

»Eben.«

Bevor Linus es verhindern konnte, senste sich Nele mit klappernder Schere durch sein Haupthaardickicht, das er normalerweise einfach nach rechts scheitelte, bis ihn irgendwann die Länge nervte und er es in irgendeinem Billigsalon um einige Zentimeter stutzen ließ – um danach wieder mit der Aufforstung zu

beginnen. Ergeben schloss er die Augen und öffnete sie erst, als Neles Finger etwas Feuchtes in seinen Haaren verteilten.
»Gel? Das finde ich jetzt aber eine Spur zu …«
Statt einer Antwort drehte Nele sein Gesicht zum Spiegel. Linus stutzte. Seine Haare bildeten nicht mehr die vertraute Diagonalhaube, sondern vermittelten den Eindruck männlich-sportlicher Dynamik. Nicht schuljungenmäßig, aber auch nicht angepasst. Auf berechnende Art asymmetrisch zerzaust, nicht verzottelt. Das hatte was, musste er eingestehen.
»Nicht schlecht. Passt irgendwie nicht zu meinem Gesicht – aber im Prinzip gar nicht mal so übel …«
»Dein Gesicht kommt auch noch dran«, versicherte Nele. »Mal sehen. Der helle Hauttyp ohne heftige Faltengräben …«
»Du guckst mich an, als wäre mein Gesicht ein Stück Land«, beschwerte sich Linus.
»So ungefähr ist es auch«, versetzte Nele ungerührt. »Leider gibt's diese Gegend schon länger. Deshalb muss man Landschaftspflege betreiben.«
Sie kramte in ihrem Arsenal geheimnisvoller Tiegel und Tuben, fand anscheinend darunter etwas, was sie zufriedenstellte, und pinselte diese Substanz auf ein paar Quadratzentimeter Linusgesicht unterhalb seines rechten Auges. Dann richtete sie sich auf und begutachtete das Werk kritisch. Linus beugte sich vor und peilte in den Spiegel. Partiell anders, aber unvollständig.
»Transparentes Make-up«, erklärte Nele. »Reflektiert das Licht, wirkt nicht zugekleistert. Scarlett Johansson benutzt das oft.«
»Ich will nicht nach Hollywood, ich will einfach nur jünger aussehen.«
Nele ging darauf nicht ein, sondern verwandelte mit flinken Händen weitere Bereiche seines Gesichts in ein Testgelände für diverse Pasten und Pulver.
»Ich fühle mich wie eine Baustelle!«, mokierte sich Linus.

»Du *bist* eine Baustelle.«
Linus schloss ergeben seufzend die Augen und ließ seine Tochter weiterwerkeln. Schließlich hielt sie inne und ließ von ihm ab. Linus riskierte einen vorsichtigen Blick. »Fertig?«
Nele musterte ihn nachdenklich, schüttelte den Kopf. »Das ist alles nichts.«
»Okay. Du hast es versucht. Wieder ins Bett?« Linus wollte sich schon die Schürze abnehmen, aber Nele fuhr dazwischen.
»Nichts da.«
Sie tränkte einen Waschlappen mit Warmwasser, klatschte ihn Linus ins Gesicht und rubbelte darauf herum.
»Was … soll … denn … das …«, stieß Linus hervor, unterbrochen von energischen Waschlappenwischern über seinen Mund.
»Reset. Alles auf Null.«
Der Lappen flog ins Waschbecken. Linus schnappte nach Luft. Bevor er weiter protestieren konnte, spürte er, wie sich Neles Hände beiderseits an seine Schläfen legten und seinen Kopf stillhielten. Dann tauchte ihr Gesicht vor ihm auf und näherte sich dem seinen bis auf wenige Zentimeter. Mit forschendem Blick, total konzentriert, erkannte Linus. Sie sagte nichts, schaute nur. Linus schwieg ebenfalls. So nahe waren wir uns seit mindestens zehn Jahren nicht, dachte er.
Dann verflog dieser Moment. Nele wandte sich wieder ihrem Kosmetikarsenal zu. Sie füllte zwei Substanzen in ein Glas und begann sie zu verrühren. Pure Alchemie.
»Was tust du da?«
»Ich weiß jetzt, wie wir es machen. Spezial-Rouge à la Katie Holmes!«
»Botox und Krötenblut?«
»Flüssig-Concealer und Gesichtscreme, gemischt im Verhältnis eins zu drei«, erklärte Nele, eifrig weiterrührend. »Katie sieht damit locker zehn Jahre jünger aus. Du auch, garantiert.« Sie

wandte sich ihrem Vater zu und begann, das Gemisch mit einem feinen Pinsel in seinem Gesicht zu verteilen.
»Das Zeug verschmilzt förmlich mit der Haut. Die Lippen lassen wir so, wie sie sind …«
»Keinen Schmollmund? Oooch.«
Nele ließ sich nicht aus dem Konzept bringen und verpinselte weiter Spezial-Rouge. »Nachher noch etwas Feuchtigkeitsgel auf die Augenfältchen. Gewöhne dir das Stirnrunzeln ab. Das gibt Falten. Auch nicht die Augenbrauen hochziehen, aus demselben Grund. Apropos Augenbrauen …« Sie beendete die Pinselarbeit, stellte die Gemischreste im Waschbecken ab und zog eine filigrane Schere aus einem Etui. Linus schwante Übles.
»Du willst doch nicht meine Augenbrauen beschneiden?«
Nele lächelte zuckersüß. »Man kann Augenbrauenhaare auch auszupfen. Wäre dir das lieber?«
Linus schluckte und schüttelte den Kopf.
Nele ließ probeweise die Schere ein paarmal leer klappern, dann begann sie ihr Werk. »Wenn ich es hinkriege, die Augenbrauenbögen von der Mitte bis nach außen etwas höher geschwungen zu stutzen, wirkt dein Gesicht gleich viel jünger und optimistischer – wirst schon sehen.«
»Woher weißt du das alles?«, staunte Linus. »Du bist fünfzehn, du brauchst dich doch nie jünger zu schminken!«
»Älter schminken funktioniert kaum anders«, schmunzelte Nele. »Und das kann ganz schön nützlich sein. Vor der Disco zum Beispiel, wenn man eigentlich altersmäßig noch nicht reindarf …«
»Okay. Ich frag nicht weiter.«
»Besser nicht. So, fertig.« Sie nahm ihm die Schürze ab. Linus beugte sich vor und betrachtete verwundert sein Spiegelbild. Das war er – aber wie: Die neue Frisur und ein Gesicht, das wesentlich ausgeschlafener wirkte, als er sich fühlte. Rosig, glatt, frisch. Runderneuert. Und jünger. Viel jünger.

»Wahnsinn«, entfuhr es ihm. »Echter Wahnsinn. Und das hält?«
»Einen Tag lang locker, solange du dich nicht unter die Dusche stellst. Gefällt es dir?«
Linus erhob sich vom Stuhl und sah seine Tochter an, wie sie erwartungsvoll dastand, Schürze und Schere noch in der Hand.
»Du hast es geschafft. Einfach irre!«
»Linus Kruse, dreißig Jahre?«
»Noch zwei Stunden in deiner Hand, und dein Großvater könnte wieder Kindergeld für mich beziehen. Respekt!«
Nele freute sich sichtlich, wandte sich dann aber verlegen ab. Warum umarme ich sie nicht?, fragte sich Linus. Es ging einfach nicht. Wahrscheinlich bröckelte dann auch das Make-up.
»Frühstück steht in der Küche«, antwortete Nele schlicht. »Und dann musst du los.«

Herbstanfang, doch sein Gefühl stand auf Sommer. Witzig, was ein paar Gramm Pulver und Creme alles verändern können, dachte Linus. Er ging auch anders, fiel ihm auf. Irgendwie flotter. Straffer. Beschwingt, könnte man sagen. Nun übertreib es nicht, bremste er sich umgehend. Bist immer noch der gleiche Kerl wie gestern und sogar einen Tag älter als gestern. Tust das hier nur für deine Tochter und lässt dich von ihrer Euphorie anstecken. Wahrscheinlich würden andere die Veränderungen an ihm gar nicht bemerken. Höchstens die Frisur, die war tatsächlich ziemlich anders als zuvor.
Auf dem Weg zur U-Bahn kam Linus am Laden von Bärbel Maschmann vorbei, und das brachte ihn auf eine Idee. Testlauf. Freddy blickte wie gewöhnlich nicht von seiner Lektüre auf, als Linus das Geschäft betrat. Bärbel stand hinter dem Kassentisch, sortierte Zigarettenstangen ins Regal und wandte ihm den Rücken zu, als er sich mit einer Tageszeitung näherte und freundlich grüßte.

»Guten Morgen.«
»Hallo, guten Morgen, Lin…« Bärbel Maschmann wandte sich um und stutzte, sichtlich überrascht. »Oha. Sind Sie der jüngere Bruder von Linus Kruse?«
»Ich habe keinen Bruder, liebe Bärbel«, schmunzelte Linus.
»Bei einem Vater wie Valentin wäre ich mir da nicht so sicher«, stichelte Freddy, der nun doch herübersah und Linus ebenfalls musterte – für seine Verhältnisse sogar mit bemerkenswertem Interesse.
»Bist du hier jetzt auch für Humor zuständig?«, ätzte Linus zurück.
»Wieso, lacht jemand?«
»Bleibt friedlich, Leute«, fuhr Bärbel resolut dazwischen. »Und nun erzähle, was los ist, Linus!«
»Was soll schon los sein. Gar nichts.«
Bärbels Augen hinter den Brillengläsern funkelten neugierig. »Es ist erst kurz nach acht. Das ist nicht deine Zeit. Du siehst ziemlich ausgeschlafen aus, warst beim Friseur: Du hast *doch* eine neue Freundin, Linus Kruse – gib es zu!«
»Nur die Gitarre und das Meer, wie bei Freddy.« Linus zwinkerte verwegen, legte abgezähltes Kleingeld auf den Tresen und wandte sich zum Gehen. Hinter sich hörte er Bärbel laut spekulieren.
»Da ist was, hundertprozentig …«
Doch bevor sie weiter nachbohren konnte, war Linus bereits draußen. Mission erfüllt, freute er sich. Es fällt auf, was Nele mit mir gemacht hat. Und zwar genau so wie erhofft: Er wirkte jünger. Der jüngere Bruder vom alten Linus Kruse. Auf in den Kampf, dachte Linus. Nur ein paar Gramm Pulver und Creme, aber er fühlte sich buchstäblich gewappnet.
Event Emotion residierte in Bahrenfeld. Auf dem Weg dorthin musste Linus von der U-Bahn in die S-Bahn umsteigen und ein

paar Minuten auf offenem Bahnsteig auf den Zug warten. Ein heftiger Schauer peitschte über die Gleise. Linus stand unter dem Bahnsteigdach im Trockenen. Sonst hätte er den kleinen Taschenschirm aufgespannt, den Nele ihm wohlweislich mit der Anweisung in die Hand gedrückt hatte, im Sinne eines intakten Make-ups nicht nur Duschen, sondern auch starke Regengüsse zu vermeiden.

Der Zug lief ein und hielt. Linus sah sich einer Waggontür gegenüber, durch die an dieser Station niemand ausstieg – also zog er sie am klatschnassen Griff auf und blieb drinnen gleich neben der Tür stehen, es war für ihn nur eine Fahrt von wenigen Stationen. Gerade wollte er nach einem Taschentuch für seine nassen Hände kramen, da ertönte das Abfahrtssignal und ein verspäteter Passagier eilte direkt auf die offene Tür vor Linus zu: eine zierliche Brünette mit klappernden Absätzen und wehendem, hellem Blazermantel über weinroter Bluse. In der einen Hand hielt sie eine Ledertasche, die andere umklammerte einen dampfenden Pappbecher. In ihrem Blick stand pure Verzweiflung, als sich nun die ersten Waggontüren klappernd schlossen. Resigniert stoppte sie ab.

»Kommen Sie!«, rief Linus der Frau zu und packte entschlossen den Türgriff, um ihr den Einstieg offen zu halten. Die Frau schaltete schnell und stürmte entschlossen voran. Die Tür in Linus' Hand ruckelte erst langsam, plötzlich sehr heftig und entglitt dem Griff seiner nassen Finger – genau in dem Moment, als die Frau den Einstieg beinahe erreichte. Linus sah von innen, wie der Außentürgriff der Frau den Becher aus der Hand schlug. Die Kaffeegranate explodierte beim Vollkontakt und tränkte Mantel, Bluse und den ganzen Rest schwarzbraun. Linus blickte durch die Scheibe in schreckgeweitete Augen und auf rote Lippen, die sich sichtbar zum entsetzten »Oh!« formten – dann fuhr der Zug an, und das Bild verschwand wie eine Rollkulisse.

Dumm gelaufen, bedauerte Linus, während er sich endlich die Hände am Taschentuch trocknete. Egal. Konzentriere dich auf deine Veranstaltung. Ich habe nichts zu verlieren, redete er sich ein. Auch noch, als er sich nach kurzem Fußweg von der S-Bahn-Station den Bürobauten aus Chrom und Glas näherte, die erst vor wenigen Jahren auf einem ehemaligen Industriegelände entstanden waren. Die Firma *Event Emotion* bewohnte eine halbe Etage und schien ernsthaft bestrebt zu sein, ihren Besuchern schon das Entree zum Ereignis werden zu lassen. Hinter einem imposanten Empfangstresen aus Acrylelementen mit integrierter Neonbeleuchtung, der sich in jeder Glamourshow als zentrales Bühnenmöbel gut gemacht hätte, lächelte Linus ein fleischgewordener Männertraum in 3-D entgegen.

»Guten Tag, was kann ich für Sie tun?«

6

Die Drei-Oktaven-Modulation kannte Linus bereits vom Telefon. Als Live-Performance war sie noch weitaus hitverdächtiger.

»Ich habe einen Termin bei Frau Andersen. Es geht um die Stelle als Projektleitung Assistance. Linus Kruse ist mein Name.«

Sie schenkte ihm ein strahlendes Lächeln. »Moment bitte, ich melde Sie an.«

Während die Empfangsfee zum Telefon griff und ihrer Chefin den Besucher ankündigte, versuchte Linus das Namensschildchen zu entziffern, das sie an ziemlich exponierter Stelle trug. Celia Karbach, las Linus. Ein bisschen peinlich, Celia dabei sozusagen zwangsweise auf den Busen starren zu müssen. Aber vielleicht war das ja auch Absicht. Wahrscheinlich starrten ihr sowieso alle Männer ungeniert aufs Dekolleté, da sollten sie wenigstens was zu lesen haben.

»Frau Andersen erwartet Sie.« Celia Karbach legte den Hörer auf und wies auf eine Glastür. »Durch die Tür, den Flur entlang, die letzte Tür rechts.«

»Danke.«

Linus passierte die Glastür. Alle Seitentüren standen offen. Da die Wände zum Flur hin überwiegend aus Glaselementen bestanden, herrschte ohnehin freie Sicht auf alle Mitarbeiter. Linus lugte im Vorbeigehen neugierig in die Büroräume hinein, in denen junge Menschen mit jugendlichem Elan trendigen Aufgaben nachgingen – worin diese auch immer bestehen mochten. Auch die letzte Tür rechts war unverschlossen.

Linus blieb trotzdem höflich im Rahmen stehen und klopfte an.
In der Mitte ihres geräumigen Eckbüros rannte eine Frau Schneisen in die gediegene Auslegware und rang dabei, wild gestikulierend, die Hände. Daniela Andersen trug ihr graues Haar in elegantem Bobschnitt, am fitnessgestählten Körper kein Pfund zu viel und im Blick pures Eis. Außerdem führte sie anscheinend Selbstgespräche, ohne von Linus Notiz zu nehmen.
»... mit einer Incentivereise durch die Puffs von Rio können Sie vielleicht Bausparkassenvertreter beglücken! Unsere Kunden erwarten mehr Niveau. Ich, offen gestanden, ebenfalls. Wenn Sie das nicht draufhaben, gibt es ja noch andere Veranstalter ...«
Erst jetzt bemerkte Linus den kleinen Ohrhörerknopf und das dünne Kabel mit dem winzigen Mikrofon. Frau Andersen nickte ihm knapp zu, was Linus als Aufforderung zum Eintreten wertete. Frau Andersen beschwerte sich auch nicht, als Linus sich nun bis auf ein paar Schritte an sie herantastete, sondern telefonierte ungebremst weiter.
»... keine Nepplokale, keinen Bauchtanz, keine Billighasenjagd. Niveau. NIVEAU! Günstig darf es trotzdem sein. Wir behalten die Preise im Auge. Also dann.« Sie drückte das Gespräch weg und taxierte Linus mit dem berechnenden Blick eines Gerichtsvollziehers. »Herr Kruse ...?«
»Ja, genau, ich komme aufgrund unserer telefonischen ...«
Wie aufs Stichwort schweifte Frau Andersens Blick plötzlich wieder von Linus ab. Ihre Hand fingerte am Mobiltelefon herum. Sie lauschte kurz, ihre Stimmlage wechselte blitzartig auf Attacke – mit genug Stahl darin, um aus jedem Feuerstein Funken zu schlagen. »Sie schaffen es nicht? Was soll das heißen, Marlene? Wann sind Sie hier? Ach, verdammt ... Sehen Sie zu, dass Sie endlich herkommen!«
Daniela Andersen beendete das Telefonat und wandte sich fast

übergangslos wieder Linus zu. »Projektleitung Assistance, richtig?«
»Richtig.«
»Sind Sie nicht ein bisschen zu … reif für so einen Anfängerjob?«
»Ich bin dreißig. Eigentlich sogar noch neunundzwanzig …« Bloß nicht schwitzen. Bestimmt kontraproduktiv fürs Make-up. »Ein paar Jahre Erfahrung in der Werbebranche habe ich aber schon. Und Lust auf neue Erfahrungen …«
»Schwul?«
»Bitte?«
»So viel Schminke bei einem Mann. Kenne ich nur von Tucken.«
»Neuheit. Männer-Make-up. Ich teste die Hautverträglichkeit im Auftrag eines dermatologischen Instituts«, log Linus, ohne mit der Wimper zu zucken. Kam sowieso nicht mehr darauf an, dachte er. Es klappte nicht. Neles bescheuerter Idee mit der Verjüngungskur ging angesichts des Andersenschen Eisblicks die Luft aus wie einem erschlafften Wetterballon beim Abstieg aus der Stratosphäre.
»Dann haben Sie ja schon einen Job.«
Daniela Andersen fummelte bereits wieder an ihrem Telefon. Der nächste Anruf. Geh nach Hause, sagte sich Linus, es ist vorbei, bevor es angefangen hat. Er wandte sich resigniert ab. Hinter sich hörte er Frau Andersen entsetzt ausrufen: »Sind schon da? Und Marlene?« Gerade wollte Linus aus der Tür, da spürte er eine Hand auf der Schulter.
»Moment, Herr Kruse.«
Daniela Andersen nahm den Ohrhörerknopf ab und legte das Teil inklusive Kabel und Telefon auf einem Regal ab. In ihrem Blick las Linus eine Spur von Panik, als sie ihn nun ins Visier nahm. »Sie wollen den Job wirklich?«
Linus nickte nur.
»Dann dürfen Sie jetzt zeigen, was Sie draufhaben. Kommen

Sie.« Sie zog ihn mit sich hinaus auf den Flur. »Sagt Ihnen der Name Robert Gronau etwas?«
»Eher nicht.«
»Donald Trump?«
»Dieser New Yorker Immobilien-Mogul?«
Diesmal nickte Frau Andersen. Sie blieb stehen und sah Linus eindringlich an. »Gronau ist der Donald Trump von Hamburg. Bloß nicht so extrovertiert. Aber nicht viel ärmer.«
»Schön für ihn.«
»Und jetzt will er heiraten«, fuhr Frau Andersen unbeirrt fort. »Keine Riesenparty, nur so an die zweihundert Gäste – aber alle dabei, die in dieser Stadt etwas zählen! Sie ahnen nicht, was ich alles auf die Beine gestellt habe, um die Braut davon zu überzeugen, dass *Event Emotion* dafür das Konzept liefert und die Feier ausrichtet. Selbst wenn wir kaum daran verdienen würden – die Werbung in diesen Kreisen ist unbezahlbar. Ein Quantensprung für unsere Firma!«
»Schön für Sie.«
»Ja, richtig toll!«, fauchte die Andersen plötzlich giftig. »Gronau und Braut sitzen jetzt im Konferenzzimmer und warten gespannt auf unser Szenario für ihren großen Tag! Und was macht die Projektleiterin? Ist nicht da, verdammt!« Sie schob sich bis auf einen Schritt an Linus heran und fixierte ihn mit Schlangenbeschwörerblick. »Aber Sie sind da. Und Sie lassen sich etwas einfallen. Sofort.«
Linus starrte unbewegt zurück. »Sie pokern ganz schön hoch.«
»Einstellungssache. Für Sie sogar: buchstäblich.«
Für einen Moment gefror das Blickduell quasi im Standbild. Dann deutete Linus ein einvernehmliches Grinsen an. »Okay.«
Die Agenturchefin genehmigte ihren Mundwinkeln ebenfalls ein positiv interpretierbares Zucken. »Dann los.«
Sie setzte sich in Bewegung, Linus folgte ihr. Ich habe nichts zu

verlieren, nur eine vage Chance, dachte er. Hochzeiten waren allerdings eher nicht sein Thema. Aber was ist, andererseits, überhaupt mein Thema?, sann er weiter. Und dann fiel ihm sein Vater ein, an den er sonst höchst selten einen Gedanken verschwendete. Valentin, der Größte aller Schaumschläger. Verliehe man einen Doktortitel im Fachbereich »Blenden und Spiegelfechten«, Valentin bestünde die Promotion mit Auszeichnung. Und ich bin sein Sohn, sagte sich Linus. Vielleicht ist das ja endlich mal zu etwas gut. Auch wenn die Nummer mit der Schminke geplatzt ist – ich habe mich vorhin gut gefühlt. Stark, jung und dynamisch. So wie schon ewig nicht mehr. Vielleicht geht da was. Nichts zu verlieren, Linus.

»Ist es nicht ein bisschen ungewöhnlich, dass ein Kunde dieses Kalibers persönlich hierherkommt, anstatt Sie in seinem Büro oder sonst wo antanzen zu lassen?«, erkundigte sich Linus, während er hinter der Agenturchefin durch den Flur eilte.

»Gronau passt in kein Kaliber. Der ist sein eigenes Format.« Daniela Andersen stoppte vor einer Tür, die ausnahmsweise keinen Einblick in den dahinterliegenden Raum gestattete. »Showtime, Herr Kruse.« Sie drückte entschlossen die Klinke.

Der Konferenzraum überraschte mit beinahe gemütlichen Ledersitzmöbeln und eher wohnlichem als geschäftsmäßigem Ambiente. Wesentlich eindrucksvoller fand Linus jedoch die Gestalt, die wie selbstverständlich am Kopfende des Konferenztisches Platz genommen hatte – als Chef im Ring sozusagen. Robert Gronau wirkte in seinem perfekt maßgeschneiderten Anzug wie der Prototyp eines britischen Gentlemans. Eine gewisse physiognomische Ähnlichkeit mit dem Schauspieler Roger Moore unterstrich diesen Eindruck noch. Einige tiefe Falten verliehen seinem Gesicht eine interessante Kantigkeit. Bei anderen hätten diese Kerbungen vielleicht alt und hässlich ausgesehen. Bei Gronau wirkten sie wie die Schützengräben zurückliegender Lebenskämpfe, und wer diese gewonnen hatte, daran ließ sein wacher, alles und jeden taxierender Blick keinen Zweifel aufkommen. Sein Alter war für Linus nicht leicht zu schätzen. Irgendwo jenseits der sechzig, möglicherweise auch noch in den späten Fünfzigern. Gronaus Haare waren noch voll und eher blond als grau – aber heutzutage ließ sich ja alles zurechtschummeln, rief sich Linus eingedenk seiner morgendlichen Behandlung durch Nele in Erinnerung.

Die Frau an Gronaus Seite beherrschte mit Sicherheit alle Tricks gelungener Erscheinungsoptimierung. Und das, obwohl sie offensichtlich schon von Natur aus mit einem Maß von körperlichen Vorzügen gesegnet war, für dessen Zuteilung die meisten Normalmenschen zeitlebens ihrem Schöpfer auf Knien rutschend gedankt hätten. Gronaus Braut, nach erstem Eindruck bestenfalls halb so alt wie ihr künftiger Gatte, strahlte den Eintretenden erwartungsvoll entgegen und wurde von Daniela Andersen mit angedeuteter Umarmung und Luft-Bussi begrüßt. Robert Gronau grüßte hanseatisch-kernig mit Handschlag.

»Liebe Frau von Bornkamp, Herr Gronau – darf ich Ihnen Linus Kruse vorstellen, meinen Projektleiter …«

Noch nicht mal eingestellt und schon befördert, registrierte Linus und schüttelte seinerseits Hände. Wahrscheinlich auch gleich gefeuert. Mehr kann ein Tag kaum bieten.

»Wo ist denn die Dame, mit der ich neulich telefoniert habe?«, erkundigte sich Frau von Bornkamp. »Wir hatten bereits einiges besprochen, was meine – *unsere* – Vorstellungen von der Feier betrifft …«

»Frau Fischer? Die ist leider erkrankt. Aber bei unserem Herrn Kruse ist Ihre Angelegenheit in besten Händen!«

»Dann lassen Sie mal hören.«

Schluss mit Geplänkel und Begrüßungsritualen. Robert Gronau gab mit seiner ersten verbalen Äußerung den Startschuss. Alle

Blicke richteten sich erwartungsvoll auf Linus, dessen Gedanken akut Sprintgeschwindigkeit aufnahmen. Ich kann nicht einfach nachfragen, was die Braut mit dieser Frau Fischer besprochen hat, überlegte er fieberhaft. Dann wäre gleich klar, dass ich völlig unvorbereitet bin. Ich brauche eine Geschichte. Und einen Grund dafür. Los, Linus. Vor seinem geistigen Auge formte sich plötzlich so etwas wie eine Idee.

»Sie sind ein reifes Paar. Sie stehen beide mitten im Leben. Trotzdem haben Sie noch diesen Traum: Heiraten. Gemeinsam füreinander einstehen …«

»Für die Ansprache haben wir schon jemanden«, unterbrach Gronau trocken. »Von Ihnen erwarten wir Vorschläge zum Ablauf.«

»Vegas!«

Linus erntete verständnislose Blicke, ließ sich aber davon nicht bremsen. »Ein Ort der Wirklichkeiten und gleichzeitig ein Ort der großen Träume. Glamour, Glanz und Geschäft – ja, auch das gehört dazu. Immerwährende Präsenz und doch so entrückt. Ein modernes Märchen. Ein Ort wie geschaffen, um Einzigartiges geschehen zu lassen: Ihre Hochzeit. Las Vegas.«

Gronau zog nur eine Augenbraue eine Spur weit hoch und betrachtete Linus, als wäre der eine Insektenmutation. Daniela Andersen hielt die Luft an, offenbar wild entschlossen, sich jeglichen Kommentar zu verkneifen. Frau von Bornkamp übernahm den offenen Protest. »Meinen Sie allen Ernstes, wir schaffen unsere Gäste zum Feiern nach Las Vegas?«

»Keineswegs.« Linus lief jetzt richtig rund. Nichts zu verlieren zu haben verlieh ihm enorme Souveränität. »Las Vegas kommt nach Hamburg. Wir bauen Casino-Flair in eine geeignete Location. Springbrunnen, schrille Deko, Spielautomaten – alles in Neonfarben. Wir beeindrucken mit dem Überraschungseffekt: Hanseatische Gediegenheit trifft überdrehten Glamour. Wir spiegeln damit die Einmaligkeit, die Individualität Ihrer besonderen Verbindung wider. Ihre Beziehung ist doch etwas Besonderes, nicht wahr?«

»Selbstverständlich ist sie das!«, erwiderte Frau von Bornkamp pikiert. »Ich hatte aber trotzdem eher an die Eppendorfer Hochzeitskirche gedacht und an eine Kutsche vielleicht. Ihr Vorschlag klingt ein bisschen – na ja, billig ...«

»Billig wird es nicht«, schmunzelte Linus. »Im Ernst: Eppendorfer Kirche und Kutsche mit Schimmeln, das ist, mit Verlaub, ein Kleinmädchentraum. Das sind nicht Sie! Sie sind eine faszinierende Frau, eine vielschichtige Persönlichkeit. Sie hecheln nicht dem flüchtigen Zeitgeist hinterher, Sie setzen den Maßstab!«

Das gab Frau von Bornkamp spürbar zu denken. Verunsichert klimperte sie mit den höchst ansehnlichen Augenwimpern und sah zu ihrem Mann hinüber. »Was sagst du dazu, Schatz?«

»Ich soll also meine Gäste zwischen Daddelautomaten und Kellnern im Elvis-Kostüm plazieren. Wir reden über Gäste wie Senatoren, führende Wirtschaftsvertreter und andere Spitzen der Gesellschaft.« Robert Gronau musterte Linus mit einem Blick, der jeden anderen auf der Stelle hätte schrumpfen lassen. Aber Linus surfte auf seiner Euphoriewelle locker darüber hinweg.

»Genau. Und die haben steife Tischordnungen, Galadiners und diese ewigen hochgetakelten Schlips-und-Kragen-Veranstaltungen längst satt. Wie oft haben Sie sich selbst bei so etwas schon extrem gelangweilt? Ganz ehrlich?«

»Ziemlich oft«, gab Gronau zu – amüsiert lächelnd, registrierte Linus erfreut. Weshalb er sofort nachsetzte.

»Und keine Angst, Kellner im Elvis-Kostüm wird es nicht geben. Das trägt nur einer: Ihr Trauzeuge.«

»Glaube kaum, dass mein Bruder so was anzieht«, versetzte Gronau, was seine Braut zum spontanen Einwand animierte: »Wir wollten doch meine Freundin Eva und ihren Mann bitten, unsere Trauzeugen zu sein!«

»Das klären wir noch, Rebecca.«
»Und schon ist der Familienstreit programmiert!«, trumpfte Linus auf. »Wen auch immer Sie als Trauzeugen wählen, andere fühlen sich übergangen. Ist Ihr Trauzeuge ein Elvis-Double, wissen alle, es kommt hier nur auf eins an: Ihre Ehe! Und welcher normale Trauzeuge wäre schon imstande, die Zeremonie mit der Hymne Ihrer einzigartigen Beziehung zu krönen …«
»Welche Hymne, bitte?«
»Love me tender, love me sweet, never let me go«, schmalzte Linus hemmungslos, in großer Pose die Arme ausbreitend. »You have made my life complete and I love you so!« Er ließ die Arme wieder sinken. »Sich gegenseitig das Leben zu komplettieren – darum geht es. Und Sie zeigen es allen. Mit Ihrer *Event Emotion*-Hochzeit im Las-Vegas-Style.«
Daniela Andersen stand stocksteif, wie vom Donner gerührt. Rebecca von Bornkamp blickte hilflos abwechselnd auf Linus und auf ihren Bräutigam, mittlerweile komplett verwirrt. Robert Gronau ließ sich keine Gefühlsregung anmerken, ganz der hartgesottene Geschäftsmann. Er nickte der Agenturchefin gelassen zu. »Schönen Tag noch. Den Weg nach draußen finden wir allein.« Damit hakte er seine Braut unter und verließ mit ihr den Konferenzraum. Daniela Andersen musterte Linus schweigend, dann ließ sie mit einem langen Seufzer die Atemluft ab, schüttelte den Kopf und stellte fest: »Sie sind ja ein ganz Durchgeknallter.«
»Ich finde meine Idee super«, verteidigte sich Linus. »Alle, mit denen ich in letzter Zeit über das Thema ›Hochzeit‹ gesprochen habe, reden von einer Feier in Las Vegas.«
»Durchgeknallt!«
»Sie haben es darauf ankommen lassen. Ich eben auch. Gespielt, verloren. Und nun?«
»Meine Partie läuft noch. Ich habe sowieso nicht damit gerechnet, dass Sie der Jackpot sind …«

Die Tür zum Flur wurde schwungvoll geöffnet. Herein wirbelte eine zierliche Brünette. Die Absätze klapperten immer noch. Der helle Blazermantel und die weinrote Bluse waren allerdings durch eine Wildlederjacke und ein cremefarbenes Top ersetzt worden – eine Maßnahme, die zweifellos notwendig geworden war, nachdem Linus der Dame den Kaffee per S-Bahn-Türgriff aus der Hand geschossen hatte. So abgehetzt, wie sie sich vor Daniela Andersen aufbaute, war sie wahrscheinlich seit diesem verhängnisvollen Missgeschick im Laufschritt unterwegs gewesen.

»Was ist mit Gronau und der Bornkamp los?«, hechelte sie atemlos. »Die sind eben am Fahrstuhl an mir vorbeigeschossen und …« Erst jetzt registrierte sie Linus' Anwesenheit. Erkannte ihn als den Kaffeezerstörer aus der Bahn und nahm ihn aufgebracht aufs Korn. »Was machen Sie denn hier?«

»Die Probleme lösen, die ich nur deshalb habe, weil Sie unpünktlich sind, Marlene!«, funkte die Agenturchefin dazwischen.

»Ich bin unpünktlich, weil genau dieser Mann …«

»Interessiert mich nicht.« Daniela Andersen wischte Marlenes Einwand mit unwirscher Geste beiseite. »Haben Sie das Konzept für die Hochzeit fertig?«

»Ja!«

»Gut. Dann rufe ich Gronau an und sage ihm, dass sich unser Mitarbeiter Herr Kruse als Vertreter der kurzfristig erkrankten Projektleiterin leider eigenmächtig und anmaßend bei diesem Auftrag über das bereits vorliegende Konzept hinweggesetzt hat, um sich zu profilieren. Ich bitte ergebenst um Verzeihung dafür und unterstreiche die Glaubhaftigkeit meiner Entschuldigung mit der Information, dass Herrn Kruse selbstverständlich umgehend gekündigt wurde …«

»Herrn Kruse kann nicht gekündigt werden«, gab Linus zu bedenken. »Herr Kruse wurde nicht einmal eingestellt!«

»Praktisch, nicht wahr?«, frohlockte die Andersen. »Kein Geheule, kein Drama vorm Arbeitsgericht …«
»Ich war also von vornherein die Sollbruchstelle in Ihrem Krisenszenario«, stellte Linus bitter fest.
»Bitte, keine Tränen«, höhnte Frau Andersen. »Wir sind doch alle erwachsen.«
»Aber abgesehen von einer Sollbruchstelle suchen Sie immer noch jemanden als Projektleitung Assistance.«
Linus wusste selbst nicht, woher er plötzlich die Kraft zur Beharrlichkeit nahm. Normalerweise hätte er längst den Abgang gemacht, frustriert und enttäuscht. Aber an diesem Tag fühlte er sich lebendig. Gestärkt. Verjüngt. Von Anfang an auf der Überholspur. Linus 2.0.
Daniela Andersen sah ihn nachdenklich an. »Die Projektleiterin mit vakanter Assistentenstelle ist Marlene Fischer.« Sie wies auf die Brünette, die das Geplänkel mit abweisender Miene und vor der Brust verschränkten Armen verfolgte. »Marlene, wollen Sie ihn?«
Marlene schüttelte langsam, aber unmissverständlich den Kopf. Die Agenturchefin wandte sich in gespieltem Bedauern wieder an Linus.
»Arrivederci, Herr Kruse.«
Manchmal erwies sich auch die Überholspur als Sackgasse. Linus wollte sich gerade wortlos trollen, da klingelte auf einer Ablage an der Stirnseite des Konferenztisches ein Telefon. Frau Andersen hob unwirsch ab.
»Ja, Celia, was ist? Herr Gronau? Oh … Stellen Sie ihn durch.«
Interessant, fand Linus. Und blieb. Daniela Andersen lauschte angespannt in den Hörer, lief allmählich im Gesicht rot an und leistete sich nur ein paar ergebene Zwischenkommentare wie »Ja, Herr Gronau«, »Aber natürlich, Herr Gronau« und »Machen wir, Herr Gronau«. Sehr interessant, fand Linus.

Dann legte die Agenturchefin auf.

»Gronau will Sie morgen in seinem Büro sehen, Herr Kruse«, verkündete sie. »Er hat einen Auftrag für Sie und *Event Emotion.*«

»Ich arbeite aber nicht für *Event Emotion*«, stellte Linus sachlich fest.

»Natürlich arbeiten Sie für *Event Emotion.* Als Projektleiter. Auf Erfolgsbasis. Celia druckt gleich den Vertrag aus …«

»Moment mal.« Marlene Fischer hatte die ganze Zeit geschwiegen, aber jetzt stand sie augenscheinlich kurz vorm Platzen. »Was wird hier gespielt? Was ist mit meinem Konzept für die Hochzeit?«

»Das wird nicht mehr gebraucht«, erklärte ihr Linus mit unverhohlener Genugtuung. »›Las Vegas‹ lautet das Zauberwort.«

»›Las Vegas‹ ist kompletter Blödsinn!«, nahm ihm die Andersen umgehend den Wind aus den Segeln. »Findet Gronau auch. Er will Marlenes Konzept sehen, und zwar gleich morgen. Sie tanzen alle beide vormittags um zehn Uhr in Gronaus Büro an. Und zwar pünktlich, wenn ich bitten darf. Bei diesem Kunden dürfen wir uns absolut keinen Patzer mehr leisten! Alles klar?« Sie warf einen Blick auf ihre Armbanduhr und verabschiedete sich hastig. »Verdammt, ich muss los …«

Weg war sie.

Linus zwinkerte Marlene versöhnlich zu. »Friedenskaffee?«

»Nein danke. Ich hab hier nichts zum Umziehen!«, blaffte die Brünette und eilte ebenfalls hinaus. Linus blies entnervt die Wangen auf, ließ die Luft durch gespitzte Lippen ab und murmelte: »Willkommen in der Firma.«

7

Früher Nachmittag. Der Tag war noch lang. Immerhin war ihr Vater noch nicht wieder aufgetaucht. Was ja wohl so viel hieß, dass man ihn eingestellt hatte. Oder dass er sich nach einer Ablehnungsblamage einfach nicht nach Hause traute. Das war natürlich auch drin. Sie selbst würde wahrscheinlich mit letzterem Verhalten reagieren, gestand sich Nele ein. Im Krisenfall neigte sie zu starker Flucht- und Verdunkelungstendenz. Vielleicht ähnelten sie sich ja in dieser Beziehung – sie und ihr Erzeuger.

Nele hatte es riskiert, sich nach Linus' Aufbruch noch mal ins Bett zu legen und auszuschlafen. Wäre er eher zurückgekehrt, hätte sie akute Migräne simuliert. Aber so war es natürlich einfacher. Nach ausgiebigem Schlaf und noch ausgiebigerer Duschorgie stand Tierpflege auf dem Programm. Chuck Norris' Käfig musste gesäubert werden, und zur Feier des Tages spendierte Nele ihm eine neue Papprolle und ließ ihn eine halbe Stunde frei im Zimmer fliegen. Chuck dankte es mit ausgiebigem Geflatter, anhaltendem Sittichgequatsche und ein paar im Freiflug verteilten Kötteln. Kam angesichts des Alters und der Qualität der bei Linus verlegten Teppichware nicht so darauf an, schätzte Nele. Und Hauptsache, Chuck hatte Spaß.

Sie besaß den Vogel seit gut zwei Jahren. Damals hatte es angefangen. Die ersten Nervereien in der Schule. Gezicke und Stress mit vormaligen Freunden. Szenen mit Mama, die in derbem Geschrei ausarteten und in dramatischen Abgängen eskalierten. Eigentlich hätte Nele lieber eine weise, über alle und alles erhabene Eule gehabt. Einen stolzen Adler, Flügelspannweite von

Wand zu Wand. Oder einen Jagdfalken, der auf ihrer Schulter Posten bezog und nur darauf wartete, dass Nele ihn auf irgendeinen Idioten hetzte, in dessen Fleisch er seinen scharfen Schnabel schlagen dürfte. Also fand sie den Wellensittich zunächst ziemlich blöd. Zumal sie ahnte, dass ihre Mutter nur deshalb damit ankam, weil sie in irgendeinem Erziehungsratgeber gelesen hatte, Einzelkinder bräuchten wenigstens ein Haustier, um emotional nicht total zu verkrüppeln.

Dann jedoch war Nele aufgefallen, dass dieser kleine Vogel zwar niemals etwas so eindrucksvoll Großartiges zustande brachte, wie es eine Eule, ein Adler oder ein Jagdfalke möglicherweise vermochte – dass aber dieser Wellensittich ganz und gar nur das tat, was er tun wollte. Der einzig begrenzende Rahmen dafür waren die Gitterstäbe seines Käfigs. Dagegen konnte er nichts machen. Zu klein, zu schwach, zu wenig Rechte. Nach der ersten gemeinsamen Woche mit dem Vogel sah Nele ihrem Sittich tief in die schwarzen Knopfaugen und erkannte, dass hier ein großer Kämpfer im falschen Leben steckte. Von da an nannte sie ihn Chuck Norris, nach dem Film-und-Fernseh-Action-Hero Chuck Norris, über den damals gerade unzählige Sprüche kursierten. Chuck Norris isst keinen Honig, er kaut Bienen. Chuck Norris liest keine Bücher; er starrt sie so lange an, bis sie ihm freiwillig sagen, was drinsteht. Chuck Norris bringt Zwiebeln zum Weinen.

Seitdem war der Vogel ihr Vertrauter. Das einzige Wesen, dem gegenüber sie sich bedingungslos öffnete. Nele konnte Chuck jeden Kummer, jegliche Seelenpein erzählen. Er würde es niemals ausplaudern, obwohl er selten den Schnabel hielt.

»Komm, Chucki«, lockte Nele den Sittich, der sich nach einer Freiflugrunde gerade eine Pause gönnte – beide Krallenfüßchen in die Fenstergardine gehakt. Chuck Norris gehorchte ausnahmsweise aufs Wort. Flatterte ihr auf die Schulter und knabberte zärtlich an ihrem Ohrläppchen. Auch harte Kerle haben Kuschelbedarf. Nele ließ den Sittich auf ihre Hand umsteigen und verfrachtete ihn in den Käfig. Klappe zu.

Der Tag war noch lang. Nele wusste nicht, wie sie ihn füllen sollte. Lesen, Musik hören, im Internet surfen – das alles hatte sie in den vergangenen Monaten exzessiv betrieben, dazu fehlte ihr heute die Motivation. Auf die Welt draußen vor der Tür hatte sie erst recht keine Lust. Was wohl ihr Vater getrieben hatte, all die ganzen Wochen und Monate, die er jetzt ohne Job war? Und vorher, als er noch bei diesen Werbefuzzis tätig gewesen war – da gab es doch auch Freizeit für ihn, die er irgendwie verbracht haben musste. Nele streifte ruhelos durch die Wohnung, landete im Wohnzimmer und ließ den Blick schweifen. Möbel, einige Bücher im Regal, TV, PC, ein paar ausgelesene Tageszeitungen auf dem Tisch. Alles unspektakulär und im Rahmen der Normalität, auch in puncto Ordnung und Sauberkeit. Trotzdem irritierte Nele irgendetwas, und nach ein paar Minuten dumpfen Brütens vor dem Bücherregal – alles Titel, die sie nicht interessierten – kam sie auch darauf: Der Wohnung fehlten alle Indizien persönlicher Vorlieben und Hobbys. Keine Fotos von Urlaubsreisen und geliebten Menschen. Keine herumliegenden oder irgendwo angepinnten Postkarten von Freunden und Anverwandten, keine Eintrittskarten von besuchten oder gebuchten Fußballspielen, Konzerten, Theaterstücken oder anderen Veranstaltungen. Keine Sportpokale im Regal, keine auf Post-it-Zettel gekritzelten To-do-Listen am PC-Monitor, keine Bierdeckelsammlung hinter Glas. Null Komma null Schnickschnack, alles pure Funktionalität ohne Schmuddel- oder Glamourfaktor. Wenn man Linus' Persönlichkeit ergründen wollte – sein Wohnzimmer brachte einen da nicht weiter. Nele war sich nicht einmal sicher, ob sie seine Persönlichkeit ergründen wollte. Aber sie war nun mal hier. Und hatte nichts zu tun.

Also öffnete sie alle möglichen Schubladen. Kramte ein bisschen in der Ablage auf dem Schreibtisch. Zog hier ein Buch aus dem Regal und warf dort einen Blick in dunkle Ecken. Und fand nichts Besonderes.
Der Tag war immer noch lang. Sie könnte sich ja mal Linus' Schlafzimmer vornehmen, beschloss Nele. Dort drinnen war sie noch gar nicht richtig gewesen, hatte nur einen Blick durch die offene Tür geworfen. Vielleicht versteckte ihr Vater dort wenigstens ein paar Pornohefte. Das taten die meisten Männer, hatte Nele jedenfalls von anderen gehört. Ihr selbst fehlte die einschlägige Erfahrung damit, sie hatte seit frühester Kindheit – seit den frühen Jahren mit Linus, an die sie sich kaum noch erinnerte – nicht mehr mit einem Mann zusammengewohnt. Ihre Mutter hatte zwar immer mal wieder mehr oder weniger intensive Affären gehabt, war aber nie mehr mit jemandem zusammengezogen. Nele lebte also jetzt so gut wie erstmals mit einem Mann zusammen in einer Wohnung. Blieb die Frage: Was für ein Mann war das, dieser Linus Kruse?
In seinem Schlafzimmer war die Jalousie noch geschlossen und das Bett nicht gemacht. Beides hatte er am Morgen nicht geschafft, wegen der frühen Weckzeit und der nachfolgenden Schminkaktion. Das sah wenigstens so aus, als ob hier jemand wirklich *wohnte*. Vielversprechend.
Als Erstes nahm Nele sich den Kleiderschrank vor. Die meisten Männer verschwendeten eher wenig Phantasie auf Zusammenstellung und Auswahl ihrer Klamotten, so viel wusste Nele schon. Ihr Vater stellte in dieser Hinsicht keine Ausnahme dar. Zwei gutgeschnittene Anzüge, ein paar dezent gemusterte Krawatten und säuberlich aufgehängte Oberhemden in unaufdringlichen Farben deckten die Kategorie »Büro-Outfit« ab. Darüber hinaus gab es ein Sammelsurium von Jeans, T-Shirts und Sweatshirts – alles nicht mehr ganz neu und im Style nicht hitverdächtig, aus

Neles Sicht. Wenn sich ihr Vater weiterhin überzeugend auf jugendlich trimmen wollte, müsste sie bald mit ihm auf Shoppingtour gehen. Ganz unten im T-Shirt-Stapel fand sich ein verwaschenes Exemplar mit Motiv: ein stilisiertes Brautpaar, darunter die Worte »Game over«. Anscheinend hatte Linus was gegen die Ehe. Früher auf jeden Fall, dachte Nele, sonst hätte er Mama ja wohl geheiratet, als sie mit mir schwanger war. Das Shirt hatte sicher schon ein paar Jahre auf der Naht. Wenigstens ein Kleidungsstück mit persönlicher Note.
Abgesehen von Bett und Kleiderschrank gab es noch einen kleinen Nachttisch und einen langgestreckten Schrank mit Schiebetüren – eine Kreuzung zwischen Büromöbel und Kommode. Neugierig öffnete Nele ihn. Tatsächlich ein Büromöbel: Auf mehreren Etagen standen Aktenordner akribisch aufgereiht. Rechnungen, Kontoauszüge, Versicherungen, Finanzamt. Einer so langweilig wie der nächste, fand Nele. Versteckt der denn gar nichts Interessantes?
Der Schuhkarton links unten im Schrank fiel ihr zunächst überhaupt nicht auf. Vielleicht, weil das Emblem eines Sportartikelherstellers darauf prangte, darunter die Abbildung eines Paares Joggingschuhe. Was sollte da schon drin sein, Sportschuhe natürlich. Nele verspürte wenig Lust auf eine abgestandene Duftwolke von männerschweißdurchtränkten Sportmauken, also ließ sie den Deckel darauf und ignorierte den Karton. Bis ihr plötzlich der Gedanke kam, dass ein halbwegs ordentlicher Mensch wie Linus seine Laufschuhe kaum in einem Büroschrank parken würde. Sie lupfte den Deckel vom Karton: Haufenweise Fotos, unsortiert. Bingo.
In diesem Moment klingelte es an der Tür.
Ertappt ließ Nele den Deckel wieder über den Karton fallen, schob leise die Schranktür zurück und stahl sich auf spitzen Sohlen aus dem Schlafzimmer in den Flur. Es klingelte wieder.

Linus kann es nicht sein, kombinierte Nele, der würde nicht klingeln, sondern einfach die Tür aufschließen. Bestimmt ein Paketbote. Oder die Zeugen Jehovas, oder irgendwelche Spendensammler.

Oder doch … die Polizei?

Nele schoss die bedrohliche Formulierung aus dem Schulbrief durch den Sinn. Zwangsweise Vorführung. Vielleicht war es jetzt so weit. Bullenwagen vor der Tür, Handschellen, Abmarsch.

Vielleicht war es so, vielleicht nicht. Sie würde die Tür keinesfalls öffnen. Einfach ignorieren und so tun, als wäre hier niemand zu Hause.

Es klingelte ein drittes Mal.

Hoffentlich ist unten die Haustür zu, betete Nele. Dann kommt niemand hoch und steht vor der Tür, das würden meine Nerven nicht aushalten.

Sie vernahm Schritte. Schwere Männerschritte nahmen Stufen, erst irgendwo unten im Treppenhaus, dann kamen sie näher. Immer näher.

Nele hielt die Luft an und zog sich rückwärtsgehend, Schritt für Schritt, von der Wohnungstür zurück. Bis in ihr Zimmer, wo Chuck Norris mit behaglich aufgeplustertem Gefieder auf seiner Schaukel döste. Leise schloss sie die Zimmertür bis auf einen Spalt und wartete ab. Im Treppenhaus klangen immer noch die Schritte. Jetzt auf ihrer Etage. Vor ihrer Wohnung.

Es klingelte zum vierten Mal. Diesmal drückte der Besucher den Knopf direkt neben dem Wohnungseingang. Hier ist niemand, fieberte Nele, hau ab!

Und dann drehte sich ein Schlüssel im Schloss.

8

Ich sitze in der Falle, fuhr es Nele durch den Kopf. Sich einschließen ging auch nicht, in ihrer Zimmertür fehlte der Schlüssel. Wer ist das nur? In Sekundenbruchteilen scannte sie die Möglichkeiten ab: Polizei? Einbrecher? Hausmeister? Vermieter? Dabei presste Nele das Gesicht eng an den winzigen Türspalt, den sie sich noch offen gehalten hatte, um den Flur zu überblicken. Ein Mann in langem, grauem Mantel schob sich, mit dem Rücken zu Nele, in ihr Blickfeld. Er trug eine helle Schiebermütze in kecker Schräglage und in jeder Hand einen Koffer. Er keuchte noch nach dem anstrengenden Aufstieg durchs Treppenhaus, als er jetzt vor dem Haufen Gepäck verharrte, den Nele immer noch nicht aus dem Flur geräumt hatte.

»Praktisch«, hörte sie den Mann murmeln. Damit entledigte er sich seiner Last, indem er sie einfach auf den Haufen zu den anderen Koffern und Taschen fallen ließ. Dann wandte er sich um und kam direkt auf Nele zu. Sie schrie vor Schreck auf, knallte die Tür zu und drückte sich mit vollem Körpergewicht dagegen – obwohl sie ahnte, dass diese Maßnahme gegen die Kräfte eines erwachsenen Mannes kaum reichen würde. Zum Glück für Nele versuchte es der rätselhafte Besucher nicht mit Gewalt. Zunächst mal.

»Hallo?«, hörte sie ihn durch die Tür rufen. »Ist hier jemand? Linus, bist du das?«

Er kennt meinen Vater, registrierte Nele. Aber das hieß ja noch nichts. Also drückte sie weiter die Tür zu und rief: »Verschwinden Sie! Was wollen Sie hier?«

»Meinen Sohn besuchen«, kam es seelenruhig zurück. »Laut Türschild wohnt er noch hier. Linus Kruse. Mein Name ist Valentin Kruse.«
Mein Opa, dachte Nele erleichtert. Keine Polizei, kein Einbrecher. Sie trat von der Tür zurück und öffnete. Valentin stand unmittelbar davor und musterte das Mädchen neugierig.
»Ist Linus nicht ein bisschen zu alt für so eine junge Freundin?«
»Ich bin Nele. Die Tochter!«
»Oha.« Valentin blinzelte überrascht. »Ganz schön gewachsen.«
»Ich hätte dich auch nicht wiedererkannt«, gab Nele zu.
»Ist ja auch schon ein paar Jahre her«, räumte ihr Großvater ein und trat an ihr vorbei ins Zimmer. »Wohnst du jetzt hier bei Linus?«
Nele nickte einfach. Bloß keine komplizierten Erklärungen abgeben. Die Situation war für sie auch so seltsam genug. Ihr Großvater, also wirklich. Wenn schon ihr Vater für Nele fast ein Fremder war, dann empfand sie Valentin als kompletten Alien. Andere Opas rissen sich um ihre Enkelkinder. Valentin hatte ihr nicht einmal Geburtstagskarten geschrieben, von Geschenken ganz zu schweigen. Selbst als Linus noch bei Mama und ihr gewohnt hatte, war Großvater Valentin so selten in Erscheinung getreten, dass sich Nele kaum an Besuche von ihm erinnern konnte. Kein Wunder, dass sie ihn eben nicht erkannt hatte.
Auch jetzt schien sich Valentin nicht besonders für seine Enkeltochter zu interessieren. Er erfasste mit einem Rundumblick das ungemachte Bett mit Neles Schlafhemd, ein paar auf dem Fußboden verteilte Manga-Bücher und den Wellensittich.
»Schiet«, stellte er sachlich fest. »Ich hatte auf ein freies Gästezimmer spekuliert. Wann kommt Linus wieder?«
Nele zuckte mit den Achseln.
»Vielleicht kann ich ihn dazu überreden, mir sein Schlafzimmer abzutreten. Musst du gerade ins Bad?«

Nele schüttelte den Kopf.
»Dann leg ich mich in die Wanne, bis Linus kommt.« Valentin strebte zurück in den Flur und drückte sich kopfschüttelnd um den Gepäckhaufen herum. »Das sieht vielleicht aus hier …« Damit verschwand er im Badezimmer. Kurz darauf hörte Nele das Wasser in der Wanne rauschen. Es hörte sich so laut an, als hätte ihr Großvater nicht mal die Tür hinter sich geschlossen. Sie riskierte einen Blick hinüber: Tatsächlich, die Badezimmertür stand sperrangelweit offen, Valentin schälte sich gerade unbekümmert aus dem Pullover. Nele flüchtete sich vor weiteren ungewollten Einblicken in die Küche. Bloß kein Trauma riskieren. Ihre Kindheit war schon schwer genug.

Die frische Luft tat gut. Linus atmete tief durch und schlenderte langsam, fast bedächtig in Richtung S-Bahnhof. Etliche Stunden im Büro, etliche neue Leute, so etwas war er nicht mehr gewohnt. Es fühlte sich aber nicht schlecht an, abgekämpft zu sein. Besser fertig von tausend neuen Eindrücken als erledigt von der üblichen Langeweile des Nichtstuns, gestand er sich ein.
Celia Karbach, die Tresenfee vom Empfang, hatte ihn durch die Räumlichkeiten der Agentur geführt und ihm die Kollegen vorgestellt. Die hatten sich mehr oder weniger herzliche Willkommensfloskeln abgerungen und sich wieder ihren aktuellen Tätigkeiten zugewandt – anscheinend stieß der Neukollege bei ihnen auf kein besonderes Interesse. »Hier herrscht eine ziemliche Mitarbeiterfluktuation«, fühlte sich Celia Karbach angesichts der lauen Reaktionen zu einer Erklärung bemüßigt, »die meisten Kollegen arbeiten auf Honorarbasis und sind auch nicht täglich in der Firma. Dafür arbeiten wir samstags. Oder, wenn nötig, auch mal ein Wochenende durch.«
Marlene Fischer hatte sich an ihren Arbeitsplatz zurückgezogen und Linus für den Rest seines Aufenthalts ignoriert. Dafür

war Daniela Andersen bald wieder aufgetaucht, um ihm diverse Dokumentationen bereits durchgeführter Projekte von *Event Emotion* in die Hand zu drücken – damit er sich ein umfassendes Bild vom Leistungsspektrum der Firma verschaffte. Dabei fragte sich Linus immer noch, für welches Vorhaben Robert Gronau ausgerechnet auf seine Mitarbeit setzte. Wenn es dem Immobilien-Tycoon nicht um Linus' grandiosen Vorschlag zur Hochzeitsfeier ging, worum dann? Morgen werde ich es wissen, dachte er und schob das Thema für sich beiseite. Stattdessen sann er über Marlene Fischer nach. Seinen Vorschlag, sich morgen vor dem Gronau-Termin bei *Event Emotion* zu treffen und von hier aus gemeinsam zu fahren, hatte die Kollegin brüsk abgelehnt. Man träfe sich bei Gronau, Punkt. Eigentlich schade, dachte Linus, ausgerechnet die einzige Kollegin, die ungefähr in meinem Alter ist, muss gleich die Oberzicke der Firma sein.
Gedankenverloren erreichte Linus den Bahnhof, trat vor den Fahrscheinautomaten und löste sich ein Ticket. Erst als er es in seine Brieftasche steckte, bemerkte er, dass sich dort bereits eines befand: Am Morgen hatte er eine Tageskarte gekauft. Wieder ein paar Euro in den Wind geschossen. Seufzend schob Linus die Brieftasche zurück in die Jacke. Wenigstens würde er ab jetzt wieder Geld verdienen. Wenn auch nur im Erfolgsfall, also: wenn Gronau der Agentur einen Auftrag erteilte. Und den auch honorierte.
In der S-Bahn herrschte drangvolle Enge. Linus drückte sich durch den Mittelgang. Ein freier Sitzplatz war nirgends in Sicht. Nur auf einer Bank bot sich eine Sitzgelegenheit – hätte dort nicht jemand einen Gitarrenkoffer abgestellt. Kurzentschlossen pflückte Linus das sperrige Teil von der Bank und wuchtete es dem danebensitzenden Fahrgast vor die Füße. Erst jetzt erkannte er, wer sich da so breitmachte: der junge Mann vom Haus ge-

genüber, der Zweimeterhüne mit der Pferdeschwanzfrisur. Der Kerl erkannte ihn ebenfalls.

»Schön, wenn Jugend musiziert«, versetzte Linus gelassen. »Noch schöner, wenn sie desillusionierten Greisen Platz zum Sitzen lässt. Ja, ich habe genau gehört, wie Sie und Ihre Freunde mich neulich genannt haben.«

Sein Nachbar rückte genervt ein weiteres Stück beiseite, Linus setzte sich.

Der junge Mann musterte ihn finster. »Sie sind eine echte Nervensäge. Auch mit der neuen Frisur.«

»Ihr pseudorevolutionäres Gehabe lässt auch nicht viel Spielraum für Sympathie.«

»Sie wissen natürlich alles über revolutionäres Gehabe«, spottete der junge Mann, »dabei machen sich Spießer wie Sie doch schon in die Hose, wenn sie mal aus Versehen ohne Fahrschein unterwegs sind.«

»Ja, klar. Deshalb habe ich sicherheitshalber immer noch einen Zweitfahrschein dabei, damit ich bloß nicht gegen die Beförderungsregeln des öffentlichen Nahverkehrs verstoße.«

»Traue ich Ihnen glatt zu. Superspießer!«

»Hach, ist die Welt schön, wenn man sie mit Klischees tapeziert!«, höhnte Linus.

»Die Welt ist immer gleich mies«, konterte Pferdeschwanz. »Mit oder ohne Tapeten.«

»Die böse, böse Welt«, mimte Linus Bedauern und schob ein verächtliches Grinsen nach. »Auf solche Ideen kommt man wahrscheinlich, wenn einem schon zum Mittagessen Hummercreme und Lachstatar auf Silbertellern serviert wird. Liegt schwer im Magen.«

Pferdeschwanz stutzte für einen Moment, dann funkelte er Linus empört an. »Die ganze Nachbarschaft immer im Blick, was? Sie Blockwart!«

»Sie kriegen ja die Klischeebrille gar nicht mehr runter von der Nase«, ranzte Linus zurück.
»Ach, lassen Sie mich in Ruhe.«
»Nur zu gern.«
Pferdeschwanz wandte sich ab und stierte hingebungsvoll aus dem Fenster. Die anderen Fahrgäste dachten sich vermutlich ihren Teil, heuchelten jedoch Desinteresse an dem vorangegangenen verbalen Schlagabtausch. Bei dem Gedränge im Zug war es ganz schön schwierig, sich nicht gegenseitig in die Augen zu sehen – aber in Linus' Umgebung brachten alle dieses Kunststück fertig. Das wäre vermutlich auch nicht anders, wenn ich mit dem Pferdeschwanzheini im Ringkampf durch den Waggon rollen würde, dachte Linus und fühlte sich plötzlich sehr müde. Sein Tag hatte früh angefangen und Aufregung genug geboten. Er lehnte sich zurück und schloss die Augen.
Beinahe hätte Linus deshalb seinen Umsteigebahnhof verpasst. Aber Pferdeschwanz musste hier ebenfalls aussteigen, drückte sich ebenso vehement wie rücksichtslos an Linus vorbei und rammte ihm ganz beiläufig den Gitarrenkoffer ans Knie. Bis der Schmerz Linus aufgeschreckt und er sich aufs Hier und Jetzt besonnen hatte, war der Rüpel bereits aus dem Zug verschwunden. Immerhin schaffte Linus es so gerade noch rechtzeitig, die Bahn ebenfalls zu verlassen.
Auf der Treppe zur U-Bahn herrschte Rückstau. Linus reihte sich geduldig in einer Warteschlange ein. Als er dem Durchlass zum U-Bahnsteig näher rückte, erkannte er das Verkehrshindernis: Ein Pulk Fahrkartenkontrolleure versperrte die Passage und ließ sich von jedem das Ticket zeigen. Ein schneller Blick über die Schulter informierte Linus davon, dass hinter ihm weitere Kontrolleure zugriffsbereit darauf lauerten, jene Schwarzfahrer abzufangen, die möglicherweise den schnellen Abgang nach hinten versuchten, um der Überprüfung zu entgehen. In Anbetracht

seines doppelten Fahrscheins in der Brieftasche wandte sich Linus gelassen wieder der Durchlasskontrolle zu.
Dort zeigte sich jemand bei weitem nicht so entspannt. Der Gitarrenkoffer lag am Boden, während an dem Zweimeterhünen mit dem Pferdeschwanz gleich drei Kontrolleure hingen – trotzdem hätte er sie beinahe abgeschüttelt. Dabei hallte seine wutentbrannte Stimme durch den Treppentunnel:
»Loslassen! Paramilitärischer Mob! Lasst! Mich! Los! Verdammt noch mal …«
Linus verspürte einen Anflug von Schadenfreude. Dann versetzte ihn eine spontane Idee in Aktion. Mit hastig gemurmelten Entschuldigungen drängelte er sich an den Wartenden vorbei zum Schauplatz des Geschehens. Angesichts des Herankommenden erlahmte die Gegenwehr des überraschten Hünen, was einem der Kontrolleure ermöglichte, von ihm abzulassen und Linus misstrauisch entgegenzutreten.
»Vorsicht! Mischen Sie sich nicht ein!«
»Aber nicht doch«, beschwichtigte Linus. »Ich möchte nur meinem Kollegen die Fahrkarte bringen. Ich hab seine nämlich aus Versehen mit eingesteckt.« Er zückte seine Brieftasche und präsentierte die Tageskarte. »Und das hier ist meine.« Linus legte den versehentlich erworbenen Einzelfahrschein auf das Tagesbillet.
Der verwirrte Blick, mit dem der Hüne Linus und die beiden Tickets ansah, war auf jeden Fall ein Vielfaches des für den doppelten Fahrschein verschleuderten Geldes wert. Die Kontrolleure, eben noch beseelt vom klar umrissenen Auftrag, einen Schwarzfahrer dingfest zu machen, mutierten im Handumdrehen zum Gruppenbild fleischgewordener Ratlosigkeit.
»Dann gehen wir jetzt mal«, schmunzelte Linus und drückte dem sprachlosen Hünen das Tagesticket in die Hand. »Schönen Tag noch, die Herren.«

Damit ließ er das konsternierte Ensemble hinter sich, trat beschwingt durch die Sperre auf den Bahnsteig, bestieg die soeben einlaufende U-Bahn und blieb gleich hinter der Tür stehen. Linus beobachtete, wie der junge Mann mit dem Pferdeschwanz seinen Gitarrenkoffer aufnahm und heransprintete. Als ihn nur noch wenige Meter vom Einstieg trennten, schob Linus die Waggontür ruckartig zu. Der Hüne stoppte abrupt, und seine Schrecksekunde währte exakt so lange, wie der Zugführer benötigte, um das in diesem Moment erteilte Abfahrtssignal zu befolgen. Linus verspürte den starken Drang, dem zurückbleibenden Nachbarn die Zunge herauszustrecken.

Aber dann beließ er es doch bei einem triumphierenden Grinsen. Ein Gentleman wusste sich zu beherrschen.

Das Triumphgefühl verflog im Nu, als Linus seine Wohnung betrat und im Flur auf einen erweiterten Gepäckhaufen stieß – und auf Valentin, der eben das Badezimmer verließ. In Linus' Bademantel.

»Du …?« Mehr brachte Linus vor Überraschung nicht heraus.

»Das Schaumbad ist alle.« Valentin schwenkte missbilligend eine leere Plastikflasche, als sei dies das drängendste Problem von allen. »Bring mal neues mit. Es darf auch gern etwas Hochwertigeres sein.«

»Du …«

Valentin schnupperte genießerisch. »Ah, der Kaffee ist fertig. Toll, was deine Tochter schon alles kann. Du nimmst auch einen?«

Ohne die Antwort abzuwarten, strebte er in die Küche. Linus zog seine Jacke aus, hängte sie an die Garderobe und folgte ihm. Nele stand vor der Arbeitsfläche neben der Spüle und hantierte an der Kaffeemaschine, sah ihm aber gespannt entgegen.

»Hat es geklappt? Du hast den Job?«

»Ja. So ziemlich jedenfalls.«

»Hey, super!« Nele freute sich sichtlich. »Ich wusste, es funktioniert mit dem Make-up!«

»Am Make-up hat es nicht gelegen. Na ja, vielleicht doch ein bisschen«, räumte Linus ein. Er langte sich ein Geschirrtuch vom Haken, tränkte es unter dem Wasserhahn mit warmem Wasser und schrubbte sich das Gesicht ab.

»Du schminkst dich?«, wunderte sich Valentin. »Gibt es etwas, das du mir sagen willst, mein Sohn?«

Für einen Moment betrachtete Linus das nasse Leinen in seinen Händen, auf dem verwischte Make-up-Reste farbige Spuren hinterlassen hatten. Dann feuerte er das Tuch in die Spüle und wandte sich seinem Vater zu.

»Es gäbe vieles zu sagen. Aber im Moment will ich etwas von dir hören: Warum stehst du hier in meinem Bademantel in meiner Küche?«

»Tja, ich dachte mir, ohne Bademantel wäre es vielleicht doch etwas unschicklich …«

Nele ließ ein nur unwesentlich unterdrücktes Kichern vernehmen, Linus strafte sie mit scharfem Blick. Dann nahm er wieder Valentin ins Visier.

»Ist im Altersheim das Warmwasser ausgefallen?«

»Seniorenresidenz, bitte schön.«

»Von mir aus. Also?«

Valentin seufzte ergeben. »Du bist mein einziges Kind. Ich hatte Sehnsucht.«

Linus lachte bitter auf. »Du rufst nie an. Du schreibst keinen Brief. Du hast mich noch nie besucht, ohne etwas von mir zu wollen. Also Klartext, bitte!«

»Du rufst auch nie an«, begehrte Valentin auf. »Du schreibst auch keine Briefe. Und besucht hast du mich schon ewig nicht, in der Seniorenresidenz überhaupt noch nicht!«

»Kommt mir irgendwie bekannt vor«, merkte Nele spitz an, »scheint in dieser Familie ein generationsübergreifendes Problem zu sein.«

»Du bist mal ruhig«, deckelte sie Linus harsch.

»Wieso«, beschwerte sich Nele. »Ich wohne hier, ich sage meine Meinung!«

»Richtig so, Mädchen!«, befeuerte Valentin seine Enkeltochter. »In einer Wohngemeinschaft werden Entscheidungen immer noch basisdemokratisch getroffen!«

»Wohngemeinschaft? Was für eine Wohngemeinschaft? Das ist *meine* Wohnung!«

Valentin ignorierte den empörten Linus und blinzelte seiner Enkelin verschmitzt zu. »Entschuldige bitte. Eigentlich habe ich ihn besser erzogen. Im Geiste freiheitlicher Solidarität und Brüderlichkeit. Schwestern natürlich eingeschlossen.«

»Und Enkeltöchter«, ergänzte Nele.

»Auf jeden Fall«, bekräftigte Valentin schmunzelnd.

Linus hätte am liebsten mit dem Fuß aufgestampft wie ein zorniges Kind. »Ich rufe jetzt ein Taxi. Das bringt dich zurück ins Alters… in diese Seniorenresidenz. Und dann telefonieren wir mal Weihnachten.«

Valentin wurde schlagartig ernst. »Setz dich, Junge. Bitte.«

Er legte Linus die Hand auf die Schulter und sah ihn so eindringlich an, dass der sich schließlich schweigend am Küchentisch auf einen Stuhl sinken ließ. Valentin und Nele setzten sich ebenfalls.

»Ich kann nicht zurück in die Residenz«, begann Valentin leise. »Ich will nicht, und ich kann auch nicht …«

»Ist das etwa so ein Hühnerkäfig mit acht Mann auf einem Zimmer in Gitterbetten und einer rabiaten Schwester in Gummischürze, die euch morgens um fünf mit einem Kaltwasserschlauch abspritzt?«, unterbrach Nele mitleidig.

Valentin ging nicht darauf ein. »Ich sage es mal so: Es gibt da ein paar unlösbare Schwierigkeiten, die meinen Verbleib dort unmöglich machen.«
»Was für Schwierigkeiten?«, bohrte Linus nach.
»Probleme halt«, druckste Valentin. »Im zwischenmenschlichen Bereich.«
»Eine Frau«, stöhnte Linus.
»Genau genommen, mehrere.«
»Halleluja!«
»Ist ja krass«, staunte Nele. »Läuft so was noch im Altersheim?«
»Seniorenresidenz!«
»Dein Großvater redet selbstverständlich von platonischer Liebe«, ätzte Linus.
Nele sah ihn verständnislos an. »Was ist das, platonische Liebe?«
»Sex oberhalb der Ohren«, erklärte Valentin augenzwinkernd. »Im vorliegenden Fall hätte ich es besser dabei belassen sollen, da gebe ich dir völlig recht.«
»Hast du aber nicht.«
»Das Leben ist ein Fest, mein Sohn. Wir sind alle dazu eingeladen.«
»Dann feier mal schön woanders weiter. Hier ist die Party vorbei!«
»Ich muss dich tatsächlich erst darum bitten? Also schön.« Valentin sammelte sich kurz. »Ich bin schon eine Ecke über siebzig. Mein kompletter Besitz steckt in zwei Koffern. Ich kann nicht dorthin zurück, wo gestern noch mein Bett stand.« Er räusperte sich und sah erst Nele, dann Linus mit ernstem Blick in die Augen. »Ich bin nie der perfekte Vater gewesen, schon klar. Du machst es vielleicht besser, immerhin lebst du mit deiner Tochter zusammen. Gib ihr ein gutes Beispiel und zeige ihr, dass man als Familie in der Not zusammenhält.«
Linus registrierte, dass Nele die Luft anhielt und ihn mit merk-

würdig verschwommenem Blick musterte. Seiner Tochter standen tatsächlich die Tränen in den Augen. Das hat der Alte ja mal wieder sauber eingefädelt, dachte er. Schachmatt. Linus wusste, wann er geschlagen war.

»Wie lange?«, wollte er nur noch wissen.

Valentin strahlte übers ganze Gesicht. »Ich muss erst mal sondieren, was es so für Möglichkeiten gibt. In meinem Alter sollte man es nicht überstürzen, das nächste Mal muss es passen mit dem Heim für den Rest des Daseins, meinst du nicht auch? Ich will dich ja nicht nach ein paar Wochen schon wieder belästigen müssen und hier auf der Matte stehen. Und wenn ich in der Zwischenzeit vielleicht dein Schlafzimmer ...«

»Keine Chance«, erklärte Linus kategorisch. »Die Wohnzimmercouch. Letztes Angebot.«

»In Ordnung«, willigte Valentin rasch ein und stupste Nele begeistert gegen die Schulter. »Hey, Wohngemeinschaft! Wie in den guten alten Zeiten anno achtundsechzig! Ich war mal zu Besuch in der Kommune I ...«

»Kommune I, was ist denn das?«, erkundigte sich Nele prompt.

»Die Mutter aller Wohngemeinschaften«, erklärte Valentin begeistert. »Die hatten da alle Türen ausgehängt, sogar die vom Klo ...«

Oh Gott, dachte Linus, das ist die Hölle.

9

Diesmal verlief die Bahnfahrt unspektakulär. Andernfalls hätte Linus erwogen, künftig aufs Fahrrad umzusteigen. Welches er sich dann aber erst mal kaufen müsste. Nicht nötig: Heute präsentierte sich der öffentliche Nahverkehr perfekt wie in einem Werbespot – der Zug kam pünktlich, es gab ausreichend freie Sitzplätze, niemand randalierte oder nervte durch Mobiltelefonate in ungenierter Durchsagenlautstärke. Linus versuchte sich zu sammeln und auf das bevorstehende Treffen bei Robert Gronau zu konzentrieren. Das fiel ihm nicht leicht, weil seine Gedanken immer wieder zu den Ereignissen des gestrigen Tages abdrifteten. Und damit vor allem zu der Tatsache, dass sich nach Nele nun auch noch sein Vater bei ihm einquartiert hatte.

Nachdem Valentin ihm das Bleiberecht abgerungen hatte, hatte es sie nicht mehr zusammen in der Küche gehalten. Anscheinend verspürte jeder das Bedürfnis, auf die Manifestation ihrer Zufallsgemeinschaft erst einmal mit Rückzug zu reagieren. Nele verzog sich als Erste in ihr Zimmer und ward nicht mehr gesehen. Valentin baute sich sein Lager auf dem Wohnzimmersofa und gönnte sich eine politische Talkrunde im TV – an der er leidenschaftlich Anteil nahm, wie seine lauten Zwischenrufe bezeugten, mit denen er etliche Diskussionsbeiträge niedermachte. Eigentlich *jeglichen* Diskussionsbeitrag, soweit Linus das von der Küche aus verfolgen konnte. Weil Linus genau das nicht wollte, war er schließlich selbst in die Abgeschiedenheit seines Schlafzimmers geflüchtet. Und hatte deshalb so früh schlafend im Bett gelegen wie seit vielen Jahren nicht mehr.

Dafür fühlte er sich nun wach und fit. Das musste er auch sein, in Verhandlungen mit Typen wie Gronau galt das als Überlebensregel Nummer eins.
Überlebensregel Nummer zwei war Pünktlichkeit, zumindest heute auch kein Problem für Linus. Gronaus Firmensitz befand sich in einem schmucklosen, leicht in die Jahre gekommenen Hochhaus in der Nähe der Bahnstation »Berliner Tor« – etwas erstaunlich, fand Linus. Vielleicht pflegte Gronau mit der bewussten Vermeidung von überflüssigem Prunk sein Image vom seriösen Bauherrn. Oder er war schlicht geizig.
Fünf Minuten vor zehn, und Marlene Fischer war auch schon da. Jedenfalls parkte ein nachtblauer Mercedes Kombi mit *Event Emotion*-Logo an den Flanken unweit des Gronau-Firmensitzes. Linus trat neugierig an das Fahrzeug heran und lugte hinein. Der Wagen sah genauso aus wie der, den er neulich in seiner Straße beobachtet hatte. Es könnte natürlich sein, dass die Agentur mehrere Fahrzeuge gleichen Typs besaß. Oder dass die Fahrerin damals nicht Marlene Fischer gewesen war.
Heute jedenfalls war sie zugegen. Marlene saß wartend in einem Ledersessel, der Teil einer auf englischen Club-Style getrimmten Wartelounge war, und sah bereits nervös auf ihre Armbanduhr, als Linus nach kurzer Liftfahrt die Chefetage betrat.
»Endlich«, empfing sie ihn vorwurfsvoll. »Ich dachte schon, Sie vermasseln es wieder.« Sie stutzte und musterte Linus eingehender. »Gestern sahen Sie irgendwie jünger aus.«
Linus grinste unverfroren. »Ich dachte, wir tragen heute im Gesicht mal Partnerlook. Wo wir doch ein Team sind.«
Marlene schluckte die Frechheit bemerkenswert gelassen. »Bei Ihrer Art Humor kann man Sie auch nicht solo auf Kunden loslassen. Ich rate Ihnen, halten Sie sich gleich bei Gronau damit zurück und überlassen Sie mir Präsentation und Verhandlung.«
»Bitte, kein Problem.«

»Versprochen?«
»Ja, ja, ja.«
»Dann ist das ja geklärt.«
Eine Angestellte unterbrach das Geplänkel und bat sie in die hinteren Räumlichkeiten. Robert Gronau und Rebecca von Bornkamp erwarteten sie bereits auf dem Gang.
»Da sind Sie ja«, hielt der Unternehmer die Begrüßung knapp. »Schön, dass Sie pünktlich sind. Frau Fischer, Sie dürfen meiner Braut Ihre Pläne für die Hochzeitsfeierlichkeiten vorlegen. Rebecca wird dann entscheiden, ob wir ins Geschäft kommen.«
Rebecca von Bornkamp lächelte Marlene einladend zu. »Hinten gibt es noch eine kleine Coffee-Lounge, da sind wir ungestört.«
»Sie sind nicht dabei?«, wunderte sich Marlene mit Blick auf Gronau.
Der deutete ein Kopfschütteln an. »Herr Kruse und ich haben etwas anderes zu besprechen.«
»Männergeschäfte.« Rebecca von Bornkamp rümpfte das feine Näschen. »Kommen Sie, Frau Fischer, das ist nichts für uns.«
Diesmal hätte Marlene um ein Haar doch die Beherrschung verloren – vor allem, als Linus ihr auch noch frech zuzwinkerte. Abrupt wandte sie sich ab und schritt neben Rebecca von Bornkamp durch den langen Gang. Sogar von hinten sah es aus, als würde Marlene samt dunklem Stiftrock und enggeschnittenem Blouson am liebsten senkrecht durch die Decke schießen, so steif staksten ihre Beine über den Teppich. Linus hatte seine helle Freude an dem Anblick. Auch an den Beinen, zugegebenermaßen.
»Glotzen Sie meiner Verlobten auf den Hintern?«, knurrte ihn Gronau plötzlich aggressiv von der Seite an.
»Schauen Sie weg, wenn die Sonne aufgeht?«, erwiderte Linus. Zusammen mit einem entwaffnenden Lächeln schien das die Situation zu entschärfen.

Gronaus grimmige Miene glättete sich. Er schmunzelte sogar etwas, als er Linus jetzt durch eine Tür bat. »Kommen Sie.«
Es handelte sich offensichtlich um Gronaus persönliches Büro. Funktional eingerichtet, hell und mit bodentiefen Fenstern. Gronau war anscheinend schwindelfrei. Linus nicht ganz, deshalb setzte er sich nach Aufforderung mit dem Rücken zur Fensterfront und wartete ab.
Gronau blieb vor Linus stehen und sah ihn ernst und eindringlich an.
»Warum haben Sie mir eben diese Antwort gegeben? Diesen Spruch mit der Sonne? Und warum haben Sie den Blick eingestanden?«
Linus fühlte die Hitze der Verlegenheit in sich aufwallen. Bleib locker, beschwor er sich. Sei so wie gestern – jung, dynamisch, geradeheraus. Nichts zu verlieren. Das hat gut funktioniert, das klappt bestimmt wieder. Diesmal reicht mein Mut auch ohne Make-up.
»Da Sie genau registriert haben, wie ich den beiden Damen hinterhergesehen habe, wäre es zwecklos gewesen, es abzustreiten. Die Lüge hätte mich Ihnen gegenüber kleingemacht – das wollte ich vermeiden.«
Gronau nickte nachdenklich. »Sie hätten doch auch behaupten können, den Allerwertesten Ihrer Kollegin bewundert zu haben.«
Genauso war es, dachte Linus, aber das sage ich dir nicht. »Damit würde ich andeuten, dass ich Ihre Verlobte für minder attraktiv halte. Keine gute Idee – das fänden Sie sicher auch nicht nett.«
»Bestimmt nicht«, gab Gronau zu. »Und warum nun der Spruch mit der Sonne?«
»Der Sonnenaufgang gilt allgemein als positiv empfundenes Naturschauspiel«, erklärte Linus. »Da muss man einfach hinschauen, das ist keine Frage des Willens und unterliegt nicht der freien

Entscheidung. Indem ich nun den schwingenden Hintern Ihrer Verlobten – entschuldigen Sie, Sie möchten es ganz genau wissen – mit diesem Naturereignis gleichsetze, nehme ich meinem Blickausrutscher jede Anzüglichkeit und damit die Peinlichkeit.« Linus lächelte vorsichtig. »Und ich hoffe sehr, es hat funktioniert.«

Gronau zog sich einen Stuhl heran und nahm bedächtig Linus gegenüber Platz, ließ ihn noch ein paar Sekunden schmoren und erklärte dann: »Das hat es, Herr Kruse. Vielen Dank für Ihre Erläuterungen.«

Linus atmete auf, was Gronau nicht entging. Der Unternehmer quittierte es mit einem Haifischgrinsen. »Sie sind nicht bloß ein Dampfplauderer. Das wollte ich wissen. Deshalb habe ich Sie heute zu mir gebeten.«

»Das eben war ein Test?«, erkundigte sich Linus ungläubig.

»So in der Art. Sie reagieren – auch unter Druck – verbal überraschend, trotzdem nicht unüberlegt. Nach Ihrem gestrigen Auftritt mit dieser Elvis-Hochzeitsnummer war ich mir noch nicht ganz sicher …«

»Man hatte mir erst auf dem Flur vor dem Konferenzzimmer erklärt, wer Sie sind und dass ich – ohne irgendwelche Vorgaben – ein Konzept für Ihre Hochzeitsfeier aus dem Hut ziehen muss«, erklärte Linus freimütig.

»Interessant«, knurrte Gronau.

»Aber das Konzept, das meine Kollegin Frau Fischer erarbeitet hat, ist selbstverständlich von langer Hand geplant und ohne Fehl und Tadel«, beeilte sich Linus zu bekräftigen.

»Ist nicht meine Baustelle«, winkte Gronau ab. »Entscheidend für mich ist, dass Rebecca sich nach unserem Termin gestern tatsächlich nicht mehr sicher war, ob man nicht doch eine Vegas-Hochzeit à la Linus Kruse der eigentlich von ihr gewünschten Feier mit Kutsche und dem anderen Romantik-Klimbim vorziehen soll. Was ich damit sagen will …« Gronau zielte mit dem Zeigefinger auf Linus. »Sie haben es mit Ihrem Auftritt vollbracht, Rebeccas festgefügte Meinung innerhalb von Minuten zu erschüttern. Das, sage ich Ihnen, schafft bei dieser Frau nicht jeder. Respekt.«

»Danke«, sagte Linus schlicht. »Da der Test meiner Verbalreflexe ja zu Ihrer Zufriedenheit ausgefallen zu sein scheint – dürfte ich jetzt vielleicht erfahren, was Sie eigentlich von mir wollen?«

Gronau stand auf, ging zu seinem Schreibtisch und kam mit einer langen Pappröhre zurück, aus der er ein aufgerolltes Dokument in beachtlicher Größe zog, um es vor Linus auf dem Tisch auszubreiten. Eine Bauzeichnung, ganz offensichtlich von einem ziemlich groß dimensionierten Objekt.

»Meine Kenntnisse über Architektur halten sich in Grenzen«, bemerkte Linus vorsichtig.

Robert Gronau betrachtete die Zeichnung schwärmerisch, als wäre sie ein Gedicht. »Es wird das größte Projekt, das ich je gebaut habe. Ein Meilenstein in meiner Firmenchronik.«

»Was ist es? Nach einem Wohnhaus sieht es nicht aus, auch nicht nach Büroturm …«

»Es ist ein Einkaufszentrum. Eigentlich ein Einkaufs- und Eventzentrum. Shoppingmall, Kultur und Kunst auf hochpreisigem Niveau. Designerbüros für kreative Start-up-Unternehmen. Gastronomie auf erlesenstem Level. So etwas hat es in dieser Stadt noch nicht gegeben.«

»Na dann … Gratulation dazu.« Linus rätselte immer noch darüber, was der Bauunternehmer wohl von ihm wollte. Dann kam ihm eine Idee. »Und ich … also, *Event Emotion* … wir sollen die Einweihungsfeier organisieren?«

»So weit sind wir leider noch lange nicht«, seufzte Gronau und nahm die Hände von der Zeichnung, die sich, nunmehr unbeschwert, prompt von allein wieder zusammenrollte. »Ein Projekt dieser Größenordnung ist eine äußerst heikle Angelegenheit. Da sind zum einen die Geldgeber. Dieses Baby ist sogar für jemanden wie mich nicht alleine zu stemmen. Ich stehe an der Spitze eines Investorenkonsortiums. Das Investitionsvolumen ist erheblich, und alle wollen ihr Geld so schnell wie möglich in Stein gehauen wiedersehen. Dabei sollen Sie helfen.«

»Meine Barschaft würde das Investorenkapital nicht wesentlich vergrößern«, bemerkte Linus trocken.

Gronau ignorierte den flauen Witz. »Zum anderen gibt es die Bürokratie. Hierzulande ist es schon ein beträchtlicher Verwaltungsakt, wenn Sie bloß irgendwo einen Carport mit Fahrradschuppen und Hundehütte bauen wollen. Sie ahnen nicht, was hierfür«, er tippte auf die Papierrolle, »für Vorschriften einzuhalten sind. Trotzdem, es ist alles machbar. Und auf gutem Wege, sowohl die Finanzierung als auch die Genehmigungsverfahren. Aber da ist noch etwas. Und nun kommen Sie ins Spiel, Herr Kruse.«

Gronau nahm wieder auf dem Stuhl gegenüber von Linus Platz, der gespannt der weiteren Ausführungen harrte.

»Dieses Projekt entsteht nicht auf der grünen Wiese. Wir gehen damit mitten in die City, mitten zwischen die Menschen ...«

»Mitten in ein Wohngebiet«, folgerte Linus ahnungsvoll.

»Veränderung ist Fortschritt. Natürlich wird Fortschritt nicht von allen Menschen gleich empfunden. Ängstliche Naturen haben meist Probleme damit. Leider haben selbst ängstliche Naturen hierzulande überhaupt keine Probleme damit, zur Verhinderung des Fortschritts alle Register des Widerstands zu ziehen – vom Rechtsweg bis zur Sitzblockade.«

»Die Schattenseite der Demokratie«, schmunzelte Linus.

»Machen Sie sich lustig über mich, Herr Kruse?«, schnappte Gronau sofort zu.

»Nicht doch. Fahren Sie fort, bitte.«

Gronau warf ihm einen scharfen Blick zu, nahm jedoch den Faden wieder auf. »Unser Center wird das Viertel fraglos aufwerten und eine Bereicherung für die Stadt darstellen. Natürlich gibt es auch diejenigen, die der Sache weichen müssen. Das soll nicht umsonst geschehen. Es ist Bestandteil unseres Investitionskonzepts, diese Leute zu entschädigen. Ersatzquartiere finden, anfallende Kosten der Umzüge bezahlen, Eigentumsverlust ausgleichen, auf individuelle Härtefälle eingehen – alles selbstverständlich. Wir sind keine Straßendiebe.«

»Dann sollte die Überzeugungsarbeit ja nicht schwierig sein.«

Gronau seufzte wieder. »Wissen Sie, ich baue seit vierzig Jahren in dieser Stadt. Da macht man sich nicht nur Freunde. Für gewisse Leute, gewisse Kreise ist mein Name ein Reizwort. Für diese sensible Aufgabe – für die Überzeugungsarbeit, wie Sie es nennen – braucht man einen unbelasteten, kreativen, flexiblen, einfühlsamen, improvisationsstarken, wortgewandten und schnell denkenden Menschen.«

»Und ich sehe auch noch verdammt gut aus. Haben Sie vergessen.«

Gronau zeigte wieder sein Haifischgrinsen. »Schmeicheleien haben Sie nicht nötig.«

Linus lehnte sich im Stuhl zurück. »Hört sich an, als bräuchten Sie jemanden, der sich in die Nesseln setzt und von allen Seiten Prügel kassiert.«

»Und? Haben Sie das nicht drauf?«

»Aber sicher. Ist die Geschichte meines Lebens.« Diesmal grinste Linus. »Nur: Warum sollte ich?«

»Alles hat seinen Preis, nicht wahr?« Gronau schien mit Linus' Reaktion nicht unzufrieden zu sein. »Ich und die anderen Investoren bleiben anonym im Hintergrund. Ich stelle Sie nicht direkt ein. Ich bezahle *Event Emotion* dafür, dass Sie und die Agentur in der Außenwirkung als die Vertreter unseres Projekts dastehen. Sie sind der Mann an der Front. Sie überzeugen die Leute, binden die Anwohner ins Vorhaben ein und lösen jeden Protest in Wohlgefallen auf.«

»Mit schönen Worten allein wird dergleichen kaum möglich sein.«

»Organisieren Sie Infoveranstaltungen, feiern Sie rauschende Bürgerfeste, verteilen Sie Dauerlutscher – ist mir egal, wird alles bezahlt. Hauptsache, alle halten die Füße still!«

»Sie bezahlen die Dauerlutscher und die Agentur. Was bleibt bei mir hängen?«

»Sie haben doch einen Vertrag mit *Event Emotion*, oder?«

»Auf Erfolgsbasis.«

»Tja, dann machen Sie mal«, versetzte Gronau ungerührt. »In dem Fall garantiere ich Ihnen, dass bei Ihnen eine sechsstellige Summe hängen bleibt – um in Ihrer Terminologie zu bleiben.«

Linus verschlug es vorübergehend die Sprache. Sechsstellige Summe. Vorgestern hatte er noch fest damit gerechnet, sich bis zum Daseinsende auf permanentem Existenzangstniveau durchs Leben zu schlagen. Eine sechsstellige Summe verhieß Freiheit, Sorglosigkeit, Sicherheit. Auf Jahre hinaus, wenn er es halbwegs geschickt anstellte.

»Und vorn steht eine Eins?«, erkundigte er sich mit belegter Stimme.

Robert Gronau verzog amüsiert das Gesicht. »Wir wollen doch nicht gierig werden, oder? Wenn alles gut läuft, ich sage mal: Abriss der Altsubstanz noch dieses Jahr, dann Baubeginn im nächsten Frühjahr – dann reden wir über hundertfünfzigtausend Euro. Wenn Sie einverstanden sind, Herr Kruse.«

»Doch, ja, kann ich mir vorstellen«, gab sich Linus cool.

»Vorstellungen sind etwas für Träumer, und die kommen nicht mit mir ins Geschäft«, zog Gronau die Schraube an. »Männer wie wir treffen Entscheidungen. Ja oder Nein?«

»Ja.«

»Willkommen an Bord.«
Der Bauunternehmer stand auf und reichte Linus die Hand. Der erhob sich ebenfalls vom Stuhl und schlug ein. Eine warme Wolke Euphorie breitete sich in Linus aus, prickelnd wie Champagner. Dieses Hochgefühl ließ ihn sogar Gronaus Haifischgrinsen als sympathischen Gesichtszug wahrnehmen. Der pure Rausch. Linus unterzeichnete den Vertrag, der bereits vorbereitet auf Gronaus Schreibtisch lag, mit der selbstverständlichen Attitüde eines Wirtschaftsmagnaten, der täglich Millionendeals abzeichnete.
»Wie gehen wir vor?«, fragte er dann.
»Sehen Sie sich die zukünftige Baustelle in Ruhe an, Herr Kruse. Sprechen Sie mit den Bewohnern. Es gibt bereits einige ausgesprochene Kündigungen und auch erste, sagen wir mal … Unmutsäußerungen. Aber Sie machen das schon, Herr Kruse.« Gronau klopfte Linus jovial auf die Schulter.
»Ich mache das schon, sicher.« Die Euphoriewolke zerfaserte bereits an den Rändern. Dann fiel Linus noch etwas ein. »Wo liegt das Areal überhaupt genau?«
Robert Gronau nahm wieder die Pappröhre zur Hand. Diesmal zog er nicht den Bauplan, sondern eine Straßenkarte heraus – den stark vergrößerten Ausschnitt eines Stadtplans. Linus identifizierte einen Straßenzug und die Grundrisse der angrenzenden Gebäude. Gronau nahm einen Bleistift und zog großzügige Kringel um etliche der Häuser.
»Das hier kommt alles weg!«
Linus sah genauer hin, erkannte den Straßennamen und fühlte seinen Herzschlag ein paar Takte aussetzen.
Er hatte gerade den Abriss seiner Heimat unterzeichnet.

10

Der Spaniel winselte leise, drückte sich verängstigt an die Stiefel seines Besitzers und schaute zu dem gegenübersitzenden Mädchen hoch. Nele bohrte ihren Blick in die furchtsam glänzenden Hundeaugen und sandte telepathische Botschaften von Kreatur zu Kreatur. Kagome beschützt dich. Du und ich, wir sind die Sehenden in dieser unwirtlichen Zwischenwelt. Du bist unter deiner pelzigen Maske der Hüter großer Geheimnisse, der Magier des Universums, leider momentan gebannt von bösen Mächten. Ich, Kagome, bin die Einzige weit und breit, die dein wahres Ich erkennt. Ich hüte das Schwert der Befreiung, die Klinge der Erkenntnis. Und wenn dieser stählerne Lindwurm, in dessen Schlund wir uns befinden, das nächste Mal in Ruhe verweilt, dann werden wir über sie kommen, du und ich. Wir werden die Marionetten des Grauens niedermetzeln, diese untoten Gestalten, die hier nur herumsitzen und dumpf vor sich hin starren. Und dann fliehen wir durch den Zauberbrunnen, du und ich.

Die U-Bahn lief im nächsten Bahnhof ein und hielt. Die meisten Passagiere stiegen hier aus, in unmittelbarer Nähe zu den Glitzerwelten der innerstädtischen Einkaufspassagen. Auch der Hundebesitzer verließ den Zug. Bevor er sich von seinem Herrchen aus dem Waggon zerren ließ, warf der Hund Nele noch einen melancholischen Blick zu. Aber was heißt das schon, sagte sich das Mädchen resigniert – Spaniels können überhaupt nicht anders gucken, fröhlich schon mal gar nicht. Erst jetzt bemerkte sie, dass sie ihren Regenschirm krampfhaft umklammert hielt.

Schwert der Befreiung, Klinge der Erkenntnis. Ha, ha. Nele lockerte den Griff und lehnte sich zurück.
Ihr gegenüber nahm jetzt eine alte Schraube jenseits der fünfzig Platz und starrte sie an. Nicht direkt ins Gesicht, sondern etwas darüber. Wundert sich über die Aufmachung, dachte Nele, die heute wieder als Manga-Figur Kagome unterwegs war. Traut sich aber nicht, mir ins Gesicht zu gucken, und starrt deshalb nur auf die Perücke. Bleibt mit dem Blick zwanghaft oberhalb der Ohren. Nele fiel der Spruch ihres Großvaters ein: Platonische Liebe sei Sex oberhalb der Ohren. Platonisch, müsste sie mal googeln. Sie hatte keine Ahnung, was man sich darunter vorzustellen hatte. Hoffentlich nicht so was wie dieses Angestarre. Im Geiste sah sie Valentin Auge in Auge mit einer welken Tussi im Altersheim – ähem, Seniorenresidenz – sitzen und sich gegenseitig den Haaransatz hypnotisieren. Gruselig.
Sie war sich ohnehin sehr unsicher, was sie von Valentin halten sollte. Manchmal hatte der ganz lockere Sprüche drauf. Und im nächsten Moment ödete er sie wieder mit Greisengeschwätz an. Oder spionierte ihr nach, wie vorhin, als sie nur mal aus dem Wohnzimmerfenster nach drüben zum besetzten Haus geguckt hatte und Valentin sofort wissen wollte, wen sie denn da beobachte. Natürlich hatte sie es ihm nicht gesagt. Sonst hätte ihr Großvater bestimmt noch mehr Fragen gestellt. Zum Beispiel, was sie denn an diesem jungen Mann mit dem Pferdeschwanz so aufregend fände. Und diese Frage vermochte sich Nele nicht einmal selbst zu beantworten.
Tatsache war, dass sie diesen Jungen aufregend fand. Er sah aufregend aus. Und er lebte aufregend. Selbstorganisiert und gegen den Strom. Inmitten eines verschworenen Haufens Gleichgesinnter, aus dem er irgendwie hervorragte – in Neles Augen zumindest. Ein Anführer. Ein Piratenkapitän. Ein faszinierender Typ. Und um die Gemeinschaft beneidete sie ihn sowieso – so

einsam und verloren, wie sie sich meist fühlte. Allein und schon wieder heimatvertrieben, ärgerte sich Nele jetzt. Da schafft man sich glücklich den Vater als Aufpasser vom Hals, um ungestört das Schuleschwänzen zu genießen – und nun sitzt der Großvater in der schönen, geheizten Wohnung. Und nervt gleich am ersten gemeinsamen Morgen mit erbarmungsloser Drängelei, Nele müsse doch los zur Schule. Angeblich hätte ihn Linus darum gebeten, darauf zu achten, dass sie pünktlich aus dem Haus ginge. Das hatte Nele notgedrungen getan. Natürlich nicht, um zur Schule zu gehen, sondern um sich wieder einmal ziellos durch die Stadt treiben zu lassen. Zum Glück war die U-Bahn beheizt und ihre Schüler-Monatskarte bezahlt. Aber Nele langweilte sich zu Tode. Außerdem verspürte sie allmählich Hunger. Also stieg sie an der nächsten Station aus dem Zug. Mönckebergstraße, jede Menge Läden und Kaufhäuser. McDonald's gab es hier auch. Die fiesen Bulettenbrötchen fand Nele zwar genauso übel wie Linus' geliebte Leberwurst und verweigerte sie konsequent, aber an diesen warmen Apfeltaschen kam sie einfach nicht vorbei. Einen Augenblick lang kämpfte Nele mit ihrem Vegetarier-Gewissen, dann gewann die Gier. Apfeltaschen waren schließlich kein Produkt aus Massentierhaltung, das ging durch.
Das Fast-Food-Restaurant war brechend voll mit Menschen. Nele kämpfte sich durchs Gedränge in Richtung Bestelltresen, was zunächst ein aussichtsloses Unterfangen zu sein schien, ihr jedoch immer leichter fiel, je näher sie dem ersehnten Ziel kam. Erst unmittelbar vor dem Tresen fiel Nele auf, dass hier etwas nicht stimmte. Es waren zwar jede Menge Leute im Restaurant, aber niemand stand an, um etwas zu bestellen. Und die Angestellten hinter dem Tresen hatten nichts zu tun, was sie aber keineswegs zu genießen schienen – im Gegenteil, sie wirkten angespannt, fast verängstigt. Ein nervöser Mittvierziger mit ungesunder Gesichtsfarbe und einem Namensschild, das ihn als

Geschäftsführer auswies, nuschelte aufgeregt etwas in sein Mobiltelefon. Ein Überfall? Nele sah sich vorsichtig um: keine Maskierten, keine Revolvermänner, alles ganz normale Leute. Alles junge Leute, doch das fand Nele eher beruhigend. Also betrachtete sie den freien Tresen als Glücksfall, trat vor, um ihre Apfeltasche zu bestellen – und wurde von einem starken Arm beiseitegeschoben. Ein junger Hüne mit Pferdeschwanzfrisur und Piratenohrring drängte sich an Nele vorbei, baute sich vor dem Tresen auf und verkündete der erblassten Bedienung: »Fünfhundertsechsundsiebzig Cheeseburger. Bitte sofort, zum Mitnehmen.«
Nele hielt den Atem an. Genau wie die Menge hinter ihr. Aus den Augenwinkeln beobachtete Nele, wie fast alle Anwesenden die Szene gebannt, aber vor allem stillvergnügt verfolgten. Und dann begriff sie, dass es sich um eine verabredete Aktion handeln musste. Eine Massenaktion, ein Flashmob, eingefädelt über irgendwelche Internet-Netzwerke. Jetzt erkannte sie unter den Zuschauern auch ein paar aus dem besetzten Haus in ihrer Straße. Und der Oberpirat marschierte vorneweg. Aus der Nähe sah er noch aufregender aus, fand Nele.
»Machen Sie hier keinen Ärger!« Der nervöse Mittvierziger schob sich vor seine verstörte Angestellte.
»Ich habe nur eine Bestellung aufgegeben«, erwiderte der Hüne gelassen und simulierte Verwunderung. »Das ist doch hier ein Burger-Restaurant?«
»Sie blockieren den Betrieb!«, keifte der Geschäftsführer. »Das dulde ich nicht!«
»Ihr Betrieb besteht darin, Buletten zu braten. Also – braten Sie. Und zwar flott. Das ist ja wohl der Sinn von Fast Food. Falls dieser Fraß überhaupt irgendeinen Sinn hat!«
Kollektives Gelächter und Gejohle brandete auf. Dem Geschäftsführer trat der Schweiß auf die Stirn. »Verlassen Sie alle

sofort das Lokal«, forderte er mit sich vor Wut überschlagender Stimme und erntete damit Buhrufe und schrille Pfiffe. Die Stimmung drohte zu kippen. Irgendwo hinter Nele stieß jemand einen metallenen Containerwagen mit zugemüllten Tabletts um, es schepperte mächtig. Dann breitete sich plötzlich gespannte Stille aus, als zwei Polizisten in Uniform und mit grimmigen Dienstgesichtern das Lokal betraten und direkt auf den Geschäftsführer zusteuerten.

»Guten Tag, Sie haben angerufen? Was liegt denn vor?«, erkundigte sich der ältere der beiden Beamten.

»Hausfriedensbruch! Gezielter Terror!«, zeterte der Geschäftsführer, sichtlich beflügelt vom Eintreffen der alarmierten Obrigkeit.

»Wer?«

Bevor der Geschäftsführer darauf antworten konnte, trat der Hüne vor die Polizisten und wies mit ausgestreckter Hand auf Nele.

»Die war's!«

Sofort griffen andere begeistert die Finte ihres Anführers auf, bekräftigten sie mit lauten Zwischenrufen.

»Die war's!«

»Die hat randaliert!«

»Die ist verkleidet, das ist gegen das Vermummungsverbot!«

Nele wusste sich vor Verblüffung nicht zu wehren, als schon eine starke Polizeifaust ihren Oberarm umklammerte.

»Erst mal raus aus dem Gedränge, Mädchen. Wir klären das im Streifenwagen.«

Der Geschäftsführer wollte intervenieren, wurde aber von der johlenden Menge abgedrängt. Nele blieb nur noch ein flehentlicher Blick ins selbstzufrieden grinsende Gesicht des Oberpiraten, dann wurde sie von den beiden Polizisten aus dem Lokal geschoben.

Erst draußen vor dem geparkten Streifenwagen erwachte Neles Widerstandsgeist. Als einer der Polizisten auffordernd die hintere Wagentür öffnete, sträubte sie sich. »Ich steig da nicht ein! Ich hab nichts getan!«
Der ältere Beamte hielt das Mädchen weiterhin fest, musterte sie jedoch nun prüfend. »Wie alt bist du eigentlich?«
Der Schock wich Nele langsam aus den Gliedern. Dafür kamen ihr die Tränen. »Fünfzehn«, schluchzte sie.
»Ausweis?«
Nele schüttelte den Kopf.
»Sonstige Papiere?«
Nur meine Monatskarte für die Bahn, dachte Nele. Aber wenn ich die vorzeige, überprüfen sie meinen Namen. Vielleicht hat man mich schon auf einer Schulschwänzerliste zur »zwangsweisen Vorführung« vorgemerkt. Oder die wollen meine Eltern sprechen. Oder beides.
»Du hast doch irgendwas? Schülerausweis?«, bohrte der Polizist nach, den Neles Zögern wieder etwas misstrauischer stimmte. »Ohne Personalangaben kommen wir um eine Spritztour zur Wache nicht herum, junges Fräulein!«
Resigniert begann Nele umständlich in ihrem Umhängetäschchen zu kramen.
»Geht's vielleicht ein bisschen schneller?«, grummelte der Polizist ungeduldig. Auch sein Kollege sah allmählich ziemlich genervt aus. Ergeben zog Nele ihr Portemonnaie mit der Monatskarte hervor, zögerte aber den Moment der Übergabe noch hinaus. Der ältere Beamte streckte ihr auffordernd die flache Hand entgegen. Gerade wollte Nele ihre Monatskarte aus dem Portemonnaie nesteln, da wurde ihr das Dokument samt Behältnis aus der Hand gerupft. Verblüfft blickten das Mädchen und die Polizisten dem jungen Mann hinterher, der mit wehendem Pferdeschwanz am Haupt und Neles Portemonnaie in der Hand die

Mönckebergstraße entlangsprintete. Reflexartig setzten die Beamten dem Fliehenden nach, der eben im Eingang eines großen Kaufhauses verschwand.
Nele schüttelte ihre Erstarrung ab und nutzte die Gunst des Augenblicks, um sich schleunigst in der Gegenrichtung aus dem Staub zu machen.

Geistesabwesend betrat Linus hinter Marlene Fischer die Fahrstuhlkabine und lehnte sich an die Wand. Erst nach langen Sekunden fiel ihm der forschende Blick seiner Kollegin auf.
»Drücken Sie mal Parterre, oder wohnen wir jetzt hier?«
Schweigend drückte Linus den entsprechenden Knopf und lehnte sich wieder zurück.
»Gar keinen flotten Spruch dazu parat? Sie lassen nach.«
Linus ging nicht darauf ein. Eigentlich hatte er gar nicht richtig zugehört, so beschäftigte ihn noch der Vorschlag Robert Gronaus. Der Vorschlag, dem er zugestimmt, den er unterschrieben hatte. Zum ersten Mal in seinem Leben bestand für Linus die Aussicht, mehr Geld zu besitzen als das Sümmchen, das er für die nächste Miete benötigte.
»Sagen Sie mal, ist alles in Ordnung mit Ihnen?«
Marlene klang nun doch etwas besorgt, das fand Linus beinahe rührend. Er wartete ab, bis sich die Kabinentür im Erdgeschoss öffnete.
»Doch, ist alles okay«, behauptete er, während sie den Fahrstuhl verließen und zum Ausgang des Bürogebäudes strebten. »Fahren Sie jetzt zurück zur Agentur? Sie sind doch mit dem Wagen da?«
»Ja, bin ich.« Marlene zögerte ein wenig, bot dann aber an: »Ich kann Sie mitnehmen. Wenn Sie möchten.«
»Danke«, erwiderte Linus schlicht. Ohne weitere Worte erreichten sie den nachtblauen Agenturwagen und stiegen ein.

Während Marlene den Mercedes temperamentvoll durch den Stadtverkehr jagte, hing Linus weiter seinen Gedanken nach. Er hatte es Gronau gegenüber für sich behalten, dass er in ebender Straße wohnte, in der das große Bauvorhaben realisiert werden sollte. Linus wollte bei dem Bauunternehmer keine Zweifel darüber aufkommen lassen, er sei vielleicht doch nicht der richtige Kandidat für die Vermittlerrolle. Gronau hatte ihn zu höchstmöglicher Diskretion vergattert. Mit Daniela Andersen würde Linus natürlich über das Projekt reden müssen, das würde auch Gronau noch in weiteren Vertragsrunden mit der Agenturchefin tun. Zu Hause dürfte Linus kein Wort darüber verlieren. Nele und Valentin ging es ja auch nichts an. Und was aus seiner Straße wurde, sollte den beiden ohnehin egal sein – sie wohnten nur vorübergehend dort. Bei den von den Abrissplänen betroffenen Nachbarn war es erst recht wichtig, dass Linus die Deckung des harmlosen Mitbürgers so lange wie möglich aufrechterhielt. Sonst schlüge ihm blitzschnell der Protest ins Gesicht, und die Rolle des gutdotierten Konfliktvermittlers stünde damit auf dem Spiel. Besonders die Krawallos aus dem besetzten Haus würden ihn als perfektes Feindbild betrachten. Fast bedauerte es Linus im Nachhinein, dem Pferdeschwanz-Hünen gestern die Zugtür vor der Nase zugeschmettert zu haben. Die Rettung des jungen Mannes aus den Krallen der Fahrkartenkontrolleure hätte der Beginn einer wunderbaren Freundschaft werden können. Ein Verbündeter unter den Hausbesetzern, das wäre jetzt für ihn Gold wert. Im wahrsten Sinne des Wortes.

»Herr Kruse?«

Linus schreckte aus seinen Gedanken auf und bemerkte, wie Marlene Fischer ihn ziemlich verwundert musterte. Bevor er sich zu einer Antwort aufraffte, stieß Marlene den schweren Wagen mit virtuos ausgeführtem Lenk- und Bremsmanöver in eine

Parklücke am Straßenrand. Ohne Gurt hätte es Linus gnadenlos durch die Frontscheibe katapultiert. Ächzend fiel er in den Sitz zurück.

»So eine Landung habe ich zuletzt vom Space Shuttle gesehen …« Linus verzog das Gesicht und rieb sich die vom Gurt strangulierten Rippen. »Der hatte allerdings Bremsfallschirme.«

»Immerhin klopfen Sie wieder Sprüche«, bemerkte Marlene ungerührt. »Dann war der Schock ja heilsam. Wir müssen miteinander reden.«

»Jetzt gleich? Hier?«

»Jetzt gleich. Da drüben im Café.«

Marlene stieg aus. Linus folgte ihr in eine kleine portugiesische Pastelaria, wo sie in dem verwinkelten Raum einen ruhigen Platz am Fenster auswählten und sich jeder einen Galão bestellten.

»Und jetzt erzählen Sie mal. Was wollte Gronau von Ihnen? Und kommen Sie mir nicht mit: Männergeschäfte! Dann springe ich Ihnen ins Gesicht, Herr Kruse!«

Bringt die glatt, dachte Linus. Deshalb lächelte er freundlich und streckte der Kollegin die Hand entgegen.

»Linus. Ich heiße Linus. In der Agentur nennen sich doch fast alle beim Vornamen, ist mir aufgefallen.«

Sie wirkte etwas skeptisch, schlug aber ein. »Okay. Marlene. Also?«

Er zögerte. »Erst mal Sie, Marlene. Alles klar mit der Hochzeitsplanung? Ist Madame von Bornkamp zufrieden?«

»Madame ist sehr zufrieden. Es gibt die Hochzeitskirche, es gibt vier Schimmel und eine Kutsche, einen Knabenchor und engelsgleiche Blumenmädchen …«

»Das volle Programm«, grinste Linus. »Da ist ja nicht viel von meinen Genieblitzen übrig geblieben.«

»Sie überlegt immer noch ernsthaft, das Kammerorchester beim

Einzug des Brautpaars in die Kirche statt Mendelssohn-Bartholdys Hochzeitsmarsch ›Love me tender‹ spielen zu lassen.«
»›Highway to hell‹ wäre auch eine Option«, schmunzelte Linus.
Marlene lachte schallend. Ein Wunder. Ein sehr hübsches, fand Linus.
»Auch geschieden, was?«, zwinkerte sie ihm zu.
»So in der Art.«
»Okay, jetzt Sie. Was wollte Gronau?«
Linus Blick wanderte aus dem Fenster und streifte den geparkten Agenturwagen. Dabei trat ihm einmal mehr ins Bewusstsein, auf welchem Minenfeld er sich jetzt bewegte. Natürlich war Marlene eine Kollegin und arbeitete für dieselbe Firma, der Gronau sein Vertrauen schenkte. Aber was, wenn es neulich genau dieser Agenturwagen gewesen war, den Linus vor dem besetzten Haus in seiner Straße gesehen hatte? Wenn Marlene auch an jenem Tag die Fahrerin des Wagens gewesen war? Vielleicht kannte sie jemanden aus dem Haus. In dem Fall dürfte Linus ihr nichts verraten.
»Fahren Sie den Mercedes nur dienstlich oder auch privat?«, tastete er sich vor.
»Was soll das denn jetzt?«
»Bitte.«
Marlene sah ihn verwundert an und zuckte mit den Achseln. »Sowohl als auch. Ist Teil meines Vertrags. Warum?«
»Ich glaube, ich habe Sie vor ein paar Tagen gesehen, wie Sie einem Haufen junger Wilder ein kaltes Büfet geliefert haben. Jede Menge Delikatessen auf Silbertellern.«
Marlenes Augen blitzten plötzlich zornig, sie sah aus, als würde sie ihre Drohung von vorhin wahr machen wollen und ihm ins Gesicht springen.
»Sie spionieren mir nach! Ist das Danielas neuester Schachzug? Sind Sie auf mich angesetzt worden? Dann war das mit dem Kaf-

fee in der Bahn bestimmt auch kein Zufall, was? Man will mich bloßstellen!«

Damit sprang sie auf und eilte hinaus. Linus wollte folgen, musste aber erst mal bei der über den Aufruhr verwunderten Kellnerin die beiden Galãos bezahlen. Als er endlich aus der Pastelaria trat, sah er bloß noch den nachtblauen Kombi mit quietschenden Reifen aus der Parklücke preschen.

11

Ihre Füße brannten. Und der Kagome-Dress erwies sich wieder einmal als viel zu dünn für die herbstlichen Temperaturen. Allerdings war ein längerer Fußmarsch ursprünglich nicht eingeplant gewesen. Normalerweise benutzte Nele für längere Strecken öffentliche Verkehrsmittel. Dafür bräuchte sie jedoch ihre Monatskarte. Oder wenigstens Geld. Beides steckte in ihrem Portemonnaie. Und das besaß jetzt dieser fiese, gemeine, absolut widerliche Typ mit dem Pferdeschwanz.

Aber nicht mehr lange, schwor sich Nele zum wiederholten Mal. Schließlich wusste sie, wo der Kerl wohnte. Was sie nicht wusste, war, wie genau sie es anfangen sollte, wieder an ihren rechtmäßigen Besitz zu gelangen. Zur Polizei zu gehen war nach dem Erlebnis von vorhin nicht drin. Ihren Vater als Verstärkung mitzunehmen ging auch nicht, dann müsste sie ihm erklären, wieso sie nicht in der Schule gewesen war. Am Ende käme Linus noch auf die Idee, zur Polizei zu gehen – und dann flog ihr alles um die Ohren. Nein, sie musste das allein auf die Reihe kriegen.

Dafür müsste Nele erst einmal nach Hause kommen, in die Straße, wo auch der Dieb wohnte. Ohne Fahrkarte und Geld blieb da nur der Fußmarsch. Schwarzfahren traute sich Nele nicht, sie hatte eindeutig das Gefühl, für heute alles Glück aufgebraucht zu haben. Bloß nicht noch einmal in die Fänge der Obrigkeit geraten. Es war vorhin wirklich knapp gewesen. So gesehen hatte der Oberpirat sie eigentlich gerettet. Allerdings hatte er ihr die Beinahe-Festnahme ja überhaupt erst eingebrockt.

Als das besetzte Haus endlich in Sicht kam, ließ der gerechte

Zorn Nele die Kälte und ihre wunden Füße vergessen. Und deshalb zerbrach sie sich nicht länger den Kopf über eine geeignete Taktik, sondern stürmte ungebremst in den Hausflur. Erst hier wurde Nele bewusst, dass es in diesem Haus auf jedem Stockwerk mehrere Wohnungen gab und sie keine Ahnung hatte, in welcher davon der Oberpirat mit dem Pferdeschwanz hauste. Sie hatte ihn schon von Linus' Wohnzimmerfenster aus in verschiedenen Wohnungen gesichtet, mal unten, mal oben im Haus. Nele verspürte wenig Lust, sich durch alle Wohnungen zu klingeln, aber es blieb ihr wohl kaum etwas anderes übrig. Falls es hier überhaupt funktionierende Klingeln gab.

Im Hausflur war es stockdunkel. Während sich Nele auf der Suche nach einem Lichtschalter die Wand entlangtastete, trabte jemand in flottem Tempo die Treppen hinunter. Dass es sich dabei um einen jungen Mann handelte, erkannte Nele erst, als er fast in sie hineinrannte und erst im letzten Moment abbremste.

»Ups. 'tschuldigung, Licht geht nicht«, kommentierte er knapp und wollte schon an Nele vorbei.

Sie hielt ihn zurück. »Hallo. Sag mal – kennst du hier die Leute? Ich suche einen Typen, ziemlich groß, Pferdeschwanz, Ohrring …«

»Leo«, antwortete der Junge prompt. »Dritter Stock links.«

»Danke.«

Der Junge eilte weiter, während Nele vorsichtig im Dunkeln die Treppen hinauftappte. Ab dem zweiten Stock wurde es heller, anscheinend gab es im Dach ein Oberlicht. Oder ein Loch. Bei der Bude wäre das locker drin, schätzte Nele. Im dritten Stock links war eine Türklingel, aber kein Namensschild. Die Klingel gab keinen Ton von sich, als Nele den Daumen daraufdrückte. Kein Strom, daher wohl auch die fehlende Treppenhausbeleuchtung. Nele vernahm Stimmen in der Wohnung, Musik lief auch –

jemand spielte Gitarre, laut genug, um ihr erstes zaghaftes Klopfen unbeachtet zu lassen. Ein wenig unheimlich war ihr jetzt doch zumute. Dann jedoch rief sie sich die peinlichen Szenen mit der Polizei ins Gedächtnis und den Raub ihres Portemonnaies, und sofort wallte wieder heißer Zorn in ihr auf.
Sehr beflügelnd.
»Chuck Norris«, murmelte Nele, hob das rechte Bein und ließ den gestreckten Fuß gegen die Türfüllung krachen. Das Schloss gab ein splitterndes Geräusch von sich, die Tür schwang auf und krachte dramatisch gegen einen Widerstand – prompt kippte ein mit Klamotten behangener Garderobenständer um wie ein gefällter Baum und verstärkte den Radau.
Während Nele vor Schreck über ihre wahrhaft durchschlagende Aktion erstarrte, versammelten sich im Flur der Wohnung vier Gestalten – drei Männer um die zwanzig und eine junge Frau mit Stupsnase, die nach dem Abklingen des ersten Überraschungsmoments mit ausgestrecktem Finger auf Nele zeigte und begeistert plärrte: »Die war's! Die war's!«
Anscheinend waren auch die drei Kerle beim Flashmob im Schnellrestaurant vor Ort gewesen. Sie erkannten in Nele ebenfalls das unfreiwillige Opfer ihrer Spaßaktion und brachen in ungezügelte Heiterkeit aus.
»Die war's, echt mal …«
»Das blöde Gesicht, einfach un-ver-gesslich!«
»Vermummungsverbot, hammerhart!«
»Ja, ganz toll!«, fuhr Nele aufgebracht dazwischen und trat unaufgefordert in den Wohnungsflur. »Wo ist euer Häuptling? Leo?«
»Hier gibt es keinen Häuptling.« Der großgewachsene Junge mit der Pferdeschwanzfrisur und dem Ohrring schob sich aus einem der an den Flur grenzenden Zimmer. »Hier gilt: Einer für alle, alle für einen.«

»Demnach habt ihr euch das Geld aus meinem Portemonnaie vermutlich brüderlich geteilt, was?«
»Was für ein Portemonnaie?«, horchte die Stupsnasige auf.
»Das siehst du falsch«, beschwichtigte Leo, ohne Nele aus den Augen zu lassen.
»Was soll man daran falsch sehen?«, begehrte Nele auf. »Diebstahl ist Diebstahl!«
»Was denn für ein Portemonnaie, bitte?«, hakte einer der Männer nach und blickte fragend von dem Mädchen mit der schwarzen Perücke auf seinen Wohngenossen. »Leo?«
Leo löste seinen Blick von Nele und wandte sich den anderen zu. »Nun hört aber auf. Ich hab nichts geklaut, das muss ich euch doch wohl nicht sagen.«
»Dann kannst du mir ja mein Portemonnaie gleich wiedergeben«, trumpfte Nele keck auf.
»Also. Ja …« Der Hüne wirkte mit einem Mal sehr viel weniger souverän. »Wir beide müssen reden. Bitte – hier …«
Er trat zurück in das Zimmer, aus dem er gekommen war, und forderte Nele mit einem einladenden Wink auf, ihm zu folgen, worauf sie sich auch einließ. Zu klauen gibt es bei mir ja nichts mehr, sagte sie sich. Und dass der Hüne ihr gegenüber gewalttätig werden könnte, das traute Nele ihm doch nicht zu. Leos Gesichtszüge wiesen trotz seines beinahe grobschlächtigen Körperbaus einen feinen Schnitt auf. In den braunen Augen glänzten bernsteinfarbene Lichter, und dem Mund sah man es an, dass er gerne lachte – wenn auch nicht gerade in diesem Moment.
»Setz dich. Irgendwo.«
Das war einfacher gesagt als getan. Neles Vorstellungen von aufgeräumten Zimmern ließen schon ein ziemliches Maß an Chaos zu, aber Leos Bude lag in dieser Hinsicht eindeutig außerhalb ihrer Ordnungsnorm. Die einzigen Möbelstücke, auf denen keine Bücher, Zeitungen, Kabel, Computerteile, Werkzeug, Noten-

blätter, Gitarren, Essensreste, halbleere Kaffeebecher, Flaschen diversen Inhalts und Kleidung in unterschiedlichen Stadien der Sauberkeit herumlagen, waren das große Bett – Doppelbett, aber nur eine Decke und ein Kissen darauf, wie Nele sofort und nicht ohne Befriedigung registrierte – und ein wuchtiges, inmitten des Raumes aufgestelltes Schlagzeug. Wobei Letzteres nicht wirklich dem Mobiliar zuzurechnen war. Immerhin gab es hier einen chaosfreien Hocker, den Nele jetzt ansteuerte.

»Da nicht«, kam prompt das Veto.

Nele setzte sich trotzdem auf den Hocker und tippte sich an die Stirn. »Wenn du glaubst, du kannst mich auf die Tour plump auf dein Bett locken, bist du noch dämlicher, als ich dachte.« Dabei finde ich dich gar nicht dämlich, dachte sie. Im Gegenteil. Wie der Junge sich auf seiner Bettkante niederließ und sie nun mit verlegenem Blick so von schräg unten ansah …

»Ich bin nicht dämlich. Ohne mich hätten dich die Bullen mitgenommen!«

»Ohne dich wäre es gar nicht so weit gekommen«, urteilte Nele gnadenlos.

»Du warst einfach zur falschen Zeit am falschen Ort«, verteidigte sich Leo. »War nicht persönlich gemeint, die Aktion. Es sollte ein Protest gegen diese Fast-Food-Unkultur sein. Wie die mit ihrer Profitgier die Umwelt ruinieren und mit ihrem fetten Zeug die Massen mästen – da muss man gegenhalten! Wir haben uns über Facebook verabredet …«

»Flashmob. Ich bin ja nicht von gestern.«

»Nur Plakate und Spruchbänder hochhalten und in Trillerpfeifen blasen, das reicht heutzutage eben nicht. Da merkt keiner was. Man muss sich immer wieder etwas einfallen lassen, wie die Leute von Occupy zum Beispiel. Wenn auch noch Spaß und Action dabei sind, bewegt man mehr.«

»Mein Spaß an eurer Aktion hielt sich in Grenzen.«

»Was dich betrifft, ist es ein bisschen aus dem Ruder gelaufen«, gab Leo zu. »Deshalb habe ich dich ja auch anschließend gerettet.«
»Komisch. Ich sehe mein Portemonnaie immer noch nicht.«
»Das habe ich dir schon wiedergegeben«, behauptete Leo treuherzig.
»Ha, ha.«
»Ehrlich. Ich bin gleich mit der U-Bahn zur Hoheluftchaussee gefahren. Du wohnst in der Schlankreye. Deine Adresse steht ja auf deiner Monatskarte. Das Portemonnaie liegt in deinem Postkasten.«
Nele musterte den Hünen misstrauisch. »Ja, die Adresse steht auf der Monatskarte. Ganz leicht, damit zu bluffen. Wenn ich hier weg bin, lachst du dich erst mal schlapp. Und ich finde in meinem Postkasten ein großes Loch. Oder das Portemonnaie ohne Geld.«
»Dann komme ich eben mit«, erbot sich Leo und erhob sich von seinem Bett. »Und wenn du dein blödes Portemonnaie endlich wiederhast, sind wir quitt, okay?«
Nele überlegte nicht lange. »Okay.«
Leo verließ sein Zimmer hinter ihr und langte sich eine Jacke von dem Garderobenständer im Flur, den irgendjemand wieder vom Fußboden geklaubt und aufgerichtet hatte. Dafür stand die Haustür immer noch einen Spalt offen, was allem Anschein nach am demolierten Schloss lag. Leo begutachtete den Schaden und drückte probeweise die Klinke.
»Jetzt schließt sie gar nicht mehr«, bemerkte er vorwurfsvoll.
»In der Kommune I hatten sie nicht mal Türen vor dem Klo«, erwiderte Nele schlagfertig.
»Ach ja? Woher willst du das wissen?«
»Mein Opa hat da gewohnt.«
Damit erntete Nele einen ungläubigen Blick – durchaus mit ei-

ner Spur Respekt, wie sie hoffnungsvoll interpretierte. Dann wandte sich Leo wortlos ab und eilte mit Riesenschritten die dunklen Treppen hinunter. Nele hielt tapfer mit und erreichte die Straße fast im gleichen Augenblick wie der junge Mann. Nebeneinander strebten sie in Richtung U-Bahnhof. Schweigend, weil Nele den Moment auskostete. Es fühlte sich gut an, mit dem Jungen neben sich, den sie seit Tagen heimlich beobachtet hatte. »Angehimmelt« wäre ehrlicher, gestand sie sich ein. Jetzt gingen sie dicht beisammen. Mit gemeinsamem Ziel. Stünde sie jetzt oben bei Linus am Fenster, würde sie den schönen, starken Leo sehen und sich daneben. Aus der Perspektive müsste man zu dem Schluss kommen, sie wären ein Paar. Oder mindestens dicke Freunde. Auf jeden Fall irgendwie *zusammen*.

Sie passierten die Ecke mit dem Zeitungsladen, dessen Inhaberin gerade aus dem Schaufenster blickte und ihnen freundlich zunickte, als Leo ihr einen Gruß zuwinkte. Der kennt hier anscheinend jeden, dachte Nele und spürte plötzlich den forschenden Blick ihres Begleiters auf sich ruhen. Ach ja, fiel ihr ein, meine Manga-Kleidung. Jetzt kommen gleich Sprüche über die Perücke oder so.

»Ich laufe nicht immer so herum«, baute sie vor.

»Cosplayer. Ich bin ja nicht von gestern.«

»Warum guckst du dann so?«

»Weil mir gerade etwas eingefallen ist. Aber lass uns erst mal in die Bahn.«

»Du hast meine Monatskarte geklaut – vergessen?«

»Ich spendiere das Ticket. Und hör endlich auf damit. Ich habe nichts geklaut.«

Das ließ Nele unkommentiert. Mittlerweile war es ihr eigentlich schon fast egal, was mit ihrem blöden Portemonnaie passierte. Wie alt Leo wohl sein mochte? Bestimmt zwanzig, spekulierte sie. Kein Altsack von Mitte zwanzig oder noch schlimmer, aber

auf jeden Fall mündig und erwachsen. Ein richtiger Mann. Er wirkte so … Es fiel Nele nicht gleich ein, wie Leo auf sie wirkte. Die Jungen in ihrer Schule waren entweder eingebildet und selbstverliebt, kommunikationsgestörte Computerfreaks oder einfach noch unsicherer im Umgang mit dem anderen Geschlecht als Nele selbst. Sicher, dachte sie. Leo wirkte sicher. Nicht gewollt, sondern auf eine ganz ruhige, selbstverständliche Art. Von ihr aus dürfte die U-Bahn, in die sie jetzt stiegen, gerne den ganzen Tag mit ihnen im Kreis fahren. Leider waren es bis zur Hoheluftchaussee nur ein paar Stationen. Dann würden sie die Angelegenheit mit dem leidigen Portemonnaie regeln, und dann? Ich bin bloß ein fünfzehnjähriges Schulmädchen, das nicht zur Schule geht, haderte Nele. Was Leo eigentlich so trieb im Leben, wusste sie zwar nicht, aber es war bestimmt wichtiger und bedeutsamer als alles, was sie zu bieten hatte. Wenn Nele wollte, dass Leo sich auch künftig mit ihr abgab, musste ihr es irgendwie gelingen, weiterhin interessant für ihn zu bleiben.
»So, und jetzt erkläre du mir mal etwas«, unterbrach Leos tiefe Stimme Neles Träumereien. »Ich kenne dich nicht. Wir haben uns bis vorhin noch nie getroffen. Wieso weißt du, wo ich wohne? Wie hast du mich so schnell gefunden?«
Weil mein Vater gegenüber wohnt und ich dir seit Tagen aus dem Fenster nachglotze. Das konnte sie nicht sagen, das ging einfach nicht. Nele erinnerte sich, wie die Andeutung, ihr Opa sei Mitglied der Kommune I gewesen, Leo beeindruckt hatte.
»Ich kenne mich eben in der Szene aus. Hab so meine Kontakte.« Nele bemühte sich um einen möglichst unverbindlichen Gesichtsausdruck.
»Na klar«, höhnte Leo ungläubig. »Die kleine Nele Wichmann, fünfzehn Jahre. Auf dem Bild in deiner Schülermonatskarte bist du übrigens höchstens zwölf.«
Verdammt, verdammt, verdammt!, heulte Nele innerlich auf.

Das bescheuerte Foto. Immerhin hatte er sich ihren Namen gemerkt. Sie zwang sich zu einem überheblichen Lächeln. »Du bist also auch darauf reingefallen. Klappt echt gut mit der gefälschten Karte.«

»Die ist gefälscht?«

Nele deutete bloß ein Nicken an.

Leo verzog den Mund zu einem spöttischen Grinsen. »Ein paar Euro sparen, weil das Ticket für Fünfzehnjährige billiger ist als mit sechzehn?«

Er hält mich für höchstens sechzehn, ärgerte sich Nele. Ich hätte heute den Kagome-Dress weglassen und mich älter schminken sollen. Wenn ich das geahnt hätte … »Du hast keine Ahnung von den Tarifen. Schülermonatskarten kosten für Fünfzehnjährige das Gleiche wie für Sechzehnjährige.«

»Und was bringt es dann, die Karte zu fälschen?«

»Vielleicht bin ich ja ein bisschen älter, als du denkst.«

Leo musterte sie forschend, nun doch etwas verunsichert. »Also doch wegen ein paar Euro Ersparnis.«

Nele lächelte überlegen. »Du kommst nicht darauf, was? Wenn man sechzehn ist, erwarten die Bullen, dass man einen Personalausweis bei sich trägt. Der ist nicht so ohne weiteres zu fälschen. Und wenn sie dich mit gefälschtem Perso erwischen, ist das sofort eine heftige Straftat. Also laufe ich als Fünfzehnjährige herum. Da lamentiert keiner, wenn ich als Ausweis bloß eine Schülerkarte zücke, wenn ich bei Polizeikontrollen in Schwierigkeiten gerate. Also, falls du mein Portemonnaie tatsächlich nicht geklaut hast und glaubst, du hast mich vorhin mit deiner Aktion gerettet …«

»Und ob ich das habe! Du warst doch völlig hilflos! Hast geflennt wie ein kleines Mädchen …« Der empörte junge Mann stutzte verblüfft und sah seine Begleiterin entgeistert an. Deren blaue Augen glänzten plötzlich verdächtig. Ich bin ein armes Waisenkind, suggerierte sich Nele, meine Kleider sind zerschlissen, es ist bitterkalt, niemand will mich haben, ich habe Hunger, mein Hündchen ist gestorben ... Die ersten Tränen rollten. Nele wischte sich über die Augen, zwinkerte kurz und grinste Leo frech an.

»Sieht ganz schön echt aus, was?«

Leo schnappte nach Luft. »Ist ja krass.«

Nele lehnte sich zufrieden auf der Sitzbank zurück. »Ich flenne herzergreifend, die Polizisten lesen auf meiner Schülerkarte, dass ich angeblich erst süße fünfzehn bin. Dann schluchze ich etwas von meinem superstrengen Daddy und dass ich so was nie, nie wieder mache – und schon sind sie für gewöhnlich weich, und ich gehe. Du bist diesmal bloß zu früh dazwischengekommen. Mach dir nichts draus, irgendwann klappt es ja vielleicht und du bist auch mal der Held.«

Leo erholte sich nur langsam von seiner Überraschung. »Du verarschst mich doch«, brachte er schließlich heraus.

Nele zuckte mit den Achseln und stand auf. »Wir müssen raus.« Sie verließen den Zug, stiegen die Stufen zur Hoheluftchaussee hinunter und trotteten auf dem Fußweg nebeneinanderher.

»Gleich sind wir bei dir«, stellte Leo fest, als sie in die Schlankreye einbogen, »bei deiner gutbürgerlichen Wohnung. Du schließt deinen gutbürgerlichen Postkasten auf, findest dein gutbürgerliches Portemonnaie, und dann liefere ich dich bei deiner gutbürgerlichen Mami ab, die sich bestimmt schon Sorgen darüber macht, wo ihre Kleine bleibt!«

Nele blieb verärgert stehen und funkelte den jungen Mann wütend an. »Du weißt genau Bescheid, was?«

Leo grinste provokant und wies auf die biederen Backsteinfassaden der angrenzenden Wohnblocks. »Sieht so aus. Nur mit Mami? Oder auch mit Papi? Die ganze kleine, nette, heile Familie?«

Nele atmete einmal tief durch, dann griff sie nach der Hand des jungen Mannes und zog ihn mit sich, steuerte mit ihm im Schlepp auf den Eingang des Wohnhauses zu, in dem sich die Wohnung ihrer Mutter befand. Sie öffnete die Haustür und schaltete die Treppenhausbeleuchtung an. Hier funktionierte die wenigstens. Dann schloss sie den Postkasten auf: Ihr Portemonnaie lag darin, und ein schneller Blick hinein erwies, dass es noch alles Geld enthielt.

»Na, endlich überzeugt?«, schmunzelte Leo – um dann streng nachzusetzen: »Und nun sagst du mir, woher du meine Adresse kennst!«

Nele klappte das Portemonnaie zu und steckte es ein. »Du glaubst, in einem besetzten Haus leben, mit lässigen Leuten abhängen und Protestaktionen durchziehen macht dich zu einem coolen Typen. Ich habe ganz andere Sachen drauf. Aber im Gegensatz zu dir erledige ich die im Alleingang.«

»Buh!«, blökte Leo. »Deine Mami versohlt dir gleich den Popo.«

Kurzentschlossen schnappte sich das Mädchen wieder seine Hand und führte ihn zur Wohnung hinauf. Öffnete die Tür und ließ ihn eintreten. Knipste überall das Licht an und führte ihn durch sämtliche Räumlichkeiten. Stellte sich mitten ins bis auf ein sperrmüllreifes Sofa unmöblierte Wohnzimmer und wies in die Runde.

»Nichts Mami. Nichts heile Familie. Nele allein zu Haus!« Ihre Stimme hallte von den nackten Wänden wider, als sie sich eindringlich dem jungen Mann zuwandte: »Aber das vergisst du besser, klar? Geh wieder Flashmob spielen und Cheeseburgerhändler erschrecken.«

Leo starrte sie fassungslos an. »Wer bist du?«, brachte er schließlich hervor.

»Jemand anderes«, antwortete Nele schlicht, schob den Jungen widerstandslos bis zur Wohnungstür und hinaus. Bevor Leo sich zu einer Antwort aufraffen konnte, hatte sie die Tür schon hinter ihm abgeschlossen. Dann löschte Nele in allen Zimmern das Licht, bevor sie sich hinter der verbliebenen Wohnzimmerfenstergardine verbarg und beobachtete, wie Leo draußen langsam davontrottete, sich immer wieder zu ihrem Haus umdrehte und schließlich außer Sicht geriet.

Jemand anderes zu sein, das fiel ihr ganz leicht, überlegte Nele. Wesentlich leichter, als sie selbst zu sein – diese Rolle war ihr nämlich völlig unklar.

Mehr denn je.

12

Lavendelöl, Kalziumtabletten, Misteltee«, zählte die freundliche Frau im weißen Kittel auf, während sie die erwähnten Artikel in eine Tüte packte. Sie sah sehr hübsch aus mit ihrem frischen, glatten Teint und den strahlenden Augen – die perfekte Gesundheitsreklame in passender Umgebung. Valentin hasste Apotheken. Aber die Frau war ein echter Blickfang. Deshalb hatte er sich auch an ihrem Verkaufstresen angestellt. Er ließ normalerweise kaum Prinzipien gelten, aber an eine Regel hielt er sich strikt: Stelle dich immer an der Kasse oder an dem Tresen mit der attraktivsten Bedienung an – dann ist die Wartezeit nie verschenkt.

»Es gibt auch Tabletten mit Haifischleberöl, haben Sie die?«, erkundigte sich Valentin. »Die sind rezeptfrei, hab ich gelesen …«

»Haben Sie Probleme mit zu hohem Blutdruck?«, fragte die Apothekerin.

»Wie kommen Sie darauf?«, mokierte sich Valentin.

Die Frau im Kittel wies auf die Warentüte vor sich. »Geht alles in die Richtung. Es gibt natürlich wirksamere Medikamente, aber die sind verschreibungspflichtig. Sind Sie in Behandlung?«

Valentin winkte unwirsch ab. »So schlimm ist es nun auch wieder nicht.«

»Haben Sie ein Blutdruckmessgerät? Ich kann auch gleich hier und jetzt Ihren Wert ermitteln …«

»Halten Sie dabei mein Händchen?«, lächelte Valentin charmant. »Dann brennt mein Herz sowieso durch, schöne Frau.«

Es funktionierte. Wieder einmal. Der frische, glatte Gesichtsteint errötete sanft. Valentin zwinkerte verschmitzt. »Ich glaube, Ihr Blutdruck steigt, Verehrteste. Packen Sie mir noch ein Schaumbad ein? Latschenkiefer, wenn's recht ist.«

Schmunzelnd verließ Valentin mit seiner Tüte die Apotheke. Mit der guten, alten Charmeoffensive lief es doch immer am besten. Andere setzten im täglichen Lebenskampf grundsätzlich auf Konfrontation, fuhren gnadenlos die Ellenbogen aus und pöbelten alles und jeden in Grund und Boden. Das lag ihm nicht, hatte ihm noch nie gelegen. Das hatte Valentin schon im Kindesalter gelernt: Wenn er sich wirklich mal über etwas aufregte und ins Schimpfen und Lamentieren geriet, nahm das niemand ernst. Gefühlsausbrüche wie Wut und Empörung standen ihm offenbar nicht zu Gesicht, da hörte einfach keiner zu. Bei anderen, denen der Kragen platzte, funktionierte die Krawallmethode ja leider viel zu oft. Aber nicht bei Valentin. In all den Jahren, die er sich als pädagogischer Lumpenhund durchs Berufsleben geschlagen hatte – als Referent an Hochschulen, Nachhilfelehrer, Volkshochschuldozent und Privatpauker –, in dieser ganzen Zeit war es ihm nie vergönnt gewesen, die Aufmerksamkeit seiner Schüler durch bloße Amtsautorität und respektheischenden Auftritt zu erlangen. Seine pädagogische Trickkiste beinhaltete lediglich Witz, Charme und verbale Flexibilität. Das reichte in aller Regel. Sowohl in der Schule als auch im richtigen Leben. Autoritäten, die ihre Würde allein aus Rang und Ansehen ableiteten, erschienen Valentin grundsätzlich suspekt. So bin ich eben, dachte er jetzt. Kein Wunder, dass ich mich in dem Seniorenbunker nicht mehr wohlgefühlt habe. Da waren alle mit letzter Kraft bemüht, die Reste ihrer Greisenwürde aufrechtzuerhalten, selbst wenn hinter der brüchigen Fassade die pure Senilität durchschien. Das konnte Valentin einfach nicht ertragen.

Daran hat es gelegen, redete er sich ein. Denke nicht weiter darüber nach. Abhaken. Die Ruhe genießen, solange er die Wohnung für sich hatte – wer weiß, wie lange, es wurde ja schon Abend. Linus hatte nicht gesagt, wann er von der Arbeit käme. Und wann Nele Schulschluss hatte, wusste Valentin auch nicht. Normalerweise wäre ein Schulkind längst zu Hause. Merkwürdiges Mädchen, seine Enkelin. Ging verkleidet zur Schule. Vielleicht feierten die da heute Fasching. Oder probten ein Theaterstück – das war es wahrscheinlich, kalkulierte Valentin. Dann käme Nele wohl auch erst später zurück, sehr gut. Also könnte er sich ungestört im Wohnzimmer breitmachen. Oder ein Bad nehmen. Fehlte bloß noch eine unterhaltsame Illustrierte.

Bärbel Maschmann pulte gerade die Papphülse einer leeren Kassenrolle aus ihrer betagten Registrierkasse, als Valentin den kleinen Eckladen betrat, die Tür hinter sich zudrückte und einen Augenblick lang verzückt dem verklingenden Dingdong der Signalglocke lauschte.

»Wunderbar. Manche Dinge ändern sich nie!«

»Leider.« Freddy rutschte, überraschend flink, vom Hocker hinter dem Lottotresen, drückte sich an Valentin vorbei und verließ den Laden.

Dingdong.

Valentin ignorierte Freddys fluchtartigen Abgang und fasste nun lächelnd die Ladenbesitzerin ins Auge. »Und an dir sind die Jahre auch spurlos vorübergezogen, liebe Bärbel.«

»Drück nicht so schamlos auf die Tube, Valentin Kruse«, erwiderte Bärbel Maschmann streng, aber doch mit einem leisen Schmunzeln. »Das zieht bei mir sowieso nicht. Ich bin vierundsechzig …«

»Immer noch jünger als Uschi Obermaier. Und mindestens genauso hübsch.«

»Nun hör aber auf«, lachte Bärbel, um dann ihrerseits, nun wieder ernst, Valentin zu mustern. »Du hast dich lange nicht blicken lassen. Wie ist es denn so … da, wo du jetzt wohnst?«

»Kann ich noch nicht sagen. Bin erst seit gestern da.«
»Du wohnst nicht mehr im Altersheim?«
»Seniorenresidenz, bitte. Nein, ich ... disponiere gerade um. Im Moment bin ich bei Linus untergekommen.«
»Ach. Ist das nicht ein bisschen schwierig mit euch beiden? Ich meine, du bist Rentner, dein Sohn ist arbeitslos, beide den ganzen Tag zu Hause ...«
»Linus ist nicht arbeitslos. Der hat einen Job.«
»Aha«, bemerkte Bärbel befriedigt. »Wusste ich doch gleich, dass irgendetwas mit ihm passiert ist. Hatte zwar auf eine neue Freundin getippt, aber ein neuer Job erklärt auch manches. Was macht er denn?«
Valentin wirkte ein wenig verlegen. »So genau weiß ich das eigentlich gar nicht.«
Bärbel schüttelte tadelnd den Kopf. »Du bist wirklich unmöglich, Valentin.«
»Hab genug eigene Probleme«, erwiderte er trotzig.
Bärbels forschender Blick glitt prompt herab zur Plastiktüte mit Apothekenaufdruck, die an Valentins Hand baumelte. »Keine gesundheitlichen, zum Glück«, setzte er eilig nach und zog wie zum Beweis die Packung mit dem Schaumbad aus der Tüte. »Nur ein bisschen Wellness für Leib und Seele. Macht übrigens zu zweit auch Spaß ...«
»Ruf Uschi Obermaier an.«
»Nummer vergessen.«
Dingdong. Ein kleiner Haufen lärmender Kinder strömte herein und nahm Bärbel Maschmann in Beschlag, um sich tütenweise mit aberwitzig teuren, bunten Sammelkärtchen einzudecken, deren exotische Motive Valentin entfernt an die obskure Maskerade seiner Enkeltochter erinnerten. Aus dem Stand debattierte Bärbel virtuos mit den Kids über »Structure Decks« und »Yu-Gi-Oh« und schien Valentins Anwesenheit völlig vergessen zu ha-

ben. Er suchte sich aus der Auslage einen *Spiegel* und den *Kicker* heraus, legte das Geld dafür neben die Kasse und verließ das Geschäft. Freddy stand ein paar Meter entfernt an einen Laternenpfahl gelehnt und sah Valentin finster entgegen.
»Du bist also wieder da.«
»Sieht so aus.«
»Länger?«
»Mal sehen«, entgegnete Valentin mit gleichgültigem Achselzucken. »Singst du nachts immer noch so laut?«
»Wenn es dich um den Schlaf bringt: Erst recht.«
»Wie gut, dass man mit dem Alter sowieso immer schlechter hört.« Valentin wandte sich ab und setzte seinen Weg fort, ohne Freddy weiter zu beachten. Der alte Mann sah ihm grimmig nach.
»Du hast schon immer schlecht gehört, Valentin Kruse«, murmelte Freddy verbittert. »Auf niemanden.«

»Hier ist Ihr Vertrag und alles Übrige.« Celia Karbachs Drei-Oktaven-Stimme verwandelte selbst diese profane Ansage in Sirenengesang. »Frau Andersen lässt Sie bitten, alles mit nach Hause zu nehmen. Es soll nicht in der Agentur herumliegen, damit nicht jeder Einblick nimmt.«
Linus nahm die Mappe im DIN-A4-Format entgegen. »Aber Sie hatten gewiss doch auch Einblick, Celia …«
Die Empfangsdame drückte herausfordernd das Kreuz durch, was die Verankerung ihrer oberen Blusenknöpfe einer herben Belastungsprobe unterzog, und entblößte duale Perlenketten weiß schimmernder Beißerchen.
»Ich bin ja auch nicht jeder.«
Stimmt auch wieder, dachte Linus. Sobald er wieder zu denken vermochte. Was erst der Fall war, nachdem Celia ihr 100-Punkte-Hinterteil und den ganzen ansehnlichen Rest aus der Tür und

außer Sicht geschwungen hatte. Dann öffnete er die Mappe, überflog deren Inhalt und fand alles so, wie es mit Robert Gronau vereinbart worden war. Und mit Daniela Andersen. Als Linus nach dem entgleisten Kollegenplausch in der Pastelaria endlich per Bus und Bahn in die Agentur zurückgekehrt war, hatte ihn die Chefin sogleich in ihr Büro gelotst.

»Gronau hat eben mit mir telefoniert. Ich muss schon sagen – gute Arbeit, Linus! Sie haben es drauf. Hab ich ja sofort erkannt. Mein Näschen für junge Talente ist legendär!«

»Ich muss Ihnen leider gestehen«, nutzte Linus die Gunst der Stunde, »ein wirklich junges Talent bin ich nicht mehr. Das mit den neunundzwanzig Jahren war ein bisschen geschwindelt …«

»Für Ihre Aufgabe benötigen Sie Seriosität und sicheres Auftreten«, wischte die Chefin sein Eingeständnis beiseite. »Da kann ein Youngster überhaupt nicht mithalten! Da brauchen wir einen Mann mit Erfahrung. Einen Mann wie Sie.«

Linus ließ das unwidersprochen. Die Andersen hätte ihn ohnehin kaum zu Wort kommen lassen. In allen Farben breitete sie das Spektrum der Chancen und Möglichkeiten aus, die sich durch den Deal mit Gronau eröffneten. Linus war froh über jede Unterbrechung gewesen, die sich aber nur durch einige eingehende Telefongespräche ergeben hatte. Selbst diese Telefonate bestanden fast ausschließlich aus Andersen-Monologen, und immer, wenn Linus die Gelegenheit für einen diskreten Abgang nutzen wollte, hielt ihn die Chefin mit energischen Winken davon ab. Endlich hatte sie wegen eines Termins von ihm ablassen müssen, Linus aber dazu vergattert, in ihrem Büro auf die endgültige Ausfertigung ihrer internen Vereinbarung zu warten.

Die lag nun vor. Das ganze Bauvorhaben als Projektskizze, die Einbindung der Agentur im Allgemeinen und Linus' Aufgabe im Besonderen – Zahlen, Fakten, Visionen. Er nahm die Mappe an sich und verließ den Raum.

Feierabend. Endlich.
Auf dem Weg nach draußen lugte er in jedes Büro, konnte jedoch Marlene Fischer nirgends erspähen. Linus wusste nicht einmal, ob die Kollegin nach ihrem überstürzten Aufbruch aus der Pastelaria noch zu *Event Emotion* zurückgefahren war. Jetzt jedenfalls war sie nicht mehr da. Linus fand das bedauerlich, und dieses Gefühl verwunderte ihn wiederum. Schließlich war bislang fast jeder Moment ihrer kurzen Bekanntschaft von Missverständnis, Konkurrenzkampf und Stichelei geprägt gewesen. Auf dem Weg zur Bahn und auf der Fahrt nach Hause sann er darüber nach, warum es ihm nicht gleichgültig war, was Marlene über ihn dachte. Er kam nicht darauf.
Als Linus endlich durch seine Straße ging, kroch ihm die Müdigkeit bleischwer in die Knochen und er verlangsamte seine Schritte. In Bärbel Maschmanns Eckladen brannte kein Licht mehr, nur im Schaufenster verkündete eine blinkende Reklameleuchtschrift in Endlosschleife die Höhe des aktuellen Jackpots, der sich bei der nächsten Lottoziehung abräumen ließ – sofern man die Kleinigkeit von sechs Richtigen plus Superzahl vorweisen konnte. Den Laden gibt es auch nicht mehr, wenn Gronau hier alles plattmacht, schoss es Linus durch den Sinn – doch dann beruhigte ihn der Gedanke, dass Bärbel ohnehin bald in Rente gehen und das Geschäft abgeben oder schließen müsste. Eine fette Abfindung als Kündigungsprämie käme ihr da möglicherweise ganz gelegen. Vielleicht sollte man bei Bärbel anfangen – sie war in der Gegend ausgezeichnet vernetzt, und wenn sie den Wandel ihrer Straße guthieße, würde das viele Anwohner beeinflussen. Aber er würde vorsichtig vorgehen müssen. Sehr behutsam, sehr diskret. Sorgfältig presste Linus die Dokumentenmappe an sich, als bewahre er darin ein Staatsgeheimnis.
Kurz vor seinem Hauseingang erlebte er das Déjà-vu einer seltsamen Erscheinung: grüner Minirock mit Faltenwurf, darüber

die weiße Bluse mit grün abgesetzten Manschetten und eine Art Matrosenkostümkragen, ebenfalls grün. Dazu trug Nele die unvermeidliche Perücke, an bloßen Beinen weiße Kniestrümpfe und braune Halbschuhe sowie eine Umhängetasche, aus welcher der Knauf eines zusammengefalteten Regenschirms ragte. Linus' Näherkommen beachtete sie nicht, während sie sich vorsichtig der eigenen Haustür näherte und dabei zum besetzten Haus hinüberspähte. Es sah fast so aus, als schliche sie sich an, wunderte sich Linus und holte seine Tochter mit schnellen Schritten ein.

»Hallo Nele – was ist denn da drüben so interessant?«

Ertappt schreckte sie auf. »Was? Ach, du bist es … gar nichts …«

Linus deutete auf die Umhängetasche. »Kommst du jetzt erst aus der Schule?«

»Ich war noch auf einem Treffen«, log Nele. »Mit anderen Cosplayern, hab ich dir doch schon erzählt, wie das abläuft. Und wie war's bei dir?«

Ich soll das Viertel abreißen und verdiene hundertfünfzigtausend Euro Prämie, dachte Linus. Laut sagte er: »Geht so. Ganz normaler Bürokram.«

»Na, dann«, kommentierte Nele diese Aussage lahm. Es klang nicht so, als würde sie mehr darüber wissen wollen. Linus hätte auch nicht mehr verraten. Schweigend stapften sie nebeneinander die Treppen hinauf bis zur Wohnung. Schon vor der Tür roch es penetrant nach Latschenkiefer. Nele verdrehte die Augen. »Opa blockiert wieder das Badezimmer. Und dann stinkt es bestimmt noch stundenlang nach dem Zeug!«

»Spannend, so eine Wohngemeinschaft, was?«, höhnte Linus, schloss die Tür auf und kurvte um den Gepäckhaufen zur Garderobe, um die Jacke abzulegen. Dabei lugte er vorsichtig zur Badezimmertür hinüber, die mal wieder weit offen stand. Zum Glück hatte Valentin seine Badeorgie bereits hinter sich gebracht

und präsentierte sich, halbwegs züchtig, im Bademantel. In *meinem* Bademantel, registrierte Linus wieder einmal.
»Da seid ihr ja! Meine Familie«, begrüßte Valentin sie salbungsvoll und breitete in großer Geste die Arme aus – was Nele zum innerlichen Stoßgebet animierte: Bitte, lieber Gott, lass den Bademantelgürtel halten …
Der Gürtel hielt.
»Wie war euer Tag? Was habt ihr so getrieben?«
Mit ihrem absolut zeitgleich ausgeführten Achselzucken hätten Vater und Tochter jedes Synchronschwimmen gewonnen. Valentin hakte nicht weiter nach.
»Ich hätte ja ein Abendbrot vorbereitet«, entschuldigte er sich, »aber ich wusste nicht, wann ihr wiederkommt. Und in den Supermarkt habe ich es leider auch nicht geschafft …«
»Hab sowieso keinen Hunger«, erklärte Nele und strebte zum Gästezimmer. »Bin müde. Schule schlaucht. Gute Nacht.«
Linus schwenkte die Mappe in seiner Hand. »Ich habe noch zu tun und muss früh raus. Ich gehe dann auch mal.«
Ohne Valentins Reaktion abzuwarten, trat Linus in sein Schlafzimmer und schloss die Tür hinter sich. Er hatte wirklich keinen Hunger, dafür war heute alles viel zu aufregend gewesen. Und das Letzte, was er sich jetzt wünschte, war krampfhafte Konversation am Küchentisch. Sie hatten einander ohnehin nicht viel zu sagen. Und das Interessanteste, was Linus erzählen könnte, durfte er nicht verraten. Also war Schlafengehen angesagt.
Zuvor musste er aber die Dokumentenmappe irgendwo ablegen, wo niemand unbefugt darüber stolperte. Das Wohnzimmer mit dem notorisch neugierigen Valentin als Dauergast kam dafür nicht in Frage. Linus trat zu dem langgestreckten Schrank mit Schiebetüren, in dem er ein paar Aktenordner und Kontoauszüge verwahrte. Links unten stand der alte Schuhkarton mit den unsortierten Urlaubs- und Erinnerungsfotos aus der vordigitalen

Ära. Der hatte genau die richtige Größe, erkannte Linus. Und deshalb nahm er den Deckel vom Karton, legte die Mappe hinein und verschloss den Kasten wieder.

Dann lauschte er hinter seiner Zimmertür in die Wohnung hinein. Aus dem Wohnzimmer tönte die Fanfare einer TV-Nachrichtensendung herüber. Neles Zimmertür klickte, er hörte ihre leisen Schritte zum Badezimmer tapsen und nach einer Weile wieder zurück. Erneut ging ihre Tür, damit war die Bahn frei für Linus. Verstohlen wie ein Einbrecher schlich er sich ins Bad, erledigte eine rasante Abendtoilette und huschte wieder ins Schlafzimmer und ins Bett. Bevor ihm die Augen zufielen, kam ihm Marlene Fischer in den Sinn. Er sah sie im Geiste, wie sie sich in der Pastelaria gemeinsam über die Musikauswahl für die Gronau-Hochzeit amüsiert hatten: befreit und herzlich lachend – eigentlich der einzige Moment ihrer kurzen Bekanntschaft, in dem Linus die Kollegin entspannt erlebt hatte.

Und genau dieses Momentes wegen war es ihm nicht gleichgültig, was Marlene über ihn dachte.

13

Aufgabe 1: *Gegeben ist die Funktion $f(x) = (1-x^2)$ e hoch $\frac{1}{2}(3-x^2)$.*
Ach du Scheiße.
Ermitteln Sie das Monotonieverhalten von f und geben Sie Art und Lage der Extrempunkte an.
Keine Ahnung.
Die Schnittpunkte des Graphen von f mit der x-Achse und ein weiterer, beliebiger Punkt des Graphen bestimmen ein Dreieck. Ermitteln Sie unter Verwendung der bisherigen Ergebnisse den Punkt P, für den das Dreieck maximalen Flächeninhalt hat. Geben Sie auch diesen Inhalt an.
Unter Verwendung der bisherigen Ergebnisse. Ich habe keine Ergebnisse. Ich kann das nicht. Schlaf weiter, Linus. Wenn du wach wirst, musst du zur Schule. Matheklausur.
Und hast keine Ahnung.
Es klingelte. Nicht bei ihm. Bei seinen Eltern. Aber nicht im Schlafzimmer, das wäre ja gleich nebenan. Da schlief Mutter bestimmt wieder alleine. Linus fühlte das. War ja kein Wunder, die Alten lagen im Dauerzoff, und deshalb schlief Valentin auf der Couch im Wohnzimmer, wie so oft. Sein Vater hatte leider auch keinen Schimmer von Mathematik. Der würde ihn gleich nur wecken und blöde Witze über diese unlösbare Aufgabe reißen. So in der Art: Monotonieverhalten von f, da kann es nur die Lösung f = Frau geben, was soll man da noch beweisen? Valentin wäre keine Hilfe, wie immer. Der kommt nur gleich ins Kinderzimmer und weckt dich, Linus. Dann musst du allein durch. Wie immer.
Schritte auf dem Flur. Vater kommt zum Wecken. Mathearbeit,

das Grauen schlechthin. Weiterschlafen, einfach weiterschlafen. Decke über den Kopf, Augen zu. Vater steht in der Tür, Licht flammt auf.

Nützt alles nichts.

»Linus!«

Linus riskierte blinzelnd einen Blick und wunderte sich. »Papa? Du siehst so alt aus …?«

»Um diese Zeit bin ich normalerweise scheintot«, grummelte Valentin. Er trug wieder den Bademantel. Die völlig zerzauste, grauhaarige Restfrisur erinnerte Linus an den chaotischen Doc Brown aus der Kinofilmreihe »Zurück in die Zukunft«. Er selbst fühlte sich auch so desorientiert, als sei er eben erst per »Fluxkompensator« in die eigene Vergangenheit gereist. Elternhaus und Matheklausur, was für ein Alptraum. Lag bestimmt daran, dass er wieder mit Valentin unter einem Dach wohnte.

Sein Vater hielt ihm vorwurfsvoll etwas entgegen. Das schnurlose Telefon aus dem Wohnzimmer. »Nächste Nacht liegt das blöde Ding bitte nicht in meinem Zimmer!«

»Ist da jemand in der Leitung?«

»Leider.«

»Wer?«

»Keine Ahnung. Aber sie heult.«

Damit ließ Valentin das Telefon auf die Bettdecke fallen und verließ das Zimmer. Linus glotzte für einen Moment verständnislos auf das kleine Gerät. Dann setzte sich die Neugier in seinem Bewusstsein durch, und er griff nach dem Telefon.

»Hallo? Linus Kruse hier …«

Sie heulte, Valentin hatte nicht übertrieben. Weshalb es einige Serienschluchzer und dazwischengestammelte Silben lang dauerte, bis Linus begriff, wer hinter dieser nächtlichen Ruhestörung steckte.

»Petra? Bist du das? Was ist los?«
Es schniefte und schnuffelte eine Weile in der Leitung, dann schien sich die Anruferin zu fassen. »Ach, ich weiß nicht …«
Es war tatsächlich Petra. Linus warf einen Blick hinterrücks zum Bücherregal. Dort hatte er den Wecker plaziert. Drei Uhr.
»Aber wie spät es ist, das weißt du, oder?«
»Das ist mal wieder typisch«, patzte sie zurück. »Ich suche Trost, und du kommst mir mit Vorwürfen!«
»Jetzt geht's dir anscheinend besser. Darf ich weiterschlafen?«
»Warte …« Petra schneuzte sich abschließend. »Entschuldige, ich hab nicht daran gedacht, dass es bei dir schon so spät ist. Hier ist es erst achtzehn Uhr.«
»Immer noch Las Vegas?«
»Los Angeles. Malibu, genau genommen.«
»Und? Was macht das junge Glück?«
»Ach, halt's Maul.«
»So schlimm?«
»Schlimmer.«
»Wo ist denn, wie heißt er noch …«, tastete sich Linus vor, »Maximilian?«
»In irgendeinem total angesagten Fitnessclub«, brach es aus Petra hervor. Um dann, unterbrochen von ein paar empörten Schneuzattacken, ihr Klagelied zu singen: Las Vegas und die Hochzeit wären ja sehr nett gewesen, aber dann ging es nach L. A. – durchaus ein Traumziel für Petra. Für Maximilian offenbar auch, aber anders als von ihr erwartet. Während sie die touristischen Highlights von Universal Studios bis Hollywood Boulevard abklapperte, konferierte Max mit Fitnessgurus und Clubbetreibern.
»Heute haben wir uns seit dem Frühstück nicht gesehen. Für nachher waren wir zum Essen verabredet. Eben ruft er mich an und sagt ab, angeblich, weil er nur hier und gleich einen Typen

treffen kann, der irgendwelche Trimmgeräte herstellt. Jetzt sitze ich hier und starre die Wand an. Wie findest du das?«

»Ein Mann muss tun, was ein Mann tun muss«, bemerkte Linus trocken. »Gilt in Hollywood ganz besonders.«

»Sehr hilfreiche Bemerkung«, erwiderte Petra sarkastisch. »Da fühle ich mich gleich viel besser.«

»Erzähl doch Max deinen Kummer.«

»Der hört mir nicht zu.«

»Ich ja vielleicht auch nicht.«

»Doch. Du hörst mir zu. Das kannst du gut, Linus. Konntest du schon immer.«

»Ich hör bloß nie auf das, was du sagst.«

Erst dachte Linus, Petra würde wieder schluchzen. Dann erkannte er, dass sie kicherte. »Stimmt leider. Gut, dass du mich daran erinnerst …«

»Hey, nimm das nicht so ernst«, tröstete Linus. »Ist doch okay, wenn Max sich informiert. Fitness ist sein Beruf, und L. A. ist nun mal das Mekka der Fitnessfreaks. Ich wette, wenn du dich auch ein bisschen dafür interessierst – zum Beispiel für diese zahlreichen bodygestylten, sonnengebräunten Kerle am Malibu Beach … dann kommt er ganz schnell zum Essen nach Hause.«

Petra lachte. »Vielleicht mache ich das wirklich! Sag mal – wer war das eigentlich vorhin am Telefon?«

»Mein Vater.«

»Valentin, ehrlich? Der ist nachts bei dir?«

»Ist aus dem Altersheim geflogen. Oder so ähnlich.«

»Nele ist doch auch noch da?«

»Die wecke ich jetzt aber nicht.«

»Musst du auch nicht. Ich hab schon heute Morgen mit ihr telefoniert. Scheint ja alles in Ordnung zu sein …«

»Alles okay, ja. Wann kommst du eigentlich wieder?«

»Übernächste Woche wahrscheinlich. Du hältst es doch aus mit Nele?«
»So lange du willst.«
»Ach, Linus.« Petra stieß einen befreiten Seufzer aus. »Jetzt geht's mir besser. Du solltest dich mit einem Schild ›Sorgen abladen‹ an die Straße setzen. Dann wäre das Leben einfacher!«
»Für die anderen.«
»Für mich bestimmt.«
»Dann kann ich ja weiterschlafen.«
»Tu das. Und … danke, Linus.«
»Gute Nacht, Petra.«
Drei Uhr und sieben Minuten. Linus legte das Telefon auf den Nachttisch, wollte die kleine Tischlampe ausknipsen und schaltete sie stattdessen an. Das führte ihn zur Erkenntnis, dass das Licht im Zimmer von der Deckenbeleuchtung stammte, die Valentin vorhin eingeschaltet und nicht wieder gelöscht hatte. Also raus aus dem warmen Bett. Als er bei der Tür neben dem Lichtschalter stand, fühlte sich Linus so überdreht, dass er sowieso nicht mehr so leicht würde einschlafen können. In Anbetracht seiner Mathematik-Alpträume war das vermutlich kein Verlust.
Er lugte in den Flur. Die Wohnzimmertür stand offen, aus der Küche fiel ein Lichtschein. Sein Vater hatte offenbar auch noch nicht wieder ins Bett gefunden. Inspiziert wahrscheinlich den Kühlschrank, dachte Linus und verspürte plötzlich bohrenden Hunger.
Er ging hinüber in die Küche. Valentin saß tatsächlich am Tisch und biss gerade in ein kapitales Leberwurstbrot.
»Noch welche da?«, erkundigte sich Linus mit Blick auf die Stulle. Valentin nickte nur und kaute bedächtig weiter, während Linus Wurst und Butter aus dem Kühlschrank zog. Das Brot lag noch vor seinem Vater auf einem Holzbrett. Linus setzte das Messer an, um eine Scheibe vom Laib zu schneiden.

»Das wird schief«, prophezeite Valentin. »Der Anstellwinkel stimmt nicht.«

»Du hast von Mathematik keine Ahnung, von Geometrie schon gar nicht«, versetzte Linus und säbelte energisch drauflos.

Schief, verdammt.

»Absicht«, behauptete er. »Ich will mein Brot genau so.«

»Hätte ich an deiner Stelle jetzt auch gesagt«, schmunzelte Valentin. »Wer war denn die Dame eben?«

»Petra.«

»Neles Mama?«

Linus nickte stumm, verstrich Butter auf der krummen Brotscheibe und verteilte anschließend Leberwurst darauf. Valentin beobachtete ihn forschend. »Hast du wieder was mit ihr?«

»Quatsch. Petra ist auf Hochzeitsreise.«

»Und ruft nachts bei dir an? Da geht was, mein Sohn.«

»Erstens: Da geht nichts. Zweitens: Würde ich nicht wollen, selbst wenn da was ginge.«

Valentin stand auf, trat ans Küchenfenster, sah demonstrativ hinaus und setzte sich wieder.

»Was ist?«, erkundigte sich Linus verwundert.

»Wollte nur mal sehen, wie viele Frauen vor deiner Bude Schlange stehen.«

Linus tippte sich an die Stirn. »Ist das immer noch dein Gradmesser für Lebensglück? Kommt dir das nicht allmählich selbst armselig vor?«

Valentin blieb gelassen. »Du bist seit mindestens zehn Jahren ohne feste Freundin – ist das dein Rezept für Lebensglück?«

»Ich lebe nicht als Eremit, weißt du! Ich war zum Beispiel gerade erst mit einer sehr netten Kollegin beim Portugiesen Kaffee trinken …« Warum rechtfertige ich mich eigentlich, dachte Linus und biss trotzig in sein Brot.

»Und was ist daraus geworden?«, setzte Valentin nach.

Linus kaute und schluckte den Bissen grimmig hinunter. »Geht dich nichts an.«
»Wie du meinst.«
Sie widmeten sich schweigend ihrem Imbiss und vermieden dabei jeden Blickkontakt. Dann nahm Valentin neuen Anlauf. »Hübsch?«
»Wer?«
»Die Kollegin.«
»Ist doch unwichtig.«
»Ist sie bei den anderen Kolleginnen beliebt?«
»Was soll das denn, bitte, für eine Rolle spielen?«
»Eine ganz entscheidende! Das ist, sozusagen, die Nagelprobe …«
»Ach ja?«
Valentin zwinkerte verschmitzt. »Wenn du eine verdammt gute Liebhaberin suchst: Frag nach der Frau, die alle anderen Damen hassen.«
Linus verschluckte sich an seinem Bissen, hustete und lachte gleichzeitig und verteilte prustend Leberwurstbrotkrümel in der Gegend. »Es wundert mich überhaupt nicht, dass du aus dem Altersheim rausgeflogen bist«, brachte er mühsam hervor, als die Attacke endlich nachließ.
»Seniorenresidenz«, betonte Valentin würdevoll.
»Jetzt mal so unter uns«, Linus beugte sich neugierig vor, »was gab es da für Probleme?«
Valentin atmete tief durch, seine Heiterkeit verflog augenblicklich. »Das reinste Chaos«, druckste er. »Belassen wir es dabei.«
»Wie du meinst.«
Linus widmete sich wieder seinem Brot und ärgerte sich etwas darüber, dass er sich zurückgewiesen fühlte. Ist doch immer so gewesen, dachte er, warum sollte sich das ändern?

Valentin schien die Verstimmung zu spüren, er versuchte ihr Gespräch wiederzubeleben. »Du und deine Kollegin …«
»Fang nicht wieder damit an …«
»Ich meine doch nur: Was macht ihr eigentlich? Was ist das für ein Job? Woran arbeitest du in deiner neuen Firma?«
»Ach, das ist so eine Agentur …« Ich darf es ihm nicht sagen, dachte Linus, selbst wenn ich es wollte: Der Alte quatscht hier in der Straße mit jedem. Solange ich noch keinen Plan habe, wie ich vorgehe … »Es geht einfach um Informationen. Immer dem Trend auf der Spur und so. Mäßig interessant.«
»Wie du meinst. Könnte ich länger hierbleiben?«
»Länger?«, fragte Linus überrumpelt nach. »Hier bei mir?«
»Nele wohnt doch auch hier.«
»Aber nicht sehr lange. Schätze ich jedenfalls.«
»Umso besser«, freute sich Valentin, »dann könnte ich ja ihr Zimmer bekommen! Saubere Lösung.«
»Darauf nagelst du mich nicht fest!«, wehrte Linus ab. »Vielleicht wohne ich selbst nicht mehr lange hier.«
»Wieso nicht? Was planst du denn?«, erkundigte sich Valentin besorgt.
Sag nichts, dachte Linus. Und schwieg eisern.
Valentin neigte nachdenklich den Kopf und musterte seinen Sohn aufmerksam. »Etwa – die nette Kollegin …?«
Soll er das ruhig annehmen, dachte Linus. Das passt in sein Weltbild, und dann bohrt er nicht mehr so lästig nach. »Vielleicht«, entgegnete er schlicht, stand auf und trug Wurst und Butter zurück zum Kühlschrank. »Ich leg mich wieder hin. Gute Nacht.«
»Gute Nacht«, murmelte Valentin gedankenversunken.

Gute Nacht, dachte Nele, als sie, flink und unhörbar wie eine Katze auf der Flucht, von ihrem Horchposten im Flur zurück in ihr Zimmer wieselte und sachte die Tür hinter sich ins Schloss drückte.

Sehr interessant, dieses Altherrengespräch.

Und wer wie lange hier noch wohnte – das würde man ja sehen …

14

Frau Andersen möchte Sie sprechen.«
Celia Karbachs Stimme modulierte aus dieser Dienstanweisung den Hit des Tages. Fehlt nur noch der Refrain, dachte Linus. Da kam er schon.
»Sie möchte Sie sofort sprechen.«
Das »sofort« übersprang die Silben davor und danach locker um eine Oktave. Die jodelt garantiert sensationell, schätzte Linus. Augenblicklich kleidete seine Phantasie die Karbach in ein fesches Dirndl. Dieses Dekolleté im Trachtenkleid, schon wäre jeden Tag Oktoberfest. Sogar in Hamburg.
»Bin unterwegs.« Linus strebte bereits der Glastür zu den Büros entgegen, da fiel ihm noch etwas ein. »Celia, Sie kennen hier doch das Betriebsklima ganz genau. Mir fehlt da noch etwas die Orientierung. Vielleicht könnten Sie mir diesbezüglich die eine oder andere Auskunft geben …«
»Zum Beispiel?«
»Na ja, wer sich mit wem besonders gut steht oder eben nicht …«
»Zum Beispiel?«
»Marlene Fischer, zum Beispiel. Ist die beliebt bei ihren Kolleginnen oder verhasst?«
Celia lächelte maliziös. »Kann ich nicht sagen. Ich höre nie auf das Geschwätz der Damen. Dafür erzählen mir die Männer alles.«
»Dann können die Kolleginnen Sie vermutlich nicht besonders gut leiden?«
»Sie lieben mich. Ich erzähle nämlich alles weiter. Brühwarm.«

»Ich muss los«, verabschiedete sich Linus hastig, »die Chefin will mich sprechen.«
»Genau«, bestätigte Celia fröhlich.

Daniela Andersen legte sofort das Telefon aus der Hand, als Linus bei ihr eintrat, und empfing ihn mit einem warmen Lächeln. »Guten Morgen, Linus! Ausgeruht? Frisch und munter? Haben Sie schon einen Schlachtplan entwickelt?«
»Guten Morgen. Äh, also, Schlachtplan – ich plane noch ...«
»Sie brauchen einen Platz, von dem aus Sie agieren können. Einen strategischen Mittelpunkt sozusagen! Leider ist hier kein Einzelbüro mehr frei, wir sind räumlich am Limit. Aber wenn Sie erst Ihren Job erledigt haben, denken wir über einen Umzug nach. Vielleicht ja sogar in das neue Gronau-Center ...«
»Dann hätte ich gern das repräsentative Büro des stellvertretenden Chefs«, witzelte Linus.
»Man kann über alles reden. Später.«
Die Agenturchefin überprüfte hektisch das Display ihres Mobiltelefons. Entzugserscheinung, diagnostizierte Linus. Seit drei Minuten kein Anruf.
»Eigentlich brauche ich gar kein eigenes Büro«, beruhigte er. »Jedenfalls nicht für das, was ich für Gronau erledigen soll. Und nur so, als Statussymbol – muss ich nicht haben ...«
»Statussymbole sind die Rangabzeichen der Zivilisten«, erklärte Daniela Andersen kategorisch, setzte sich in Bewegung und winkte ihm, ihr zu folgen. »Und deshalb bringe ich Sie hier unter.«
Sie führte ihn über den Flur. Wie in dieser Agentur üblich, standen alle Bürotüren weit offen. Auch die Tür des kleinen Raumes, den Marlene Fischer exklusiv für sich belegte. Bis jetzt. Die Projektleiterin saß vor ihrem PC und hackte auf die Tastatur ein. Es klang wie eine MG-Salve. Als sie die Eintretenden bemerkte

und sich ihnen zuwandte, trug Marlenes Gesicht den passenden Ausdruck: Scharfschützin nimmt Opfer aufs Korn. Daniela Andersen feuerte zuerst.
»Marlene, bei Ihnen ist noch ein Tisch frei. Sie teilen ab sofort das Büro mit Linus.«
»Ich will ihn nicht als Assistenten«, entgegnete Marlene kategorisch.
»Von Assistenz ist nicht die Rede«, gab die Agenturchefin zurück, nicht minder bestimmt. »Linus ist Projektleiter mit eigenem Aufgabenbereich. Sollte er dabei allerdings seinerseits Ihre Hilfe benötigen, erwarte ich, dass Sie die leisten.« Daniela Andersen wandte sich Linus zu und verlieh ihrer Stimme umgehend Wärme und Begeisterung. »Wenn Sie noch etwas benötigen, mein Lieber – einfach Bescheid sagen. Ich muss leider schon wieder los, Termine, Termine …«
»Dann bis später«, murmelte Linus der entschwindenden Chefin nach. Marlene sagte nichts, sondern hockte wie angenagelt auf ihrem Bürostuhl, den Blick starr auf die Tischplatte gerichtet. Es schien, als sei alle Energie so plötzlich aus ihr gewichen wie die Luft aus einem geplatzten Luftballon. Sie sah müde aus. Linus spürte durchaus Mitgefühl. Seine Nacht war auch viel zu kurz gewesen.
»Guten Morgen, Marlene«, sprach er die Kollegin an. »Wie wär's: Ich besorge uns einen Kaffee, und wir nehmen noch mal Anlauf?«
Marlene schwieg sich weiter aus, den Blick gesenkt. Linus wandte sich achselzuckend ab und sah sich um: die übliche Büroausstattung, ziemlich unpersönlich. Bis auf eine Wand, an der eine Reihe gerahmter Fotos hingen. Die Aufnahmen zeigten aktionsgeladene Trendsportszenen – kreisende Drachenflieger, eine Bungeespringerin im freien Fall oder eine drahtige Gestalt an steiler Kletterwand. Auf den ersten Blick hielt Linus die Motive

für eine bloße Image-Maßnahme nach dem Motto: Schaut her, liebe Kunden, wir haben den Finger am Puls der Zeit. Dann fiel ihm auf, dass auf allen Fotos ein und dieselbe Person abgebildet war: Marlene Fischer. Und sie machte überall eine gute Figur. Eine echte Sportskanone. Linus trat vor die Wand und betrachtete die Bilder.

»Beeindruckend«, sagte er anerkennend. »Das hier mag ich besonders. Obwohl man es eigentlich auf den Kopf drehen müsste …« Er nahm den Rahmen mit der Marlene am Bungeeseil vom Haken. Auf dem Foto befand sie sich in vollem Sturzflug zwischen Himmel und Erde. Sie trug einen knallroten Overall und die brünette Lockenflut unter einem Sturzhelm verborgen. Das Seil an den Füßen saß noch locker, sie schoss also dem drohenden Aufschlag noch ungebremst entgegen. Linus hatte noch nie einen Bungeesprung gewagt, so ein Experiment nicht einmal ansatzweise in Erwägung gezogen. Und wenn, schätzte er, würde er vermutlich vom Moment des Absprungs bis zum Auspendeln bloß schreien wie bekloppt. Wahrscheinlich auch während der ganzen Zeit die Augen geschlossen halten. Marlenes Augen waren geöffnet – nicht schreckensstarr weit aufgerissen, sondern neugierig um sich blickend. Am erstaunlichsten aber fand Linus ihren Gesichtsausdruck: Marlene lächelte und wirkte ausgerechnet in dieser prekären Situation gelöst und glücklich. Linus drehte das Bild auf den Kopf, so dass es aussah, als stiege die fliegende Marlene gen Himmel auf, und bemerkte spontan: »So entspannt möchte ich Sie auch gern mal erleben.«

Eine zierliche Hand schoss an ihm vorbei, krallte sich das Bild und entriss es Linus.

»Jetzt, zum Beispiel«, entfuhr es ihm angesichts seiner verbissenen Kollegin, die in hektischer Betriebsamkeit sämtliche gerahmten Porträts von der Wand rupfte, zu ihrem Schreibtisch trug und dort in einen Pappkarton stapelte.

»Sie müssen doch nicht wegen mir das Büro wechseln«, versuchte Linus zu bremsen. »Besonders oft werde ich wohl sowieso nicht hier sein …«
Marlene pickte mit der Flinkheit eines Eichhörnchens auf Vorratssuche ein paar private Utensilien aus den Schreibtischschubladen und stopfte sie achtlos in den Karton. Dann kreuzte sie die Arme vor der Brust und sah Linus endlich an. »Und ich werde gar nicht mehr hier sein. Spielt also überhaupt keine Rolle, was Sie machen!«
»Sie wollen meinetwegen kündigen? Verdammt, Marlene, was habe ich Ihnen getan – abgesehen von dem albernen Unfall mit dem Kaffeebecher in der Bahn?«
»Tun Sie nicht so unschuldig!«, fuhr sie ihn zornig an. »Wir wissen doch beide, dass Daniela mich loswerden will. Dass ich die Reste vom kalten Büfet verschenkt habe, reichte wohl noch nicht als Kündigungsgrund. Jetzt sollen Sie mich auch noch im Büro bespitzeln! Nicht mit mir!«
Marlene schnappte sich entschlossen den Pappkarton und schoss mit ihrer Ladung aus dem Zimmer, bevor Linus eine angemessene Antwort einfiel. Verdutzt starrte er auf die leere Türöffnung, dann auf die kahle Wand, auf der sich an den Stellen, wo Fotos gehangen hatten, jetzt bloß noch blasse Rechtecke vom restlichen Anstrich abhoben. Warum hielt es Marlene partout nicht für einen Zufall, dass er sie neulich mit dem Agentur-Benz in seiner Straße vor dem besetzten Haus beobachtet hatte? Weil sie ja nicht weiß, dass ich dort wohne, fiel es Linus plötzlich ein. Ich muss es ihr sagen, sonst haut sie gleich bei der Andersen auf den Tisch, und dann ist sie hier wirklich raus …
Plötzlich hatte er es eilig. Draußen auf dem Flur war nichts mehr von Marlene zu sehen. Linus ging schnellen Schrittes durch den Gang bis zum Empfangsbereich. Celia Karbach sah ihm fragend entgegen.

»Marlene?«, erkundigte sich Linus gehetzt.
»Recherchieren Sie jetzt selbst?«, lächelte Celia.
»Bitte?«
»Den Beliebtheitsgrad der Kollegin Fischer.«
»Bitte, es brennt. Ist Marlene …«
Celia zwinkerte mit seidigem Wimpernschlag zum Lift hinüber. »Auf dem Weg nach unten.«
Dann kann sie eigentlich nicht noch bei der Chefin gewesen sein, atmete Linus auf. »Und wo ist Daniela?«
»Steht unten und wartet auf ihr Taxi. Dabei qualmt sie gerne eine. Hier oben herrscht nämlich Rauchverbot.«
Mist, durchfuhr es Linus. Vor seinem geistigen Auge sah er Marlene aus dem Haus treten und auf die Andersen stoßen. So sauer, wie Marlene aus dem Büro gestürmt war, würde diese Begegnung mit einem Massaker enden. Mindestens mit nicht mehr gutzumachenden Beleidigungen. Aber wie ließe sich das noch verhindern? Mit dem Lift oder über die Treppe käme er zu spät. Das Fenster. Im Büro. Linus macht kehrt, hetzte zurück zur Glastür und rannte durch den Flur. Celia Karbach sah ihm amüsiert nach.
Das Fenster in Marlenes Büro wies zur Straße vor dem Bürogebäude. Linus riss es auf und beugte sich hinaus. Ein Stück weit rechts von ihm stand Daniela Andersen wartend auf dem Gehweg, die von Celia prophezeite Zigarette in der Hand. Von links näherte sich jetzt Marlene mit ihrem Pappkarton unterm Arm. Angesichts der Chefin stutzte sie kurz, dann zog sie die Schultern hoch wie ein angriffslustiger Stier und beschleunigte ihren Schritt. Linus hätte es nicht gewundert, Dampfwolken aus ihren Nüstern entweichen zu sehen.
»Marlene!«
Während Marlene abrupt stoppte und den Blick erstaunt nach oben wendete, zog Linus bereits seine Brieftasche aus dem Ja-

ckett und suchte fieberhaft. Kreditkarte, alte Kinotickets, Quittungen. Nebenbei registrierte er, dass mittlerweile auch Daniela Andersen den Auftritt ihrer beiden Mitarbeiter bemerkt hatte und ihrerseits Kurs auf Marlene nahm.

Da, gefunden.

Linus zerrte das laminierte Kärtchen aus der Brieftasche, als Marlene offenbar beschloss, die Faxen ihres ungeliebten Kollegen endgültig zu ignorieren und stattdessen die Chefin zu attackieren, die nur noch wenige Schritte von ihr entfernt war. Linus stieß einen schrillen Pfiff aus, der sogar Chuck Norris von der Stange gehauen hätte, und zog damit Marlenes Aufmerksamkeit doch noch einmal auf sich. Als sie ihm erneut das Gesicht zuwandte, ließ Linus das Kärtchen fallen. Es flatterte, drehte sich mehrfach und flog eine unregelmäßige Spirale. Nirgendwo hängenbleiben, nicht im Gully landen, flehte Linus innerlich. Sein Stoßgebet schien zu helfen: Das Kärtchen landete unmittelbar vor Marlenes Füßen. Sie hob es jedoch nicht gleich auf, sondern nahm die herannahende Daniela ins Visier.

»Lesen!«, brüllte Linus.

Marlene sah nicht noch einmal zu ihm hoch, bückte sich aber doch endlich nach dem Kärtchen. Dann hatte die Chefin sie erreicht. Linus hielt die Luft an. Der Straßenlärm schluckte den Dialog der beiden Damen, aber ihre Konversation verlief offensichtlich moderat. Daniela schien ein paar Fragen zu stellen, Marlene lieferte Erklärungen und wies einmal kurz nach oben. Worauf beide zu Linus hinaufstarrten. Der antwortete mit charmantem Lächeln und winkte jovial herab wie ein gekröntes Haupt auf Staatsbesuch. Marlene, immer noch mit dem Karton unterm Arm, machte kehrt und strebte wieder dem Hauseingang entgegen. Bei Daniela beobachtete Linus nur ein leichtes Kopfschütteln, dann steckte sich die Agenturchefin den nächsten

Glimmstengel zwischen die Lippen. Aufatmend zog sich Linus zurück und schloss das Fenster.
Wenig später trappelten leise Schritte auf dem Gang. Marlene schob sich samt Karton durch die Türöffnung, parkte die Fracht auf ihrem Schreibtisch und reichte Linus das laminierte Kärtchen.
»Ihr Personalausweis.«
Linus nahm das Dokument entgegen und schob es zurück in die Brieftasche. »Und die Adresse stimmt wirklich.«
»Danke«, lächelte sie. »Hätten Sie mir das doch gleich gesagt ...«
»Sie haben mir nie genug Zeit dafür gelassen.«
»Eine meiner schlechten Angewohnheiten«, seufzte Marlene. »Warum geben Sie sich so viel Mühe mit mir? Fast wären Sie mich los gewesen ...«
»Wer weiß, wer dann als Nächstes käme?«, erklärte Linus gelassen. »Bei Ihnen als Kollegin weiß ich wenigstens: Das Arbeitsklima kann nur besser werden. Das ist doch eine erfreuliche Perspektive.«
Marlene grinste breit. Endlich entspannt. »Erfreuliche Perspektiven könnte ich sehr gut ab.«
»So schwer, das Leben?«
Ihre rechte Hand flatterte in unbestimmter Geste durchs Leere. »Reden wir lieber nicht darüber ...«
»Okay. Jetzt Kaffee?«
Sie sah bedauernd auf ihre Armbanduhr. »Ich muss zum Kunden. Autohaus. Die planen ihr Firmenjubiläum.«
»Hüpfburg, Grillstation, Torwandschießen.«
»In der Art. Autohäuser sind selten innovativ.«
»Dann richte ich mich hier inzwischen ein.« Linus rückte den freien Schreibtisch ein Stück näher zum Fenster.
»Okay. Bis nachher. Falls es sich nach dem Termin noch lohnt, wieder ins Büro zu kommen.« Marlene wandte sich schon zur

Tür, zögerte dann aber. »Ich möchte übrigens immer noch wissen, was Sie für Robert Gronau erledigen sollen.«
»Ich sage es Ihnen. Aber für die Geschichte brauche ich eine Weile. Wie wäre es«, folgte Linus einer spontanen Eingebung, »wenn Sie heute Abend zum Essen zu mir kämen? Zwanzig Uhr?«
»Vor einer Viertelstunde habe ich Sie noch gehasst«, entgegnete Marlene amüsiert, »und jetzt gleich eine Verabredung für den Abend?«
»Ich werde demnächst vierzig«, bekannte Linus freimütig. »Da hat man keine Zeit mehr zu verlieren.«
»Dann gehe ich mal besser, bevor Sie über mich herfallen«, lachte Marlene.
»Zwanzig Uhr?«, setzte Linus beharrlich nach.
»Zwanzig Uhr.« Marlene nickte ihm grüßend zu und verließ das Büro.
»Haben Sie sich die Adresse gemerkt?«, rief Linus der Kollegin hinterher. Als Antwort erklang vom Gang her Marlenes lautes Lachen. Verheißungsvoll, fand Linus. Ein Abendessen zu zweit. Nur Marlene und er.
Erst dann fielen ihm Nele und Valentin ein. Tochter im Gästezimmer, Vater im Wohnzimmer und alle in der Gemeinschaftsküche. Wo blieb da die Romantik?
Ihm würde etwas einfallen müssen. Sonst wäre der Abend schon vor dem Startschuss im Eimer.

Valentin, bekleidet mit Bademantel und Kniestrümpfen – die unangenehm fußkalten Badezimmerfliesen hatten seine ästhetischen Bedenken hinsichtlich dieser Kombination umgehend zerstreut –, ließ den Elektrorasierer übers Gesicht gleiten, ohne dabei in den Spiegel zu blicken. Er wusste, wie er aussah. Und er erinnerte sich lieber an das Valentin-Gesicht, wie es mit dreißig, vierzig Jahren ausgesehen hatte. Ein Gesicht mit dem Ausdruck ewiger Jugend und Lässigkeit, mit unwiderstehlicher Wirkung auf die Damenwelt. Während damals andere Männer seiner Generation bereits zu seriösen Schlipsträgern mit Wohlstandsbauch mutierten, flipperte er noch als Midlife-Bohemien in Jeans und T-Shirt durchs Leben. Valentin ist genauso ein Typ wie »der Bastian«, hatten seinerzeit alle gesagt. »Der Bastian« war in den frühen Siebzigern eine populäre TV-Serie um einen erfrischend unangepassten Junglehrer gewesen. Gespielt von Horst Janson, der selbst mit Ende dreißig noch glaubhaft einen fünfzehn Jahre jüngeren Studenten spielen konnte und dem Valentin auch vom Aussehen her ähnelte. Damals jedenfalls. Mittlerweile waren die Jahre nicht spurlos vorübergezogen.

Valentin legte den Kopf in den Nacken, um die faltige Haut am Hals zu straffen. Damit der Rasierer auch in dieser Problemzone die lästigen Stoppeln kappte, musste er mit der Hand nachhelfen. Problemzone, was für ein fürchterlicher Ausdruck für natürliche Bereiche eines menschlichen Körpers. Er trieb sich eindeutig zu viel in Apotheken herum. So einen Begriff hätte er früher niemals mit sich in Verbindung gebracht. Damals sah er aus, wie er eben aussah – das hatte immer gereicht. Und es hatte ihn nie besonders viel Aufwand gekostet, diesen Status zu erhalten. Bei Frauen lief das anders. Die arbeiteten an sich, von Anfang an. Wenn man sich zum Beispiel mal so ansah, was seine Enkeltochter hier im Bad für ein Arsenal von Kosmetik bunkerte … Kaum zu glauben, die ist doch noch ein Kind, dachte Valentin. Was wird das Mädchen sich erst alles ins Gesicht schmieren, wenn die Probleme wirklich anfangen? Aber vielleicht brauchte sie das meiste von dem Zeug für ihre komische Dauermaskerade als Comicpuppe. Merkwürdiges Geschöpf.

Valentin schaltete den Rasierapparat ab. In die plötzliche Stille hinein hörte er in der Küche Geschirr klappern. Linus hatte er heute Morgen die Wohnung verlassen hören. Demnach konnte es nur Nele sein, die er ebenfalls längst außer Haus gewähnt hatte. Valentin legte den Rasierer beiseite und ging neugierig hinüber zur Küche. Dort wirbelte Nele zwischen Kühlschrank und Küchentisch. Angesichts ihres Großvaters hielt sie inne und strahlte ihn an.

»Hallo, guten Morgen!« Sie wies zum Tisch: gedeckt für zwei, mit allem, was die Vorräte geboten hatten. »Setz dich, Kaffee ist gleich fertig.«

Valentin gehorchte und nahm Platz. »Ich dachte, du bist zur Schule ...«

»Muss erst später hin«, erklärte Nele lapidar.

»Mein Glück«, freute sich Valentin. »Ich hab ganz gut Hunger. In der Seniorenresidenz war das Frühstück um diese Zeit längst durch.«

»Warum bist du eigentlich dahingezogen?«, fragte Nele interessiert. »Ich meine – du kannst doch noch alles selbst und so?«

»Ich dachte, ich teste das mal an, bevor ich keine Wahl mehr habe. Jetzt weiß ich, was mich erwartet.«

»So schlimm?«

»Das hier ist besser«, stellte Valentin fest, köpfte ein Frühstücksei und begutachtete zufrieden die Konsistenz des Eigelbs. »Auf den Punkt gekocht. Wunderbar.«

»Könntest du öfter haben«, bot Nele an.

»Verlockende Aussichten.«

»Allerdings nicht, wenn du weiter unbedingt mein Zimmer kriegen willst.«

Valentin ließ überrascht sein Messer sinken und blickte auf. »Da hat wohl jemand letzte Nacht Mäuschen gespielt?«

»Wer in Wohngemeinschaften ohne Klotüren gelebt hat«, trumpfte Nele auf, »dem kann das echt egal sein!«

»Auch wieder wahr«, räumte Valentin ein und begann genüsslich das Ei zu löffeln.
Nele setzte sich zu ihrem Großvater an den Tisch, aß jedoch noch nichts. »Hast du denn gar keine Angst?«
»Angst? Wovor?«
»Vor dem, was mein Vater angekündigt hat. Dass er hier vielleicht nicht mehr lange wohnt. Wegen dieser Kollegin.«
Valentin schmunzelte. »Nimm das nicht zu ernst, Kindchen. Die kennen sich höchstens ein paar Tage. Da zieht man nicht gleich zusammen.«
»Und wenn doch?«
»Dann soll er zu ihr ziehen. Und ich kriege sein Schlafzimmer.«
»Ich bleibe dann aber auch hier!«
»Wenn du immer so prima Frühstückseier kochst …«
»Abgemacht?«
»Nele, Nele«, seufzte Valentin ausweichend. »Linus ist ein guter Kerl – aber keiner, der vor Liebe den Verstand verliert. Der lässt sich Zeit.«
Nele verzog zweifelnd das Gesicht, nur halbwegs beruhigt. »Wenn du meinst …«
»Ich kenne meinen Sohn. Linus braucht meistens ein bisschen länger für alles.«
»Man muss ja auch vorsichtig sein, bevor man sich auf ein Liebesabenteuer einlässt«, bemerkte Nele altklug.
»Wenn man vorsichtig ist – wo bleibt da das Abenteuer?«, konterte Valentin. »Leidenschaft und Vorsicht, das passt nicht zusammen. Aber das wirst du sicher noch selbst herausfinden.«
Unwillkürlich dachte Nele an Leo. Und an ihre wilden Träume letzte Nacht, in denen er eine Hauptrolle gespielt hatte. So, wie ihr Großvater sie jetzt angrinste, konnte er in diesem Moment anscheinend direkt in ihr Hirn spähen.
»Oder hast du es bereits herausgefunden?«

Nele errötete prompt und hasste sich dafür.
»So so«, kommentierte ihr Großvater süffisant.
Neles Gesicht färbte sich noch eine Spur intensiver.
Wie süß, amüsierte sich Valentin. »Dann hast du ja eine Ahnung davon, was ich meine. Wenn die Liebe richtig prickelt: Herz an, Kopf aus, und der Rest ist Woodstock!«
»Wer ist Woodstock?«
»Die Oma von Wacken. Bloß mit mehr Sex und weniger Bier.«
»Aha«, gab Nele verständnislos von sich. Der Alte quatschte ein Zeug zusammen, da kam man einfach nicht mit.
»Wer ist denn der Glückliche?«, fragte Valentin.
»Wen meinst du jetzt?«, entgegnete Nele verwirrt.
»Der Mann deiner Träume«, schmunzelte ihr Großvater. »Wegen dem du so niedlich rot anläufst im Gesicht.«
Prompt spürte Nele erneut die verräterische Hitze in sich aufwallen. Sie sprang vom Stuhl. »Muss los, zur Schule!« Damit eilte sie aus der Küche.
Valentin sah nur noch, wie sich seine Enkeltochter ihre Jacke von der Garderobe schnappte und zur Wohnungstür stürmte. »Gar keine Schulsachen mitnehmen?«, rief er ihr lachend nach. Erst nachdem die Tür längst hinter Nele ins Schloss gefallen war, ebbte Valentins Heiterkeitsausbruch allmählich ab. Langsam ließ er den Blick über den liebevoll gedeckten Frühstückstisch wandern. Danach ging es ihm weniger gut.
Eigentlich fühlte er sich sogar ein bisschen mies.
Und ziemlich neidisch.

15

Erst auf den letzten Stufen drosselte Nele ihr Tempo. Und kurz vor der Haustür blieb sie ganz stehen. Stille im Treppenhaus, abgesehen von gedämpften Hintergrundgeräuschen aus den oben liegenden Wohnungen – von irgendwoher Radiogedudel, jemand monologisierte am Telefon, eine Waschmaschine randalierte im Schleudergang. Nele zwang sich zu ruhiger Atmung, bis jede Hitze, jede Hast von ihr wich.
Zurück blieb Sehnsucht. Nach Leo. Genauer: nach einem Zusammensein mit ihm, so wie gestern. So wie in der Bahn, auf dem Weg zur Wohnung in der Schlankreye. Da waren sie beide unterwegs gewesen wie in einer Zwischenwelt – nur Leo und sie, alles andere lag außerhalb, und alle anderen spielten keine Rolle. Dann hatte Nele ihn abgeschoben, und seitdem beherrschte sie wieder die Unsicherheit. Dazu Linus mit seiner dunklen Andeutung vom eventuell bevorstehenden Umzug. Und Valentin. Immer, wenn Nele ihren Großvater gerade ganz nett fand, kam etwas von ihm, was nervte. Obwohl, musste Nele insgeheim zugeben, es natürlich ihr Problem war, wenn sie beim Gedanken an Leo in Verbindung mit dem Stichwort »Leidenschaft« errötete. Vor allem aber war es ihr Problem, wie das alles weitergehen sollte.
Mit Leo.
Mit ihr.
Mit diesem neuen, bescheuerten Tag. An dem sie wieder einmal nicht wusste, wohin.
Oben klappte eine Wohnungstür. Das trieb Nele umgehend auf die Straße. Bloß jetzt nicht von irgendwelchen Leuten dumm

angequatscht werden und reden müssen. Sie hastete hinaus auf den Gehweg. Angesichts des besetzten Hauses gegenüber schoss es ihr durch Kopf: Hoffentlich steht da nicht Leo irgendwo hinter einem Fenster – der glaubt sonst noch, ich laufe ihm nach! Nele zog instinktiv den Kopf ein und verdrückte sich in einen Torweg. Deckung suchen, nächste Deckung finden. Kagome auf der Flucht. Vorsichtig um die Ecke peilen.
Nele huschte gerade weiter, da blitzte ein gebrochener Sonnenstrahl auf Glas – im besetzten Haus wurde ein Fenster geöffnet. Rasch tauchte sie hinter einem geparkten Wagen ab und verharrte bewegungslos.
»Hey! Hab dich fast nicht erkannt ohne deinen Manga-Dress! Habt ihr das geklärt mit deinem Portemonnaie?«
Nele sah ertappt auf. Neben ihr stand ein junger Mann, der sie breit angrinste, die Hand ausstreckte und jetzt nachsetzte: »Johannes. Aus Leos WG. Spielst du Verstecken, oder was? Sieht ein bisschen lächerlich aus, wie du da hockst …«
Das hatte ihr gerade noch gefehlt, verdammt. Nele schoss blitzschnell hoch, packte den überrumpelten Jungen an der ausgestreckten Hand und zerrte ihn mit sich herunter. »Klappe zu«, fuhr sie ihn an, »und Kopf runter!«
»Wieso, wird hier geschossen?«, muckte Johannes auf, blieb aber mit ihr unten.
Nele antwortete nicht, sondern schob vorsichtig den Kopf aus der Deckung und hielt Ausschau nach einem imaginären Feind. Dabei wäre sie am liebsten im Erdboden versunken. Ich mache mich komplett zum Affen, jaulte sie innerlich.
Da jaulte noch etwas.
Ein Martinshorn. Dein Freund und Helfer. Das Jaulen schwoll an. Und dann sah Nele einen Streifenwagen mit zuckendem Blaulicht um die nächste Ecke biegen und sich rasant nähern. Sie warf sich gegen Johannes und nagelte ihn mit vollem Ge-

wicht gegen die Karosserie des geparkten Autos, bis das Polizeiauto an ihnen vorüberschoss und sich entfernte. Johannes' Augen schimmerten meerdunkelblau. Nele verspürte plötzlich ein seltsames Kribbeln in jedem Quadratzentimeter ihres Körpers, der in direktem Kontakt mit ihm stand – was im Augenblick so ziemlich auf ihre ganze Person zutraf. Vorderseitig.

Johannes fand als Erster die Sprache wieder. »Die sind … hinter *dir* her?«

Nele stieß sich von ihm ab, rappelte sich hastig auf und rannte davon, ohne sich noch einmal nach dem Jungen umzusehen.

Die Welt sah aus wie immer, aber er fühlte sich anders darin als sonst. Am liebsten hätte sich Linus hüpfend fortbewegt, mit kleinen, albernen Bocksprüngen. Aber das traute er sich dann doch nicht. Außerdem galt es noch zu überlegen, was er Marlene nachher zu servieren gedachte. Da durfte er nicht völlig die Bodenhaftung verlieren.

Er hatte den Bürotag damit vertrödelt, seinen Arbeitsplatz einzurichten und danach weitgehend planlos im Internet zu surfen. Ein unschätzbarer Vorteil kreativer Arbeit lag nicht zuletzt darin, dass Vorgesetzte nie zu beurteilen vermochten, ob ein Mitarbeiter wie Linus gerade zielstrebig die Firma voranbrachte oder sinnlos Zeit totschlug. Linus hätte ganz bestimmt mit vernünftiger Tätigkeit begonnen, wenn Daniela Andersen ihn dazu genötigt hätte oder Marlene in die Agentur zurückgekehrt wäre. Aber beide Damen ließen sich für den Rest des Arbeitstags nicht mehr blicken. Also hatte auch Linus rechtzeitig den Feierabend eingeläutet, um noch für die Verabredung mit Marlene einzukaufen.

Eine Verabredung zum Abendessen. Dass ihn dieser Umstand dermaßen beseelte und er am liebsten hier im Supermarkt durch die Gänge gehüpft wäre, verblüffte Linus erheblich. In letzter Zeit lernte er reichlich neue Seiten an sich kennen: Erst neulich, nach seiner künstlichen Verjüngungskur, dieser ungeahnte Mut zum Risiko bei der Bewerbung um den Job in der Agentur – jetzt dieses gefühlsbefeuerte Stimmungshoch, das ihn schon den ganzen Tag antrieb. Wahrscheinlich war er einfach nur zu lange nicht verliebt gewesen, sagte sich Linus. Valentin würde die Diagnose zweifellos drastischer formulieren: Dammbruch nach Hormonstau.

Linus hatte seinen Vater noch vom Büro aus angerufen, für eine kategorische Ansage: »Ich brauche heute Abend Küche und Wohnzimmer für mich. Ab zwanzig Uhr.«

Valentin hatte sofort geschaltet. »Die nette Kollegin?«

»Mmmh.«

»Da müsste ich irgendwo essen gehen. Und vielleicht noch ins Kino oder so was.«

»Ist doch mal ganz nett!«

»Nur, wenn du zahlst.«

Linus hatte eingewilligt und sich auch nicht länger als eine Sekunde darüber geärgert. Er musste wirklich verliebt sein. Obwohl er so gut wie nichts über Marlene wusste. Nicht einmal, ob sie Wein oder Bier zum Essen bevorzugte oder gar beim Wasser blieb. Linus belud seinen Einkaufwagen mit Getränken aller Art, um diesbezüglichen Herausforderungen umfassend gewachsen zu sein. Leider blieben genug Fragen offen, gegen die er sich nicht so leicht wappnen konnte. Zum Beispiel die, warum sich Nele nicht meldete. Valentin hatte erklärt, sie sei zur Schule gegangen und noch nicht wieder aufgetaucht. Linus hatte seiner Tochter daraufhin eine Nachricht auf die Mailbox gesprochen, mit der Frage, wann sie denn heute nach Hause käme und ob sie vielleicht wieder lange bei einer Freundin oder ihren Manga-Leuten bliebe – er bekäme Besuch.

Während er das Angebot an der Fischtheke sondierte, zog Linus sein Mobiltelefon aus der Jacke. Keine Nachricht von Nele. Er probierte es auf dem Festnetzanschluss seiner Wohnung. Nie-

mand meldete sich, Valentin hatte anscheinend bereits das Feld geräumt, und Nele war offenbar noch immer unterwegs. Linus schickte ihr eine SMS mit der freundlichen Bitte, doch mal ihre Mailbox abzuhören, dann entschied er sich für eine Dose mit Jakobsmuscheln. Gratiniert mit Parmesan, das ging als Vorspeise immer. Danach Dorade, damit konnte man auch nicht viel verkehrt machen. Es sei denn, Marlene wäre Vegetarierin. Linus ließ sich zwei Doraden einpacken und schob seinen Einkaufswagen weiter zu den Teigwaren. Wenn er Pasta zum Fisch servierte, könnte sich sein Gast im Fleischverweigerungsfalle immer noch an den Nudeln satt futtern.
Kurz vor der Kasse signalisierte sein Handy den Eingang einer SMS. »Bin unterwegs, wird spät.« Die Nachricht kam von Nele. Nicht gerade üppig an Inhalt, aber mit begrüßenswerter Information, fand Linus.
Die Bude war sturmfrei.
Achtzehn Uhr. Ab nach Hause.

Vor dreißig Jahren wäre er zu Spiro gegangen, hätte eine Mixed-Grill-Platte vertilgt, sich mit Retsina die Kante und mit Ouzo den Rest gegeben. Spiro war allerdings längst Geschichte. In seiner ehemaligen Taverne residierte mittlerweile ein Szeneclub, der um achtzehn Uhr noch nicht mal geöffnet hatte, weil die Stammgäste um diese Zeit wahrscheinlich gerade erst beim zweiten Frühstück saßen – bevor sie sich den Rest der Nacht mit zweifelhaften Spirituosen, verschnitten mit fiesen Energydrinks, abfüllen ließen. Spiros Ouzo war auch nicht gerade vom Feinsten gewesen, erinnerte sich Valentin, während er vergeblich versuchte, durch die dunkel getönten Scheiben einen Blick ins Innere des Ladens zu werfen. Dafür hatte es unter Spiros Gästen immer Leute gegeben, die er kannte. Ein bisschen Gesellschaft könnte er jetzt ganz gut ab.

»Fürs pralle Nachtleben ist es noch ein wenig zu früh, lieber Valentin!«
Bärbel Maschmann lächelte ihn vergnügt an, als sich Valentin überrascht zu ihr umdrehte.
»Und ich befürchte, wenn ich nachher hier eintreten will, erklärt mir der Türsteher, für Oldies wie mich ist es zu spät«, gab er zurück.
»Die tanzt du doch noch alle an die Wand.«
»Mit dir garantiert.«
Bärbel schmunzelte müde. »Nach einem Tag im Geschäft bin ich nicht mehr wettkampftauglich.«
»Aber hungrig«, insistierte Valentin hoffnungsfroh.
»Und müde«, bekräftigte Bärbel.
»Und hungrig!«
»Auch hungrig«, räumte sie ein.
»Spiro gibt's ja nicht mehr – aber du kennst bestimmt das netteste Restaurant hier auf der Ecke?«
»Was wird das – eine Einladung zum Abendessen?«
»Prima Idee, nicht?«, freute sich Valentin, registrierte Bärbels skeptischen Blick und fragte, etwas besorgt, nach: »Oder wartet jemand auf dich?«
Sie schüttelte leicht den Kopf. »Nur essen, ja?«
»Na klar«, versicherte Valentin und sah sie treuherzig an. »Mehr als eine Sache gleichzeitig schaffe ich sowieso nicht mehr!«
Bärbel konnte ein Kichern nicht länger unterdrücken. »Es gibt einen Italiener, zwei Straßen weiter. Großartige Küche. Aber nicht ganz billig, sag ich dir lieber gleich!«
»Macht nichts«, winkte Valentin großspurig ab, »ich bin auf Spesen unterwegs.«

Linus keuchte, als er die Wohnungstür aufschloss. Die Einkäufe, vor allem die diversen Getränke, die Treppen hinaufzuschleppen, das war kein Spaß. Falls er das fette Gronau-Honorar ein-

streichen sollte, würde er den Kauf einer Parterrewohnung erwägen. Er fühlte sich fast so sehr außer Atem wie neulich, als er Neles Koffer hinaufgetragen hatte.
Dieser Erinnerung lenkte seinen Blick auf den Gepäckberg auf dem Flur, dessen Existenz Linus in den Tagen zuvor schon gar nicht mehr wahrgenommen hatte. Das Zeug musste unbedingt weg, bevor Marlene zum Essen kam. Und wer weiß, was sonst noch so herumlag ...
Linus parkte die Einkäufe in der Küche und startete eine Inspektionsrunde durch die Wohnung. Die Küche sah aufgeräumt aus, also marschierte er gleich durch ins Wohnzimmer. Valentin hatte sein Bettzeug vom Sofa entfernt und irgendwo unsichtbar verstaut. Was immer man seinem Vater nachsagen konnte – der Alte weiß, worauf es bei einem Rendezvous ankommt, dachte Linus, in der Hinsicht ist Valentin ein sicherer Kompass. In sein eigenes Schlafzimmer warf Linus nur einen kurzen Blick. Die Bettwäsche hatte er erst gestern gewechselt, mehr ließ sich da nicht machen – es war eben die schmucklose Schlafhöhle eines Einsiedlers, erkannte Linus. Da gäbe es dringend Handlungsbedarf. Mindestens ein breiteres Bett müsste her, wenn ...
Linus bremste seine ausufernden Phantasien abrupt und wandte sich dem naheliegenderen Problem zu – dem Gepäckhaufen. Auch dafür fand er eine schnelle Lösung: ab damit in Neles Zimmer. Schließlich gehörte ihr der meiste Krempel. Während Linus die Taschen und Koffer kurzerhand ins Gästezimmer beförderte, plante er bereits seine nächste Aktion. Bevor die Küchenschlacht begann, stand unbedingt noch Duschen und Umziehen auf dem Programm. Kaum flog die letzte Tasche in Neles Zimmer, hechtete Linus ins Bad.
Neunzehn Uhr.
Nun mal langsam, bremste sich Linus. Bei all dem Stress bleibt die Vorfreude ja völlig auf der Strecke. Es ist noch Zeit genug.

Das Essen kommt ohnehin erst in den Herd, wenn Marlene schon da ist. Dies soll ein romantischer Abend werden und keine Abfütterung mit Zeitlimit. Entspann dich, dachte Linus, während er sich aus der Kleidung schälte. Er stieg in die Wanne und wollte gerade die Dusche aufdrehen, da fiel sein Blick auf ein sattgrünes Plastikfläschchen. Schaumbad, Duftnote Latschenkiefer. Valentins Universal-Elixier fürs Wohlbefinden. »Entspannend«, las Linus auf dem Etikett, »wohltuend« und »revitalisierend«. Könnte man in dieser Reihenfolge alles gebrauchen, so knapp vorm Rendezvous, befand Linus. Er verstöpselte den Wannenabfluss, schraubte die Kappe von der Flasche, ließ eine ordentliche Portion der öligen Lotion auslaufen und setzte den Wasserhahn in Betrieb. Dann legte er sich in die ansteigende Flut und schloss die Augen, bis ihn etwas an der Nase kitzelte.
Die alpine Schaumlandschaft verbreitete intensiven Nadelwaldduft, füllte bereits die komplette Wanne und wuchs in geballten Gipfeln sogar noch darüber hinaus. Wenn es so gut wirkt, wie es schäumt, dachte Linus, werde ich total entspannt unwiderstehlichen Charme versprühen. Er drehte den Wasserhahn zu und warf einen Blick auf seine Armbanduhr, die er auf dem Hocker neben der Wanne abgelegt hatte.
Viertel nach sieben.
Noch eine Viertelstunde verschärfte Latschenkiefer-Meditation, dann in aller Ruhe anziehen. Linus Kruse, der perfekte Gastgeber, auf den Punkt gestriegelt und gespornt. Er lehnte sich genüsslich in der Wanne zurück und ließ sich vom sanft knisternden Geräusch platzender Schaumbläschen einlullen.
Bis ihn ein schrilles Kreischen jäh aus allen Träumen riss.

Es pfiff regelrecht, als sie die Luft einsaugte. Ihre Lungenflügel brannten, und der leichte Schwindel im Kopf legte sich sofort. Man kann sich einfach nicht überlisten, dachte Nele. Selbst

wenn man es nicht will, man fängt doch wieder an zu atmen. Beknacktes Menschenhirn – zwingt einen zu leben, aber sagt einem nicht, wozu eigentlich.
Sie lungerte auf dem einzig verbliebenen Sessel in ihrem – ja, was denn: Ex-Kinderzimmer? Ex-Jugendzimmer? Auf alle Fälle Ex. Vergangenheit: vorbei. Zukunft: ungewiss. Gegenwart …
Etliche Stunden in diesem Zimmer, auf diesem Sessel. Dreimal den zerfledderten Kagome-Manga durchgeblättert, der immer noch hier herumlag. Eine SMS von Mama erhalten: »Malibu ist cool! 28 Grad, Bikini-Jogging am Pazifik. Kuss, Mama.«
Danke, Mama, mir geht's scheiße. SMS unbeantwortet gelöscht.
Eine Nachricht von Linus auf der Mailbox: »Hallo Nele, geh mal ans Telefon … du, äh, na ja … kannst wohl gerade nicht. Wollte nur wissen, wann du heute nach Hause kommst. Vielleicht bist du ja länger in der Schule oder bei 'ner Freundin oder mit deinen Cosplayern unterwegs – würde mir heute ganz gut passen, ich krieg noch Besuch. Ist also überhaupt nicht schlimm, wenn's heute bei dir später wird. Tschüs!«
Danke, Linus, sag doch gleich, ich störe und soll unbedingt wegbleiben. Verstehe ich vollkommen, ich empfinde mich selbst als störend. Sie hatte auch diese Nachricht nicht beantwortet. Jedenfalls, bis Linus penetrant die SMS nachlegte: »Bitte Mailbox abhören!!!« Damit er sie nicht noch weiter nervte, hatte Nele ihren Vater mit der unverbindlichen Botschaft »Bin unterwegs, wird spät« ruhiggestellt.
Und seitdem: nichts.
Bei ihr jedenfalls. Alle anderen schienen sich ja prächtig zu amüsieren. Beim Bikini-Joggen am Pazifik. Oder mit Besuch. Bestimmt diese »nette Kollegin«. Linus braucht immer ein bisschen länger für alles – haha, von wegen, Valentin, du kennst deinen Sohn auch nicht besser als ich.
Sie könnte noch mal die Luft anhalten. Die Zeit schien ohnehin

stillzustehen. Gerade als Nele tief einatmete und sich vorstellte, dies sei ihr letzter Luftzug, zuckte ein blauer Lichtreflex durchs Zimmer, wiederholte sich noch einmal und verschwand. Neugierig rutschte Nele vom Sessel und trat ans Fenster. Vor ihrem Wohnblock parkte ein Polizeiwagen am Straßenrand. Direkt vor ihrer Haustür. Und in diesem Moment verließen zwei Uniformierte den Wagen und setzten sich in seltsam synchronem Bewegungsablauf ihre Dienstmützen auf.

ZWANGSWEISE VORFÜHRUNG.

Zutiefst erschrocken fuhr Nele vom Fenster zurück. Weg hier, schrie ihr erster Gedanke – gefolgt von: wohin? Das Treppenhaus wäre eine Sackgasse, nach oben ohne Ausgang, und nach unten liefe sie den beiden Häschern in die Arme. Nele schnappte sich ihre Jacke und fuhr hinein, während sie schon weiter in die Küche rannte. Die lag nach hinten hinaus, dort gab es einen kleinen Balkon – einen Weg ins Freie. Leider keine Leiter, kein Seil. Nele lehnte sich weit über die Balkonbrüstung und blickte verzweifelt hinunter in den Innenhof. Ihre Wohnung lag im ersten Stock, nicht schwindelerregend hoch – aber zum Springen fehlte ihr der Mut. Drei Meter, schätzte sie, das geht nicht gut, tu es nicht. Und eben wolltest du noch aufhören zu atmen, kicherte ein kleiner Teufel in ihr – da entdeckte sie das an der Mauer neben dem Balkon verlaufende Regenrohr. Nele schwang sich übers Geländer, streckte sich und erreichte das Rohr. Umklammerte es mit beiden Händen. Prallte mit dem ganzen Körper dagegen und suchte mit den Füßen verzweifelt Halt. Geriet ins Rutschen, bis ihre ungeschützten Finger über eine scharfe Metallkante glitten und sie vor Schmerz den Griff lockerte.

Dann stürzte sie ab.

16

Es kreischte wieder, etwas näher als eben. Linus richtete sich unwillkürlich im Schaumbad auf und vernahm schwirrenden Flügelschlag und weiteres Krächzen. Eindeutig Chuck Norris, der Wellensittich. Und, wie es sich anhörte, im freien Flug unterwegs. Ich habe Neles Tür nicht zugemacht, nachdem ich die Koffer in ihr Zimmer gepfeffert habe, erinnerte sich Linus jetzt. Den Vogel hatte er nicht beachtet. Wie sollte man auch ahnen, dass Nele den blöden Geier frei herumfliegen ließ, wenn sie selbst nicht da war?
Die Fenster. Stand irgendwo eines offen? Linus rekapitulierte blitzschnell im Geiste seine Inspektionsrunde von vorhin: Küche, Wohnzimmer, Schlafzimmer – alle Fenster geschlossen. Hier im Bad sowieso. Die Zimmertüren standen zwar alle mehr oder weniger offen, aber aus der Wohnung könnte Chuck nicht entkommen. Linus entspannte sich wieder und legte sich im Schaumbad zurück. Er müsste bloß ein paar Minuten eher aus der Wanne steigen, um den Sittich in Neles Zimmer zurückzuscheuchen. Einfangen könnte sie ihn dann selber, sie hatte Mr. Norris schließlich auch aus dem Käfig gelassen.
Das nächste Krächzen scheuchte Linus wieder hoch: Es klang so, als wäre Chuck schon bei ihm im Badezimmer. Und ziemlich weit unten … Linus lehnte sich zur Seite und sah zur Tür. Die stand einen Spaltbreit offen. Breit genug für den Sittich, der eben auf seinen zwei Beinen neugierig hindurchmarschierte, am Boden verharrte, den Kopf nach oben verdrehte und Linus mit seinen Knopfaugen verwundert anstarrte, als sei die Anwesen-

heit des Menschen hier weitaus erstaunlicher als seine eigene. Was aus Chucks Perspektive wohl zutraf.

»Mach die Flatter«, scheuchte Linus und schnippte ein Flöckchen Latschenkieferschaum in Richtung des Vogels.

Chuck nahm das wörtlich, hob krächzend ab und drehte eine Erkundungsrunde durch den Luftraum des Badezimmers. Linus folgte ihm mit gebanntem Blick. Der Sittich vollzog eine elegante Flugkehre vor dem geschlossenen Fenster, steuerte das Waschbecken an und landete auf der schmalen Ablage vor dem Badezimmerspiegel. Hier verliebte er sich augenblicklich in sein eigenes Spiegelbild und schnäbelte, zärtlich gurrend, entzückt mit der Glasscheibe. Angesichts dieser erotischen Verirrung brach Linus in lautes Gelächter aus. Das nahm Chuck Norris offenbar übel: Kreischend startete er durch, zog eine Kreisbahn unter der Deckenlampe und ging unvermittelt zum Sturzflug über. Kurz über der Wanne breitete er die Flügel zum Bremsmanöver aus, um auf dem vermeintlich trittfesten Schaum-Massiv zu landen und sich diesen ignoranten Menschen vorzuknöpfen. Keinen halben Meter vor Linus' Augen brach der Sittich durch die geschlossene Schaumdecke, hinterließ einen Angstschrei und einen Einschlagkrater und verschwand von der Bildfläche.

Augenblicklich baggerte Linus mit beiden Händen Schaum und Wasser, gepeinigt von der Vorstellung, sich dabei zu viel zu bewegen und das fragile Tier mit seinem Körper zu zerquetschen. Zu erkennen war durch den Schaum hindurch leider gar nichts. Linus zwang sich zum Stillhalten, nur für Sekunden, spürte eine Berührung auf seinem Bauch – Krallen, Flügel, Schnabel, egal was – und griff beherzt beidhändig zu. Tatsächlich erwischte er etwas, barg es in den Fäusten wie in einem Körbchen, riss es aus der Versenkung. Zwischen den Fingern lief Wasser ab, bis nur noch ein schaumverklebtes Häuflein in Linus' Händen übrig blieb. Linus brachte es kaum über sich, das Elend zu betrachten. Dann tat er es doch.

Der Schmerz flammte am rechten Fußknöchel auf, zuckte durch den ganzen Körper und lähmte sie für Sekundenbruchteile. Erst langsam wurde es erträglich. Dachte Nele jedenfalls, bis sie versuchte, sich von den kalten Betonplatten des Hinterhofs aufzurappeln. Als sie dabei den rechten Fuß belastete, sank sie sofort wieder zu Boden. Bleib liegen, schrie es in ihr. Aber das durfte sie nicht, auf keinen Fall. Die würden sie kriegen, wenn sie hier liegen blieb.
In diesem Moment hörte sie jemanden im Laufschritt auf sich zueilen. In einem letzten Akt der Verzweiflung robbte das Mädchen hinter einen Zierstrauch, dessen zerrupftes Geäst leider nur höchst unzureichende Deckung bot.
»Komm, du musst weg!«
Riesengestalt. Haarmähne zum Pferdeschwanz gerafft. Braune Augen, die besorgt auf sie herabblickten.
»Leo?«
»Die Bullen sind schon vorne rein …«, drängte er und ging neben Nele in die Knie, um ihr aufzuhelfen. Sie schaffte es schließlich, auf einem Bein zu stehen. Mehr war nicht drin.
»Ich kann nicht auftreten«, erklärte sie unter Schmerzen, »tut mir leid …«
Da fühlte Nele, wie sich ihr ein kräftiger Arm um die Schultern legte – im gleichen Augenblick drückte Leos zweiter Arm in ihre Kniekehle und raubte ihrem Standbein die Bodenhaftung. Schon im nächsten Moment lag sie wie ein Baby an seine breite Brust gedrückt und sah aus nächster Nähe die bernsteinfarbenen Lichter in Leos Augen funkeln.
»Wohin?«, fragte er.
»Scheißegal«, hauchte Nele, »trag mich einfach.«

An Wellensittichen war schon unter normalen Umständen nicht viel dran. In diesem Fall war von normalen Umständen nicht mehr zu sprechen. Auch die Floskel vom »Schaumgeborenen« traf hier nicht zu, denn ungeachtet der an seinem mageren Vogelleib haftenden weißen Flöckchen schien Chuck Norris am Ende seines flatterhaften Daseins angelangt zu sein. Die Knopfaugen geschlossen, das Gefieder verklebt und die dünnen Krallen von sich gestreckt, so lag der Sittich dahingerafft in Linus' Händen. Konsterniert starrte Linus auf das reglose Wesen. Was sollte er damit tun?

Und vor allem: Wie würde Nele darauf reagieren?

Bei ihrem Hang zur Dramatik, gekoppelt mit pubertätsbedingter Anfälligkeit für Hysterieausbrüche und Kurzschlusshandlungen, befürchtete Linus in dieser Hinsicht das Schlimmste. Gedanklich verfiel er bereits dem verzweifelten Plan, noch vor Neles Heimkehr in die nächste Zoohandlung einzubrechen, um einen Chuck-Norris-Doppelgänger-Wellensittich zu klauen – da schien es ihm, als liefe ein kaum wahrnehmbares Schütteln durch die schmale Vogelbrust, eine winzige Vibration als Zeugnis eines auf Sparflamme flackernden Lebensfünkchens.

»Atme!«, schrie Linus.

Er hatte zwar mal gelesen, dass jemand seinen Hund durch Atemspende und Herzdruckmassage wiederbelebt haben sollte, aber bei so einem Miniaturgeier wäre das wohl kaum möglich. Chuck musste da allein durch. Vielleicht half es, wenn man ihn dabei anfeuerte.

»Atme, du Unglücksrabe!«

Chuck stieß so etwas wie ein klägliches Niesen aus, ohne die Augen zu öffnen. Aus den winzigen Nasenlöchern oberhalb des Schnabels traten winzige Schaumbläschen. Ich muss ihn säubern, dachte Linus, dieses Schaumzeug ist pure Chemie. Garantiert Gift für jeden Vogel. Wenn die Leute von Greenpeace nach

einem Tankerunglück ölverschmierte Viecher vom Strand sammeln, werden die auch als Erstes sauber geschrubbt.
Linus stieg vorsichtig aus der Wanne, den Vogel immer noch in beiden Händen, und trat ans Waschbecken. Dann lagerte er Chuck in die linke Hand um, während er mit der Rechten den Hahn so regulierte, bis das Wasser lauwarm und in nicht zu hartem Strahl auslief. Den Sittich einfach unter das laufende Wasser zu halten, traute sich Linus nicht. Er besprenkelte Chuck probeweise mit ein paar Tropfen. Es reichte nicht, um das verklebte Gefieder vom Schaum zu befreien.
Die von Greenpeace benutzen richtige Scheuerbürsten, erinnerte sich Linus. Aber die schrubbten damit handfeste Vögel wie Pelikane oder Albatrosse, kein zartes Bonsai-Geflügel. Da fiel sein Blick auf eine am Waschbeckenrand liegende Zahnbürste. Valentins, extra weich, stellte er erfreut fest und griff ohne Skrupel zu. Schließlich hatte Valentin diese Latschenkieferpampe angeschleppt, da konnte er wenigstens durch den Einsatz seiner Zahnbürste zur Beseitigung der Flurschäden beitragen. Außerdem war der Alte nicht da und merkte es sowieso nicht.
Sanft strich Linus die Borsten übers Sittichgefieder und streifte die Schaumflocken herunter. Chuck hatte immer noch Sendepause, aber das kleine Vogelherz pumpte sichtbar und ließ den Brustflaum beben. Eine weitere Niesattacke, dann begann Chuck am ganzen Leib zu zittern.
»Ist dir kalt?«, erkundigte sich Linus fürsorglich. Das fehlte noch: Vogel gerade erst wundersam auferstanden, dann Lungenentzündung und Exitus. Er schloss wieder schützend beide Hände um den Sittich. Chuck bräuchte Wärme. Vielleicht noch ein bisschen mehr, als Linus ihm in seinen Händen bieten konnte. Wärme, dachte Linus und hatte plötzlich eine ganz genaue Vorstellung davon, wie dem Patienten zu helfen sei.
Er trug den Vogel hinüber in die Küche, öffnete den Herd, zog

das Backblech ein Stück weit aus dem Ofen und legte Chuck vorsichtig darauf ab. Dann stellte er die Temperatur auf die niedrigste Stufe – fünfzig Grad – und schob das Blech samt Beilage in die Röhre. Chuck öffnete ein Auge und blinzelte benommen in die Backofenbeleuchtung.

In diesem Moment klingelte es an der Wohnungstür.

»Ich habe Leo erzählt, dass ich dich getroffen habe und dass du auf der Flucht bist«, erklärte Johannes, während er den betagten Mazda virtuos durch den Stadtverkehr fädelte. Nele sah den Jungen nur von hinten – und seine meerblauen Augen im Rückspiegel, die immer wieder interessiert zu ihr blickten. Sie saß auf der Rückbank. Eigentlich lag sie mehr, als dass sie saß. Ihr rechtes Bein hielt sie über die volle Breite der Bank ausgestreckt, der verletzte Fuß lagerte, vom Schuh befreit, auf Leos Schoß. Allerdings minderte der pochende Schmerz im Knöchel Neles Freude an dieser Position beträchtlich. Und es war sowieso viel schöner gewesen, von Leo getragen zu werden. Leider hatte er Nele nur aus dem Hinterhof und um die nächste Straßenecke gebracht, wo sein Wohngenosse Johannes mit dem Wagen auf sie wartete.

»Ich fand, man müsste mal nach dir sehen«, ergänzte Leo. »Als wir ankamen, stiegen die Bullen gerade vor deiner Haustür aus. Ich hab geahnt, dass du irgendwo nach hinten abhaust!«

»Danke. Ohne dich wäre ich nicht weit gekommen«, gab Nele zu.

»Ohne meine Karre auch nicht«, erklärte Johannes wichtigtuerisch. »Wenn Leo dich bis zur Bahn getragen hätte, das wäre bestimmt total aufgefallen!«

»Quatsch nicht so viel und achte auf die roten Ampeln, sonst fallen wir jetzt noch total auf«, brummte Leo nach vorn und wandte sich wieder Nele zu. »Weshalb sind die hinter dir her?«

Nele zuckte bloß mit den Achseln und schwieg sich aus.
»Wohin sollen wir dich bringen?«
»Kein Plan.«
»Komm doch erst mal mit zu uns«, soufflierte Johannes von vorn.
»Das wäre sowieso mein nächster Vorschlag gewesen«, versetzte Leo.
»Ich weiß nicht«, gab sich Nele unschlüssig. Irgendwann – ziemlich bald irgendwann – würde sie zurück zu Linus müssen. Aber dessen Wohnung lag ja sozusagen auf dem Weg. »Erst mal, vielleicht …«
»Dann also abgemacht«, freute sich Johannes und gab dem Mazda die Sporen, was der abgetakelte Wagen prompt mit einer nicht gerade unauffälligen Fehlzündung quittierte.
Leo betastete vorsichtig durch den Strumpf hindurch die Schwellung an Neles Knöchel. »Wenn wir bei mir sind, sehe ich mir deinen Fuß genauer an.«
Nele schenkte ihm ein wonniges Lächeln. Wie es aussieht, dachte sie, bin ich beim Sprung vom Balkon aus direkt im Zauberbrunnen gelandet.
Bäämm!
Und weg.

»Ich muss dann mal los …«
»Vielleicht doch noch einen Espresso?«
Bärbel Maschmann schüttelte den Kopf. »Dann stehe ich die ganze Nacht senkrecht im Bett. Ich schlafe auch so schon schlecht genug.«
»Kenne ich«, seufzte Valentin.
»Früher, als Wolfgang noch lebte, war das kein Problem.«
»Damals hast du durchgeschlafen, weil du dich neben ihm sicher gefühlt hast?«

»Blödsinn. Aber da hatte ich wenigstens einen Grund zum Wachliegen. Der Mann hat so was von geschnarcht …«
Valentin lachte, Bärbel stimmte mit ein. Dann ergänzte sie: »Das ist leider das Problem des Alleinseins: Du kannst niemandem die Schuld dafür geben, wenn etwas nicht so läuft, wie du es möchtest.«
»Ich hätte nie gedacht, dass eine Frau wie du allein bleibt …«
»Glaubst du, ich komme alleine nicht zurecht, Valentin?«
»Du weißt genau, wie ich es meine.«
Hinter Bärbels Brillengläsern blitzte es selbstbewusst auf. Seine Enkelin wäre knallrot angelaufen, fiel Valentin ein. Falls Nele das versteckte Kompliment überhaupt entdeckt hätte. Das war eben der Unterschied zwischen einem Teenager und einer gestandenen Frau.
»Was ist mit dir, Valentin?«
»Was soll mit mir sein?«
»Du weißt genau, wie *ich* es meine.«
Valentin zögerte, dann gab er sich einen Ruck. »Ich bin solo. Nicht so lange wie du, aber schon eine Weile.«
Bärbel Maschmann musterte ihn forschend über ihre Brille hinweg. »Meistens waren bei dir doch immer gleich mehrere Damen im Spiel – entschuldige meine Offenheit, aber wir kennen uns so ewig …«
»Und doch nicht gut genug, scheint mir«, wandte Valentin ein und lächelte charmant. »Aber das ließe sich ja ändern.«
Bärbel errötete auch jetzt nicht. »Heute wohl kaum«, stellte sie gelassen fest und blickte demonstrativ auf ihre Armbanduhr.
»Du willst wirklich los? Ich begleite dich nach Hause«, erbot sich Valentin.
Bärbel schüttelte langsam den Kopf.
»Bis zur Haustür«, besserte Valentin nach.
»Das Essen war wundervoll, vielen Dank, lieber Valentin! Und

mit dir zu plaudern, anstatt den Abend vor dem Fernseher zu sitzen – das war mir eine große Freude, ehrlich.« Bärbel erhob sich von ihrem Stuhl und bremste Valentin, der ihrem Beispiel folgen wollte: »Lass mich bitte allein gehen. Ich möchte dich nicht in Versuchung bringen.« Sie legte ihm kurz eine Hand auf die Schulter, drückte sanft und zwinkerte ihm zu. »Mich übrigens auch nicht.«

Damit wandte sie sich ab und ging. Valentin sah Bärbel Maschmann nach, wie sie im Vorübergehen dem Maestro des Hauses grüßend zunickte, sich ihren leichten Herbstmantel von der Garderobe pflückte und das Restaurant verließ, ohne sich noch einmal umzudrehen. Wenigstens ist ein Essen mit mir noch besser als ein Abend vor der Glotze, dachte er.

Immerhin.

Er spülte den Anflug von Bitterkeit mit dem letzten Schluck aus seinem Rotweinglas herunter. Das Essen war in der Tat vorzüglich gewesen. Der Wein ebenfalls, ein Aglianico del Vulture aus der einzigen DOC-Zone der Basilikata, von dem sie sich eine ganze Flasche gegönnt hatten. Am Gaumen potent, harmonisch und elegant mit gut eingebundenen Tanninen. Kein ganz billiges Vergnügen, aber das war ja heute nicht das Problem. Als Valentin sich vom Maestro die Rechnung bringen ließ und die Quittung nach dem Bezahlen in seine Brieftasche steckte, erheiterte sich seine kurzzeitig eingetrübte Stimmung bereits wieder.

Blieb zu ergründen, was er mit diesem angebrochenen Abend weiter anfangen sollte. Doch kaum war Valentin aus dem Restaurant ins Freie getreten und ein paar Schritte weit gegangen, erübrigte sich auch diese Frage. Eine grobe Hand zerrte ihn in einen dunklen Torweg, er taumelte, schlug mit dem Schädel gegen etwas Hartes.

Und dann wurde es Nacht.

Linus klappte die Backofentür zu, damit Chuck Norris nicht von der Sonnenbank flüchtete. Fünfzig Grad hält der eine Weile aus, außerdem heizt der Herd ja erst auf, kalkulierte Linus. Es klingelte ein weiteres Mal, dann klopfte es – sein Besuch stand schon oben auf der Matte. Noch völlig im Bann der Vogelrettung machte sich Linus auf den Weg zur Wohnungstür und realisierte erst knapp davor, dass er im Begriff war, Marlene in unbekleidetem Zustand gegenüberzutreten.

»Komme sofort!«, schrie er durch die Tür. Hektischer Abstecher ins Badezimmer, wo es mittlerweile penetrant nach Latschenkiefer müffelte. Linus zog den Wannenstöpsel und ließ die inzwischen schaumlose, dafür grünlich gefärbte Brühe ablaufen. Gleichzeitig suchte er vergeblich seinen Bademantel an dem dafür reservierten Haken. Valentin, natürlich. Wer weiß, wo der Alte den Mantel hingelegt hatte. Kurzentschlossen rupfte sich Linus ein leider nicht besonders großes Handtuch von der Heizung und schlang es sich um den Unterleib. Als Abendgarderobe eine zweifelhafte Wahl, aber wenn er Marlene noch länger warten ließ, zog sie am Ende bereits ab, bevor der Abend überhaupt anfing.

Außerdem ließ sich ja alles erklären.

Diese fromme Hoffnung erledigte sich beinahe augenblicklich, als Linus in seiner abenteuerlichen Gewandung endlich die Tür öffnete. Angesichts seiner Erscheinung zuckte Marlene nicht einmal mit der Wimper, sondern verkündete lediglich: »Bis morgen im Büro.« Kehrte auf den Hacken um und strebte treppabwärts.

Linus unternahm einen verzweifelten Ausfallschritt hinaus ins Treppenhaus, um die Kollegin zurückzuhalten. Dabei verfing sich der lose geschlungene Knoten seines Handtuchs am Wohnungstürgriff, was eine doppelte Katastrophe auslöste: Der improvisierte Lendenschurz wurde Linus umgehend vom Leib gerissen – gleichzeitig sorgte der plötzliche Ruck dafür, dass die Wohnungstür hinter ihm ins Schnappschloss fiel. Linus fuhr augenblicklich herum und starrte verdattert auf die versperrte Tür, in deren unterem Rahmen sich noch ein Zipfel des nun unerreichbaren Handtuches zu ihm hinausstreckte wie eine hämische Zunge.

Äätsch.

Perlendes Gelächter ließ Linus zusammenzucken. Langsam wandte er sich wieder von der Tür ab. Marlene kam langsam wieder die Treppe hoch, keine Spur mehr verärgert, sondern nur noch amüsiert.

»Das gehört wohl nicht zum Plan, Casanova?«

»Zum Plan gehörte nicht mal das Handtuch.« Es wäre albern gewesen, jetzt die Hände vor seine Blöße zu halten. Also gab sich Linus locker und verzichtete gleich auf diese verkrampfte Maßnahme. »Aber Sie halten leider an Ihren schlechten Angewohnheiten fest, Marlene – Sie lassen mir keine Zeit für Erklärungen.«

»Ich glaube kaum, dass ich Ihren Erklärungen aufmerksam folgen kann«, schmunzelte Marlene, »solange Sie hier nackt durchs Treppenhaus hüpfen.«

»Dann helfen Sie mir, wieder in die Wohnung zu kommen.« Linus rüttelte vergeblich am Türknauf, versuchte es mit Ziehen und Drücken. Chuck Norris fiel ihm ein, dieser Gedanke durchfuhr ihn siedend heiß – wenn auch vermutlich nicht halb so heiß, wie es demnächst für den Wellensittich im Backofen werden würde.

Marlene hielt bereits ein Smartphone in der Hand. »Ich google mal einen Schlüsseldienst. Oder haben Sie irgendwo in der Nachbarschaft einen Ersatzschlüssel hinterlegt?«

»Den Ersatzschlüssel hat meine Tochter. Mein Vater hat auch einen. Aber Neles Handynummer weiß ich nicht auswendig!«

Linus rammte verzweifelt die nackte Schulter gegen die Tür, was außer Schmerzen keine Wirkung zeigte. Solide Altbauqualität, Vollholz, nichts zu machen. »Und Schlüsseldienst dauert viel zu lange. Ich muss da rein, und zwar schnell, sonst gibt es ein Unglück!«

»Falls Sie pinkeln müssen – gehen Sie einfach rauf zum Dachboden. Ich sag's nicht weiter …«

»Marlene.« In Linus' Stimme schwang jetzt echte Panik. »Da drinnen wird gleich ein Tier verrecken, der geliebte Wellensittich meiner Tochter! Falls wir nicht augenblicklich diese verdammte Tür aufkriegen. Es geht maximal noch um Minuten! Verstehen Sie das?«

So, wie Marlene ihn nun ansah, eher nicht. Linus suchte fieberhaft nach der rettenden Idee. »Ich bräuchte ein Brecheisen. Aber wer hat hier so was? Bis ich überall geklingelt habe …«

»Ich weiß, woher wir eins kriegen.« Marlenes Stimme klang plötzlich sehr entschlossen. »Ich hole es!«

»Woher?«

»Gleich gegenüber!«

»Ich komme mit.«

»So …?«

Linus sah an sich herab, dann auf Marlene. »Leihen Sie mir Ihren Mantel?«

Schade, schon da, dachte Nele, als ihr alter Mazda in die Straße bog, in der das besetzte Haus lag. Und gegenüber die Wohnung ihres Vaters. Von ihr aus hätte die Fahrt gerne länger andauern dürfen, mit ihrem Fuß auf Leos muskulösen Oberschenkeln und gehalten von seinen sanften Händen.

»Wow, ein freier Parkplatz«, jubelte Johannes von vorn. »Und sogar direkt gegenüber von uns, ist ja … hey …!«

Die altersschwachen Bremsen des Wagens jaulten gequält, als

der Fahrer wuchtig aufs Pedal trat. Knapp vor der angepeilten Parklücke kam der Mazda abrupt zum Stehen. Nele prallte unsanft gegen die Lehne des Vordersitzes und wollte Johannes gerade für diesen rüden Fahrstil anpflaumen, da raubte ihr der Ausblick durch die Frontscheibe die Sprache: Einen Meter vor der Motorhaube des Mazda verharrte ein höchst seltsames Pärchen, gebannt im Scheinwerferlicht wie zwei Rehe auf nächtlicher Landstraße. Die zierliche Brünette sah noch halbwegs normal aus, wenn man einmal davon absah, dass es zu dieser dunklen Abendstunde schon ein wenig zu frisch dafür war, über der Jeans nur eine dünne Seidenbluse zu tragen. Dafür trug der Mann einen Mantel. Allerdings wie eine Schürze um den Leib geschlungen und mit Hilfe der Ärmel notdürftig verknotet. Das schien dann auch alles zu sein, was er textilmäßig zu bieten hatte. Er war sogar barfuß unterwegs.

Und er sah aus wie Linus.

Ungeachtet ihres verletzten Fußes rappelt sich Nele in normale Sitzposition und öffnete die Wagentür. Neben ihr reagierte jetzt auch Leo und schoss aus dem Fahrzeug wie ein Schachtelteufel. Linus sah den Hünen mit der Pferdeschwanzfrisur auf sich zukommen. Der hat mir noch gefehlt, dachte er gerade, da hörte er Marlene neben sich ausrufen: »Leo! Wir brauchen ein Brecheisen, sofort!«

Linus fehlte die Zeit, sich über diese vertrauliche Ansprache zu wundern, denn jetzt entstieg Nele dem Auto und hinkte, einen Fuß nachziehend und an der Karosserie abgestützt, auf ihn zu. Linus trat rasch zu ihr und hakte sie unter.

»Nele, ich brauche deinen Wohnungsschlüssel, schnell!«

»Was ist mit deinen Klamotten passiert?«

»Frag nicht, gib mir den Schlüssel!«

»Das ist Ihre Tochter?«, erkundigte sich Marlene interessiert.

»*Sie* sind Neles Vater?«, schaltete sich der Hüne jetzt ein.

»Halten Sie sich da raus!«, fuhr Linus den jungen Mann an.
»Nicht so ruppig, Linus!«, ging Marlene dazwischen. »Darf ich vorstellen: Leo, mein Sohn. Leo, das ist mein Arbeitskollege Linus Kruse.«
Die »nette Kollegin«, durchfuhr es Nele, ach du Scheiße. Leos Mutter. Was für ein Chaos.
»Leute, das ist ein Notfall!«, drängte Linus. »Wir brauchen deinen Schlüssel, Nele! Chuck ist in Lebensgefahr!«
»Welcher Chuck?«, fragte Leo.
Nele erblasste. »Leo, schnell – trag mich!«
»Welcher Chuck?«, hakte Leo störrisch nach.
»Chuck Norris!«, schrie ihn Linus so unvermittelt an, dass der Hüne zusammenzuckte.
Im nächsten Moment kommandierte seine Mutter energisch: »Schluss mit dem Gequatsche – alle mitkommen!«
»Trag mich!«, flehte Nele noch einmal, und diesmal reagierte Leo wie gewünscht. In einer fließenden Bewegung hob er das Mädchen auf seine Arme, dann rannte er los, gefolgt von Marlene und Linus, dessen selbstgebaute Mantelschürze gefährlich im Wind flatterte. Hinter ihnen beobachtete Johannes konsterniert am Steuer seines klapprigen Mazdas, dessen Motor noch immer lief, wie die verwegene Jagd im Eingang des Kruseschen Wohnhauses verschwand.

17

Auf der letzten Treppe spürte Linus, wie sich der verdammte Knoten im verschlungenen Mantelärmelpaar gefährlich lockerte. Trotzdem nahm er weiter die Stufen im Laufschritt, eine Hand ums improvisierte Bündchen gekrallt – auf die Gefahr hin, die stürmende Truppe im nächsten Augenblick mit blankem Hintern anzuführen. Für den Moment galt sein Sinnen und Trachten allein dem Sittichdrama, alles andere trat in den Hintergrund. Er erreichte seine Wohnungstür und bemerkte erst jetzt, dass er den rettenden Schlüssel leider immer noch nicht parat hatte. Zum Glück war ihm Leo, obwohl er Nele auf den Armen trug, hart auf den Fersen. Als der Hüne das Mädchen neben Linus absetzte, schien er nicht einmal außer Atem zu sein. Nele rammte den Schlüssel ins Schloss, stieß die Tür auf, hüpfte auf ihrem gesunden Bein panisch als Erste in den Wohnungsflur und weiter in ihr Zimmer, dicht gefolgt von Leo. Linus hörte seine Tochter laut nach dem Vogel rufen und nutzte diese Gelegenheit, um sich flink in die Küche zu verdrücken.

Als Erstmaßnahme riss er die Backofenklappe auf, dann stellte er die Temperatur auf Null. Die schummrige Herdbeleuchtung erlosch, hinter der offenen Klappe herrschte Dunkelheit wie im Höllenschlund.

Und Stille.

Bevor Linus sich zur Leichenbeschau überwinden konnte, trat hinter ihm jemand in die Küche.

»Ihre Tochter kann den Wellensittich nicht finden«, berichtete

Marlene. »Das arme Mädchen ist ganz außer sich. Haben Sie eine Ahnung, wo sich der Vogel versteckt haben könnte?«
Linus schaffte es nicht, den Blick vom schwarzen Ofenloch zu lösen, und biss sich auf die Lippen.
Marlene trat einen Schritt näher. »Ist unser Essen angebrannt?«, erkundigte sie sich und schnupperte prüfend. »Was gibt es denn?«
Bevor Linus darauf eingehen konnte, humpelte Nele herein, tränenüberströmt und der Hysterie gefährlich nahe. Hinter ihr folgte Leo, sichtlich von der Situation überfordert.
»Wo ist Chuck?«, schrie Nele. »Was ist mit ihm passiert?«
Vielleicht lag es an der vertrauten Stimme seines Frauchens. Oder am gestiegenen Sauerstoffpegel und der wieder erträglichen Temperatur im Backofen. Ein heiseres Krächzen drang aus der Ofenröhre, dann kraxelte ein zerrupfter Federball auf den vorderen Rand des Backblechs, begrüßte die Freiheit mit einem kurzen Blinzeln und schwang sich mit ein paar Flügelschlägen auf Neles Schulter, um zärtlich in ihr Ohr zu gurren und den Rest der schnöden Welt mit Missachtung zu strafen.
»Chucki«, stöhnte Nele erleichtert, um sofort in helle Empörung auszubrechen. »Warum hast du das getan?«, fauchte sie ihren Vater an. »Du bist so gemein!«
Mit dem Vogel auf der Schulter eilte sie humpelnd aus der Küche, dann hörte man nur noch ihre Zimmertür schlagen.
»Ich kann doch nichts dafür!«, rief Linus ihr ebenso laut wie vergeblich nach.
»Der Vogel ist demnach alleine in den Herd geflogen«, erkundigte sich Marlene mit kaum verhohlenem Missfallen, »und hat hinter sich die Klappe zugemacht?«
Allmählich hatte Linus genug davon, wie selbstverständlich man ihn in dieser leidigen Angelegenheit als Bösewicht abstempelte.

»Ja wirklich, wie ärgerlich«, keilte er zurück. »Dabei hatte ich als Vorspeise eigentlich Pandabär geplant!«
»Mir ist der Appetit vergangen«, erklärte Marlene energisch. »Gute Nacht allerseits.« Sie strebte entschlossen zur Tür, streifte ihren Sohn im Vorbeigehen nur mit kurzem Blick. »Wir reden später.«
Leo starrte ihr entgeistert nach, dann fiel sein ratloser Blick auf Linus. »Ist das nicht Mamas Mantel, den Sie da umhaben? Was ist hier eigentlich los?«
»Ich würde Ihnen ja etwas zu Essen anbieten. Leider ist der Braten noch nicht durch, wie Sie gesehen haben!« Linus rang in gespieltem Bedauern die Hände – prompt löste sich der Knoten, die fragile Schärpe geriet ins Rutschen und Linus stand wieder im Freien. Er machte sich gar nicht erst die Mühe, den Blazermantel aufzuheben. »Aber vielleicht gehen wir Tauben vergiften im Park?«
»Hier sind doch alle durchgeknallt«, kommentierte Leo und trat kopfschüttelnd, begleitet vom irren Gelächter des nackten Hausherrn, den Rückzug an. Im Flur erwog er kurz, vielleicht noch einmal an Neles Tür zu klopfen, entschloss sich aber doch zum Abgang. Noch mehr Irrsinn würde er heute kaum verkraften. Er stürmte weiter ins Treppenhaus und nahm die Stufen hinab ungebremst im Eiltempo. Erst auf der Straße verharrte Leo einen Moment und atmete durch. Kühle Nachtluft, das tat gut.
In diesem Moment hielt ein Polizeiwagen am Straßenrand, nur wenige Meter von Leo entfernt. Instinktiv trat der junge Mann zurück in den Schatten des Hauseingangs. Als jetzt zwei Beamte den Wagen verließen – einer vorne, einer hinten –, zuckte Leo zusammen und gratulierte sich nachträglich zu seiner Entscheidung, Deckung gesucht zu haben: Es waren die beiden Polizisten aus der McDonald's-Filiale. Exakt die beiden Ordnungshüter, die erst Nele aufgegriffen und dann ihm auf den Fersen gewesen

waren, als er die Situation für das Mädchen als vermeintlicher Portemonnaie-Dieb gerettet hatte. Die Beamten halfen mit vereinten Kräften einer dritten Person von der Rückbank des Streifenwagens – einem Herrn im Rentenalter, der angeschlagen und unsicher auf den Beinen wirkte – und hakten ihn unter.
Dann kam das Grüppchen direkt auf Leo zu.
Der junge Mann raffte geistesgegenwärtig seine auffällige Haarpracht und stopfte sie unter den Kragen seines Sweatshirts. Außerdem hielt er sich weiter im Schatten des Hauseingangs.
»Nun lassen Sie mich doch«, hörte er den Rentner maulen. »Danke fürs Herbringen, aber das reicht …«
Die Artikulation dieser Worte klang etwas verwaschen. Außerdem umwehte den Alten eine Alkoholfahne, die Leo sogar noch über den Abstand von mehreren Metern registrierte. Der Mann schien schwer geladen zu haben. Und verletzt zu sein – an der Stirn des Rentners klebte verkrustetes Blut.
»Wenn Sie uns schon nicht sagen wollen, was passiert ist, und außerdem eine Untersuchung im Krankenhaus verweigern, liefern wir Sie wenigstens ordnungsgemäß bei Ihrem Sohn ab«, erklärte der ältere der beiden Polizisten geduldig. »Ist das hier die richtige Hausnummer?«
»Ich sage nichts. Ich habe das Recht, die Aussage zu verweigern. Venceremos! Viva la Revolución!«, krakeelte der Rentner.
Der jüngere Beamte verlor allmählich die Nerven. »Wir können Sie auch wegen Ruhestörung verhaften, Fidel Castro!«
»Immer langsam, Bennie«, bremste ihn sein älterer Kollege und wandte sich an den jungen Mann, den er im Hauseingang gesichtet hatte. »Guten Abend – wohnt hier ein Linus Kruse?«
»Dritter Stock«, antwortete Leo knapp, den Blick gesenkt.
Trotzdem schien ihn der Polizist sofort schärfer zu beobachten. »Kennen wir uns nicht irgendwoher?«, erkundigte er sich forschend.

»Nicht doch«, erwiderte Leo betont lässig, verließ den Hauseingang und entfernte sich ein paar Schritte, dabei mühsam den Reflex unterdrückend, der ihm die Flucht in vollem Galopp befahl.
»Komm schon, Werner«, hörte er Bennie hinter sich sagen, »lass uns den Alten endlich abliefern!«
Gerade noch mal gut gegangen, dachte Leo und kreuzte die Straße. Glück gehabt, dass der alte Kruse so schräg drauf ist.
Aber das waren sie in dieser Familie anscheinend alle.

Chuck schien weitgehend unversehrt zu sein. Sein Gefieder wirkte etwas struppig, aber das sah eigentlich immer so aus, wenn er sich aufplusterte – so wie jetzt, als er auf Neles Zeigefinger saß und zufrieden vor sich hin quasselte. Warum der Sittich so aufdringlich Latschenkieferduft verströmte, konnte sich das Mädchen allerdings nicht erklären. Genauso wenig fand sie ein Motiv für das Verhalten ihres Vaters. Linus, ein gemeiner Tierquäler! Das hätte sie niemals von ihm gedacht. Da sah man mal wieder, sie kannten einander überhaupt nicht. Und so, wie sich Linus' Persönlichkeit offenbarte, wollte Nele ihn auch gar nicht weiter kennenlernen.
Es gab zum Glück viel interessantere Menschen auf der Welt. Wie Leo, zum Beispiel. Leo, der sich Sorgen um sie machte. Der sie gefunden und gerettet hatte.
Der leider gegangen war, ohne sich weiter um sie zu kümmern.
Aber daran trug natürlich auch wieder Linus die Schuld. Ihr Vater machte sie in den Augen anderer völlig unmöglich. Rannte halbnackt durch die Gegend und quälte Tiere. Kein Wunder, dass dann sogar ein cooler Typ wie Leo schockiert das Weite suchte. Zumal der irre Linus auch noch seine Mama anbaggerte. Unfassbar. Peinlicher geht's nicht.
Nele schob die Hand mit dem gestreckten Finger und Chuck durch die offene Käfigtür. Bereitwillig hüpfte der Vogel auf eine

Stange, kletterte aber gleich hinab zu seinem frisch gefüllten Wassernapf und begann gierig zu schlürfen. Bestimmt eine Nachwirkung der Herdfolter, vermutete das Mädchen.
»Nele?«
Ihr Vater klopfte verhalten an die Zimmertür. Sie würde nicht öffnen, beschloss Nele. Da konnte er lange warten.

»Nele?«
Er klopfte noch einmal. Prompt drehte sich drinnen der Zimmertürschlüssel im Schloss. Auch eine Antwort, dachte Linus und fühlte, wie bleierne Müdigkeit jede Motivation für weitere Auseinandersetzungen in ihm erstickte. Nele will nicht mit mir reden, Marlene ist mal wieder abgehauen, auf den Pferdeschwanz-Leo kann ich sowieso verzichten, resümierte Linus. Also würde er einfach zu Bett gehen. Zwar hatte er sich gerade erst wieder züchtig mit Jeans und Pullover bekleidet, aber: Genug ist genug. Und Linus hatte genug, von diesem Abend allemal.
Gerade war dieser Entschluss gefasst, da vernahm Linus Stimmen und Schritte im Treppenhaus, die sich seiner Wohnungstür näherten. Valentin war deutlich herauszuhören.
»Sie brauchen nicht zu klingeln! Ich hab doch einen Schlüssel …«
Es klingelte.
Ohne zu zögern, öffnete Linus und sah sich zwei Uniformierten gegenüber, zwischen denen ein reichlich derangierter Valentin hing, der ihn müde angrinste.
»Hallo Junge. Die Herren bestanden darauf, mich zu begleiten und …«
»Guten Abend«, unterbrach der ältere der beiden Beamten. »Ich bin Polizeihauptmeister Werner Möhring. Entschuldigen Sie die Störung – sind Sie Linus Kruse?«
»Allerdings. Ist das da Blut an deiner Stirn, Vater?«

»War ein turbulenter Abend. Hoffe, bei dir auch! Oder komme ich zu früh?«, grinste Valentin verschmitzt.
»Ein Passant hat ihn gefunden«, erklärte Möhring. »Er lag hilflos in einem Torweg. Vermutlich gestürzt, unter Alkoholeinfluss.«
»Nur ein Kratzer«, lamentierte Valentin und löste sich störrisch aus dem Klammergriff seiner Eskorte. »Aber die machen einen Aufstand, die Leute! Immer gleich die Polizei rufen – so sind sie, die braven Spießer …«
»Du riechst wie ein Eimer Fusel«, stellte Linus angewidert fest.
»Was soll ich machen, wenn du deine Drogen alle für dich behältst«, alberte Valentin.
Der jüngere Polizist sprang prompt darauf an: »Welche Drogen?«
»Der spinnt doch bloß, der Alte«, winkte Linus ab. »Komm rein, Vater, ich schätze, es ist genug für heute!«
Polizeihauptmeister Möhring schnüffelte misstrauisch. »Bei Ihnen riecht es aber auch etwas merkwürdig …«
»Latschenkiefer. Ich habe ein Schaumbad genommen. Revitalisierend. Kann ich Ihnen sehr empfehlen, wenn Sie gleich Feierabend haben. Aber sperren Sie vorher Ihre Haustiere ein.« Linus packte seinen Vater am Oberarm und zog ihn zu sich über die Schwelle. »Ich übernehme dann mal. Vielen Dank, die Herren. Und gute Nacht!«
Er nickte den beiden Beamten freundlich zu und schloss die Tür. Valentin wollte etwas sagen, aber Linus legte ihm entschlossen die Hand auf den Mund und verharrte so, bis er hörte, wie sich die schweren Schritte der Polizisten durchs Treppenhaus entfernten. Erst dann nahm er die Hand wieder herunter.
»Danke, dass du so rührend um mich besorgt bist«, beschwerte sich Valentin sofort, »und dass du es ganz genau wissen willst, was mir passiert ist und wer mir das angetan hat …«
»Deine Schlamassel hast du noch immer höchstpersönlich ange-

rührt. Und es interessiert mich nicht, wem du diesmal die Schuld dafür in die Schuhe schiebst«, erklärte Linus barsch.

Valentin begehrte überraschenderweise nicht weiter auf. »Dann brauchen wir ja nicht mehr darüber reden«, stellte er fest. »Ist dein Besuch schon weg?«

Linus nickte knapp. »Zum Glück, kann man jetzt wohl sagen. So, wie du gerade aussiehst ...« Er musterte seinen Vater kopfschüttelnd und tippte sich, mit Blick auf Valentins blutverkrustete Stirn, leicht an den Kopf. »Tut's weh?«

»Nur, wenn ich lache«, behauptete der Alte. »Aber dafür fehlt mir leider jeder Anlass.«

»Eigentlich wirkst du nicht halb so betrunken, wie du, dem Fuselgestank nach, eigentlich sein müsstest. Du redest auch viel deutlicher, seit die Bullen weg sind ...«

»Nur eine Frage von Haltung und Disziplin«, behauptete Valentin. »Ausreichend Schlaf spielt bei der Alkoholkaterprävention natürlich auch eine große Rolle. Ich gehe deshalb gleich mal vor ins Bad, wenn's recht ist.«

Valentin verzog sich ins Badezimmer, ohne eine Antwort abzuwarten. Linus fiel darauf ohnehin nichts Passendes ein. Ein Abend ohne Sinn, Chaos pur. Müde ließ er sich im Flur auf den Fußboden sinken, an die Wand gelehnt. Abwarten, bis das Bad frei wird, Zähne putzen, Bett. Das ist der Plan, dachte Linus – der erste Plan, der heute Abend funktionieren würde.

Das Klingeln eines Mobiltelefons schreckte ihn auf. Der Melodie nach handelte es sich um sein eigenes, und es befand sich ganz in der Nähe – in seiner Jacke an der Garderobe, erinnerte sich Linus. Wer mochte ihn um diese Zeit anrufen? Garantiert Petra. Die ist in Kalifornien, neun Stunden zurück. Mittagszeit in L. A., wahrscheinlich hat sich Madame am Hummer verschluckt oder ähnliche Katastrophen zu beklagen. Nichts, was Linus heute noch hören wollte. Das Handyklingeln brach ab. Soll Petra die

Mobilbox vollquatschen, dachte Linus. Das höre ich mir morgen an, dann ertrage ich es besser.
Das Klingelsignal ertönte erneut, bis die sich einschaltende Mobilbox es erneut unterbrach. Ganz schön penetrant, fand Linus. Dann ging es schon wieder los.
Aufstöhnend rappelte sich Linus hoch und fischte das Telefon aus der Jacke. »Ja, hallo?«
»Linus? Ich bin's – Marlene.«
»Oh.« Mehr fiel ihm partout nicht ein.
»Jeder hat schlechte Angewohnheiten.«
»Wenn Sie es sagen …«
»Aber man sollte ein und derselben schlechten Angewohnheit nicht zweimal an ein und demselben Tag erliegen.«
»Auf keinen Fall«, stimmte Linus zu, ohne zu ahnen, worauf das alles hinauslief.
»Und deshalb laufe ich nicht schon wieder weg, ohne Ihnen die Gelegenheit für eine Erklärung zu geben.«
»Marlene, das ist wirklich nett von Ihnen. Aber irgendwie ist das auch nichts, was sich so mal eben am Telefon klären lässt.«
»Habe ich mir gedacht. Weshalb ich auf Sie warte.«
»Jetzt?«
»Ich sitze im Auto. Im Firmenwagen. Vor Ihrer Haustür.«
Linus schwieg einen Moment lang erschüttert, dann brachte er hervor: »Ist es nicht schon ein wenig spät?«
Ihr Lachen perlte direkt in sein Ohr. »Sie werden demnächst vierzig. Da hat man keine Zeit zu verlieren.«
Und aufgelegt.
Linus war mit einem Mal putzmunter. Er schlüpfte in seine Jacke, kramte ein altes Paar Turnschuhe aus dem Schuhregal und zog sie an. Dann klopfte er kurz an die Badezimmertür. »Bin mal weg!«
Ohne weitere Erklärung verließ Linus die Wohnung.

Seine Zahnbürste im Mund, trat Valentin aus dem Badezimmer und sah nur noch die Tür hinter seinem Sohn ins Schloss fallen. »Wasch isch losch?«, brachte der Alte undeutlich hervor, nahm endlich die Zahnbürste aus dem Mund und betrachtete sie angewidert. »Und wieso schmeckt meine Zahnbürste nach Latschenkiefer?«

18

Der nachtblaue Mercedes mit dem Schriftzug *Event Emotion* auf der Flanke parkte nur wenige Meter vom Hauseingang entfernt. Linus öffnete die Beifahrertür und schwang sich in den Wagen.

»Sie haben tatsächlich keine Zeit verloren«, lächelte Marlene.

»Wie viel Zeit hätten Sie mir denn gegeben?«, wollte Linus wissen.

»Ich hätte noch bis drei gezählt.« Sie startete den Motor. »Alster oder Elbe?«

»Alster. Da finde ich leichter ein Taxi, falls Sie wieder abhauen.«

»Sie sind ja ein echter Romantiker.«

»Bloß praktisch veranlagt.«

»Hat man gemerkt. Vor allem am Herd.«

Linus hatte die Hand bereits wieder am Türgriff. »Wenn das so losgeht, schlafe ich lieber!«

»Hey. Abhauen ist mein Part. Also: Waffenstillstand bis zur Alster, okay?«

Marlene kurvte schwungvoll aus der Parklücke. Linus lehnte sich im Sitz zurück und schwieg. Es herrschte nicht mehr viel Verkehr, aber Marlene lenkte den Wagen immer noch so forsch, als gelte es, während der Rushhour Termine einzuhalten. Wahrscheinlich kann sie gar nicht anders, dachte Linus. Ihm fielen die Fotos aus dem Büro ein, die Bilder von Marlene im Rausch der Geschwindigkeit. Es war offenbar ihre Art – etwas, was ihr in Fleisch und Blut übergegangen war. Wenigstens kamen sie so schnell zur Alster. Waffenstillstand war langweilig.

Sie fuhren den Harvestehuder Weg hinunter, dann lenkte Marlene den Mercedes auf den Parkplatz Fährdamm.
»Ihr Mantel ist noch bei mir in der Wohnung«, fiel Linus plötzlich ein, um gleich heroisch anzubieten: »Sie könnten zur Abwechslung mal meine Jacke kriegen …«
»Im Kofferraum ist noch eine Regenjacke, danke sehr.«
Marlene holte sich die Jacke und zog sie an, während Linus auf sie wartete. Auf den Alsterwiesen hatten sich Regen und Bodennässe zu großflächigen Pfützen gesammelt, die im fahlen Licht eines Dreiviertelmonds geisterhaft schimmerten. Anscheinend brach sich der Herbst endgültig Bahn. Die Temperaturen waren danach, dafür prickelte die Luft wie Champagner. Sie verließen den Parkplatz und schritten Seite an Seite zur dunklen Außenalster, gingen weiter über den Steg auf den Schiffsanleger und blieben auf dem Ponton stehen – die einzigen Spaziergänger weit und breit. Die Skyline der City lag bis zur Kennedybrücke und darüber hinaus vor ihnen. Gleichzeitig war man hier der städtischen Geräuschkulisse so weit entrückt, dass sie einen so unberührt ließ wie dezente Barmusik – sie war da, leistete unverbindlich Gesellschaft und ging einem ansonsten nicht auf die Nerven.
»So friedlich«, murmelte Marlene, ganz versunken ins nächtliche Panorama.
»Ja«, stimmte Linus zu und genoss eine Weile zusammen mit ihr die Ruhe. Dann fügte er hinzu: »Danke, dass Sie noch mal zurückgekommen sind, Marlene.«
»Ab und zu mache ich auch mal etwas richtig. Gehen wir eine Runde?«
»Gern.«
Sie verließen den Ponton und nahmen den Uferweg durch den Alsterpark.
»Stunde der Wahrheit«, forderte Marlene. »Ich höre, Sie erklären.«
Linus atmete durch. »Ich weiß gar nicht, wo ich anfangen soll.«

»Zum Beispiel: Wie kam der Wellensittich in den Herd?«
»Okay, das ist einfach.«
Linus berichtete. Seine Vorbereitungen für das Essen mit Marlene. Frischmachen im Badezimmer, spontanes Schaumbad, Chucks tragischer Irrtum mit der vermeintlich soliden Landepiste. Als Linus anschaulich schilderte, wie er in heller Panik den verklebten Sittich aus dem nassen Abgrund gebaggert hatte, brach Marlene – trotz ehrlichen Mitleids mit der gebeutelten Kreatur – in ein Gelächter aus, das man vermutlich noch am gegenüberliegenden Alsterufer vernehmen konnte.
»Ich glaube es nicht!«, schnappte sie zwischen zwei Lachsalven nach Luft. »Und dann wollten Sie den Vogel im Herd trocknen?«
»Optional hatte ich dafür den Toaster in Betracht gezogen«, erklärte Linus todernst, »aber da passte Chuck nicht rein.«
Marlene explodierte förmlich vor Lachen. So unwiderstehlich, dass es auch Linus mitriss und sie sich beide ausschütteten, bis sie nur noch erschöpftes Glucksen hervorbrachten.
»Was für ein Drama«, stellte Marlene fest, sich die Lachtränen aus den Augen wischend.
»Ich hätte natürlich niemals die Backofentür geschlossen, wenn Sie nicht geklingelt hätten«, beendete Linus den Bericht. »Und ohne das Missgeschick mit der verschlossenen Wohnungstür hätte Nele vielleicht nie etwas von der Sache mitgekriegt. Jetzt ist sie natürlich stinksauer auf mich.«
»Sie können ihr ja alles erklären. So wie mir eben. Eigentlich können Sie ja wirklich nicht viel dafür. Abgesehen von der etwas bizarren Trocknungsmethode vielleicht ...«
»Hat immerhin gewirkt. Chuck hat's überlebt.«
»Erstaunlich genug.«
Sie schwiegen wieder für ein paar Schritte. »Tut mir leid um unser Essen«, sagte Linus bekümmert. »Ich hatte mir den Abend anders vorgestellt.«

Marlene berührte ihn leicht am Arm. »Wahrscheinlich hätten wir viel weniger miteinander gelacht als eben.«
»Das wäre wirklich schade gewesen«, gab Linus offen zu. »Ich höre Sie ausgesprochen gern lachen. Und hatte bisher so selten die Gelegenheit dazu.«
»Normalerweise gibt es bei mir auch nicht viel zu lachen.«
»Das hört sich ziemlich freudlos an. Es ist doch nicht alles mies in Ihrem Leben – Sie haben einen Sohn, Sie haben Arbeit, zumindest einen netten Kollegen …«
»Letzteres könnte stimmen«, räumte Marlene bereitwillig ein. »Der Rest stimmt natürlich auch, ist aber kein reiner Quell der Freude. Reden wir nicht davon.«
»*Sie* haben die Stunde der Wahrheit ausgerufen.«
Marlene seufzte ergeben. »Okay. Wo fangen wir an?«
»A wie Arbeit?«
»Und da speziell?«
»Warum fühlen Sie sich von Daniela Andersen gemobbt?«
»Das ist schnell erklärt. Als ich bei *Event Emotion* angefangen habe, gehörte die Agentur noch jemand anderem. Daniela hat sich erst als Partnerin eingekauft und den Laden später allein übernommen. Ich bin die Letzte aus dem alten Team, und sie wäre mich allein deshalb gerne los, weil ich noch einen alten Arbeitsvertrag habe und sie damit mehr koste als jeder neue Mitarbeiter. Für Daniela ist Geld das Maß aller Dinge.«
»Habe ich auch schon festgestellt«, nickte Linus.
»Wie sind Sie ausgerechnet auf unsere Agentur gestoßen?«
»Purer Zufall. Ich habe beobachtet, wie Ihr Sohn und seine Freunde die Silberplatten voller Leckerbissen aus dem Firmenwagen getragen haben, und mich gefragt, welche Eventagentur da Geschäftsbeziehungen zur Hausbesetzer-Szene pflegt.«
»Die Beziehungen sind rein privater Natur.« Marlene klang schon wieder etwas reserviert.

»Das weiß ich aber erst seit vorhin«, erklärte Linus ruhig.
»Und Leo ist kein Hausbesetzer. Er wohnt da schon eine ganze Zeit und hat immer Miete bezahlt!«
Das ließ Linus lieber unkommentiert. »Was macht Ihr Sohn denn so?«, versuchte er abzulenken.
»Also, Leo macht … Leo will …«, begann Marlene unsicher und fuhr plötzlich energisch mit der Hand durch die Luft – eine Geste, als wollte sie ihr hilfloses Gerede einfach auswischen. »Eigentlich habe ich gar keine Lust, darüber zu reden! Wollen Sie etwa jetzt noch was von Ihrer Tochter erzählen?«
»Kein Bedarf!«, wehrte Linus ab. »Für heute hatte ich genug Kinderwahn.«
Marlene nickte zustimmend. »Dann Schluss damit. Für eine Runde um die Alster nur Sie und ich.«
»Und der Mond.«
»Der darf. Der hält die Klappe.«

»Das war ein wunderbarer Spaziergang. Danke, Linus.«
Sie saßen wieder im Wagen vor Linus' Wohnhaus. Beide müde, aber in dieser seltsamen Schwebestimmung zwischen gestern und morgen, die weder Vergangenheit noch Zukunft kennt und bei allen, die sie des Nachts miteinander teilen, innigere Vertraulichkeit weckt als zu jeder anderen Tageszeit.
Sie hatten die Außenalster umrundet. Dabei die Abgeschiedenheit gegen alles Störende genossen, das nachtdunkle Wasser und die fernen Lichter. Auf die Kinder waren sie nicht mehr zu sprechen gekommen. Dafür wusste Linus jetzt zum Beispiel, dass die Jakobsmuscheln bei Marlene nicht so gut angekommen wären, die Dorade dagegen sehr. Im Gegenzug hatte Linus Marlene seine Abneigung gegen Sushi gestanden, worauf sie ihn darüber informierte, dass sie mal einen Kochkurs bei einem Sushi-Meister besucht und immer vorgehabt hatte, ihrem notorisch fremd-

gehenden Ehemann gehackten Regenwurm als japanisches Häppchen unterzujubeln – aber dann habe man sich doch rechtzeitig scheiden lassen.

»Ja, es war ein wunderschöner Abend. Jedenfalls im zweiten Teil«, bestätigte Linus. »Ich würde Ihnen gerne noch oben bei mir einen kleinen Absacker anbieten, aber mittlerweile ist außer Nele auch noch mein Vater in der Wohnung – der ist gerade bei mir zu Gast …«

»Danke, ich wäre sowieso viel zu müde. Und wir sehen uns ja sozusagen gleich schon wieder – im Büro.«

»Ich freue mich darauf.«

Sie lächelte. »Ich mich auch. Jetzt habe ich ja wenigstens einen netten Kollegen.«

Eine dunkle Gestalt überquerte die Straße, schlurfte draußen am Wagen vorbei, baute sich genau vor Linus' Wohnhaus auf, breitete die Arme aus und begann mit sonorer Stimme aus voller Brust zu singen:

»Brennend heißer Wüstensand/fern, so fern dem Heimatland/kein Gruß, kein Herz, kein Kuss, kein Scherz/alles liegt so weit, so weit …«

»Was ist das denn?«, flüsterte Marlene, etwas eingeschüchtert von diesem dramatischen Auftritt.

»Das ist Freddy. Keine Bange, der will nur spielen. Das macht der öfter.«

»Und ich dachte, die Freunde von Leo wären schon ziemlich schräg drauf«, befand Marlene kopfschüttelnd. »Was für eine irre Gegend.«

»Ja. Aber nicht mehr lange«, murmelte Linus, während Freddy schon wieder loslegte:

»Dort wo die Blumen blüh'n/dort wo die Täler grün/dort war ich einmal zu Hause/Wo ich die Liebste fand/da liegt mein Heimatland/wie lang bin ich noch allein …«

»Das hab ich ja ewig nicht mehr gehört«, wunderte sich Marlene.
»Das würde ich auch gern sagen«, seufzte Linus, »ich höre es leider öfter. Freddy ist ziemlich nachtaktiv.«
Irgendwo wurde ein Fenster geöffnet und eine aufgebrachte Stimme schrie: »Schnauze, Freddy!«
»Ich glaube, ich rede mal mit ihm. Bevor hier noch die Blumentöpfe fliegen.« Linus hatte mit dem Gedanken gespielt, sich von Marlene mit einem Kuss zu verabschieden. Aber Freddys Auftritt killte jede romantische Stimmung. Also reichte er ihr nur die Hand. »Gute Nacht, Marlene.«
»Gute Nacht, Linus.«
Sie drückten sich lächelnd die Hände, dann stieg Linus aus. Während Marlene startete und der nachtblaue Mercedes mit ihr hinter der nächsten Ecke verschwand, ging Linus auf Freddy zu, der ihm entgegensang:
»Wer kann wissen, wo wir einmal landen/wer kann wissen, was einmal geschieht/wer kann wissen, ob wir einmal stranden/immer ist es nur das gleiche Lied ...«
»Das ist jetzt aber ein anderes Lied als eben, Freddy«, meinte Linus freundlich.
Der nächtliche Sänger betrachtete ihn spöttisch und verkündete geheimnisvoll: »Es ist ja auch ein anderer Kruse.«
Linus tippte sich an die Stirn. »Derselbe wie immer. Und der muss jetzt schlafen. Also, dreh mal leise, bitte. Sonst ruft noch irgendwer die Bullen, und du darfst durch Gitterstäbe singen.«
»Schlaf, Kindchen, schlaf!«, intonierte Freddy getragen und zischelte dann: »Schlaf. Schlaf! Der Schlaf ist das Bild des Todes, sagt Cicero!«
»Meine Güte, Freddy. Wie wird das erst bei Vollmond?«
Kopfschüttelnd wandte sich Linus ab und ließ den Alten einfach stehen. Wenigstens blieb der ruhig, zunächst wenigstens. Doch als Linus im Treppenhaus vor seiner Tür stand und nach dem

Schlüssel kramte, hörte er Freddys Bariton schon wieder draußen erschallen.

In der Wohnung dagegen herrschte Stille. Linus schlich auf leisen Sohlen in die Küche, um noch etwas zu trinken. Da vernahm er, wie im Wohnzimmer geräuschvoll ein Fenster geschlossen wurde. Kurz darauf erschien Valentin und blinzelte ins Licht.

»Wo warst du denn noch, Sohn?«

»Etwas in Ordnung bringen. Mein Bademantel steht dir übrigens nicht.«

Valentin rieb prüfend Daumen und Zeigefinger am flauschigen Revers. »Stimmt. Ist nicht ganz die Qualität, die ich gewohnt bin. Aber ich beschwere mich ja nicht darüber.«

An dem perlt alles ab, dachte Linus. Nanoversiegeltes Gemüt, unkaputtbar. Die Stirn des Alten sah auch wieder ganz manierlich aus. Valentin hatte sich von verschmierten Blutspuren gesäubert, übrig geblieben war tatsächlich nur eine wenig spektakuläre Schramme unter dem schütteren Haaransatz. Obwohl, müde sah sein Vater aus, fand Linus. Es war ja auch spät genug.

»Hast du noch gar nicht geschlafen?«, erkundigte er sich.

Valentin verzog das Gesicht und winkte ab. »Dieser irre Freddy ist unerträglich. Immer, wenn man denkt, das war's jetzt mit der Nachtmusik, kommt er wieder und gibt 'ne Zugabe …«

Linus leerte sein Wasserglas und stellte es auf die Spüle. »So schlimm war es lange nicht mit ihm. Hat er das eigentlich früher schon gemacht? Ich meine, damals – als ich klein war und wir noch gegenüber gewohnt haben?«

»Kann mich nicht erinnern.«

»Aber damals war Freddy doch auch schon hier, oder?«

»Möglich.«

»Hattet ihr denn nie etwas miteinander zu tun?«

»Herrje!«, stieß Valentin verärgert hervor. »Draußen nervt Freddy persönlich, und drinnen sülzt du mich mit dem Kerl voll! Ist jetzt mal Feierabend?«

Ohne eine Antwort abzuwarten, trollte er sich aus der Küche. Valentin sah ihm verblüfft nach. Sieh an, dachte er.

Offenbar perlte doch nicht alles an dem Alten ab.

19

Als sie sich aus dem Bett wälzte und aufstehen wollte, zuckte Nele zusammen und setzte sich zunächst mal wieder hin. Ihren verletzten Knöchel hatte sie völlig vergessen. Jetzt brachte er sich wieder in Erinnerung. Sie begutachtete die Schwellung: Es schien längst nicht mehr so schlimm zu sein wie gestern. Wie gestern, als Leo sie getragen hatte.

Allmählich fielen Nele auch die übrigen Ereignisse des Vortags ein. Unwillkürlich blickte sie hinüber zum Vogelkäfig, wo Chuck Norris bereits seine Schlafstange verlassen hatte und ganz munter eine Kletterpartie an den Gitterstäben hinlegte. Er schien die Tortur, die Linus ihm bereitet hatte, gut überstanden zu haben. Trotzdem fühlte Nele wieder die heiße Empörung über diese Schandtat in sich aufsteigen. Gut, dass Linus auch samstags arbeiten musste. Hoffentlich war er schon weg. Sie verspürte wahrlich keine Lust, ihn jetzt zu sehen.

Nele stand auf und starrte missmutig auf den Gepäckhaufen, der den meisten Platz zwischen Bett und Zimmertür einnahm. Noch so eine Gemeinheit von Linus. Im Flur störte der Kram doch gar nicht, da wohnte ja keiner. Außerdem hätte sie die Sachen schon irgendwann ausgepackt, jedenfalls ihre eigenen. Aber jetzt nicht so bald, schwor sich Nele. Da lag ja sogar noch eine Tasche von Valentin mit auf dem Haufen. Ich schmeiße alles zurück auf den Flur, beschloss Nele. Aber erst nachher. Erst einmal nachsehen, ob alle weg sind.

Sie humpelte zur Tür. Nach ein paar Sprüngen traute sie sich, den verletzten Fuß wieder leicht zu belasten. Es funktionierte.

Im Flur verharrte sie und lauschte in die Wohnung. Nichts zu hören. Die Tür zum Wohnzimmer stand offen. Nele ging hinüber und sah hinein – das Schlafsofa war bereits für den Tag abgeräumt, von Valentin nichts zu sehen. Irgendwie fast enttäuschend: Da hatte sie mit ihrem kranken Fuß mal eine echte Entschuldigung für einen Fehltag, und nun kümmerte es niemanden, ob sie zur Schule ging oder nicht. Außerdem war ja sowieso Samstag.

Sicherheitshalber warf sie auch noch einen Blick in das Schlafzimmer ihres Vaters. Wie sie vermutet hatte, war auch Linus längst ausgeflogen. Es kam Nele ewig lange her vor, seit sie das letzte Mal alleine in dieser Wohnung gewesen war. Das war, überlegte sie, an dem Tag, als Großvater hier aufgetaucht ist und mich zu Tode erschreckt hat.

Und dann fiel ihr ein, was sie damals gemacht hatte. Der Karton in Linus' Kommode. Sie war gerade dabei gewesen, den Deckel zu lüpfen, als Valentin vor der Tür gestanden hatte. Da sie nichts Besseres zu tun hatte, sagte sich Nele, könnte sie sich den Karton ja jetzt mal vornehmen. Da waren Fotos drin – wenigstens was anzugucken.

Nele ging, den lädierten Fuß immer noch nur vorsichtig belastend, zur Kommode, öffnete die Schiebetür und ließ sich davor auf dem Fußboden nieder. Dann zog sie den Karton heraus, stellte ihn vor sich und hob den Deckel ab. Auf den ersten Blick schienen sich nur Papiere darin zu befinden, irgendwelcher Bürokratenkram auf DIN-A4-Seiten. Das Zeug war neulich noch nicht im Karton gewesen. Nele nahm die zusammengehefteten Dokumente heraus und blätterte sie flüchtig durch: Es ging um vertragliche Vereinbarungen, Projektentwicklung, Bauskizzen. Linus' Name stand da, auch der Name der Agentur, bei der er neuerdings arbeitete – *Event Emotion*. Gronau GmbH und Gronau-Center. Und jede Menge Zahlen. Wenn sie sich mit so et-

was beschäftigen wollte, hätte sie heute auch zur Schule gehen können.
Nele legte die Papiere beiseite und wandte sich den Fotos zu. Alle unsortiert und unbeschriftet, soweit sie es überblickte. Auf einigen Bildern erkannte sie einen sehr viel jüngeren Linus. Es gab außerdem ein paar Aufnahmen von ihr selbst: als Baby, zusammen mit Mama, auch zusammen mit Linus. Manchmal sogar zusammen mit beiden Eltern. Alles Bilder, die Nele schon kannte – Mama bewahrte die gleichen Abzüge in ihrem Fotoalbum auf. Und alles Bilder, die schon vor mindestens zehn Jahren aufgenommen worden waren. Danach hatte Mama nur noch Digitalfotos gemacht, die fast alle spätestens dann verlorengingen, wenn die jeweils verwendete Kamera den Geist aufgab – weil Mama meistens zu blöd war, die Bilder auf dem PC zu sichern. Oder, wenn sie das tat, es nie schaffte, sie später wiederzufinden, weil sie die Fotos irgendwo im Chaos ihrer ungeordneten Festplatte speicherte. Und Linus hatte sie überhaupt nicht mehr fotografiert, Nele vermochte sich jedenfalls nicht daran zu erinnern.
Die anderen Fotos im Karton sagten Nele nicht viel. Offensichtlich waren es überwiegend Schnappschüsse von den wenigen Urlaubsreisen, die Linus in den vergangenen Jahren unternommen hatte. Überwiegend Schweden und Dänemark, nichts Spektakuläres. Aber das hatte Nele von Linus auch nicht ernsthaft erwartet. Sie räumte alles zurück in den Karton und legte zuletzt auch wieder die Büropapiere zuoberst. Dann stellte sie den Karton exakt so in die Kommode, wie sie ihn vorgefunden hatte.

»Sie sehen müde aus. Aber nicht unzufrieden«, tirilierte Celia Karbach und musterte Linus prüfend, der eben das Entree der Agentur passierte.

»Das hat mir mein Spiegel heute Morgen auch gesagt. Aber Sie haben bestimmt noch die passende Analyse dazu.«

»Gelungener Abend, schlaflose Nacht«, urteilte Celia entschieden. »Die Kollegin Fischer schien übrigens in sehr ähnlicher Verfassung zu sein. Dabei fängt das Wochenende doch erst an …«

Marlene war demnach schon da, schloss Linus, wurde aber sofort eines Besseren belehrt.

»Ich soll Ihnen bestellen, sie käme wohl erst mittags wieder ins Büro.«

»Marlene ist schon wieder weg?« Schade, dachte Linus. Er hatte sich fest vorgenommen, heute mit seiner Kollegin über den Gronau-Job zu sprechen. Erstens, um Marlene gegenüber mit offenen Karten zu spielen. Zweitens, weil ihm fürs eigene Vorgehen in dieser Sache immer noch der Plan fehlte, abgesehen von der vagen Möglichkeit, Leo und Konsorten in sein Boot zu ziehen – wobei Marlene vielleicht helfen könnte.

»Bereits vor zehn Minuten. Sie bleiben aber auch nicht lange, Linus.«

»Warum nicht?«

»Seine Majestät bittet zur Audienz. Robert Gronau war allerdings etwas verschnupft darüber, Sie nicht auf Ihrem Handy erreichen zu können. Haben Sie Ihr Telefon zu Hause liegen lassen?«

Linus zog sein Mobiltelefon aus der Tasche. Das Display zeigte mehrere eingegangene Anrufe an, alle von derselben Nummer.

»Ich hatte es stummgeschaltet«, erklärte er und korrigierte diese Maßnahme umgehend. »Damit mir meine Ex aus Los Angeles nicht mit nächtlichen Anrufen auch noch den letzten Schlaf raubt.«

Celia ließ begeistert die Strahleraugen aufleuchten. »Eine Ex aus Los Angeles? Das klingt aufregend …«

»Es ist sogar extrem nervenzerfetzend«, versicherte Linus und

wandte sich ab, um die auf dem Display angezeigte Nummer zurückzurufen. Gronau meldete sich binnen von Sekunden.
»Kruse hier, guten Morgen«, grüßte Linus höflich.
Gronau hielt sich nicht mit Konversation auf. »Wann können Sie hier sein?«
»In Ihrer Firma? Dreißig Minuten.«
»Spätestens. Bis dann.«
Und aufgelegt.
»Die Nächte so kurz und die Tage so hektisch«, kommentierte Celia, bestens gelaunt. »Ein Leben auf der Überholspur.«
Sie zog eine Nagelfeile unter dem Empfangstresen hervor und widmete sich konzentriert ihren knallrot lackierten Designerkrallen, während Linus gar nicht erst weiter ins Büro durchmarschierte, sondern sich gleich wieder zum Fahrstuhl begab. Unten rief er sich telefonisch ein Taxi, dessen Fahrer er mit der Aussicht auf fettes Trinkgeld erfolgreich zu höchstmöglicher Geschwindigkeit motivierte. Bis zu Gronaus Firmensitz in der Nähe des Berliner Tores benötigten sie gut zwanzig Minuten.
Diesmal musste er nicht erst in der kleinen Wartelounge Platz nehmen. Gronau erwartete ihn bereits in seinem hellen Büro mit den bodentiefen Fenstern. Der Geschäftsmann wirkte, trotz seines wieder perfekt sitzenden Anzuges, leicht zerknittert und ein wenig angespannt. Trotzdem reichte es für sein obligates Haifischgrinsen und einen männlich-herben Händedruck.
»Herr Kruse. Sie waren heute Morgen nicht erreichbar. Ich schätze es nicht, wenn ich jemanden, den ich mit so einer heiklen Aufgabe betraut habe, nicht anrufen kann.«
»Herr Gronau«, konterte Linus selbstbewusster, als er sich eigentlich fühlte, »wenn eine Aufgabe dermaßen heikel ist und so viel Fingerspitzengefühl erfordert, muss man das Telefon auch mal abschalten dürfen.«

»Nicht, wenn die Zeit drängt! Und wir haben nicht mehr viel Zeit.«
»Vor ein paar Tagen klang das noch wesentlich entspannter.«
Statt einer Antwort rollte Gronau auf seinem Schreibtisch ein großflächiges Papier aus – der Straßenplan mit dem projektierten Gronau-Center. Der Geschäftsmann legte den Zeigefinger auf eine bestimmte Stelle der Karte. »Vor ein paar Tagen hatten wir noch keine Abrissgenehmigung für dieses Haus!«
Linus sah genau hin. Gronaus Finger wies exakt auf die Adresse der heruntergekommenen Bude gegenüber seiner Wohnung. Das Haus von Leo und Konsorten.
»Und was haben Sie seitdem für unser Projekt getan?«, wandte sich Gronau scharf an Linus. »Ich hoffe, da kommt jetzt etwas Konkretes, Herr Kruse. Sonst frage ich mich, ob ich mit Ihnen wirklich die richtige Wahl getroffen habe.«
Unter der Gentleman-Fassade schimmerte nun der wahre Robert Gronau durch – der harte Kerl, der sich kompromisslos von ziemlich weit unten nach sehr weit oben geboxt hatte. Keiner, mit dem man Ärger kriegen will, dachte Linus. Dann fiel ihm etwas ein, was bereits gestern hilfreich gewesen war – wenn auch in einer anderen Situation. Er holte seine Brieftasche hervor, zog seinen Personalausweis heraus und legte ihn vor Gronau auf den Schreibtisch.
»Ja, und?«, blaffte der Geschäftsmann. »Ich weiß, wie Sie heißen. Und so toll ist das Foto nicht!«
»Lesen Sie mal die Adresse«, erklärte Linus entspannt.
Gronau kam der Aufforderung nach und stutzte. »Sie … Sie wohnen da? Ausgerechnet in dieser Straße?«
»Sogar genau dem Haus gegenüber, das Sie zuerst abreißen wollen.«
Gronaus Augen verengten sich zu bedrohlichen Schlitzen. »Sie sind einer von diesen Krawallbrüdern. Haben sich hier einge-

schlichen. Wollen mein Projekt torpedieren! Nicht mit mir, sage ich Ihnen!«

»Eingeschlichen, das schon. Aber nicht bei Ihnen.« Linus steckte seinen Ausweis gelassen wieder ein. Er wollte Gronau gar nicht erst die Gelegenheit lassen, das Dokument weiter zu prüfen. »Wenn Sie wissen wollen, was ich konkret getan habe: Beziehungen spielen lassen, Unterkunft in unserer Zielstraße angemietet, einen Personalausweis besorgt, der mich als Mann aus dem Viertel legitimiert, das Vertrauen der Eingeborenen zu wecken …«

»Was denn?«, staunte Gronau. »Der Ausweis ist nicht echt?«

Linus grinste verschwörerisch. »Das müssen Sie gar nicht wissen. Dafür haben Sie ja mich. Es gibt sogar schon einen ersten Kontakt zu den Bewohnern des fraglichen Hauses.« Demonstrativ tippte Linus auf die ausgebreitete Karte. »Ist Ihnen mein Vorgehen konkret genug?«

Gronau zog eine Braue hoch und nickte langsam, offensichtlich beeindruckt. »Ich hatte mit Ihrer Verpflichtung anscheinend doch den richtigen Riecher. Respekt, Herr Kruse.«

»Danke. Aber was nützt die Abrissgenehmigung für dieses eine Haus? Müssten Sie die Straße nicht großflächig kahlschlagen?«

»Das eine bewirkt das andere.« In Gronaus Augen glitzerte es kalt. »Das ist ein Dominoeffekt. Solange alles so aussieht wie früher, erntet man bei solchen Bauvorhaben als Unternehmer immer Gegenwind. Aber wenn man an einer Stelle Tatsachen schafft, legt der sich schnell.«

»Meinen Sie? Es ist doch bloß ein Haus von vielen …«

»Man kann Altsubstanz schnell und effizient beseitigen. Oder man macht es laut, langwierig und schmutzig. Lässt um sechs Uhr morgens Stahlträger mit einer Flex bearbeiten. Stundenlang Staubwolken durch die Straße treiben, so dass kein Mensch mehr ein Fenster öffnen kann. Gehwege von Lkws und schwerem Gerät blockieren. Als Nächstes wird ein Nachbarhaus beschädigt oder eine Hauptwasserleitung perforiert … Glauben Sie mir, dann ist es sehr viel leichter, die Menschen von einem Umzug zu überzeugen. Dieses Haus ist der Schlüssel! Wenn dessen Bewohner es ohne großen Aufstand und ohne Aufsehen verlassen und umziehen, haben wir gewonnen!«

Flex auf Stahlträger, morgens um sechs. Und ich wohne gegenüber, dachte Linus. Kein angenehmer Gedanke. Denk lieber an das Geld. An die fette Prämie.

»Ginge es nach mir«, fuhr Gronau fort, als spürte er Linus' inneren Widerwillen, »würde ich mit diesem Pack ganz anders umspringen! Die Mietverträge sind längst formgerecht gekündigt. Wenn ich wollte, könnte ich die Bude räumen lassen. Und, glauben Sie mir, es wäre mir persönlich herzlich egal, wenn dabei die Fetzen fliegen würden …«

Glaube ich unbenommen, dachte Linus. Gronau wirkte alles andere als zimperlich.

»Wenn Sie in Ihrer Rolle erfolgreich wirken, bewahren Sie alle Beteiligten vor der möglichen Eskalation der Gewalt. Sie sind also einer von den Guten in diesem Spiel, vergessen Sie das nicht.«

So kann man es natürlich auch sehen, dachte Linus. Und fühlte sich gleich besser. »Ich tue mein Möglichstes.«

»Das müssen Sie auch. Platzt das Projekt, platzt auch Ihre Prämie. Die gibt es nur im Erfolgsfall.«

Das wusste Linus bereits. Schließlich hatte er seinen Vertrag gelesen. »Ich arbeite dran. Mit ein wenig Zeit …«

»Sie haben nur noch dieses Wochenende. Am Montag rollen die Bagger!«

»Diesen Montag schon?«

»Ein Wochenende, Herr Kruse.«

Drei lärmende Kinder umlagerten den Kassentresen und diskutierten die Vor- und Nachteile des Erwerbs von prickelnden Brausepulverbonbons in Option zu sinnlich süßen Weingummischnullern bei strikt limitiertem Kapitaleinsatz von zwei Euro. Bärbel Maschmann sorgte durch vermittelnde Worte sowie gerecht ausgewogene Ausschüttung beider Konsumgüter für umgehende Beruhigung der Debatte und erzielte durch die Abgabe eines Bonusschnullers die restfreie Teilbarkeit der Beute, was die abschließenden Verteilungskämpfe seitens ihrer Kundschaft auf ein gewaltfreies Minimum reduzierte.

Valentin wartete, bis sich die Kinder – zufrieden Süßes lutschend – aus dem Laden trollten. Dann trat er zu Bärbel an den Tresen.

»Das ist wahrscheinlich der letzte Laden in diesem Viertel, in dem man noch lose Bonbons kaufen kann! Verdienen tust du wohl kaum etwas daran, oder?«

»Dafür ist der Spaß unbezahlbar.« Bärbel lächelte ihm freundlich zu, dann entdeckte sie die Plastiktüte in seiner Hand. »Schon wieder in der Apotheke gewesen?«

»Als umweltbewusster Mensch benutze ich die Tüten mehrmals«, behauptete Valentin. »Außerdem hat Linus mein Latschenkieferschaumbad fast aufgebraucht. Der Junge hatte ein stürmisches Rendezvous.«

»Und was ist mit deinem Kopf? Die Schramme hattest du gestern noch nicht ...«

Valentin strich sich unwillkürlich über die kleine Verletzung an der Stirn, die bereits zu verheilen begann. »Kleiner Betriebsunfall am Bücherregal. Es steht zu nah an meinem Bett. Wahrscheinlich habe ich zu unruhig von dir geträumt.«

»Es war ein netter Abend«, schmunzelte Bärbel. »Besten Dank noch mal dafür, lieber Valentin.«

»Das ließe sich doch wiederholen! Heute?«

»Nur essen? Wie gestern?«

Valentin nickte.

Warum zierst du dich eigentlich?, dachte Bärbel. Zwei erwachsene Menschen, Wochenende, keine Verpflichtungen. Bevor sie hier vertrocknete, kam Valentin gerade recht. »Sehr gern. Aber diesmal zahle ich, okay?«

»Akzeptiert«, erwiderte Valentin fröhlich. »Acht Uhr beim selben Italiener?«

»Abgemacht«, sagte Bärbel schlicht.

»Schön«, freute sich Valentin und blickte sich dann zum verwaisten Lottotresen um. »Sag mal, ist Freddy gar nicht da?«

Die Ladenbesitzerin schüttelte den Kopf. »Heute noch nicht aufgetaucht.«

»Ist das nicht ungewöhnlich?«

»Meistens kommt er – manchmal nicht. Hin und wieder bleibt er wochenlang weg. Ist aber eher selten.«

»Eine feste Wohnung hat er nicht?«

»Seit Jahren nicht mehr.«

»Kann man ihn irgendwo erreichen? Er treibt sich doch bestimmt hier im Viertel herum …«

»Erreichen kann man ihn vermutlich am besten hier. Wenn Freddy so etwas wie eine Adresse hat, dann ist das mein Laden.«

»Demnach weilt er gerade nicht zu Hause.« Valentin blickte nachdenklich zu Boden.

»Bist du bloß wegen Freddy hereingekommen? Das sieht ja jetzt fast danach aus, als wäre die Verabredung mit mir nur schnöder Beifang. Sehr schmeichelhaft, Herr Kruse!« Bärbel stemmte in nur halb gespielter Empörung ihre Fäuste auf die immer noch schlanken Hüften.

»Hat Freddy mal mit dir über mich gesprochen?«, fragte Valentin unbeirrt nach. »Ich meine, so ein bisschen ausführlicher?«

»Nein, da muss ich dich leider enttäuschen.« Hinter Bärbel

Maschmanns Brillengläsern begann es nun doch etwas bedrohlich zu blitzen. »Stell dir mal vor: Es gibt Menschen, für die du kein großes Thema bist! Kränkt das deine Eitelkeit jetzt empfindlich?«

»Keineswegs«, lächelte Valentin. »Und eitel bin ich nur, weil sich eine wunderschöne Dame mit mir zum Abendessen verabredet hat! Bis nachher, liebe Bärbel.«

»Bis nachher«, grummelte die Ladenbesitzerin, immer noch nicht ganz besänftigt. Bärbel Maschmann sah ihrem alten Bekannten nach, bis die Tür unter Auslösung des wohlklingenden Dingdong hinter ihm zufiel. Erst dann fiel ihr auf, dass Valentins Lächeln als Reaktion auf ihren finalen Ausbruch keineswegs überheblich gewirkt hatte.

Sondern erleichtert.

20

Schenken Sie mir ein Lächeln, dann verrate ich Ihnen das Neueste von der Kollegin Fischer«, säuselte Celia Karbach und beugte sich konspirativ so weit über den Empfangstresen, dass Linus mit einem bloßen Kopfnicken ins dargebotene Dekolleté hätte abtauchen können. Er widerstand dieser Versuchung heldenhaft und verzog überdies keine Miene.

»Marlene ist schon hier und wartet auf mich. Sie hat mir eine SMS geschickt.«

Celia zog einen Schmollmund. »Handys sind unfair.«

Linus knipste ein strahlendes Lächeln an und zwei Sekunden später wieder aus. Celia wandte sich demonstrativ ab und tat beschäftigt.

Linus schenkte ihr als Zugabe ein Achselzucken und trat durch die Glastür in den Gang, an dem die meisten Büros heute, am frühen Samstagnachmittag, bereits fürs Wochenende von den Mitarbeitern verlassen worden waren. Das galt allerdings nicht für sein eigenes Bürozimmer. Als Linus hier eintrat, fand er sogar eine doppelte Besetzung vor: Neben Marlene Fischer hielt sich auch Daniela Andersen darin auf. Sie tigerte hektisch zwischen der Fensterfront und Marlenes Schreibtisch herum und lief, wie üblich, auf erhöhter Drehzahl. Angesichts des Eintretenden unterbrach sie ihr nervöses Getrippel und wirkte vorübergehend fast erleichtert.

»Da sind Sie ja, Linus! Hoffentlich nicht auch mit schlechten Neuigkeiten …«

Linus blickte von der Agenturchefin hinüber zu Marlene, die

hinter ihrem Schreibtisch saß und bedrückt wirkte. »Was ist denn passiert?«, erkundigte er sich besorgt.
»Ich hatte ein Gespräch mit Rebecca von Bornkamp«, übernahm Marlene die Antwort. »Sie selbst hatte den Termin vereinbart. Ganz kurzfristig, heute früh …«
»Die Hochzeit ist abgeblasen«, krähte Daniela dazwischen.
»Wirklich?«, wunderte sich Linus. »Davon hat mir Gronau gar nichts erzählt! Ich komme doch gerade von ihm.«
»Abgeblasen ist ja auch zu viel gesagt«, relativierte Marlene.
»Die große Feier wird verschoben!«, empörte sich Daniela. »Alles, wofür wir schon durch unsere Planungen in Vorleistung gegangen sind! Und die erhoffte PR für *Event Emotion* rauscht damit gleich ebenfalls den Bach hinunter, verdammt!«
»Aufgeschoben wird, wie Sie sagen, nur die große Feier. Und wir sind immer noch mit im Boot«, gab Marlene zu bedenken. »Geheiratet wird trotzdem, und zwar viel eher als geplant. Und da sind wir auch gefragt. Wenn man es so betrachtet, ist der Auftrag für uns also sogar noch größer geworden.«
»Träumen Sie weiter, Marlene«, lamentierte die Agenturchefin entnervt. »Bei denen ist der Wurm drin, das schreit doch zum Himmel! Warum schiebt man so eine Feier auf?«
»Familiäre Gründe, hat mir die Bornkamp gesagt. Ich konnte sie ja wohl schlecht unter Druck setzen, damit sie mir Einzelheiten verrät!«
»Es ist der Altersunterschied«, mutmaßte Daniela. »Gronau ist zweiundsechzig, das sind locker dreißig Jahre Differenz. Auf sein Geld ist sie nicht angewiesen, ihre Familie ist alter Adel, mit Gutshäusern, Landbesitz und so … Ich sag euch, die Dame hat kalte Füße gekriegt!«
»Ja, aber wenn ich es richtig verstanden habe«, schaltete sich Linus ein, »heiratet sie Gronau doch. So kalt können ihre Füße demnach nicht geworden sein …«

Marlene warf ihm einen dankbaren Blick zu. Auch Daniela konzentrierte sich jetzt auf Linus.
»Die Welt ist so scheußlich kompliziert«, seufzte sie. »Liegen Sie wenigstens mit Ihrem Projekt auf Kurs, Linus? Wenn das jetzt auch wegbräche, wäre die Katastrophe perfekt. Dann könnten wir den Laden allmählich dichtmachen!«
»Alles im Plan«, bestätigte Linus nur. Was sollte er sonst tun? Daniela tat ihm sogar ein wenig leid in ihrer Ratlosigkeit. Marlene mit der geplatzten – oder vielmehr: verschobenen – Traumhochzeit tat ihm noch mehr leid. Anscheinend ruhten momentan alle Hoffnungen auf ihm.
Und dafür tat sich Linus selber am meisten leid.

Er hatte das ganze Viertel durchstreift. Jeden Hinterhof besucht, in jeden verborgenen Winkel geblickt. Dabei waren Valentin zwei Umstände klargeworden. Erstens hatte sich diese Gegend in den letzten Jahren in Sachen Wohnqualität und Sauberkeit nicht gebessert, und zweitens konnte er Freddy nirgendwo entdecken. Natürlich kannte der hier jeden Schlupfwinkel. Und würde vermutlich spätestens bei Dunkelheit wieder aus irgendeinem Loch hervorkriechen und mit seinem Gegröle anfangen. Dem wäre Valentin gerne zuvorgekommen. Aber das sollte offenbar nicht sein.
Die Suche hatte ihn angestrengt. Trotzdem fehlte ihm, als er sich Linus' Wohnhaus näherte, die Lust, schon wieder zurück in die Wohnung zu gehen – obwohl er immer noch die Apothekentüte mit dem Schaumbadezeug mit sich herumschleppte und sich doch allmählich ganz gerne in die Wanne gelegt hätte. Der Zug durch die Gemeinde war für Valentin gleichermaßen ein Trip in die eigene Vergangenheit gewesen. Nur ein paar Straßen weiter hatte er seine allererste Studentenbude gehabt. In einer Wohngemeinschaft, ein ziemlich wilder Haufen. Aber wilde Haufen

waren damals an der Tagesordnung, erinnerte sich Valentin, sogar schon vor 1968. Jedenfalls in seinen Kreisen – alles angehende Soziologen, Politikwissenschaftler, Philosophen oder sonstige Berufsdebattierer. Das hatte Spaß gemacht. Auch nach dem Ende seiner Studienzeit war Valentin dem Viertel treu geblieben. Als junge Familie hatten sie hier genau gegenüber gewohnt – der kleine Linus, Greta und er.

Greta …

Während der letzten Tage hatte Valentin öfter an seine früh verstorbene Frau denken müssen als während vieler Jahre zuvor. Vielleicht hätte sie mehr vom Leben bekommen, wenn sie sich mehr davon erwartet hätte, dachte Valentin. Sie hatte immer so wenig Ansprüche gestellt, das hatte er schon damals unbegreiflich gefunden. Valentin versprach sich eine Menge vom Dasein. Immer noch. In so einer Bruchbude wie der da gegenüber, zum Beispiel, würde er nicht mehr wohnen wollen.

Neugierig überquerte der alte Mann die Straße. Die Haustür stand weit offen – wohl, damit wenigstens ein wenig Tageslicht das schummrige Innere erhellte. Die Treppenhausbeleuchtung funktionierte nämlich nicht, wie Valentin gleich feststellte, als er vergeblich den dafür vorgesehenen Knopf drückte.

»Geben Sie sich keine Mühe. Der Strom ist abgestellt.«

Valentin blickte überrascht den Hausflur hinunter, wo im Rahmen einer roh gezimmerten Holztür drei Gestalten auftauchten, beladen mit Farbeimern und anderen Gerätschaften. Dort hinten ging es zum Keller, erinnerte er sich.

»Macht nichts«, antwortete er. »Ich sehe auch so genug.«

»Was sehen Sie denn?« Eine Frauenstimme.

»Verblichene Pracht und Herrlichkeit«, verkündete Valentin getragen. »Sic transit gloria mundi …«

Die Gestalten kamen näher. Valentin identifizierte eine junge Frau mit niedlicher Stupsnase und einen Jungen, der mit dun-

kelblauen Unschuldsaugen und einem rothaarigen Wuschelkopf etwas Pumucklhaftes an sich hatte. Den Dritten im Bunde kannte er, ein junger Riese mit verwegenem Ohrring und Pferdeschwanz – der hatte gestern mit den beiden Polizisten geredet, die ihn nach Hause gebracht hatten. Sein Gegenüber schien Valentin ebenfalls wiederzuerkennen, er verzog das Gesicht zu einem breiten Grinsen.
»Na, Opa – wieder nüchtern?«
»Ich war auch gestern keineswegs betrunken«, erklärte Valentin würdevoll. »Nur der Willkür staatlicher Schergen ausgesetzt. Da wirkt man leicht etwas benommen.«
»Was redet der?«, wollte Johannes, der Pumuckl, wissen. »Wer ist das überhaupt?«
»Die Staatsgewalt nannte ihn Fidel Castro«, erklärte Leo spöttisch. »Wie's aussieht, ist er Neles Opa.«
»Ihr kennt meine Enkeltochter?«
»Noch nicht lange«, wandte Leo ein.
»Fast gar nicht«, mokierte sich Stupsnase. »Außer, dass sie unsere Wohnungstür kaputt gemacht hat!«
»Worauf es hier wohl kaum noch ankommt«, schmunzelte der Alte und wies auf den kapitalen Schimmelpilz, der aus dem aufgeblätterten Wandanstrich wucherte. »Den Rest holt sich der Dschungel.«
Aufgebracht fuchtelte die Stupsnasige mit Pinsel und Farbeimer. »Nicht, wenn wir für unser Heim sorgen und darum kämpfen!«
Valentin bedachte die aufmüpfige Person mit einem amüsierten Blick. »Einfach sauber drübermalen, und alles wird gut?«
»Machen Sie sich ruhig lustig über uns!«
Der Alte trat einen Schritt auf die jungen Leute zu, jetzt ganz ernst und eindringlich. »Es liegt mir fern, mich über euch lustig zu machen. Ihr fühlt euch ungerecht behandelt? Von wem?«
Leo witterte weiteren Spott, erkannte dann aber doch die Ernst-

haftigkeit der Frage an und entschloss sich deshalb zur ehrlichen Antwort. »Erst hat der Hausbesitzer alles verfallen lassen und dann allen Mietern gekündigt. Pures Spekulantentum!«

»Darf ich?«

Valentin legte seine Tüte beiseite, nahm der verblüfften Stupsnasigen Farbeimer und Pinsel aus der Hand, setzte den Eimer ab und öffnete dessen Deckel mit kräftigem Ruck. Im Behälter schwappte ein knalliges Rot. Perfekt, dachte Valentin zufrieden. »Unrecht und Schmutz sollte man niemals überpinseln, Kinder. Wenn ihr etwas daran ändern wollt, müsst ihr es: Unterstreichen!«

Damit tauchte er den Pinsel in die Farbe und fuhr mit schnellen Strichen über die Wand, einmal im Rechteck um die Schimmelpilzwucherung herum. Es sah aus wie ein Bilderrahmen. Dann signierte er das Werk unten rechts in der Ecke flott mit dem schwungvollen Schriftzug »Chagall«. Und wandte sich zufrieden an sein Publikum. »Ihr versteht, was ich meine?«

Die drei jungen Zuschauer schwiegen staunend, dann raffte sich Johannes endlich zum Kommentar auf.

»Echt mal. Opa hat es drauf, Leute.«

»Ich verstehe ja, dass Sie ein bisschen was über Leo wissen wollen, weil mein Sohn anscheinend mit Ihrer Tochter herumzieht. Aber eigentlich hatte ich Sie nach dem Projekt gefragt, das Sie für Gronau bearbeiten. Und bin etwas enttäuscht darüber, dass Sie mir schon wieder ausweichen, Linus. Ich dachte, darüber wären wir hinaus.«

Marlene Fischer hob die kleine Tasse und schlürfte schmallippig ihren Espresso. Sie saßen in einer Pizzeria, deren kulinarisches Angebot eher durchschnittlich zu bewerten war. Aber das Lokal lag in der Nähe der Agentur, und nach ihrer unergiebigen Besprechung mit Daniela hatten Marlene und Linus einfach Hunger gehabt. Da tat es eine solide Pizza Margherita – auch wenn man dazu Eros Ramazzotti in Dauerschleife ertragen musste, der im Hintergrund aus Lautsprechern minderer Qualität schmalzte. Wahrscheinlich existierte ein ungeschriebenes Gesetz, welches sämtliche Pizzeriabetreiber weltweit zu einer gewissen Stundenzahl Ramazzotti-Beschallung pro Tag verpflichtete. Dieser Laden hier erfüllte das Pensum gewissenhaft.

»Meine Frage hängt durchaus mit dem zusammen, was Sie von mir wissen wollen«, versuchte Linus zu erklären. »Und ich verspreche Ihnen, gleich konkreter zu werden. Aber ich muss zuvor wissen, wie Sie zu Leo stehen. Zum Beispiel: Ist er Ihr einziges Kind?«

Marlene sah ihn prüfend an. »Also gut. Ja, Leo ist mein einziges Kind.«

»Wohnt er schon lange nicht mehr bei Ihnen?«

»Leo ist gleich nach seinem achtzehnten Geburtstag ausgezogen. Das ist zwei Jahre her.«

»Sie sehen sich aber oft?«

Ihre Hand flatterte in unbestimmter Geste. Ein wunder Punkt, erkannte Linus und versuchte davon abzulenken. »Studiert er etwas? Oder macht er eine Ausbildung?«

»Er … macht Musik. Jobbt mal hier und da. So genau weiß ich es nicht. Leo redet nicht darüber. Mit mir jedenfalls nicht.«

»Aber wenn Mami mit Lachstatar kommt, nimmt er es gern«, konnte sich Linus nicht verkneifen.

»Warten Sie mal ab, was Sie mit Ihrem Töchterchen noch alles erleben werden«, gab Marlene scharf zurück.

»Entschuldigung, Marlene«, bemerkte Linus versöhnlich.

»Angenommen. Aber nur, wenn Sie endlich konkret werden, so wie versprochen!«

»Also gut.« Linus nippte seinerseits am Espresso, dann weihte er Marlene in das Projekt Gronau-Center ein. Erklärte die Größenordnung des Vorhabens, erläuterte dessen Bedeutung für die Agentur und verschwieg auch nicht seine in Aussicht stehende Prämie. Marlene hörte aufmerksam zu, ohne ihn zu unterbrechen. »Das Haus, in dem Leo wohnt, ist für die Umsetzung der Planungen von zentraler Bedeutung. Ihr Sohn gilt unter den Bewohnern dort durchaus als so etwas wie ein Wortführer. Würde er sich für einen Umzug entscheiden, hätte das höchstwahrscheinlich bahnbrechende Wirkung! Was meinen Sie, Marlene – sehen Sie Möglichkeiten, in dieser Hinsicht vermittelnd auf Leo einzuwirken?«

Marlene verzog skeptisch das Gesicht. »Wenn ich ihm etwas empfehle, tut Leo höchstens das Gegenteil.«

»Was ist mit seinem Vater?«

»Den hört er gar nicht erst an.«

Linus schwieg ratlos. Er hatte sich mehr davon erhofft, Marlene ins Vertrauen zu ziehen. Aus den Lautsprechern triefte – bereits zum wiederholten Mal – »Se bastasse una canzone«. Was ihn auch nicht weiterbrachte.

»Aber vielleicht hört er Sie ja an«, schlug Marlene vor. Und als Linus daraufhin zweifelnd den Kopf wiegte, ergänzte sie: »Oder wenigstens Ihre Tochter – die beiden scheinen sich doch ganz gut zu verstehen.«

An Nele hatte Linus in diesem Zusammenhang noch gar nicht gedacht. Genau genommen, gestand er sich ein, hatte er an Nele heute überhaupt noch nicht gedacht. Das wäre schon schändlich genug für einen Vater, dessen Tochter woanders wohnte und selten zu Besuch kam. Nun aber hatte er Nele bereits seit fast einer Woche um sich und kümmerte sich weniger denn je um sie. Nur einmal in dieser Zeit waren sie einander ein wenig nahegerückt, erinnerte sich Linus: an dem Morgen vor seinem Bewerbungsgespräch bei *Event Emotion*, als Nele ihn auf jugendlich geschminkt hatte. Da hatte das Mädchen ihre Fähigkeiten einbringen können. Und schon war so etwas wie eine Verbindung zu ihr da gewesen, auch wenn diese den Tag kaum überdauert hatte. Außerdem hatte ihm Neles Unterstützung damals das nötige Selbstbewusstsein verschafft, um sich in der Agentur zu empfehlen. Vielleicht half sie ihm ja noch einmal aus einem Dilemma. Mit Sicherheit, da hatte Marlene zweifellos recht, verfügte Nele im Vergleich zu ihm über den viel besseren Draht zu Leo.

»Ja, Nele«, sagte Linus nachdenklich, »das ist vielleicht keine üble Idee …«

Sie hatte die Taschen und Koffer wieder aus ihrem Zimmer zurück auf den Flur gefeuert. Den Sittich mit Futter und Frischwasser versorgt, außerdem den Käfig gereinigt und frischen Sand auf den Boden geschüttet.

Nun ließ sich Chuck von Neles Fingerspitze das Brustgefieder kraulen. Aber auf ihren Finger hüpfen oder gar den Käfig verlassen wollte er nicht. Nele zog den Finger zurück und schloss die Käfigklappe.

Heute Morgen war Chuck ganz gut drauf gewesen, jetzt hingegen wirkte er ziemlich lethargisch, was sich Nele als unvermeidliche Spätfolge seiner gestrigen Horrorerlebnisse erklärte. Jeder normale Mensch hätte von so etwas ein Trauma weg, warum also nicht auch ein Wellensittich. Aber mein Chucki ist ein Kämpfer, dachte sie, der drückt das beiseite. Auch wenn er heute keine Lust auf gar nichts zu haben schien.

Das verstand Nele völlig. Sie langweilte sich ebenfalls tödlich. Dabei war es Wochenende, da kamen eigentlich immer irgendwo ein paar Cosplayer zusammen. Selbst wenn man keine Bekannten dabei traf – man hatte ein gemeinsames Thema. Man müsste sich nur in die entsprechenden Chats einloggen, dann hätte man im Handumdrehen eine Verabredung. Aber dann müsste Nele

ihr Kagome-Kostüm anziehen, und nicht einmal dazu hatte sie Lust.
Beinahe kam es ihr sogar so vor, als sei sie dieser Leidenschaft plötzlich entwachsen. Es erschien ihr merkwürdigerweise nicht mehr wichtig, als nachgemachte Manga-Figur durch eine Welt zu laufen, in der ein Leo sie auf Händen trug. Dieses Bild von ihr und Leo hatte sich Nele heute schon ungefähr zehntausendmal in Erinnerung gerufen, sozusagen in Hochglanz und 3-D von allen Seiten im geistigen Projektor betrachtet.
Allmählich wurde sogar das langweilig.
Zumal sich mehr und mehr ein anderer Gedanke in den Vordergrund drängte, der ihrem Hochgefühl hinsichtlich Leos zunehmend die Luft abließ: Warum kümmerte er sich heute nicht um sie? Gestern hatte er sich noch so große Sorgen um sie gemacht, dass er sogar zur Wohnung in die Schlankreye gefahren war, um nach ihr zu sehen. Heute müsste er dafür bloß über die Straße gehen. Und tat es nicht.
Wenigstens nach ihrem verletzten Fuß könnte Leo mal fragen. Gut, der tat fast kaum noch weh, und das Gehen funktionierte auch schon wieder ganz gut, wenn sie beim Auftreten ein bisschen aufpasste. Aber das konnte Leo schließlich nicht wissen. Seit gestern Abend hätte man ihr glatt das Bein amputieren können, das wäre völlig an dem Kerl vorbeigegangen. Da blieb nur ein logischer Schluss: Sie war Leo offensichtlich völlig egal.
Wenn er es so haben will, dachte Nele verbittert und schluckte vor Selbstmitleid. Nein, sie würde nicht heulen. Aber mal wieder aus dem Fenster gucken, das würde sie. Auch dies hatte Nele heute schon so oft getan, dass sie lieber nicht mitgezählt hatte, wie oft. Vom Wohnzimmerfenster aus hatte man das besetzte Haus gut im Blick, aber von Leo und den anderen war bei jedem ihrer Spähversuche nichts zu sehen gewesen.
Diesmal war es anders.

Leo und die anderen befanden sich in vollem Einsatz. Sie hatten sich zwei lange Leitern besorgt und diese an die Fassade ihres Hauses gelehnt. Auf einer der beiden Leitern turnte Johannes, die andere hatte Leo geentert. Beide mit Pinsel und Farbeimer ausgerüstet, bemalten sie die graue Wand mit grellen Buchstaben. Über ein Fenster schrieb Leo gerade TROPFSTEINHÖHLE, während Johannes ein bröckelndes Loch in der Fassade weiß umrandet hatte und in Schönschrift das Wort SCHANDFLECK daruntersetzte. Zu Füßen von Leos Leiter erkannte Nele zu ihrer Überraschung ihren Großvater. Valentin dirigierte die Aktion mit dem Habitus eines Feldherrn, angespornt durch die bewundernden Blicke der Stupsnasigen, die neben ihm stand und sich nützlich machte, indem sie mit einer Hand Leos Leiter festhielt.

Als Nele das Wohnzimmerfenster weit öffnete, um das ganze Theater scheibenlos zu genießen, blickte Leo plötzlich auf und sah zu ihr herüber. »Hey, Nele!«, schrie er, winkte ihr zu und lachte breit. Auch Johannes wurde nun auf sie aufmerksam und schwenkte fröhlich die Hand mit dem Pinsel.

»Hallo«, gab sie zögerlich zurück.

»Komm runter zu uns!«

Das ließ sich Nele nicht zweimal sagen. Selbst mit lädiertem Fuß brauchte sie keine Minute, bis sie drüben bei den anderen auf der Straße stand. Die Stupsnasige sicherte jetzt Johannes' Leiter, während Leo gerade von der seinen herabstieg und sein Werk zufrieden begutachtete.

»Einfach cool«, befand er und widmete seine Aufmerksamkeit plötzlich voll und ganz dem Mädchen. »Hey, wie geht es deinem Fuß?« Dabei sah er so besorgt aus, dass Nele ihm augenblicklich alles verzieh.

»Geht schon, danke«, beruhigte sie ihn. »Was macht ihr denn hier? Kunst am Bau?«

»Wir sagen der Welt, was Sache ist«, schaltete sich Valentin ein. »Hallo Nele.«

»Hallo.« Nele las die bereits aufgepinselten Worte auf der Fassade und zuckte die Achseln. »Aber was soll das bringen?«

»Was man nicht nach außen trägt, ändert sich nie«, behauptete Valentin energisch. Die Stupsnasige nickte dazu eifrig, als sei das schon immer auch ihre Überzeugung gewesen.

»Dein Opa ist der Hammer«, erklärte Leo, ließ Nele dabei aber nicht aus den Augen, in denen wieder die bernsteinfarbenen Lichter tanzten. »Jedenfalls weiß ich jetzt, woher du deine Power hast!«

Nele versank fast in diesem Blick. Gleichzeitig spürte sie Verlegenheit und Wärme in sich aufsteigen. »Findest du ehrlich, ich habe Power?«

Leo brachte nur ein Nicken zustande. Nele schluckte wieder – diesmal nicht aus Selbstmitleid, das war wie weggeblasen. Ihre Kehle war einfach trocken. Würde Leo sie noch zehn Sekunden länger so ansehen, würde sie ihm zu Füßen sinken und um Gnade winseln, befürchtete Nele. Zum Glück lenkte ihr Großvater sie rechtzeitig davon ab. Valentin hatte sich Eimer und Pinsel geschnappt und malte gerade ein großes, knallrotes Herz an die Hauswand.

»Was wird das jetzt?«, fragte Nele.

Valentin zwinkerte ihr verschmitzt zu. »Kleine Lebenshilfe: Herz an, Kopf aus.«

»Und der Rest ist Woodstock«, fiel Nele automatisch ein.

»Woodstock?« Leo war verwirrt.

»Die Oma von Wacken!«, kicherte Nele fröhlich.

»WAACKEEEEEN!«, schrie Johannes plötzlich aufgekratzt, hüpfte pinselschwingend wie ein wildgewordener Pumuckl von der Leiter und spritzte klebrige Farbreste in Richtung der Stupsnasigen. Die junge Frau tauchte reaktionsschnell ab, statt ihrer erwischte Valentin die volle Ladung. Ohne zu zögern, tränkte der Alte sein Malerwerkzeug noch einmal im Eimer mit roter Farbe, feuerte zurück und besprenkelte alle Umstehenden.

Sekunden später tobte die wilde, ausgelassene Schlacht.

21

Heilige Scheiße«, entfuhr es Linus – da klatschte auch schon etwas gegen die Frontscheibe der Agenturlimousine und trübte die Sicht blutrot. Instinktiv betätigte Marlene den Scheibenwischer, was den Durchblick noch verschlechterte. Mit einiger Mühe brachte sie den Mercedes in zweiter Reihe zum Stehen. Verblüfft betrachteten sie beide den länglichen Gegenstand, der sich jetzt von der Scheibe löste, polternd herunter bis auf die Motorhaube rollte und dabei weiter Farbtropfen verteilte.
Ein Pinsel.
Dann erkannte Linus die bunten Gestalten, die sich neben dem Wagen auf dem Gehsteig tummelten. Entnervt öffnete er die Beifahrertür, sprang aus dem Auto und brüllte los: »Seid ihr bescheuert? Wie alt seid ihr eigentlich?«
»Der desillusionierte Greis«, kicherte die Stupsnasige, deren knubbeliges Riechorgan jetzt ein Klacks Rot zierte, was ihr ein extrem clowneskes Aussehen verlieh. Neben ihr holte der junge Riese bereits mit dem nächsten Pinsel aus, als ihn eine durchdringende Stimme energisch stoppte.
»Untersteh dich, Leo!«
Es sah ziemlich grotesk aus, wie die kleine Marlene vor ihrem hünenhaften Sohn stand und ihn aufgebracht anfunkelte. Aber es wirkte. Leo ließ die Hand mit dem Pinsel sinken.
»Hallo Sohn.« Valentin erfasste die Lage mal wieder als Erster. »Ist das deine nette Kollegin? Gestatten – Valentin, Linus' Vater …« Er streckte Marlene seine Rechte entgegen, registrierte die zahlreichen Farbtupfer darauf und zog sie wieder zurück.

»Und Sie sind Leos Mama? Ist ja die reinste Familienzusammenführung hier.«
Die Stupsnase fing schon wieder an zu kichern. »Du bringst echt immer alles total auf den Punkt, Valli!«
»Valli?« Linus sah seinen Vater an und zog fragend eine Augenbraue hoch.
»Ein Kosename unter Freunden.« Valentin klaubte seelenruhig seine farbverschmutzte Plastiktüte mit Apothekenaufdruck vom Gehweg auf und zwinkerte der Stupsnasigen vielsagend zu, die aus dem Kichern gar nicht mehr herauskam. »Tja, Kinder – ich schätze, der Spaß ist erst mal vorbei. Außerdem hab ich noch eine Verabredung. Und so, wie ich jetzt aussehe, muss ich vorher ein Schaumbad nehmen.«
»Schaumbad, hihihi«, kollerte Stupsnase hinter dem Alten her, als hätte der gerade den Witz des Jahres gerissen. Die junge Frau wirkte völlig jenseits von Gut und Böse. Wahrscheinlich Farbdämpfe inhaliert, dachte Linus, während er sich besorgt an Nele wandte: »Hoffentlich ist der Sittich eingesperrt?«
Nele nickte verhalten.
»Und wer räumt hier auf?« Marlene überblickte das Chaos, immer noch ziemlich fassungslos.
»Das braucht nicht deine Sorge sein«, hielt Leo dagegen. »*Wir* wohnen hier!«
Erst jetzt fielen Linus die Schriften an der Fassade so richtig ins Auge. TROPFSTEINHÖHLE, las er und: SCHANDFLECK. Unter ein Fenster hatte eine ungelenke Hand gepinselt: HIER ROTTET EIN RAHMEN. Das große, rote Herz an der Hauswand passte eigentlich nicht zu diesen Botschaften, sah aber auch noch ganz frisch aus. Davor hob der Junge mit der Pumucklfrisur und den blauen Augen gerade einen Pinsel vom Gehweg auf, bemerkte Linus' Erkundungsblick und erklärte eifrig: »Das Haus verkommt völlig, dabei könnte man so

gut drin wohnen. Wir wollen darauf aufmerksam machen, deshalb diese Aktion. Man darf das Unrecht nicht einfach übermalen …«

»… man muss es unterstreichen«, ergänzte Linus routiniert. Den Spruch hatte er oft genug gehört. »Anscheinend hat Valli es mal wieder total auf den Punkt gebracht.«

»Warum stänkerst du immer gegen Großvater?«, fuhr Nele dazwischen. »Er hat doch recht! Das Haus ist völlig hinüber, und das ist eine Schande! Siehst du das nicht?«

Linus musterte seine Tochter, wie sie ihn in ihrem gerechten Zorn anfunkelte. Nele war instinktiv ein paar Schritte von ihm abgerückt, stand jetzt eng bei den anderen jungen Leuten. Ein verschworener, abenteuerlicher Haufen, erkannte Linus, der sich nicht bloß durch die bunten Farbkleckse auf Haut, Haar und Kleidung vom Rest der Welt unterschied. Gronaus Haifischgrinsen fiel ihm ein. Das kalte Glitzern in den Augen des Geschäftsmannes, als er die Vision einer harten Konfrontation ums besetzte Haus heraufbeschwor und gleichzeitig Linus die Verantwortung für eine friedliche Problemlösung zuschob. So offen, wie Nele ihre Solidarität mit Leo und Wohngenossen demonstrierte, wurde Linus auf einen Schlag bewusst, dass es für ihn bei dieser Aufgabe ab jetzt um sehr viel mehr ging als bloß um eine Geldprämie. Vor seinem geistigen Auge sah er bereits seine Tochter in vorderster Reihe im Getümmel einer Straßenschlacht von bürgerkriegsähnlichen Ausmaßen: wabernde Tränengasschwaden, fliegende Steine, brennende Molotowcocktails, wirbelnde Gummiknüppel und Nele mittendrin …

Das musste er verhindern. Unbedingt. Auch wenn ihm der Blick auf die abweisenden Gesichter der jungen Leute zeigte, dass dies alles andere als einfach werden würde – es hing alles von ihm ab, das wusste Linus jetzt glasklar.

»Der Ansatz ist ja richtig«, lenkte Linus ein. »Und natürlich ist bei der Instandhaltung dieser Immobilie bestimmt vieles nicht so toll gelaufen. Die Frage ist aber, was Aktionen wie diese«, Linus wies auf die Wandparolen an der Fassade, »wirklich daran ändern, wenn das Kind schon in den Brunnen gefallen – sprich: wenn die Bude schon verrottet ist.«

»Desillusioniert«, murrte die Stupsnasige.

»Realitätsnah«, berichtigte Linus gelassen. »Kann nicht schaden, wenn man Gefahr läuft, die Bodenhaftung zu verlieren ...«

»Sie haben gut reden«, beschwerte sich Leo. »Sie wohnen ja nicht da drin. Aber wir. Und wo sollen wir hin, wenn man das Haus abreißt oder zum Schickimicki-Appartementhaus umbaut? Für uns ist das eine Existenzfrage!«

»Da wären wir in der Tat beim wesentlichen Punkt«, hakte Linus bereitwillig ein. »Deswegen bin ich ... deswegen sind wir überhaupt hergekommen. Wir möchten euch einen Vorschlag machen.«

Leo musterte Linus misstrauisch und sah dann zu Marlene. »Du auch?«

»Ich auch«, nickte Marlene solidarisch.

»Aber nicht auf offener Straße«, erklärte Linus fest. »Drinnen bei euch. Ist das machbar?«

Leo zuckte mit den Achseln und nickte. Die anderen äußerten sich gar nicht dazu.

Marlene überblickte das farbige Schlachtfeld und rümpfte die Nase. »Und wann macht ihr die Sauerei hier weg?«

Die Antwort erscholl unisono. »Später!«

»Am besten sitzen wir in der Küche«, gab Leo die Richtung vor. »Da ist Platz für alle, und da sind die meisten Stühle.«

»Da ist auch am besten aufgeräumt«, ergänzte die Stupsnasige, die sich bereits auf dem Weg durchs Treppenhaus bei Linus und

Marlene munter als »Carlchen mit C, also von Haus aus eigentlich Carlotta« vorgestellt hatte. Anscheinend hielt sich Carlchen alle Optionen im Leben offen.
Der Durchgang durch den ohnehin schon engen Flur war durch windschiefe Regale, Schränkchen und anderes Mobiliar noch schmaler als ohnehin schon, herumliegende Kleidung und Schuhe machten den Hindernisparcours perfekt. Im Gänsemarsch defilierte die kleine Karawane bis zur Küche, die der Wohnungstür gegenüber am anderen Flurende lag. Hier gab es mehr Platz als im Flur, wenn auch nicht unbedingt mehr Ordnung. Was, wenn Carlchens Behauptung über den bestaufgeräumten Teil dieser Wohnung stimmte, hinsichtlich der restlichen Räumlichkeiten höchst Ungutes erahnen ließ. Wenn man genauer darüber nachdachte. Was Linus ganz bewusst vermied.
Stattdessen ließ er sich von Leo einen wackligen Stuhl zuweisen und wartete, bis auch alle anderen eine Sitzgelegenheit eingenommen hatten und ihn erwartungsvoll anblickten. Alle, bis auf Nele. Die hatte sich möglichst weit weg von ihrem Vater plaziert und vermied jeglichen Blickkontakt.
»Also«, setzte Linus an, »noch mal für alle: Ich bin Linus Kruse, Vater von Nele. Marlene Fischer, Mutter von Leo, kennt ihr ja schon. Und wahrscheinlich wisst ihr auch, dass Marlene bei einer Eventagentur arbeitet. Ich neuerdings ebenfalls, wir sind Kollegen bei *Event Emotion.*«
»Wissen wir«, bestätigte Leo.
»Die Agentur arbeitet an einem Imageprojekt«, schwadronierte Linus munter drauflos. »Zukunft gestalten, Alternativen fördern – so ungefähr diese Richtung. Buntes Leben verbreiten und Lebensträume fördern …«
»Was haben wir damit zu tun?« Mit dem lächerlichen Farbklecks auf der Nase und dem aggressiven Unterton in der Stimme wirkte Carlchen wie ein Kampfclown. Linus widerstand der aufkei-

menden Versuchung, ihr mit dem nächstbesten Lappen die Nase sauber zu rubbeln. Die Unmöglichkeit, in dieser Küche einen Lappen zu finden, der sauberer wäre als Carlchens Nase, machte ihm die Entscheidung leicht.

»Ihr habt doch wohl Träume, oder?«, erkundigte sich Linus in gespielter Lässigkeit. Ich kann ihnen nicht einfach Geld bieten, dachte er – das ginge nach hinten los. »Leo, du zum Beispiel – du machst Musik. Willst du damit durchstarten?«

»Hätte nichts dagegen. Ist aber nicht so einfach …«

»Genau«, nickte Linus verständnisvoll. »Gute Instrumente, Studiozeiten, Demo-Aufnahmen – kostet alles einen Haufen Geld, schätze ich …«

»Willst du hier den Weihnachtsmann spielen?«, hakte Nele scharf ein. »Du hast doch gar nichts!«

»Ich vielleicht nicht. Aber die Agentur. Dank eines großzügigen Sponsorings aus Finanzkreisen stehen wir vor der Aufgabe, Wohnquartiere zu sanieren und moderat zu durchmischen, damit am Ende alle gewinnen!«

Leo wandte sich misstrauisch an seine Mutter, die unmittelbar neben ihm saß. »Stimmt das?«

Marlene zögerte kaum merklich. »Es ist … vor allem Linus' Projekt. Noch ganz brandneu. Ich weiß nicht so viel darüber.«

»Ihr habt es doch selbst erkannt«, setzte Linus nach. »Dieses Haus ist – wie viele andere Gebäude hier im Viertel – dermaßen heruntergekommen, dass man mit ein bisschen Farbe und einer Handvoll Schrauben nicht mehr viel ausrichten kann. Da muss man das große Ganze sehen. Und ihr müsst zusehen, wo ihr bleibt – im Großen und Ganzen.«

»Im Moment bleiben wir hier«, versetzte Johannes trocken und erntete damit einen anerkennenden Blick Neles. Carlchen klopfte nur bestätigend mit den Fingerknöcheln ihrer zur Faust geballten Hand auf die Küchentischplatte, während sich Leo ab-

wartend einer Meinungsäußerung enthielt – was Linus hoffnungsvoll stimmte.
»Im Moment bleibt ihr doch bloß hier, weil euch schlicht die Alternative fehlt. Aber die können wir gemeinsam schaffen – nach euren Wünschen. Wir finden eine Wohnung. Für euch alle zusammen, wenn ihr wollt. Oder auch für jeden eine, wenn euch das lieber wäre. Der Umzug wird bezahlt. Abstandszahlungen, Kautionen – alles gesponsert. Und für jeden von euch bliebe noch genug übrig, um den persönlichen Traum anzuschieben – die Künstlerkarriere, eine Fortbildung oder einfach eine schöne Reise. Was meint ihr?«
»Weiß nicht«, äußerte sich Johannes ratlos.
»Hühnerkacke«, urteilte Carlchen Stupsnase entschieden.
»Welche Bedingungen?«, wollte Nele wissen. »Bei euch geht doch nie etwas ohne Bedingungen!«
Linus war sich nicht sicher, ob seine Tochter damit ihn persönlich oder Erwachsene im Allgemeinen meinte. »Du wohnst doch gar nicht hier, Nele«, versuchte er ihren Einwand zu überspielen, aber das ließ ihm Leo nicht durchgehen.
»Gibt es Bedingungen?«
»Nur zwei«, räumte Linus ein. »Erstens: Ihr müsst alle anderen Hausbewohner davon überzeugen, ebenfalls auszuziehen. Für die gilt dann das gleiche Angebot wie für euch.«
Die Stupsnasige wollte auffahren, aber Leo brachte sie mit einem Wink zur Beherrschung. »Zweitens?«
»Ihr müsst bis Montagmorgen raus sein.«
Carlchen zeigte ihm nur einen Vogel. Johannes lachte lauthals auf. »Bis dahin kriegen wir doch keine neuen Wohnungen. Nicht mal eine!«
Leo blieb immer noch ruhig. »Ich wette, darauf hat unser großer Zukunftsgestalter auch schon eine Antwort.«
»Allerdings«, bestätigte Linus. »Bis die neuen Unterkünfte

angemietet sind, geht ihr ins Hotel und eure Klamotten wandern ins Depot – alles im Preis inklusive. Also – wie sieht es aus?«
»Das ist ja kompletter Wahnsinn«, fand Johannes.
»Hört sich gar nicht mal übel an«, äußerte sich Leo, ohne die entgeisterten Blicke Neles und seiner Mitbewohner zu beachten. »Aber so etwas muss intern diskutiert werden!«
»Verstehe ich«, räumte Linus bereitwillig ein.
»Haben wir noch ein bisschen Bedenkzeit?«
»Diskutiert es aus und schlaft eine Nacht darüber. Ich frage dann morgen nach eurer Entscheidung.« Linus erhob sich vom Stuhl. »Kommst du mit, Nele?«
Das Mädchen schüttelte den Kopf. »Später.«
»Okay. Dann also bis später.«
Marlene stand ebenfalls auf, wandte sich aber noch einmal ihrem Sohn zu. »Ich weiß, du hörst nicht gern auf mich, Leo. Aber das Angebot ist einmalig gut. Und es steht genug finanzielle Substanz dahinter, so viel kann ich dir sagen.«
»Schon gut, Mama. Danke.«
Linus ließ Marlene vor sich in den Flur treten und blickte noch einmal zurück auf die kleine Versammlung in der Küche. Niemand aus der Wohngemeinschaft fühlte sich bemüßigt, sie zur Wohnungstür zu geleiten. Die jungen Leute waren mit sich selbst beschäftigt. Keine Spur mehr von der unbedarften Ausgelassenheit, mit der sie sich vorhin noch fröhlich die Pinsel um die Ohren geschlagen hatten. Über ihrer Gemeinschaft lagen die Schatten von Zweifel und Misstrauen, und Linus war sich plötzlich nicht mehr so ganz sicher darin, das Richtige getan zu haben. Dann sah er seine Tochter, die jetzt von ihrem Stuhl auf Marlenes frei gewordenen Platz neben Leo wechselte und dabei, scheinbar wie selbstverständlich, so nah an den hünenhaften Jungen heranrückte, als gehöre sie naturgemäß an

dessen Seite – und Linus entschied im Stillen: Er hatte es richtig gemacht.

Hoffe ich wenigstens, revidierte Linus. Und folgte Marlene, die bereits die Wohnung verlassen hatte.

Marlene machte sich Sorgen.

Sie sorgte sich um Leos Zukunft. Um die Agentur. Darum, ob sie ihre Aufgaben als Mutter und ihre Pflichten als Geschäftsfrau zufriedenstellend erfüllte. Ob sich die Welt wirklich weiterdrehte, wenn sie sich nicht darum kümmern würde.

Das würde die Welt natürlich tun, und das wusste Marlene ja auch. Trotzdem: Lief irgendetwas in ihrem Dunstkreis schief – und irgendwas lief immer schief –, hatte sie stets das Gefühl, daran zumindest eine Mitschuld zu tragen. Marlene hasste dieses Gefühl und schaffte es doch nie, nachhaltig etwas dagegen zu tun. Außer zu versuchen, es das nächste Mal unbedingt besser zu machen.

Wieder und wieder.

Und deshalb machte sich Marlene Sorgen. Sogar um Dinge, die andere Leute völlig kaltließen. Wie zum Beispiel darum, dass sie vorhin den Agenturwagen einfach in zweiter Reihe geparkt auf der Straße stehen gelassen hatte. Im Vergleich zu den Problemen, die Marlene mit ihrem Sohn durchmachte, war das, objektiv betrachtet, von weitaus geringerer Bedeutung. Doch mit jeder Stufe, die Marlene in dem unbeleuchteten Treppenhaus des Abbruchhauses hinabstieg, wuchs in ihrer Vorstellung das Ausmaß des möglichen Katastrophenszenarios: Ihr unvorschriftsmäßig geparkter Wagen blockiert ein anderes Auto, dessen Fahrer deswegen einen wichtigen Termin verpasst – armes Opfer verliert daraufhin seinen Job./Ihr unvorschriftsmäßig geparkter Wagen nimmt einem heranrasenden Autofahrer die Sicht auf kreuzende Fußgänger – tödlicher Unfall unvermeidlich./Ihr unvorschriftsmäßig geparkter Wagen verhindert die Durchfahrt eines Feuerwehrzuges im Notfalleinsatz – unkontrollierter Brand löscht ganze Familien aus …

Erst als sie außer Atem den Agenturwagen erreichte, merkte Marlene, dass sie die letzten Treppen in vollem Laufschritt heruntergehetzt sein musste. Natürlich scherte sich niemand sonst um den geparkten Mercedes – es gab jede Menge Platz auf der Fahrbahn, und blockiert wurde auch niemand. Aufatmend lehnte sich Marlene an ihren Wagen und ärgerte sich bereits wieder über sich selbst. So endete es meistens. Anspannung – Entwarnung – Ärger über sich selbst. Was sofort erneut die Anspannung in ihr wachsen ließ. Ein kaum zu durchbrechender Kreislauf.

»Fast hätte ich gedacht, Sie sind schon wieder abgehauen.«

Wenigstens klang Linus' Stimme amüsiert, nicht vorwurfsvoll. Vorwürfe machte sich Marlene schon genug. Jetzt noch welche von Linus, und sie würde glatt in Tränen ausbrechen.

»Und? Was hätten Sie dann gemacht?« Das klang schnippischer, als Marlene beabsichtigte. Sie ärgerte sich gleich noch mehr über sich.

Linus lächelte und bekannte treuherzig: »Dann hätte ich Sie gesucht, liebe Marlene. Und bestimmt irgendwann gefunden.«

In Marlene brachen alle Dämme. Völlig unangemessen, du blöde Kuh, dachte sie – und schluchzte plötzlich so hemmungslos, dass es sie am ganzen Körper schüttelte. Und dann hielt Linus sie fest in den Armen, und Marlene heulte wie der sprichwörtliche Schlosshund, bis die Eruptionen allmählich nachließen und die zurückbleibende Mattigkeit aller Seelenpein die Spitze nahm.

Linus löste die Umarmung vorsichtig, hielt seine schniefende Kollegin aber immer noch an beiden Schultern. »Wollten Sie denn abhauen, Marlene?«

Die zierliche Frau zog ein Taschentuch hervor und schnaubte

lautstark hinein. Dann blinzelte sie Linus unter tränenverhangenen Wimpern zu. »Geht ja gar nicht.«
»Wieso nicht?«
»Das Fluchtfahrzeug ist lahmgelegt. Durch die Scheibe sieht man nichts mehr …«
Das stimmte allerdings, stellte Linus fest. Der Aufschlag des Malerpinsels hatte jede Menge Farbe auf der Frontscheibe hinterlassen, und durch den Scheibenwischer war die Bescherung hübsch gleichmäßig über deren volle Breite verteilt worden. Die Motorhaube war auch nicht unbefleckt geblieben, aber das störte wenigstens nicht beim Fahren.
»Ich geh mal schnell in den Zeitungsladen da hinten«, Linus wies hinüber zum Geschäft von Bärbel Maschmann, »und besorge einen Lappen und Feuerzeugbenzin. Damit kriegen wir schnell wieder den Durchblick!« Aber bevor er losmarschierte, blickte Linus seiner Kollegin noch einmal forschend in die Augen. »Geht's wieder?«
Marlene nickte und sah ihm nach, wie er sich auf den Weg machte, um die benötigten Hilfsmittel zu organisieren. Die Mattigkeit in ihr wich einer sanftwarmen Welle von Entspannung.
Und wenigstens diesen einen, kurzen Glücksmoment lang machte sich Marlene keine Sorgen mehr.

22

»Wenn wir neue Wohnungen kriegen – wollen wir dann wieder zusammenziehen?« Johannes hielt den Blick seiner meerblauen Augen gesenkt, als traute er sich nicht wirklich, mit diesem Vorschlag vorzupreschen. »Ich meine, wir drei – in dieser Konstellation?«

Nele fühlte sich ausgeschlossen. Erst recht, als Leo den Vorschlag seines Mitbewohners lapidar mit »Warum nicht?« beantwortete. Natürlich, sie wohnte hier nicht. Aber trotzdem, die anderen könnten wenigstens so tun, als gehöre sie dazu.

»Es ist so cool hier bei euch!«, meldete sie sich zu Wort. »Wollt ihr das alles aufgeben? Nachher sitzt ihr in irgendeiner gesichtslosen Neubauwohnung. Das ist doch bescheuert.«

»Das Küken hat recht«, bestärkte sie Carlchen. Nele lächelte ihr dankbar zu. Anerkennung von dieser Seite hatte sie nicht unbedingt erwartet.

»Außerdem gönne ich es dem Hausbesitzer nicht, dass er so ungestraft mit allem durchkommt«, setzte Carlchen nach. »Es gibt viel zu viele von diesen widerlichen Spekulanten! Denkt mal an fiese Typen wie Robert Gronau …«

Bei der Erwähnung dieses Namens klingelte etwas in Neles Verstand, ohne dass sie den Zusammenhang wirklich erfasste. Vorerst hielt sie die zunehmend hitzige Debatte am Küchentisch in Atem.

»Kein Strom ist auch fies«, konterte Leo. »Ich kann nicht mal mehr meine E-Gitarre aufdrehen.«

»Unplugged klingt sowieso viel geiler! Und macht nicht so ’n Lärm …«

»Machst du jetzt auf Emo-Tussi?«
»Wenn du hier den Spießbürger gibst ...«
»Leute!«, versuchte Johannes seine beiden Wohngenossen zu bremsen, was ihm nur halbwegs gelang. Leo und Carlchen funkelten einander wütend an, hielten aber wenigstens vorübergehend den Mund. Dafür sprang die junge Frau auf und eilte mit beleidigt gerümpfter Stupsnase aus der Küche. Der Junge mit der Pumucklfrisur blickte ihr traurig hinterher. »Wenn das so läuft, macht es eh keinen Sinn mehr ...«
»Sehe ich auch so«, versetzte Leo bitter und erhob sich vom Küchentisch.
»Haust du auch ab?«, fragte Nele hastig und hätte sich am liebsten gleich dafür geohrfeigt, weil Leo sie mit einem spöttischen Grinsen bedachte.
»Keine Sorge. Ich dusche mir bloß den Dreck vom Leib.« Damit wandte er sich ab und verließ die Küche.
Johannes sah an sich herab und dann auf Nele. »Ich gehe Klamotten wechseln. Hoffentlich geht die Farbe aus den Sachen wieder raus. Du bist auch ganz schön bekleckert ...«
Sekunden später befand sich außer Nele niemand mehr in der Küche. Alleingelassen. Unbeachtet. Normalerweise wäre sie darüber vor Selbstmitleid zerflossen. Diesmal nicht. Ihr schien es sogar, als wäre sie die Einzige, die hier noch den Kopf oben trug und klar nachdachte. Keiner aus der WG weiß wirklich, wie man mit Vaters Vorschlag umgehen soll, erkannte Nele. Nicht einmal Leo. Linus hatte alle überrumpelt, auf seine Weise alle überzeugt. Bis auf Nele. Sie kannte ihren Vater zwar nicht so gut, wie man einen Vater kennen sollte. Aber ihr Gefühl sagte ihr, dass Linus mit seinem Angebot längst nicht alles auf den Tisch gelegt hatte, was diese Angelegenheit betraf. Außerdem kam es Nele merkwürdig vor, dass Linus so mit Geld um sich werfen konnte. Vor einer Woche war er noch arbeitslos gewesen und

hatte nicht einmal gewusst, was eine Eventagentur überhaupt macht. Und als er damals die Hausbesetzer von gegenüber erwähnt hatte, deren Heizung bereits abgeklemmt worden wäre, hatte das auch nicht gerade nach großer Sympathie für diese Nachbarn geklungen. Ihr kam dieser Name wieder in den Sinn, den Carlchen mit derart abfälliger Betonung erwähnt hatte, als sei es der Teufel persönlich – Robert Gronau. Gronau GmbH und Gronau-Center. Das stand auf den Dokumenten in Linus' Schlafzimmerschrank …

Ich muss auf Leo aufpassen, wurde sich Nele plötzlich bewusst. Nicht er auf mich – ich auf ihn. Diese Erkenntnis verpasste ihrem Selbstbewusstsein enormen Schub. Gleichzeitig verstärkte sich jedes zärtliche Gefühl, das Nele für Leo empfand. Ich gehe jetzt rüber, sehe mir die Dokumente noch mal an, dusche und wechsle die Kleidung, beschloss das Mädchen, und dann komme ich zurück. Leo und ich werden miteinander reden, vielleicht zusammen in sein Zimmer gehen. Diesmal setze ich mich auch zu ihm aufs Bett … Weiter traute sich Nele dann doch nicht in ihrem Tagtraum. Sie schob sich von ihrem Stuhl und verließ die Küche als Letzte.

Doch als sie im Flur an der Badezimmertür vorbeikam, hinter der Wasser rauschte, blieb sie stehen. Da drinnen war Leo. Nackt unter der Dusche. Nele spürte, wie ihr bei dieser Vorstellung die Röte heiß ins Gesicht schoss. Diesmal allerdings nicht vor Verlegenheit. Sondern aus purem Begehren.

»Man muss ja auch vorsichtig sein, bevor man sich auf ein Liebesabenteuer einlässt«, hörte sie sich in Gedanken zu ihrem Großvater sagen. Und erinnerte sich gleichzeitig an Valentins Antwort: »Wenn man vorsichtig ist – wo bleibt da das Abenteuer? Leidenschaft und Vorsicht, das passt nicht zusammen …«

Kopf aus. Herz an.

Nele streifte ihr farbverschmiertes T-Shirt über den Kopf und

ließ es zu Boden flattern. Dann zog sie Hose, Slip und Strümpfe aus und stand nackt auf dem Flur. Einfach Nele, ohne alles. Das ist das ganz genaue Gegenteil von Verkleiden, fiel ihr dabei auf. Verkleiden war nur ein Spiel. Dies hier ist echt. Sie legte die Hand auf die Klinke der Badezimmertür.
Und öffnete.

»So, nun blicken wir wieder durch.« Wenigstens durch die Frontscheibe, fügte Linus insgeheim hinzu, während er mit dem verschmierten Wischlappen die letzten Farbreste auf dem Glas eliminierte, den Putzlumpen in eine Plastiktüte stopfte und im Kofferraum des Kombis verstaute. Was den Gemütszustand Marlenes betraf, konnte er dagegen nur spekulieren. Ihren spontanen Weinkrampf vermochte er sich nicht so recht zu erklären. Zum Glück schien der Ausbruch vorerst ausgestanden, Marlene wirkte wieder gefasst.
»Danke, Linus. Was Daniela allerdings zum neuen Farbdesign der Motorhaube sagt, möchte ich lieber nicht wissen …«
»Ist ja Wochenende. Vor Montag fällt es ihr gar nicht auf.«
Marlene lachte. Dann wurde sie schnell wieder ernst. »Ja, es ist Wochenende. Was machen Sie damit?«
Linus blickte unwillkürlich zu den Fenstern seines Wohnzimmers hinauf, zuckte mit den Achseln. »Ich sollte vielleicht mal wieder meinen hausfraulichen Pflichten nachkommen – Wäsche waschen und so weiter. Andererseits habe ich so gar keine Lust dazu. Übrigens auch keine Lust, meinem Vater zu begegnen. Und nachher käme auch noch Nele …«
»Dann kommen Sie doch mit zu mir.«
»Fahren wir.«
Linus schwang sich kurzentschlossen auf den Beifahrersitz. Marlene setzte sich hinters Lenkrad, startete den Wagen und sah so aus, als würde sie sich gerade über sich selbst wundern.

»Ich kann Ihnen aber nichts Besonderes bieten«, sagte sie vorsichtig.
»Also, wenn Sie nichts Besonderes sind«, schmunzelte Linus, »dann weiß ich auch nicht.«
»Finden Sie?«
»Besonders impulsiv. Besonders hübsch«, zählte Linus auf.
»Besonders ausgeprägter Fluchtreflex«, ergänzte Marlene.
»Nützt Ihnen nichts, solange ich im selben Auto sitze.«
»Sie sind eben auch etwas Besonderes«, versetzte Marlene.
»Kommt mir gar nicht so vor.«
»Besonders hartnäckig. Besonders phantasiebegabt …« Marlene stoppte den Wagen vor einer roten Ampel und sah Linus offen in die Augen. »Sie haben eben ganz schön improvisiert, da oben vor Leo, Ihrer Nele und den anderen.«
»Aber nicht gelogen! Gronau hat mir wirklich freie Hand gelassen. Der bezahlt den Umzug garantiert.«
Die Ampel sprang auf Grün, Marlene gab wieder Gas. »Was ich nicht verstehe: Warum sollen die jungen Leute denn unbedingt schon bis Montagmorgen aus dem Haus heraus sein?«
»Weil Gronau schon am Montag die Bagger anrollen lässt. Oder die Zwangsräumung vollzieht.«
Marlene rümpfte nachdenklich die Nase. »Also müssen sie morgen raus. Merkwürdig …«
»Was ist daran merkwürdig?«
»Rebecca von Bornkamp und Robert Gronau wollen genau an diesem Sonntag heiraten.«
Jetzt staunte Linus. »Morgen schon? Die drücken ja in jeder Hinsicht auf die Tube! Das ist in der Tat etwas seltsam …«
»Gronau hat es sich richtig etwas kosten lassen, so kurzfristig einen Trauungstermin zu bekommen. Natürlich nur standesamtlich, danach bloß ein Essen in kleinem Kreis …«
»… das Sie organisiert haben?«

Marlene nickte. »War so auf die Schnelle gar nicht einfach. Ich habe aber einen geeigneten Caterer, der hat alles im Griff. Und die Location ist privat, ein Forsthaus im Niendorfer Gehege – das Anwesen gehört zum Besitz derer von Bornkamp …«

»Dann können wir ja entspannt den Feierabend genießen.«

»Wie gesagt, ich kann Ihnen nichts Besonderes …«

»Nicht schon wieder«, unterbrach Linus in gespielter Verzweiflung.

»Okay«, lächelte Marlene. »Wir sind sowieso schon da.«

Marlenes Wohnung lag in einem gepflegten Neubau. Drei Zimmer, von der Größe her Linus' eigener Wohnung recht ähnlich. Die Einrichtung hatte er genau so erwartet: funktionell, aber gemütlich. Im Wohnzimmer gab es viele Bücher, und die wurden auch benutzt: Rund um einen bequemen Sessel herum lagen mehrere Bücher mit eingelegten Lesezeichen sowie etliche Zeitschriften und Illustrierte – keine Gesellschaftsklatschpostillen, sondern Politik- und Sportmagazine, registrierte Linus.

»Aufgeräumt habe ich natürlich nicht«, entschuldigte sich Marlene.

»Ist auch nicht nötig«, beschwichtigte Linus. »Das ist persönliches Feng-Shui, finde ich sehr in Ordnung.«

»So ist das, wenn man alleine lebt«, bestätigte Marlene.

»Leo hat hier früher auch mit gewohnt?«

Marlene schüttelte den Kopf. »Damals hatten wir noch unser Haus. Ich bin noch nicht so lange geschieden. Leo hat meine Trennung von seinem Vater als Gelegenheit zum Sprung aus dem Nest genutzt, ich habe diese Wohnung gemietet, mein Ex ist beruflich nach Berlin gewechselt.«

»Ist er in der Politik?«

»Zum Glück nicht. Michael ist Mediziner. An der Charité.«

»Spezialisiert?«

»Ja. Auf Lernschwestern.«

»Schön blöd.«

»Aber krisenfest – die wachsen jedes Jahr nach. Trinken Sie was? Ein Bier? Ich hätte noch zwei Weizen im Kühlschrank …«

»Gerne.«

Sie wandte sich schon ab, um die Getränke zu holen, als Linus sie zurückhielt. »Marlene …?«

Sie blieb und sah Linus fragend an.

»Warum haben Sie vorhin so geweint?«

Sie nagte verlegen an ihrer Unterlippe. Dann sagte sie: »Ich bin eben manchmal eine Memme.«

»Sind Sie nicht«, legte sich Linus fest. »Diese Sportporträts von Ihnen im Büro … Memmen springen nicht mit dem Fallschirm aus Flugzeugen oder hängen am Bungeeseil überm Abgrund und lachen noch dabei.«

»Das ist etwas ganz anderes. Unterm Fallschirm oder am Bungee ist man frei von allen Ängsten.«

»Da würden für mich die Ängste erst richtig beginnen. Sie sind keine Memme. Warum haben Sie geweint?«

»Weil ich mich verantwortlich fühle«, brach es aus ihr heraus. »Für alles! Für Leo, für die Agentur, für die Flecken auf dem dämlichen Auto, für die Zeitungen auf dem Fußboden, für alles! Und das ist manchmal einfach zu viel …«

»Marlene, bitte.«

Sie hielt inne und sah Linus an, der ihr ruhig in die Augen blickte.

»Sie machen es sich wirklich nicht immer leicht. Mir übrigens auch nicht. Aber ich finde Sie trotzdem großartig. Genau so, wie Sie sind.«

Marlene schnappte vor Rührung nach Luft. »Gleich muss ich wieder heulen …«

»Super«, freute sich Linus. »Dann darf ich Sie wieder umarmen!«

Marlene breitete die Arme aus. »Ginge das vielleicht auch so?«
Es ging.
Und blieb nicht bei der Umarmung. Linus suchte mit seinen Lippen ihren Mund und spürte, wie Marlene seinen Kuss aufsog und erwiderte, dabei ihre Hände über seinen Rücken wandern ließ und sich an ihn presste. Und als sich ihre Lippen atemlos voneinander lösten, hielten sie sich weiter in den Armen.
Linus strich Marlene eine vorwitzige braune Locke aus der Stirn. »Das ist das erste Mal, dass ich mit einer Frau schmuse, die ich noch sieze.«
»Komm ins Bett, du Spinner.«

Valentin wählte ein Hemd mit blau-weißen Streifen, dazu eine helle Leinenhose. Bist immer noch ein stattlicher Kerl, dachte er, als er sich im Spiegel betrachtete. Wie es wirklich steht, weiß ja keiner. Er selbst vergaß es ja auch regelmäßig, zum Glück. Zum Beispiel vorhin die Aktion mit den jungen Leuten, das war für ihn ein wahrer Jungbrunnen gewesen. Spontaneität und Lebensfreude, das war es, was der Welt meistens fehlte. Linus leider ebenfalls. Unfassbar, dass ausgerechnet sein Sohn so eine Spaßbremse geworden war.
Valentin hatte gebadet und sich eine Weile aufs Sofa gelegt. Jetzt fühlte er sich fit genug für den Abend mit Bärbel. Jedenfalls fürs Treffen mit ihr beim Italiener, schränkte er in Gedanken ein. Es wurde auch langsam Zeit, sich auf den Weg zu machen. Er musste nur noch die Fensterklappe im Wohnzimmer dichtmachen, bevor er das Haus verließ. Nicht, dass am Ende noch dieser komische Wellensittich auf große Flatter ging und er, Valentin, die Schuld dafür bekäme.
Als der Alte am Fenster stand und die Klappe schloss, fiel sein Blick auf das Haus gegenüber. Die bunten Parolen auf der Fassade ließen ihn schmunzeln. Dann entdeckte er plötzlich

den nackten Leo, der sich gerade damit abmühte, eine Wolldecke als blickdichten Vorhang vor sein Zimmerfenster zu hängen. Die Decke rutschte wiederholt herunter, bis ein junges Mädchen, ebenfalls splitterfasernackt, dem jungen Mann mit ein paar schnellen Griffen bei der Befestigung des improvisierten Sichtschutzes half. Erst als jetzt der Vorhang für Valentin weitere Einblicke unmöglich machte, wurde ihm bewusst, dass es sich bei der Nackten um seine eigene Enkeltochter handelte.

»Sieh an, die Nele«, entfuhr es Valentin. Die Kleine war jedenfalls keine Spaßbremse, so viel stand fest. Und neulich war sie noch so verlegen gewesen, als er sie auf den Mann ihrer Träume angesprochen hatte. War regelrecht rot angelaufen, als er wissen wollte, ob ihr schon leidenschaftliche Abenteuer begegnet seien … Spätestens jetzt ist es wohl so weit, dachte Valentin schmunzelnd und sah zur Uhr. Höchste Zeit, sich auf den Weg zur Verabredung mit Bärbel zu machen.

Unten auf der Straße wechselte Valentin auf den gegenüberliegenden Gehweg, auf dem die Pinselschlacht ihre bunten Spuren hinterlassen hatte. Im offenen Hausflur des besetzten Hauses standen die Farbeimer herum, auf einem Behälter lag sogar noch ein Malerpinsel. Das brachte Valentin auf eine Idee. Er holte sich Pinsel und Farbe und ergänzte sein Herz-Gemälde an der Hausfassade um eine Inschrift. Dann legte er die Malerutensilien zurück in den Flur und ging stillvergnügt seiner Wege, die ihn zum italienischen Restaurant führten, in dem ihn Bärbel Maschmann bereits an der kleinen Bar erwartete.

Valentin sah sie, bevor sie ihn entdeckte, und der Anblick nagelte ihn für einen Augenblick auf der Stelle fest. Bärbel trug ein schlichtes schwarzes Kleid, dessen enger Schnitt ihre drahtige Figur betonte wie ein Ausrufezeichen. Sie nippte gedankenversunken an einem langstieligen Glas und schien weder Valentin zu bemerken noch die verstohlenen Blicke einiger männlicher Gäste. Sehr interessierte Blicke, registrierte Valentin sofort – von Männern, die glatt zehn, zwanzig Jahre jünger waren als Bärbel. Und damit zwanzig, dreißig Jahre jünger als ich … Er straffte sich und ging auf Bärbel zu, die ihn endlich kommen sah und mit strahlendem Lächeln begrüßte.

»Hallo Valentin.«

»Guten Abend, Bärbel – du siehst umwerfend aus. Tina Turner kann einpacken.«

»Tina Turner ist sogar noch ein paar Monate älter als du. Trotzdem danke …«

»Okay, meine Göttinnen sind vielleicht in die Jahre gekommen«, lachte Valentin, »aber du nicht, das ist mal sicher!«

»Das ist so praktisch bei älteren Herren: Die sehen nicht mehr so gut.«

»Die sehen mit dem Herzen.«

»Ist das so?«

Das klang plötzlich nicht mehr nach leichtem Geplänkel, fand Valentin. Und überspielte den Moment seiner leichten Verunsicherung mit der vom Thema abweichenden Frage: »Haben wir eigentlich einen Tisch?«

Sie hatten. Nachdem der Maestro des Hauses sie dorthin geführt, sie die Karte studiert und der Kellner ihre Bestellungen aufgenommen hatte, wies Bärbel auf einen kleinen dunkelblauen Fleck auf Valentins rechtem Handgelenk.

»Hast du heute die Wohnung renoviert?«

Valentin bröckelte den angetrockneten Farbenrest mit dem Daumennagel herunter und ließ die Krümel diskret zu Boden fallen. »Das kann Linus gefälligst selbst erledigen, falls er einen neuen Anstrich wünscht. Nein, es ging um den ewigen Kampf Gut gegen Böse. Und ein paar griffige Parolen …«

Er berichtete ihr von seiner Begegnung mit den jungen Hausbesetzern und allem, was sich daraus entwickelt hatte. Als Valentin beschrieb, wie die Pinselschlacht eskalierte und auf ihrem Höhepunkt von Linus abgepfiffen worden war, lachte Bärbel bereits Tränen.

»Der arme Linus«, prustete sie. »Der hat's mit dir nicht leicht. Und seine Tochter macht ihm anscheinend auch ganz schön zu schaffen.«

»Die Kleine ist in Ordnung«, erwiderte Valentin überzeugt. »Bisschen verschroben hin und wieder, aber mit dem gewissen Pfiff.«

Bärbel betrachtete ihn amüsiert. »Der stolze Großvater. So kenne ich dich gar nicht, Valentin. Steht dir aber gut.«

»Na ja, genau genommen habe ich Nele bis jetzt noch gar nicht richtig gekannt«, bekannte er freimütig. »Kennst du eigentlich diesen Leo und die anderen aus seiner Wohngemeinschaft näher?«

»Nur als gelegentliche Kunden. Sind immer nett und freundlich.«

»Nele ist Leos Charme offensichtlich erlegen. Vielleicht ist es aber auch umgekehrt. Oder beides.« Valentin schilderte der aufmerksam zuhörenden Bärbel seine Beobachtung am Fenster, wie sich im Haus gegenüber das junge, unbekleidete Paar mit der widerspenstigen Wolldecke abgemüht hatte, um sich kuschelige Privatsphäre zu verschaffen.

»Wie alt ist Nele – fünfzehn? Noch ganz schön jung für so etwas«, meinte Bärbel.

»Ich glaube, es ist ihre Premiere auf diesem Gebiet«, vermutete Valentin. »Und was das Alter betrifft: Wir Oldies pochen doch so gern darauf, man sei so jung, wie man sich fühlt. Wahrscheinlich funktioniert das auch andersherum: Man ist so alt, wie man sich fühlt …«

»… und beides kann ein Trugschluss sein.«

»So ist das Leben nun mal – Versuch und Irrtum! Man muss sich eben darauf einlassen.«
Darauf stießen sie an. Diesmal hatten sie als Hauptgang Pasta und Meeresfrüchte bestellt, weshalb sie sich für einen Weißwein entschieden hatten – einen trockenen, fruchtigen Südtiroler aus den Dolomiten.
Das Essen kam, und ihr Gespräch schlug weite Bögen über vergangene Zeiten bis hin zu jüngsten Ereignissen, wechselte munter zwischen großem Weltgeschehen und persönlichsten Erlebnissen und ließ bei Valentin das Gefühl selbstverständlicher Vertrautheit mit Bärbel wachsen. Ihr schien es genauso zu gehen. Beim ersten Essen in diesem Restaurant hatten sie auch ihren Spaß miteinander gehabt, aber doch nur eine kontrollierte Konversation geführt – dabei vorsichtig die Grenzen des anderen auslotend. Heute Abend blieben die Visiere weit offen, und das genossen sie beide.
Irgendwann erkundigte sich der Kellner nach ihren Dessertwünschen. Sie bestellten lieber Grappa.
»Jetzt ein Tiramisu, und ich platze aus dem Kleid«, verkündete Bärbel satt, nachdem sich der Kellner getrollt hatte.
»Ein Jammer um das Kleid. Aber bestimmt ein toller Anblick«, spekulierte Valentin lächelnd.
»Das hättest du wohl gerne«, schmunzelte Bärbel. Valentin ging nicht darauf ein, was sie ein wenig erstaunte – er ließ doch sonst keine Steilvorlage zum anzüglichen Geplänkel aus. Aber vielleicht, dachte sie, lag es am vollen Magen und am herannahenden Kellner, der auf einem kleinen Tablett die bestellten Tresterbrände brachte.
Sie nahmen die filigranen Gläser und sahen einander in die Augen.
»Danke, Valentin«, sagte Bärbel. »Ich habe mich ewig nicht mehr so unverkrampft mit jemandem unterhalten.«

»Geht mir genauso«, antwortete Valentin schlicht und hob sein Glas. »Auf dich!«

»Auf dich.«

Beinahe hätte Bärbel fröhlich »Auf uns!« getoastet. Das verkniff sie sich im letzten Moment, um sich schon im nächsten Augenblick darüber zu ärgern. Den ganzen Abend über redeten sie in aller Offenheit miteinander, und jetzt zog sie zurück? Sie hatte die Vertrautheit mit Valentin genossen, und sie wollte mehr davon. In dieser Hinsicht war sich Bärbel plötzlich ganz sicher. Früher, das war ihr ebenfalls klar, hätte sie um Valentin einen Bogen gemacht. Ihr diesbezüglicher Sinneswandel lag aber nicht nur in ihrer eigenen Entwicklung begründet. Auch mit Valentin war etwas passiert, was ihn veränderte – das spürte Bärbel deutlich. Früher war er ein Mann gewesen, der von Bärbels längst verstorbener Mutter vermutlich als »Windhund« bezeichnet worden wäre. Ein Kerl, der bei einem Essen zu zweit wie heute Abend das komplette Gespräch weitgehend alleine bestritten hätte, nur um sein Licht hell strahlen zu lassen. Der Valentin von heute hörte zu. Das gefiel ihr. Und nicht nur das.

Nachdem sie ausgetrunken und gezahlt hatten – wie versprochen, übernahm Bärbel die Rechnung –, verließen sie das Restaurant. Die frische Herbstluft ließ sie frösteln, Bärbel schloss ihre Jacke und blickte Valentin dann geradeheraus an. »Bringst du mich nach Hause?«

»Bis zur Haustür?«, erkundigte sich Valentin lächelnd.

Es war kein ganz offenes Lächeln, fand Bärbel und spürte eine leise Enttäuschung darüber in sich aufsteigen. Seit sie aus dem Restaurant getreten waren, wirkte ihr alter Freund seltsam angespannt. Bärbel beschlich sogar der Eindruck, dass ihn ihre Offerte eher verunsicherte als erfreute.

»Mal sehen«, sagte sie und hakte sich bei Valentin unter. Schweigend gingen sie durch die nachtdunklen Straßen. Er hielt neben ihr Schritt, steif wie ein Zinnsoldat. Die innige Vertrautheit zwischen ihnen, die Bärbel eben beim Essen noch so genossen hatte, schien sich in ein unverbindliches Nichts aufgelöst zu haben. Hielte ich nicht seinen Arm, würde er glatt weglaufen – so kam es ihr vor. Bärbel war plötzlich hundeelend zumute. Zum Glück hatte sie es nicht so weit bis zu ihrer Wohnung. Nur noch ein paar Meter …

»So, da wären wir.« Vor ihrer Haustür blieb Bärbel stehen und löste sich von Valentin.

»Ja, da wären wir«, gab er lapidar zurück.

Er sieht mich nicht mal richtig an dabei, dachte Bärbel und schluckte einen Kloß im Hals herunter. »Ich glaube, ich biete dir doch keinen Kaffee mehr an, Valentin. Ich bin plötzlich hundemüde …«

»Macht doch nichts, liebe Bärbel …«

Sein Lächeln wirkte jetzt sogar ein bisschen erleichtert, und das gab Bärbel den Rest. Sie schloss die Haustür auf, murmelte ein schnelles »Gute Nacht« und verdrückte sich. Es ist ja noch gar nichts gewesen, also hast du auch nichts verloren, versuchte sie sich einzureden.

Trotzdem heulte sie schon auf der ersten Treppe.

Valentin wartete, bis die Haustür hinter Bärbel ins Schloss gefallen war. Dann wandte er sich um und sah angespannt die Straße hinunter, auf der sie gekommen waren. Ein Autofahrer auf verzweifelter Parkplatzsuche rollte im Schritttempo vorbei, hinter erleuchteten Wohnungsfenstern flackerten bläuliche TV-Lichter, von irgendwoher wehte Musik aus einer offenen Kneipentür. Valentin ging ein paar Schritte bis zu einem dunklen Torweg, der in einen unbeleuchteten Hinterhof führte. Dort blieb er stehen.

»Komm raus, Freddy!«

23

Sie hatte sich nie entspannter gefühlt. So ruhig, friedlich und ausgeglichen. Durch das geschlossene Fenster und die davorgehängte Wolldecke drang jeder Lärm aus der Außenwelt nur gedämpft herein, das beherrschende Geräusch im Zimmer waren gleichmäßige Atemzüge. Leos Atmen, wie er schlief.
Neben ihr.
Nele lag an Leos nackten, warmen Rücken gekuschelt, unter seiner Decke, mit dem Gesicht an seiner Schulter. Keine Ahnung, wie lange schon. Sie hätte ewig so liegen bleiben mögen, aber dann würde vermutlich demnächst ihr besorgter Vater wieder hier auflaufen. Nele war sich zwar nicht im Klaren darüber, ob Linus eher um sie oder vor allem um sich selbst besorgt wäre, aber in der Konsequenz blieb es das Gleiche: Sie müsste hinüber in Linus' Wohnung. Da ginge sie lieber gleich aus eigenem Antrieb. Außerdem gab es dort noch etwas für sie zu erledigen.
Nele löste sich vorsichtig von dem Schlafenden und rollte sich sachte aus dem Bett. Ihre Kleidung lag im Haufen davor auf dem Fußboden. Um Geräusche zu vermeiden und Leo nicht zu wecken, verzichtete sie darauf, die Sachen hier im Zimmer anzuziehen. Sie legte sich das Zeug einfach über den Arm, warf einen letzten zärtlichen Blick zum schlafenden Leo und schlüpfte leise zur Tür hinaus. Auf dem Flur war keiner der anderen Bewohner zu entdecken. Es hätte Nele aber auch gar nichts ausgemacht, hier – nackt und bloß, wie sie war – plötzlich vor Johannes, Carlchen oder sonst wem zu stehen. Diese Einstellung erstaunte sie

selbst. Immerhin hätte sie es sich bis zu diesem Tage noch nicht mal an einem FKK-Strand getraut, öffentlich alle Hüllen fallen zu lassen.

Der Moment, der alles für Nele verändert hatte, war die Sekunde gewesen, als sie vorhin ins Badezimmer getreten war. Leo hatte gerade die Dusche abgedreht und sich überrascht das Wasser aus den Augen gewischt. Dann hatten sich ihre Blicke getroffen …

Während Nele sich jetzt auf dem Flur leise ankleidete, dachte sie über diesen magischen Moment nach. Sie erinnerte sich, wie in der Schule – im Religionsunterricht – ein alttestamentarischer Text Lektüre gewesen war, über den sie alle nur gelacht hatten, weil darin irgendein Kerl namens Sowieso ein Mädchen namens Sowieso geheiratet und offensichtlich gevögelt hatte. Bloß dass es natürlich nicht so im Klartext dort gestanden hatte. Vielmehr hieß es, Sowieso traf Sowieso »und erkannte sie als seine Frau«. Die ganze Klasse hatte sich königlich amüsiert, und tagelang rissen alle Witze darüber. Hey du, ich erkenne dich, also mach dich schon mal frei, haha.

Dabei war es so. Ganz genau so. Leo und sie hatten nackt Auge in Auge voreinander gestanden und einander erkannt, treffender ließ sich das überhaupt nicht beschreiben. Alles danach – die erste vorsichtige Umarmung, der erste Kuss, das alle Hemmungen überwältigende Gefühl und das leidenschaftliche Finale im Bett – war bloß die logische Folge dieses einen Augenblicks beiderseitiger Erkenntnis gewesen. Nele spürte Stolz und Dankbarkeit und eine ganz neue Form von Selbstbewusstsein. Am liebsten hätte sie sich gar nicht erst angezogen, sondern wäre nackt über die Straße spaziert. So frei und unbeschwert fühlte sie sich.

Als letztes Kleidungsstück schlüpfte Nele in ihre Jeans, dann verließ sie die Wohnung und tastete sich im stockfinsteren Treppenhaus die Stufen hinab. Zum Glück bereitete ihr der verletzte Fuß keine Probleme mehr.

Draußen auf der Straße wandte sich Nele noch einmal zum Haus zurück, welches sie gerade verlassen hatte. Auch im Schein der Straßenbeleuchtung waren die Parolen an der Fassade gut zu erkennen. Knallrot leuchtete das Herz, das Valentin an die Wand gemalt hatte. Herz an, Kopf aus – hat sich als guter Tipp erwiesen, lächelte Nele in sich hinein und erkannte dann, dass irgendjemand noch zwei Namen auf die Herzmalerei gepinselt hatte: NELE und LEO, stand da – und über dem Herz WOODSTOCK. Das konnte eigentlich nur Valentin fabriziert haben. Der ist echt in Ordnung, obwohl er bestimmt nie richtig erwachsen wird, dachte Nele. Vielleicht ist er ja genau deshalb echt in Ordnung.
Von der Straße aus konnte Nele in Linus' Wohnung nirgendwo Licht brennen sehen. Entweder schliefen Vater und Großvater bereits, oder sie waren beide nicht zu Hause. Oder aber sie hielten sich in einem der rückwärtig gelegenen Zimmer auf. Es gab nur einen Weg, dies festzustellen. Nele steuerte auf den Hauseingang zu und betrat das Treppenhaus. Hier funktionierte wenigstens das Licht.
In Linus' Wohnung war tatsächlich niemand, das fand Nele nach kurzer Pirsch durch die verlassenen Räumlichkeiten schnell heraus. Beste Gelegenheit, sich noch einmal den Karton in Linus' Schlafzimmer vorzunehmen.
Als sich ihr Vater vorhin in Leos Küche so wortreich über »Imageprojekte« und »Zukunftsentwicklung« ausgelassen hatte, war das Nele nicht echt vorgekommen. Dann passierte dieser magische Moment in Leos Badezimmer, und danach gab es erst mal keine Gedanken außerhalb dieser Zwischenwelt, in der sie sich mit Leo allein befand. Aber als sie später neben dem schlafenden Geliebten gelegen hatte, kehrten Neles Zweifel an Linus' Worten zurück. Und sie war sich sicher, dass die im Karton aufbewahrten Papiere mit dem Namen Gronau etwas damit zu tun hatten.

Diesmal hielt sich Nele nicht mit den Fotos auf, sondern konzentrierte sich gleich auf die zusammengehefteten Dokumente. Vertragliche Vereinbarungen, Projektentwicklung, Bauskizzen. Linus' Name, Agentur *Event Emotion*. Gronau GmbH und Gronau-Center. Eine gigantische Shoppingmall auf etlichen Ebenen, deren geplante Fläche auf dem Ausschnitt eines Stadtplans markiert war. Nele identifizierte den Straßennamen und durchschaute Linus' Strategie auf der Stelle. So eine Sauerei, empörte sie sich. Von wegen, Alternativen fördern, Künstlerkarrieren anschieben! Den sozialen Visionär heraushängen lassen und die Gegend mit Konsumtempeln zubetonieren! Das müssen Leo und die anderen wissen.

Sie nahm die Papiere, trug sie ins Wohnzimmer und schaltete den Drucker ein, der in Nebenfunktion auch als Kopierer arbeitete. Das Gerät ratterte altersschwach vor sich hin und ließ sich viel Zeit für jede einzelne Seite. Nele lauschte angespannt in Richtung Wohnungstür, aber der Drucker arbeitete viel zu laut, als dass sie Linus rechtzeitig hätte hören können, falls er jetzt nach Hause käme. Doch er kam nicht. Als endlich das letzte Blatt kopiert war, brachte Nele die Originaldokumente zurück in Linus' Schlafzimmer, legte sie in den Karton und stellte diesen wieder in die Kommode. Dann beschloss sie, die Kopien sofort zu Leo zu bringen. Hier wartete ja anscheinend sowieso keiner auf sie. Sie kehrte zurück ins Wohnzimmer, zog ein leeres Blatt Papier aus dem Drucker, suchte sich einen Stift und kritzelte die schnelle Botschaft: »Komme morgen. Nele.« Sie steckte die Kopien ein und ließ die Botschaft neben dem Gepäckhaufen im Flur liegen.

Erst unten auf der Straße fiel Nele ein, dass sie gar nicht nach Chuck Norris gesehen hatte. Fast wäre sie noch einmal umgekehrt, aber dann ließ sie es doch. Chuck hatte erst vorhin Futter bekommen und frisches Wasser – das sollte genügen.

Tiefenentspannt und schwerelos. Irgendwo im Nirgendwo. So weit weg, dass von allen physischen Dimensionen nur eine Ahnung blieb, ein gutes Gefühl von Wärme und Wohlbefinden. Bis plötzlich jemand seine Schultern packte und ihn unsanft rüttelte.

»Dein Handy.«

»Waa… aas…?«

»Es klingelt.«

Linus starrte die zierliche, nackte Brünette neben sich im Bett orientierungslos an, bis seine Sinne allmählich auf Wachmodus schalteten. Marlene hielt ihm auffordernd sein lärmendes Mobiltelefon hin. Sie schien nicht sehr erfreut zu sein. Ihr Anblick dagegen war umso erfreulicher, entschied Linus. Diese Erkenntnis verhalf ihm endgültig zurück ins Hier und Jetzt.

»Nimm schon.«

Linus gähnte herzhaft, griff nach dem Handy und nahm das Gespräch mit einem ungnädigen »Hallo« entgegen. Zunächst blies ihm aus dem kleinen Lautsprecher nur infernalisches Getöse um die Ohren. Er wollte das Telefon schon entnervt weglegen, da vernahm Linus eine wohlbekannte Stimme durch den Lärm:

»Ben! Stop! The! Engine! Please, darling …«

Petra. Und – wer oder was auch immer Ben sein mochte – er gehorchte ihr aufs Wort. Der Lärm verstummte abrupt. Dafür meldete sich Petra wieder, die Stimme pure Euphorie.

»Linus! Ich bin so glücklich! Ich würde es am liebsten der ganzen Welt mitteilen!«

»Dann fang doch mit dem Teil der Welt an, der gerade nicht schläft«, schlug Linus müde vor. »So langsam solltest du das mit der Zeitverschiebung mal draufhaben …«

»Zeitverschiebung macht mir echt nichts aus – hier ist es hell«, zeigte sich Petra begriffsstutzig.

Linus gab es auf. »Also sag mir, was du der ganzen Welt mitteilen willst, Petra.«

»Wir fahren auf der 101! Auf dem Highway von L. A. nach San Francisco, immer an der Pazifikküste entlang! Ich auf einer echten Harley, die Haare im Wind, Freeiiiheeiiit!«, schrie Petra aus vollem Hals.

Linus brachte das Handy ein Stück weit auf Abstand, bis Petra die Luft ausging. In ihren folgenden Atemzug hinein erkundigte er sich: »Demnach nimmt sich dein Gatte endlich Zeit für dich?«

Petra lachte wild. »Maximilian? Der soll weiter seine künstlichen Muskeln pflegen. Ich will das echte Leben!«

»Und das hast du jetzt gefunden? Harley und Highway?«

»Und Ben! Das verdanke ich nur dir, danke, Linus …«

»Ich kenne aber keinen Ben.«

»Du hast mir geraten: Wenn Maximilian mich nicht beachtet, soll ich mich ein bisschen um die sonnengebräunten Jungs am Strand von Malibu kümmern! Was soll ich sagen – Ben ist einer davon …«

»Und was ist mit dem Zauber der Ehe?«

»Bin nicht alt genug dafür.«

»Und Elvis und *Love me tender?*«

»Elvis ist tot. Jetzt gilt *Born to be wild.*«

»Na dann. Viel Spaß.«

»Danke. Da wäre noch was …« Sie zögerte kurz. »Es könnten ein paar Tage mehr werden als geplant. Wegen Nele …«

»Schon gut. Mach dir keine Sorgen.«

»Du bist der Größte!«

»Das sagen neuerdings alle. Allmählich glaub ich's.«

»Und ich mach mir keine Sorgen. Nie wieder! Start the engine, Ben! Jiiippieeeh …!«

Petras Rebellenschrei ging im Inferno der startenden Harley

unter. Bens Harley hatte anscheinend einen aufgebohrten Auspuff. Aber es war ja auch das Land der unbegrenzten Möglichkeiten. Linus legte das Mobiltelefon neben dem Bett auf den Fußboden.

Marlene schüttelte verwundert die brünette Mähne. »War das ein Raketenstart?«

»Get your kicks on Route 66. Highway 101, in diesem Falle.«

In kurzen Worten beschrieb Linus seine Verbindung zu Neles Mutter, die Umstände, die zu ihrer Reise nach Amerika geführt hatten, und die plötzliche Änderung in Petras Lebensplanung.

»Was ihre emotionale Reife betrifft, würde Petra perfekt zu Michael passen«, meinte Marlene.

»Deinem Ex-Mann? Könnte nicht funktionieren mit den beiden.«

»Wieso nicht?«

»Jeder würde glauben, er sei viel zu jung für den anderen.«

Marlene kicherte, dann sah sie ihm plötzlich ernst in die Augen. »Und wir beide? Funktioniert das?«

Linus ließ seinen Blick verzückt über ihren entblößten Leib wandern. »Na klar. Natürlich nur, solange du diese göttlichen Formen einer Zwanzigjährigen bewahrst ...«

Mit schrillem Kampfschrei feuerte Marlene ein Kissen auf ihn ab.

Linus simulierte den schwer Getroffenen und sank theatralisch zurück auf die Matratze, während sich Marlene schon auf ihn stürzte. Gerade als ihr gespielter Ringkampf in inniges Liebesspiel überging, funkte Linus' Handy wieder laut tönend dazwischen.

»Sag der blöden Kuh, du hättest auch ein Privatleben«, stöhnte Marlene entnervt und rollte von Linus herunter. Der seufzte nur und angelte sich das randalierende Mobiltelefon vom Fußboden.

»Hallo …«
»Herr Kruse? Hier Polizeihauptmeister Werner Möhring.«
»Ja?« Linus saß plötzlich vor Schreck stocksteif im Bett. »Was ist passiert?«
»Machen Sie sich keine Sorgen«, beschwichtigte Möhring rasch. »Alles halb so wild. Jedenfalls, soweit man Ihrem Vater Glauben schenken darf.«
Linus entspannte sich ein wenig. »Was denn glauben? Nun sagen Sie schon …«
»Nun ja. Ihr Vater und ein weiterer älterer Herr haben einen ziemlichen Tumult auf offener Straße veranstaltet …«
»Tumult?«
»Für die Mitbürger, die uns alarmiert haben, sah es eigentlich eher nach einer Schlägerei aus. Zumindest nach heftigem Gerangel. Allerdings weisen beide Herren diesen Tatverdacht von sich.«
»Verletzungen?«
»Nichts Gravierendes. Möglicherweise folgt jedoch noch eine Anzeige wegen Sachbeschädigung – eine Mülltonne ist im Getümmel umgekippt und hat drei Meter morschen Jägerzaun abgeräumt.«
»Das ist natürlich bitter. Aber was kann ich dafür? Das soll mein Vater selbst regeln, meinen Sie nicht auch?«
»Herr Kruse. Mein Kollege und ich haben Ihren Vater bereits letzte Nacht in ziemlich verwirrtem Zustand aufgegriffen. Vielleicht braucht er doch mehr Hilfe, als Sie und er selbst meinen. Und das sollten bitte Sie mit ihm klären. Sie möchten bestimmt auch nicht, dass solche Dinge von Amts wegen angeschoben werden. Das macht nur Arbeit und ist kompliziert – dann auch für Sie.«
Linus seufzte ergeben. »Sie wollen mir damit sagen, ich soll ihn jetzt abholen?«

»Sehen Sie«, freute sich Möhring, »das nenne ich bürgernahe Kooperation! Wache Sedanstraße. Sie wissen, wo das ist?«
»Ja. Bis gleich«, verabschiedete sich Linus knapp, ließ die Hand mit dem Handy sinken und atmete erst einmal durch. Marlene sah ihn fragend an.
»Du musst weg?«
Linus nickte. »Meinen Vater von der Wache abholen. Also, wirklich …«
»Hat er etwas angestellt?«
Linus zuckte mit den Achseln. »Ich habe keine Ahnung, was mit dem Alten los ist. Hatte ich eigentlich noch nie, wenn ich's genau bedenke.« Er strich Marlene bedauernd über die brünetten Locken. »Tut mir leid, ehrlich.«
»Soll ich dich fahren?«
Er schüttelte den Kopf. »Ich nehme mir ein Taxi. Ich werde mit dem alten Chaoten ein ernstes Wort reden, das musst du dir nicht antun. Außerdem wird es morgen ein anstrengender Tag. Gronaus Hochzeit, die Entscheidung über Leos Haus … Da ist es wohl besser, wenn wenigstens einer von uns beiden ausgeschlafen hat.«

Polizeihauptmeister Werner Möhring sah grau und müde aus. Linus fühlte sich allerdings auch nicht gerade wie das blühende Leben. Immerhin schien sein Anblick den Beamten zu erfreuen. Möhring empfing ihn mit fröhlichem Lächeln.
»Der Herr Kruse! Guten Abend, auch wenn der schon ziemlich fortgeschritten ist. Was auch nicht schlecht ist, weil das Schichtende naht. Gut aber auch deshalb, weil wir diese leidige Angelegenheit regeln können, bevor sich die Ablösung damit befassen müsste …«
Linus hatte keine Lust auf Konversationsschnörkel. »Wo steckt denn diese Angelegenheit?«, kam er gleich zur Sache.

»Kommen Sie.«
Linus folgte Möhring durch eine Tür auf einen langen Korridor. Schon hier dröhnte ihnen eine kräftige Männerstimme entgegen: »Vergangen, vergessen, vorüber/vergangen, vergessen, vorbei/die Zeit deckt den Mantel darüber/vergangen, vergessen, vorbei …«
Linus stutzte überrascht. »Freddy?«
»Richtig!«, nickte Möhring eifrig. »Freddy Quinn, 1964 als 45er-Single bei Polydor erschienen. Die B-Seite war übrigens *So ein Tag, so wunderschön wie heute.* Sind Sie etwa auch Sammler?«
»Äh, eigentlich nicht.«
»Schade. Vinyl ist so sinnlich.«
Zum Glück erreichten sie jetzt das Zimmer am anderen Ende des Korridors, was Linus weitere Enthüllungen aus dem offenkundig vielschichtigen Privatleben des Polizeihauptmeisters ersparte. Der sich hier bietende Anblick zerrte auch so genug an den Nerven: An der einen Seite eines Tisches saß Valentin und hielt sich demonstrativ die Ohren zu. An der ihm gegenüberliegenden Seite gab Freddy sein Platzkonzert. Dazwischen hockte Bennie, der jüngere Kollege Möhrings, und wirkte restlos überfordert.
»Er hört einfach nicht auf damit«, berichtete er den Eintretenden hilflos.
»Und ich darf ihm nicht mal eine scheuern«, beschwerte sich Valentin empört, »das ist gegen die Menschenrechte! Ich erwäge eine Klage, Sie werden von meinen Anwälten hören …«
»Che Guevara hört auch nicht auf«, setzte Bennie seinen Schadensbericht fort und wies gequält auf Valentin.
»Der geht jetzt nach Hause«, verkündete Möhring.
»Das hätte ich bereits vor einer Stunde gemacht«, protestierte Valentin aufgebracht, »wenn Sie mich hier nicht – gegen meinen

freien Bürgerwillen, betone ich ausdrücklich – völlig willkürlich festgehalten hätten! Purer Totalitarismus! Wo leben wir eigentlich?«
»Dort wo die Blumen blüh'n/dort wo die Täler grün …«, beantwortete Freddy diese rhetorische Frage ebenso spontan wie stimmgewaltig.
»Hört endlich auf damit!«, jammerte Bennie verzweifelt.
»Wäre das hier der Wilde Westen, müssten Sie jetzt den Colt ziehen und in die Decke schießen«, schlug Linus vor.
Bennie stierte ihn konsterniert an und schien die Anregung ernsthaft zu erwägen, während Möhring unangenehm dicht an Valentin herantrat und ihn mit eiskaltem Polizeihauptmeisterblick fixierte.
»Sie können froh sein, dass wir uns die Mühe gemacht haben, Ihren Sohn zu erreichen. Und dass er sich die Mühe macht, Sie hier mitten in der Nacht abzuholen. Ansonsten hätten wir Sie mindestens bis morgen auf der Wache schmoren lassen. Der bei Ihnen ermittelte Promillewert, zusammengenommen mit dem Tatbestand der öffentlichen Ruhestörung, würde das auf jeden Fall rechtfertigen!«
»Was denn, besoffen bist du auch?«, hakte Linus nach.
»Das bisschen Wein! Die suchen nur einen Grund«, verteidigte sich sein Vater empört.
»Was wollen Sie eigentlich noch?«, fuhr ihn Möhring jetzt scharf an. »Sie können gehen! Also verschwinden Sie endlich.«
Valentin wollte zur Widerrede ansetzen, besann sich dann aber. Er erhob sich von seinem Platz und trat neben Linus. Dann wandte er sich noch einmal an den Polizeihauptmeister, jetzt völlig gefasst. »Darf Freddy auch gehen?«
Möhring schüttelte nur den Kopf.
»Warum nicht?«
»Weil er sich nicht ausweisen kann. Gute Nacht, Herr Kruse.«

»Komm, Vater«, versuchte Linus den Alten aus der Tür zu lotsen, aber der blieb beharrlich stehen.

»Freddy heißt eigentlich Jürgen Tornberg. Das hat er Ihnen auch gesagt!«

»Eben. Er hat es bloß gesagt.« Möhring schnaufte genervt. »Keine Papiere, kein fester Wohnsitz. Also bleibt er hier.«

»Er hat einen festen Wohnsitz«, konterte Valentin. »Er wohnt bei mir.«

»Aber du wohnst doch bei mir«, grätschte Linus erstaunt dazwischen.

»Meine ich ja. Freddy ist bei uns zu Hause.«

»Wo ich die Liebste fand/da liegt mein Heimatland …«, grölte Freddy begeistert.

»Auf – hö – ren!«, stöhnte Bennie.

»Ruhe!« Sogar Polizeihauptmeister Möhring verlor kurzfristig die Fassung, hatte sich aber sofort wieder im Griff. »Also gut. Wenn die Herren Kruse junior wie auch Kruse senior hiermit zu Protokoll geben und garantieren, dass nämlicher Jürgen Tornberg unter ihrer Adresse zu erreichen ist – dann bitte. Herr Tornberg, hauen Sie ab.«

»Aber …«, begehrte Linus auf, doch Bennie winkte flehend ab.

»Tun Sie es einfach. Bitte!«

»Komm, Freddy«, ordnete Valentin schlicht an. Freddy erhob sich grinsend und trat zu Vater und Sohn. »Abmarsch«, kommandierte Valentin und verließ das Zimmer, ohne die Polizisten eines weiteren Blickes zu würdigen. Linus folgte ihm kopfschüttelnd, während sich Freddy mit großer Geste in Richtung der beiden Beamten verbeugte und seinen Abgang mit Gesang krönte:

»Hundert Mann und ein Befehl/und ein Weg, den keiner will/Tagein, tagaus, wer weiß, wohin/Verbranntes Land, und was ist der Sinn …«

Völlig entnervt sprang Bennie auf und knallte hinter Freddy die Tür zu. »Was singt der Kerl bloß für einen Schrott?«
Polizeihauptmeister Möhring antwortete wie aus der Pistole geschossen. »*Hundert Mann und ein Befehl.* Erschienen 1966 als 45er bei Polydor. Auf der B-Seite das schöne Lied *In 24 Stunden.*«

24

Im Taxi sagte niemand etwas. Linus hatte den Fahrer vor der Polizeiwache warten lassen, und der hatte sich über die zusätzlichen Passagiere nicht weiter erstaunt gezeigt, sondern sich lediglich nach dem neuen Fahrtziel erkundigt. Der Mann machte ohnehin den Eindruck, als sei er mit dem Fahrersitz seines Wagens verwachsen, und zwar seit Jahren. Ein paar hundert Nachtschichten im Taxi, und man stellt keine Fragen mehr, vermutete Linus. Er selbst hatte durchaus noch welche auf dem Herzen, stellte aber alle Bemerkungen zurück. Valentin schwieg ebenfalls. Sogar Freddy hielt die Klappe.

Am Ziel zahlte Linus, während die beiden Alten schon ausstiegen. Dann standen sie alle drei vor dem Hauseingang.

»Und jetzt?«, wollte Linus wissen.

»Habt ihr Schnaps im Haus?«, erkundigte sich Freddy.

»Ich hab noch eine Buddel Rum«, offenbarte Valentin.

»Ein Grog wäre nicht schlecht«, äußerte sich Freddy erfreut. »Es ist nachts wieder ziemlich kühl.«

»Ihr hattet doch wohl schon genug heute«, protestierte Linus.

»Das war gestern«, erklärte Freddy gemütlich. »Ist nach Mitternacht. Heute hatte ich noch keinen Tropfen.«

»Außerdem ist alles ganz anders, als du denkst, mein Sohn«, setzte Valentin hinzu.

»Ach ja? Dann erkläre es mir mal.«

»Oben. In der Wohnung.«

Linus gab auf. »Von mir aus. Kommt mit. Aber leise – nicht, dass Nele aufwacht.«

Diese Sorge erwies sich als unbegründet. Linus entdeckte den Zettel neben dem Gepäckhaufen sofort: »Komme morgen. Nele.«
»Wo ist sie denn bloß?«, murmelte er beunruhigt. Valentin spähte ihm über die Schulter, las die Botschaft ebenfalls und beschwichtigte: »Sie ist drüben. Bei den jungen Leuten.«
»Meinst du?«
»Hat sie mir selbst gesagt«, behauptete Valentin. »Ist ja auch praktisch. Kann Freddy im Gästezimmer schlafen. Hatte schon befürchtet, der alte Junge müsste auf dem Fußboden vor meinem Sofa übernachten.«
Linus musterte Freddy, der jetzt demonstrativ gähnte. Dem Alten fehlten zwar ein paar Zähne, und er wirkte ein wenig ungepflegt, aber nicht wirklich verwahrlost. Nach Ungeziefer sah er nicht aus. Dann würde ihn Bärbel Maschmann auch nicht in ihren Laden lassen, fiel Linus ein. Diese Überlegung gab für ihn den Ausschlag.
»Okay, Freddy. Hier rein«, sagte er und öffnete die Tür zu Neles Zimmer.
»Und was ist mit meinem Grog?«, wollte Freddy wissen.
»Kriegst du vom Zimmerservice«, erbot sich Valentin und setzte sich in Richtung Küche in Bewegung. Linus zog bereits das Rollo vor dem Fenster des Gästezimmers herunter, als ihn Freddys Frage aufschreckte: »Ist der Vogel ausgestopft?«
Chuck Norris hockte regungslos in einer Ecke auf dem Boden seines Käfigs. Die Augen geschlossen, das Gefieder struppig und glanzlos. Linus klopfte erschrocken mit den Fingerknöcheln gegen die Gitterstäbe – der Sittich zeigte keine Reaktion.
»Der ist hinüber«, verkündete Freddy seine Einschätzung der Lage.
Linus befürchtete schon, ihm recht geben zu müssen, als er ein leises Flattern am Brustgefieder des Vogels wahrnahm. Ein Rest

von Atemtätigkeit schien also noch vorhanden zu sein. Und dann hob Chuck mühsam ein Lid und beglückte Linus mit einem leeren Blick aus trübem Knopfauge, bevor es sich langsam wieder schloss wie ein Bühnenvorhang.

»Doch nicht hinüber«, diagnostizierte Freddy sachlich. »Aber knapp davor.«

So sieht es wohl aus, dachte Linus. Und daran konnte er nichts ändern. Schließlich existierte keine Notrufnummer für kranke Wellensittiche, und Tierärzte praktizierten Samstagnacht sicher nur, wenn man mindestens eine kranke Kuh zu bieten hatte. Neben dem Käfig lag das Tuch, welches Nele immer als nächtliche Schlummerhilfe über Chucks Behausung ausbreitete.

»Wir lassen ihn am besten in Ruhe«, meinte Linus, nahm das Tuch und deckte den Käfig damit ab. Hinter ihm schob sich Valentin ins Zimmer, in der Hand einen dampfenden Grogbecher, den Freddy ihm gleich abnahm.

»Zu gütig, James.«

»Zufrieden mit seinen Gemächern, der Herr?«

Freddy stellte den Becher vorsichtig auf den Nachttisch und wandte sich wieder Valentin zu, in den Augen ein merkwürdiges Funkeln. »Das eben bei den Bullen, das war anständig von dir. Aber wir sind noch längst nicht fertig miteinander, hörst du?«

Valentin hielt Freddys Blick einen Moment lang stand. Dann erwiderte er müde: »Nein, das sind wir beide wohl nie. Gute Nacht.«

Linus folgte seinem Vater hinaus in den Flur. Als sich der Alte anschickte, ohne ein Wort ins Wohnzimmer durchzumarschieren, hielt Linus ihn an der Schulter zurück. »Wir sind auch noch nicht fertig miteinander …«

Valentin seufzte ergeben. »Das hatte ich irgendwie befürchtet.«

»Wir setzen uns in die Küche«, ordnete Linus unerbittlich an.

»Grog?«, fragte Valentin, während Linus sich wortlos nickend an den Küchentisch setzte. Er sah zu, wie Valentin schweigend Wasser aufkochte, in zwei Bechern mit Kandis verrührte und dann mit einem ordentlichen Schuss Rum auffüllte. Der Alte kam mit den Bechern zum Tisch und ließ sich ächzend auf einen Stuhl sinken, als drückten ihn Zentnerlasten nieder.

»Also«, begann Valentin zögerlich. »Ich war nur mit einer netten Dame eine Kleinigkeit beim Italiener essen, heute und gestern …«

»Eine Frau«, stöhnte Linus auf. »Hätte ich mir ja denken können …«

»Nicht so, wie du denkst!«, verteidigte sich sein Vater. »Eine alte Freundin! Bärbel. Bärbel Maschmann.«

»Du warst mit Bärbel aus? Gestern auch schon?«

Valentin nickte. »Dabei fällt mir ein …« Er zückte seine Brieftasche, nestelte eine Quittung heraus und schob sie Linus über den Tisch. »Für das Essen gestern kriege ich noch Geld von dir.«

Linus warf nur einen kurzen Blick auf den Beleg. »Eine Kleinigkeit, ach ja.« Er schob den Zettel beiseite. »Als die Polizei dich gestern hier abgeliefert hat, war nicht die Rede von einem gesitteten Essen in Damenbegleitung. Wie ich mich noch gut entsinne, haben die dich mit angeschlagenem Schädel in einem Torweg aufgegabelt. Hat Bärbel dir eine verpasst, oder was?«

»Die war da schon längst weg. Es war Freddy.«

»Gestern auch schon?«

Valentin nickte.

»Was hat er gegen dich?«

»Lange Geschichte.«

»Deshalb sitzen wir hier, vergessen?«

Valentin rührte mechanisch in seinem Grogbecher. »Wir kennen uns schon ewig. Seit Studententagen …«

»Freddy hat studiert?«, staunte Linus.

»Na ja, nicht wirklich. Ich meine, kann sein, dass er irgendwo eingeschrieben war. Das waren viele damals. Für die war das Studium mehr ein wildes Lebensgefühl als ein durchorganisierter Lernprozess. Freddy hing irgendwie in der Luft, war aber immer dabei, wenn's was zu feiern oder zu protestieren gab …«

»Da habt ihr euch sicher großartig verstanden«, bemerkte Linus spöttisch.

»Doch, ja. Wir haben sogar zeitweise in derselben Wohngemeinschaft gelebt. Greta war auch dabei …«

»Mama? Die hat Freddy auch gekannt?«

»Könnte man so sagen«, druckste Valentin.

Linus wurde hellhörig. »Sogar … mehr als gekannt?«

»Hin und wieder«, bestätigte Valentin. »Weißt du, das waren einfach andere Zeiten Ende der Sechziger, Anfang Siebziger.«

»Jaja, weiß schon. Uschi Obermaier, Kommune I. Freie Liebe und Weltrevolution. Aber Mama und freie Liebe … und dann ausgerechnet Freddy …« Diese Vorstellung erschütterte Linus.

»Sie hat nie viel von sich geredet, nicht wahr, Sohn?«, erkundigte sich Valentin sanft. »Greta ist später voll in ihrer Mutterrolle aufgegangen …«

»Du hast dich ja auch früh genug abgeseilt«, ätzte Linus.

Valentin ignorierte diese Spitze. »Ihre wilde Zeit hatte sie davor. Die war kurz, aber eben wild. Es gab sie, es gab mich, und es gab Freddy. Und keine Demarkationslinien.«

»Wenn es die nicht gab: Warum ist Freddy sauer auf dich?«

»Weil …«, setzte Valentin an, brach aber wieder ab. Linus ließ dem Alten genug Zeit, um den Faden wiederaufzunehmen. »Wir haben zwar viel geteilt, aber wir waren nicht alle gleich.«

»Binsenweisheit.«

»Zum Beispiel: Ich fand die Rolling Stones gut, wie die meisten von uns. Freddy stand immer auf diesen Schlagermist, vor allem natürlich auf Freddy Quinn. Manche Mädels fanden aber gerade das ganz putzig, insofern hat's ihm nicht geschadet …«

»Das sind doch bloß Äußerlichkeiten. Genauer, bitte.«

»Ich war so etwas wie der Mann für den theoretischen Überbau, Freddy dagegen eher praktisch veranlagt …«

»Mit anderen Worten: Er war der Mann fürs Grobe und du ein Schnacker. Bist du übrigens immer noch. Komm endlich zur Sache!«

»Aber wir hatten ein gemeinsames Feindbild: Im Allgemeinen alles, was uns Regeln aufzwang. Und im Besonderen die Bildzeitung als Sprachrohr des Establishments. Auf unseren Protestkundgebungen hab ich als Redner ganz schön gegen das Blatt vom Leder gezogen! Das hat deine Mutter damals beeindruckt. Und schließlich von mir überzeugt«, berichtete Valentin nicht ohne stillen Stolz.

»Und Freddy?«, bohrte Linus gnadenlos nach.

»Freddy fand, das sei alles nur hohles Gelaber. Es zählten einzig und allein Taten. Und die ließ er dann folgen …«

»Was hat er getan?«

»Einen Zeitungsladen abgefackelt.«

»Was?«

»Schaufenster eingeschlagen. Molotowcocktail reingeworfen. Ende der Durchsage.«

Linus schluckte. Blickte zur Wand, hinter der er just in diesem Moment einem gemeingefährlichen Brandstifter im Bett seiner unschuldigen Tochter Asyl gewährte. Dann richtete er seine Augen auf Valentin, in der sicheren Erwartung, an dessen Stirn diabolische Hörner über einer Teufelsfratze zu entdecken. Doch Linus sah nur einen wohlvertrauten alten Mann, der ihn traurig anlächelte.

»Es war nachts und niemand im Laden. Freddy hat selbst die Feuerwehr gerufen, die haben alles gelöscht, bevor sich der

Brand auf die Wohnungen über dem Laden ausweiten konnte. Es gab keine Personenschäden. Man hat es ihm trotzdem als versuchten Mord ausgelegt.«

»Er wurde also erwischt.«

»Noch am Tatort. Der Trottel musste sich ja unbedingt auch noch die Löscharbeiten anschauen.«

»Das wäre dir natürlich nicht passiert«, bemerkte Linus heftig.

»Das«, gab Valentin scharf zurück, »wäre mir ganz bestimmt nicht passiert, weil ich so etwas niemals getan hätte!«

»Richtig«, höhnte Linus. »Du hast wahrscheinlich nur über so etwas geredet! Wer mit Worten zündeln kann, braucht keine Mollys zu werfen.«

Wieder lächelte ihn Valentin traurig an. »So in etwa würde Freddy seine Vorwürfe an mich auch zusammenfassen. Wenn er so gut formulieren könnte wie du, mein Sohn. Von wem du das wohl hast …«

»Wie lange hat Freddy gesessen?«, lenkte Linus ab. Von Gemeinsamkeiten mit Valentin wollte er in diesem Moment lieber nichts wissen.

»Ein paar Jahre.«

»In denen du dann seine Ex-Freundin geheiratet, geschwängert und unglücklich gemacht hast.«

»Sie war nicht unglücklich!«, fuhr Valentin auf – schärfer als von Linus erwartet. »Greta hatte alles, was sie wollte! Ich gehörte irgendwann nicht mehr dazu. Leider. Und einem Kind konnte ich das nicht erklären. Formulierungskünste haben auch ihre Grenzen.«

Linus blickte stumm in seinen unangetasteten Grogbecher.

»Hätte Mama lieber Freddy gewollt?«, fragte er schließlich.

Valentin schüttelte bedächtig den Kopf. »Nein. Sie war nicht bei der Gerichtsverhandlung, hat ihn nie im Knast besucht und nicht mehr von ihm gesprochen.«

»Hast du ihn besucht?«
»Mich wollte er nicht sehen. Da hab ich's gelassen.«
»Aber später müsst ihr euch doch über den Weg gelaufen sein. Er ist hier doch schon durch die Gegend gelaufen, als ich noch zur Schule ging!«
»Wir sind uns immer ausgewichen. Damals hing Freddy auch nicht so oft hier herum wie jetzt. Er ist viel herumgezogen, hat es nirgendwo lange ausgehalten. Ist wohl so, wenn man lange eingesperrt war.«
Linus nickte bedächtig. »Und jetzt ist Freddy ausgerechnet in einem Zeitungsladen sesshaft geworden. Weiß Bärbel über seine Vergangenheit Bescheid?«
Valentin zuckte mit den Schultern. »Keine Ahnung. Er würde ihr aber sicher nichts zuleide tun. Eher poliert er mir die Fresse. Oder versucht es wenigstens.«
Linus ging ein Licht auf. Er angelte sich erneut die Restaurantquittung vom Tisch und hielt sie seinem Vater unter die Nase. »Nicht nur wegen der Vergangenheit – auch deswegen, hab ich recht? Freddy befürchtet, du machst dich an Bärbel heran! Und machst sie unglücklich, so wie …«
Stuhlbeine scharrten geräuschvoll über den Fußboden, als Valentin jetzt aufsprang und sein Sitzmöbel dabei nach hinten drückte. Er beugte sich ein Stück weit über die Tischplatte und funkelte Linus wütend an.
»Unglücklich wird man nicht gemacht! Fürs persönliche Glück und Unglück ist noch jeder selbst verantwortlich, Linus! Es ist so billig, die Schuld dafür anderen in die Schuhe zu schieben. Aber wenn du dann besser schlafen kannst … ich schlafe auch so ganz wunderbar. Und zwar jetzt. Gute Nacht.«
Damit machte Valentin kehrt und eilte aus der Küche. Linus hörte, wie sein Vater die Wohnzimmertür hinter sich schloss, und spürte im nächsten Moment, wie die Erschöpfung über ihm zu-

sammenschlug wie eine brechende Welle. Es war viel zu spät für Vergangenheitsbewältigung.
Sogar zu spät für einen Rumgrog.

»Junge, komm bald wieder, bald wieder nach Haus/Junge, fahr nie wieder, nie wieder hinaus …«
Linus rollte sich fluchend aus der Decke, tappte zum Fenster, schloss es und kehrte ins Bett zurück.
»Ich mach mir Sorgen, Sorgen um dich/denk auch an morgen, denk auch an mich …«
Der verdammte Freddy klang überhaupt nicht leiser als eben. Schloss das Fenster nicht richtig? Linus brauchte noch einen kompletten Refrain von »Junge, komm bald wieder«, bis ihm einfiel, dass der alte Freddy – formerly known as Jürgen Tornberg – gar nicht unten auf der Straße krakeelte, sondern seine Lieblingsnummer unmittelbar hier in der Wohnung abzog. Wenigstens signalisierte das von draußen einfallende Tageslicht, dass man dabei nicht mehr von nächtlicher Ruhestörung sprechen musste. Linus warf einen Blick auf die Uhr. Schon kurz vor elf. Es war ja auch spät geworden gestern …
Mit diesem Gedanken fiel ihm auch alles andere wieder ein – die ganze Geschichte von seiner Mutter, Valentin und Freddy. Damit müssen die beiden alten Knacker selbst klarkommen, dachte Linus. Er würde heute genug damit zu tun haben, Leo und die anderen Jungspunde in Hotels unterzubringen und Nele aus der Schusslinie zu halten. Noch hatten sich die jungen Leute zwar nicht einverstanden erklärt. Aber Linus war zuversichtlich, dass alles so lief wie von ihm geplant. Leo schien das Angebot verlockend zu finden. Und auf Leo würden sie drüben im Abrisshaus letzten Endes alle hören.
Bevor er sich endgültig aus den Federn wälzte, ließ Linus noch ein paar innige Gedanken um die gemeinsam erlebten Stunden

mit Marlene kreisen. Schon erstaunlich, wie viel ihm diese kratzbürstige und trotzdem weiche, impulsive wie nachdenkliche Frau schon bedeutete. Er kannte sie seit nicht einmal einer Woche – aber was war das für eine Woche gewesen: der überraschende Einzug von Nele und später von Valentin, der neue Job bei *Event Emotion.* Gronaus lukrative Offerte. Marlene mit allen amourösen und familiären Verwicklungen. Ihre erste Verabredung zum Abendessen, durchkreuzt von Chuck Norris' Sturzflug in die Schaumberge …

Linus fiel wieder ein, in welch elendem Zustand er den Wellensittich gestern Nacht vorgefunden hatte. Vielleicht lag Chuck bereits tot in seinem Käfig. Das gäbe bestimmt reichlich Stress mit Nele, den könnte er ausgerechnet heute wahrlich nicht gebrauchen. Und Freddy müsste auch aus Neles Zimmer verschwinden, bevor das Mädchen nach Hause käme. Höchste Zeit zum Aufstehen also, fand Linus und hebelte sich aus dem Bett.

Freddy summte nur noch leise vor sich hin, jedenfalls war im Flur kaum etwas von ihm zu hören. Valentin hielt sich anscheinend noch im Wohnzimmer auf, in Bad und Küche war niemand. Linus nutzte die Gelegenheit zur schnellen Morgentoilette. Kaum fertig angekleidet, klopfte er kurz an die Tür zum Gästezimmer und trat ein.

Auch Freddy war bereits ausgehbereit angezogen. Vielleicht hatte er auch einfach in Kleidern übernachtet – so, wie seine Klamotten schon für gewöhnlich aussahen, ließ sich das schwer beurteilen. Er saß auf einem Stuhl neben dem Vogelkäfig und grinste Linus vergnügt entgegen, während er die letzten Tropfen aus der Rumflasche in den Grogbecher quälte.

»Wie ich sehe, hast du schon gefrühstückt«, bemerkte Linus.

»Sogar in guter Gesellschaft«, erwiderte Freddy und prostete in Richtung des Wellensittichs. Der Alte hatte bereits die Schlafdecke vom Käfig gezogen. Chuck Norris hockte immer noch benommen auf dem Boden, machte sich aber just in diesem Moment mit unsicheren Hüpfern auf den Weg zum Wassernapf, tunkte den Schnabel tief ein, legte das Köpfchen possierlich in den Nacken und ließ sich das labende Nass durch den Schlund perlen. Abschließend krächzte er gurgelnd. Linus trat näher zum Käfig und stellte überrascht fest, dass das Wasser im Trinknapf eine nicht unerhebliche goldbraune Färbung aufwies und penetrant nach Rum roch.

»Hast du etwa den Geier mit Rum abgefüllt?«, fuhr er Freddy entsetzt an.

»Ist bei Erkältung das einzig Wahre«, verteidigte sich der Alte. »Das arme Vieh hat die ganze Nacht geniest!«

Fassungslos wandte sich Linus wieder dem Drama im Käfig zu. Chuck gab sich gerade noch einmal am Napf die Kante und versuchte dann, die Gitterstäbe zu erklimmen. Es sah aus, als entere ein stark übergewichtiges Kind im Turnunterricht die Sprossenwand. Nach jedem unbeholfenen Klimmzug rutschte Chuck wieder ein paar Stäbe weit herunter. Schließlich schaffte er es mit vollem Schnabel- und Klaueneinsatz bis auf die Höhe seiner geliebten Schlafschaukel und nahm mit flackerndem Knopfauge Maß.

»Wenn er springt, fällt er auf'n Arsch«, spekulierte Freddy in aller Gemütsruhe. »Wetten?«

Atemlos verfolgte Linus, wie der Sittich den Hals in die Länge streckte und mit dem Kopf ruckartige Bewegungen vollzog, als nähme er Schwung. Dann wagte er den Absprung – und landete tatsächlich auf der Schaukel.

»Wieder eine Wette, die du verloren hättest«, atmete Linus auf.

»Da geht noch was«, prophezeite der Alte.

Tatsächlich schien Chucks Stand längst noch nicht gesichert. Mit halb geschlossenen Augen schwankte der Sittich auf seinem wackligen Hochsitz vor und zurück. Plötzlich kippte er vornüber, hielt den Holm seiner Schaukel aber weiterhin fest umklammert. Sekundenlang hing Chuck kopfüber über dem Abgrund.

»Gleich muss er kotzen, das kenn ich«, erklärte Freddy fachmännisch.

Diese Prognose erfüllte sich jedoch nicht. Den Sittich verließen die Kräfte, seine Krallen lösten sich im Zeitlupentempo vom Holm, und er fügte sich dem Gesetz der Schwerkraft. Mit einem unspektakulären Plopp schlug Chuck im ausgestreuten Vogelsand auf, versuchte noch einmal vergeblich, auf die Beine zu kommen, rollte auf die Seite und regte sich nicht mehr.

»Okay, auf'm Arsch ist er nicht gelandet«, räumte der Alte ein.

»Weißt du eigentlich, was du getan hast?«, schrie Linus ihn an.

Freddy blieb ganz ruhig. »Der war schon so gut wie hinüber. Jetzt ist er wenigstens glücklich gestorben. Das ist auch nicht jedem vergönnt.«

Linus warf noch einen kurzen Blick auf den leblosen Vogel, dann hüllte er die Schlafdecke um den Käfig. Hoffentlich blieb Nele noch ein bisschen länger weg. Er hatte zwar keine Ahnung, was ihm das bringen sollte, aber Hauptsache, es gab noch Aufschub.

»Erst denken, dann handeln, Freddy«, sagte Linus bitter. »Zu der Erkenntnis solltest du endlich mal kommen …«

»Die Herren Kruse haben sich also kurzgeschlossen«, höhnte Freddy, »und die Herren Kruse wissen natürlich alles besser. War ja zu erwarten.«

»Die Herren Kruse sind ganz unterschiedliche Leute! Und die Probleme, die du mit Valentin hast, sind nicht meine. Das da«, Linus wies anklagend auf den abgedeckten Käfig, »ist etwas komplett anderes!«

»Alles hängt mit allem zusammen«, verkündete Freddy geheimnisvoll. »Ist immer so.«

»Spinner«, stöhnte Linus entnervt. »Die Nacht ist vorbei, such dir ein anderes Quartier.«

»Ich bin auf Einladung von Valentin hier«, erklärte Freddy hoheitsvoll und unternahm keinerlei Anstalten, den Platz zu räumen. Linus erwog gerade, den Alten kurzerhand am schmuddeligen Kragen zu packen und ihn auf die harte Tour vor die Tür zu setzen, da vernahm er aus dem Flur ein vertrautes Geräusch. Sein Mobiltelefon.

25

Linus entsann sich, es in die Jacke gesteckt zu haben. Die hing im Flur. Das Handy befand sich tatsächlich an Ort und Stelle und klingelte immer noch, als Linus es endlich aus der Tasche fischte und in Gesprächsposition brachte.

»Kruse …«

»Sie. Sind. Gefeuert.«

»Herr Gronau? Sind Sie das?«, versuchte sich Linus zu orientieren, ohne weiter auf die harte Ansage einzugehen.

»Allerdings. Und Sie behaupten gestern noch rotzfrech, Sie hätten alles im Griff!«

»Hab ich auch. Was ist denn passiert?«

»Sie haben wirklich keine Ahnung?«

»Würde ich sonst fragen?«

Gronau schnaubte verächtlich. »Baut Mist und merkt es noch nicht mal. Habe mich doch in Ihnen getäuscht. Also gut. Vorhin alarmiert mich mein Hausmeister: Vor meiner Firmenzentrale randaliert ein wüster Haufen Chaoten. Schwenkt Plakate, hängt Spruchbänder an den Zaun, beschmiert Wände und Gehweg mit Sprüchen wie *Kein Klon-Bau von Gronau* und benimmt sich überhaupt völlig daneben. Noch während mich der Hausmeister anruft, dreht er fast durch, weil plötzlich immer mehr Demonstranten aufkreuzen. Das waren nicht bloß die Leute aus Ihrer Nachbarschaft – das waren Hunderte!«

»Haben Sie die Polizei gerufen?«, hakte Linus konsterniert ein.

»Mir blieb nichts anderes übrig«, stieß Gronau zornig hervor. »Nun ist der Geist aus der Flasche. Und morgen stürmt das

Räumkommando. Adieu, Herr Kruse, Sie sind raus aus der Nummer …«

»Wir haben einen Vertrag …«

»Haben Sie das Kleingedruckte nicht gelesen?«, höhnte Gronau. »Nur im Erfolgsfall, steht da. Man muss auch verlieren können, Kruse.«

»Sie dann ja wohl auch, Gronau. Sind Ihre Finanzpartner schon abgesprungen?«

Der Bauunternehmer lachte kurz und keckernd. Es klang kein bisschen lustig. »Ich hab gleich Hochzeit. Dann sieht alles ganz anders aus.«

»Herzlichen Glückwunsch.«

»Rettet Sie auch nicht, Kruse – vorbei ist vorbei.«

Damit legte Gronau auf. Linus schob das Handy in seine Hosentasche, interessiert beobachtet von Freddy. Linus seinerseits beachtete den Alten gar nicht mehr. Was ist schiefgelaufen?, fragte er sich ratlos, und was ist mit Nele? Jetzt war der Geist aus der Flasche, wie es Gronau sehr treffend ausgedrückt hatte. Und Nele steckte mittendrin im Schlamassel. Genau das hatte Linus verhindern wollen.

Ohne sich mit Anklopfen aufzuhalten, stürmte er ins Wohnzimmer und weiter zum Fenster. Auf der Straße herrschte frühsonntägliche Ruhe. Auch im besetzten Haus gegenüber war nichts Außergewöhnliches zu erkennen. Die ganze Szenerie wirkte ausgesprochen friedlich und verschlafen.

»Guten Morgen, Sohn! Willst du mir sagen, dass das Frühstück fertig ist?« Valentin räumte bereits sein Bettzeug vom Sofa. Er trug wieder Linus' Bademantel und ein fröhliches Lächeln, als läge eine ganz normale Nacht hinter ihnen.

Linus wollte seinem Vater schon scharf antworten, als sein Handy dazwischenfunkte. Grimmig zog er das Telefon aus der Hosentasche.

Es war Daniela Andersen.
»Dasistjaeinfachfurchtbar«, haspelte sie erregt los, noch bevor Linus sich überhaupt zu melden vermochte. »Gronau hat mich eben angerufen. Sein Vertrag mit uns ist hinfällig!«
»Weiß ich schon«, schob Linus ein.
»Der Gronau-Deal war auch die Grundlage unserer Vereinbarung. Damit kann *Event Emotion* Sie nicht länger beschäftigen, Herr Kruse!«
»Sie kündigen mir? Einfach so? Wir haben einen Vertrag …«
»Lesen Sie mal …«
»… das Kleingedruckte, weiß schon«, warf Linus aufgebracht ein.
»Exakt«, stellte die Andersen unbeeindruckt fest. »Sie sind raus. Mit sofortiger Wirkung. Adiós.«
Linus starrte immer noch entgeistert auf sein Handy, als die Verbindung längst abgebrochen war. Valentin trat zu ihm und legte ihm mitfühlend die Rechte auf die Schulter. »Wieder arbeitslos?«
Linus schüttelte die Hand unwillig ab. »Viel schlimmer.«
Valentin wollte gerade nachhaken, als Freddy an Vater und Sohn vorbeimarschierte und neugierig aus dem Fenster blickte.
»Leute, Leute – was ist denn da unten los?«
Sie drängten sich neben den Alten und sahen hinab auf die Straße. Ein Pulk überwiegend junger Leute zog durch die Häuserschlucht, mitten auf der Fahrbahn. Hinter ihnen hupten erbost die blockierten Autofahrer, was die Meute auf der Straße allerdings völlig kaltließ. Sie schwenkten Plakate und skandierten Parolen, die sich gegen Spekulantenpack im Allgemeinen und Robert Gronau im Besonderen richteten. In vorderster Reihe erkannte Linus zu seinem Schreck Nele, Arm in Arm untergehakt mit dem hünenhaften Leo.

»Und jetzt?«, fragte Carlchen, als die kleine Protestkolonne das besetzte Haus erreichte. Nele registrierte mit einiger Überraschung, aber durchaus auch mit Stolz, dass sich die junge Frau mit der Stupsnase dabei an sie wandte – nicht an Leo. Der merkte das ebenfalls und reagierte etwas unwirsch.

»Ja, was wohl?«, preschte er vor, bevor Nele antworten konnte. »Unser Protest geht natürlich weiter!«

»Und wie?«, blieb Carlchen hartnäckig.

»Als Erstes hängen wir alle Plakate und Spruchbänder an unser Haus«, ordnete Nele an. »Vielleicht fallen uns auch noch ein paar gute Parolen ein, die man dazupinseln könnte. Farbe ist ja noch genug da, und freie Fläche auch.«

Die meisten der Mitläufer – diejenigen, die nicht unmittelbar zu den Hausbewohnern zählten – verzogen sich allmählich. Übrig blieb der harte Kern um Leo, Carlchen und Johannes – an die zwanzig Menschen, die entweder ebenfalls im besetzten Haus lebten oder in enger Beziehung zu dessen »Stammbewohnern« standen. Diese Gruppe griff Neles Vorschlag willig auf und ging gleich daran, ihn in die Tat umzusetzen. Nele plazierte ein Plakat mit dem Slogan *Kein Klon-Bau von Gronau!* direkt neben das rote Herz mit Leos und ihrem Namen, während sie die anderen bei deren Aktivitäten beobachtete. Sie hören auf mich, staunte sie. Auf mich! Vor ein paar Wochen hätte ich mich nicht mal getraut, mich im Schulunterricht zu melden und vor der Klasse ein paar Worte zu sagen. Heute hört eine ganze Demo auf mich. Die meisten von denen sind sogar schon erwachsen …

Als Nele gestern zu Leo zurückgekehrt war, hatte er noch süß und selig geschlummert. Sie war mit dem kopierten Vertrag und den Gronau-Bauplänen über ihn und den Rest der Wohngemeinschaft hereingebrochen wie die Reiterin der Apokalypse. Immerhin hatte die Vision des gemeinsamen Feindes die zerstrittenen Wohngenossen auf der Stelle wieder geeint. Und Nele ihren Respekt eingebracht. Erst recht, als sie allmählich begriffen, dass

hier nicht mehr bloß ein kleines Mädchen auf Besuch weilte, sondern Leos Freundin.
Leos *Frau.*
Nele sah zu Leo hinüber, der gerade seine kraftvolle Hünengestalt zu voller Lebensgröße streckte, um mit Unterstützung von Johannes eines der Spruchbänder an einem Fensterrahmen zu befestigen. Er fing ihren Blick auf, erwiderte ihn und schickte dabei einen Luftkuss in ihre Richtung. Dann arbeitete er weiter. Johannes hatte das Intermezzo ebenfalls bemerkt, obwohl er so tat, als fände es nicht statt. Doch er errötete leicht und schaute angestrengt in die andere Richtung. Beides blieb Nele nicht verborgen. Und steigerte ihr Hochgefühl gleichermaßen wie ihre Verwunderung. Zwei erwachsene Männer interessierten sich für sie. Und dabei war sie nicht mal schrill verkleidet, sondern ganz einfach Nele. Wenn auch nicht dieselbe wie vor vierundzwanzig Stunden.
Nele hatte mit den Namen Gronau oder Gronau GmbH bis gestern Nacht nichts anfangen können. Politik und Gesellschaft, das war ihr bis dahin alles genauso schleierhaft erschienen wie das ganze Dasein schlechthin. Leo und die anderen erwiesen sich da als sehr viel besser informiert. Ihnen waren etliche Fälle geläufig, in denen sich Gronau als menschenverachtender Plattsanierer hervorgetan hatte, und die von Nele erbeuteten Pläne bestätigten ihre schlimmsten Befürchtungen hinsichtlich dessen, was ihrer geliebten Straße drohte.
Leo, Carlchen und Johannes hatten sofort zu ihren Smartphones gegriffen und die Computer hochgefahren, um für den nächsten Morgen eine Flashmob-Demo vor Gronaus Firmenzentrale zu organisieren. Tatsächlich hatten sich zur verabredeten Zeit an Ort und Stelle an die zweihundert Leute versammelt und ordentlich Rabatz gemacht. Nele war heilfroh, dass sich die Aggressionen – vor allem die von Leos Wohngemeinschaft – ausschließ-

lich gegen Gronau richteten. Das war immerhin ein stadtbekanntes Arschloch, der müsste das abkönnen. Unfassbar peinlich für sie wäre es dagegen, wenn ihr Vater in die Schusslinie des Protests geriete. Obwohl der das fraglos verdienen würde. Nele fühlte sich persönlich von Linus verraten und verkauft. Buchstäblich verkauft.

Natürlich hatten sie alle die Prämienvereinbarung im Vertrag gelesen. Hundertfünfzigtausend Euro für Linus, wenn es ihm gelang, die vom Bauprojekt betroffenen Leute geräuschlos und termingerecht aus ihren Wohnungen zu quatschen. Was sich selbstverständlich nur erreichen ließ, wenn man ihnen Lügen und Halbwahrheiten auftischte und sie von den wahren Hintergründen des Bauvorhabens ablenkte – wie es Linus mit Leo und den anderen getan hatte. Und mit ihr, seiner eigenen Tochter. Klar, hundertfünfzigtausend Euro waren viel Geld. Aber wenn Geld ihr etwas bedeuten würde, wäre sie ja längst mit fliegenden Fahnen samt ihrer Mutter zum stinkreichen Maximilian gezogen. Bis gestern war sich Nele allerdings nur theoretisch darüber im Klaren gewesen, dass es im Leben wesentlich Wichtigeres als Geld geben müsste. Jetzt war sie sich dessen sicher. Und dass für Linus offenbar nichts anderes an erster Stelle stand, erfüllte Nele mit Verachtung.

Gerade dirigierte sie zwei junge Frauen bei dem Unterfangen, ein meterlanges Spruchband wie einen Portalfries um die Eingangstür zu drapieren, als Nele ihren Vater die Straße überqueren und auf sich zueilen sah. Sie ging ihm rasch entgegen, um ihn in einiger Entfernung zu den anderen abzufangen. Es sollte möglichst keiner mitkriegen, was ihr peinlicher Alter zu sagen hätte.

»Nele«, sprudelte es aus Linus hervor, kaum dass sie sich gegenüberstanden, »was macht ihr da? Was soll das?«

»Wir unterstreichen das Unrecht.«

»Lass den Valentin-Quatsch. Das ist kein Spiel, Nele!«
»Tu nicht so, als seist du besorgt um mich!«, schrie sie ihn plötzlich an. »Dir geht es doch bloß um die Kohle!«
Linus stutzte. »Welche Kohle?«
»Deine verdammte Prämie von Gronau. Hundertfünfzigtausend fürs Lügen und Betrügen!«
Schlagartig erschlossen sich Linus die Zusammenhänge. »Du hast in meinen Sachen gewühlt.«
»Wärst du ehrlich zu mir gewesen, hätte ich das nicht zu tun brauchen«, schmetterte Nele diesen Vorwurf ab. Angeborene weibliche Logik, erkannte Linus resigniert, da erübrigte sich jede weitere Diskussion.
»Komm jetzt mit nach Hause«, forderte er stattdessen strikt.
Nele schüttelte stur den Kopf.
»Weißt du, wie das hier sehr bald endet?«, versuchte es Linus noch einmal mit Überzeugungsarbeit. »Mit einem Polizeiaufgebot. Gummiknüppeln. Tränengas. Deiner Mutter würde das auch nicht gefallen ...«
»Ach, du hast Angst, du könntest mit Mama Ärger kriegen ... Du bist so erbärmlich!«
»Du kommst jetzt gefälligst mit!«, platzte Linus heraus.
Seine Tochter maß ihn mit verächtlichem Blick, verschränkte trotzig die Arme vor der Brust und rührte sich demonstrativ nicht vom Fleck. Linus unternahm einen Ausfallschritt, um sie kurzerhand zu packen, da stoppte ihn Nele mit der Bemerkung: »Du stehst allein gegen alle, merkst du das nicht?«
Tatsächlich – im Hintergrund unterbrachen bereits einige der jungen Leute ihre Arbeit und äugten misstrauisch zu Linus und Nele herüber. Der hünenhafte Leo und der Bursche mit der Pumuckl-Frisur legten ihr Spruchband beiseite und näherten sich mit finsteren Mienen.
»Wenn du mich hier wegholen willst, musst du schon die Polizei

zu Hilfe rufen«, erklärte Nele gelassen. »Aber das liefe dann ja irgendwie aufs Gleiche hinaus wie eine Räumung. Bloß noch eher. Gummiknüppel, Tränengas …«
An dieser Front war nichts zu gewinnen. Nur zu verschlimmern. Linus gab sich geschlagen. Er wandte sich wortlos ab und eilte über die Straße, zurück in sein Wohnhaus.

»Was ist denn nun da unten los?«, wollte Valentin wissen. »Was sagt Nele?«
Eigentlich hatte sich Linus bloß seine Jacke holen wollen. Aber dann fiel ihm ein, dass er ja gar nicht wusste, wo sich Gronau zur Stunde genau aufhielt. Marlene würde das wissen. Und es ging ebenso um ihren Sohn wie um seine Tochter … Linus schob Valentin beiseite und ignorierte auch Freddys neugierigen Blick. Er zückte sein Handy und ließ sich in den nächstbesten Wohnzimmersessel fallen. Marlene meldete sich nicht gleich. Linus befürchtete schon, sie überhaupt nicht zu erreichen, als sie plötzlich doch in der Leitung war. Offensichtlich hatte ihr Display den Anrufer angezeigt.
»Hallo Linus, es ist leider nicht der günstigste Zeitpunkt«, erklärte Marlene gehetzt. »Die Trauung läuft gleich, und für die Tafel danach ist noch nicht alles gerichtet. Ist alles in Ordnung mit deinem Vater und dieser Polizeigeschichte?«
»Es gibt leider noch ganz andere Probleme«, fiel ihr Linus ins Wort. »Dein Sohn hat seine Truppen mobilisiert und ist auf Krawall gebürstet. Wenn sich Gronau nicht auf Verhandlungen einlässt oder wenigstens die Räumungsfrist verlängert, tobt hier spätestens morgen die Schlacht – mit unabsehbaren Folgen für unsere Kinder …«
»Oh nein«, entfuhr es Marlene entsetzt. Sie schwieg einen Moment, dann fügte sie hoffnungsvoll hinzu: »Kannst du nicht mit ihnen reden? Du führst doch die Verhandlungen für Gronau.«

»Nicht mehr. Er hat mich vorhin telefonisch gefeuert. Gleich danach hat mich Daniela angerufen. Ich bin auch bei *Event Emotion* rausgeflogen. So viel zum Thema Solidarität am Arbeitsplatz.«
»Dieses Miststück«, ereiferte sich Marlene. »Am liebsten würde ich ihr die Brocken auch gleich hinschmeißen!«
Ihre Empörung tat Linus gut. Er selbst hatte noch gar keine Zeit gefunden, sich gebührend darüber aufzuregen. Und jetzt schien der Zeitpunkt dafür auch nicht günstig.
»Ich muss mit Gronau reden. So schnell wie möglich.«
»Wie gesagt, die Trauung läuft gleich. Da geht so schnell nichts …«
»Findet die Hochzeit auch in diesem Forsthaus von der Bornkamp statt?«
»Ja, alles unter einem Dach. Rebecca von Bornkamps Bruder und Schwägerin fungieren als Trauzeugen.«
»Wie praktisch. Bloß nicht für mich. Ich muss ihn möglichst allein erwischen. Hast du eine Idee?«
»Spontan nicht«, erklärte Marlene, schwieg einen Moment und schlug dann vor: »Nicht weit vom Forsthaus gibt es ein kleines Waldcafé. Komm her und warte dort. Ich rufe dich sofort an, sobald ich eine Gelegenheit für dich sehe!«
Sie nannte Linus die Adresse und schickte ihm einen Kuss durch die Leitung. Dann legten sie auf. Linus sprang auf und wollte schon das Wohnzimmer verlassen, als Valentin ihn zurückhielt.
»Sag mal, Sohn – regst du dich nicht vielleicht ein bisschen zu sehr auf? Es geht doch bloß um einen berechtigten Protest …«
»Sei du mal ganz ruhig!«, fuhr Linus seinen Vater gereizt an. »Du hast sie überhaupt erst alle aufgehetzt, du mit deinen Sprüchen!«
»Es geht um unser höchstes politisches Gut, um die Wahrnehmung unserer demokratischen Bürgerrechte«, plusterte sich Valentin auf. »Und wenn die Elterngeneration dieser jungen Leute leider darin versagt hat, ihren Kindern das richtige Gespür dafür

zu vermitteln – dann darf man ja wohl froh sein, dass es ältere Menschen gibt, die sich noch an so etwas erinnern!«

»Ich habe also bei der Erziehung meiner Tochter versagt. Und soll dir noch dankbar für den Mist sein, mit dem du Nele anspitzt?«

Linus stand knapp vor dem Platzen. Freddy hielt sich im Hintergrund, beobachtete die Kontrahenten aber sehr genau.

Valentin reckte sich würdevoll. »Man hat auch Verpflichtungen der Gesellschaft gegenüber …«

»Die Gesellschaft ist dir scheißegal! Hauptsache, du bringst dich selbst ins Gespräch. Vorzugsweise bei den Damen. Wenn dich so eine Stupsnasen-Carlotta anhimmelt und Valli nennt – dafür verrätst du glatt deine eigene Großmutter. In diesem Fall: deine Enkeltochter!«

»Ich verrate Nele nicht – ich unterstütze sie!«, empörte sich Valentin.

»Ach ja.« Linus trat dicht an seinen Vater heran und sah im direkt in die Augen. »Wenn es hart auf hart geht, dann bist du weg. Ich weiß das. Du weißt das. Und Freddy hier, schätze ich, weiß das am allerbesten.«

Valentin kniff die Lippen zusammen und erwiderte nichts. Linus hatte auch nicht mit einer Antwort gerechnet. Er ließ die beiden Alten stehen und eilte aus der Wohnung.

Valentin trat ans Fenster und sah schweigend hinüber zum besetzten Haus, dessen Fassade durch die Aktivitäten seiner Bewohner mehr und mehr zu einem Mahnmal des Protestes mutierte. Hier oben konnte man nicht verstehen, was unten gesprochen wurde. Aber es war deutlich zu erkennen, wer die Fäden in der Hand hielt. Neles flachsblonder Schopf leuchtete wie eine Supernova, während sie ihre Leute dirigierte.

Freddy postierte sich neben Valentin und deutete auf Nele. »Das ist deine Enkeltochter, nicht wahr?«

Valentin nickte stumm, Freddy kicherte leise vor sich hin.
»Was ist daran so lustig?«, fuhr ihn Valentin an.
»Ich lache lieber, wenn ich heulen müsste. Hab ich mir im Knast angewöhnt«, erwiderte Freddy grinsend und wies erneut auf das flachsblonde Mädchen. »Vielleicht lernt sie das da auch.«
Valentin starrte Freddy sprachlos an. Dann zog er entschlossen die Schultern hoch und stürmte aus dem Zimmer.
»Interessant«, murmelte Freddy und folgte ihm auf dem Fuße – hinaus aus der Wohnung, durchs Treppenhaus, auf die Straße. Dort steuerte Valentin direkt auf Nele zu und ließ sich dabei auch nicht von Carlchen ablenken, die ihm begeistert mit einem triefenden Pinsel winkte und zurief: »Hey, Valli, machst du wieder mit?«
Auch Nele wurde jetzt auf ihren nahenden Großvater und den anderen alten Herrn in seinem Fahrwasser aufmerksam und lächelte ihnen entgegen. »Hallo! Verstärkung können wir immer gebrauchen.«
»Nele …« Valentin sah aus, als ringe er nach Luft. Dabei suchte er bloß nach den richtigen Worten. Dann sah er, wie sich Freddy neben ihm aufbaute und den Blick neugierig zwischen Nele und ihm wandern ließ. »Lasst es einfach sein«, sagte Valentin mit fester Stimme.
Nele glaubte, nicht richtig gehört zu haben. »Wenn du noch bessere Parolen weißt, immer raus damit.«
Valentin packte seine Enkeltochter bei den Schultern und drehte sie so herum, dass sie das Abrisshaus jetzt beide voll im Blick hatten. »Das ist kein Monument für die Ewigkeit. Das ist kein Baudenkmal. Das ist ein stinknormales Wohnhaus, und zwar ein ziemlich heruntergekommenes. Lasst es sein, bitte.«
Nele schüttelte wütend seine Hände ab. »Bist du jetzt auch unter die Weicheier gegangen? Gestern hast du noch ganz anders geredet!«

Valentin blieb ruhig. »Wer seine Meinung nicht ändern kann, wenn sich die Umstände ändern, der ist dumm.«
Freddy klatschte verhalten Beifall, als säße er im Freilufttheater.
Nele starrte ihn missvergnügt an. »Wer ist das eigentlich?«
»Völlig unbedeutend, kleines Fräulein.« Freddy deutete eine artige Verbeugung an. »Macht einfach weiter.«
Nele wandte sich wieder ihrem Großvater zu. »Du hörst dich schon genauso bescheuert an wie Vater! Kriegst du auch eine Prämie von Gronau, wenn du uns zum freiwilligen Umzug überredest? Damit hier alles für ein blödes Einkaufszentrum plattgewalzt wird?«
Valentin schüttelte den Kopf. »Dein Vater kriegt überhaupt nichts von Gronau. Er wurde gefeuert. Gleich nachdem ihr mit der Massenrandale angefangen habt.«
»Echt?«, staunte Nele. »Hat er mir vorhin gar nicht gesagt …«
»Hätte es was geändert?«
Nele schüttelte trotzig den Kopf.
»Nele, hör zu«, bat Valentin eindringlich. »Dein Vater macht sich Sorgen um dich. Ich mir auch. Wir sind eine Familie …«
Nele lachte bitter auf, dann winkte sie ab: »Spar dir das Gesülze und lass mich in Ruhe, okay?« Sie wandte sich abrupt ab und ging auf Leo zu, der gerade ein weiteres Plakat an die Hauswand nagelte.
Freddy breitete die Arme aus und schmetterte aus vollem Halse: »Jimmy Brown, das war ein Seemann/und das Herz war ihm so schwer/doch es blieben ihm zwei Freunde/die Gitarre und das Meer …«
Nele stoppte überrascht und nahm den Sänger ins Visier. »Sie sind das? Der Spinner, der hier nachts immer so laut grölt, dass kein Mensch schlafen kann?«
Freddy verbeugte sich und zog mit großer Geste einen imaginären Hut. Nele tippte sich nur an die Stirn und ging weiter. Fred-

dy ließ das junge Mädchen ziehen und wandte sich Valentin zu, der ratlos die Schultern hängen ließ.
»Da ist der große Stratege am Ende seines Lateins«, spottete Freddy. »Dass ich das noch erleben darf …«
»Schnauze, Freddy.«
»Wieso? Ich rede nur. Worte richten doch keinen Schaden an …«
»Halt die Klappe.«
»Du kannst natürlich auch abhauen und es deinem Sohn überlassen, die Suppe …« Freddy unterbrach seine Rede, weil er sich plötzlich am Hemd gepackt fühlte. Im nächsten Moment blickte er in Valentins funkelnde Augen.
»Gronau. Der ist jetzt fällig. Und zwar, bevor Linus sich bei ihm um Kopf und Kragen quatscht und alles noch schlimmer macht!«
»Da wäre ich ja gespannt, wie du das anfängst«, lächelte Freddy überheblich und zählte auf: »Du kennst ihn nicht. Du weißt nicht, wo er gerade ist. Und wenn du es weißt, ist Linus trotzdem vor dir da …«
»Ach, verdammt!« Valentin ließ Freddy los und schnaubte frustriert.
»Gib's zu«, forderte Freddy, »du bist völlig ratlos.«
Valentin biss sich auf die Lippen.
»Gib es zu!«
»Ja, verdammt!«, schrie Valentin. »Geht's dir jetzt besser?«
Freddy nickte zufrieden. »Vielleicht helfe ich dir sogar.«
Valentin merkte auf. »Wie denn, bitte?«
»Ich könnte dir verraten, wo sich Gronau gerade aufhält.«
»Dann los!«
Freddy wiegte bedächtig das Haupt. »Dann hänge ich wieder mit drin. Das kannst du mit deiner Enkeltochter machen – aber nicht mit mir, Valentin. Nicht noch einmal …«
»Du denkst also, das hat alles nichts mit dir zu tun?«
Freddy deutete ein Nicken an.

»Ist dir Bärbel egal?«
Freddy schüttelte den Kopf.
»Dann überlege dir mal, was aus ihrem kleinen Laden wird, wenn hier ein Einkaufszentrum gebaut wird.«
Freddy wirkte plötzlich stark verunsichert.
Valentin winkte verächtlich ab. »Ach, wahrscheinlich redest du sowieso nur wieder dummes Zeug. Woher solltest du schon wissen, wo Gronau gerade heiratet.«
»Ich lese Zeitung«, warf sich Freddy in die Brust. »Alles, was bei Bärbel im Laden liegt!«
»Die neusten Klatschnachrichten aus der Promiwelt. Und da war die Hochzeit annonciert, du Bildungsbürger?«, stichelte Valentin.
»Da waren schon oft Bilder von Gronau drin. Und von seiner Braut, Rebecca von Bornkamp.«
»Das hilft uns jetzt aber enorm, in der Tat.«
»Linus hat vorhin am Telefon von einem Forsthaus gesprochen. Einem Forsthaus, das den Bornkamps gehört ...«
»Richtig«, fiel Valentin jetzt ein. »Da findet die Hochzeit statt.«
»Ich weiß, wo das Forsthaus von den Bornkamps ist. Hab da mal ein paar kalte Nächte in einem Holzschuppen verbracht ...« Freddys Blick trübte sich ein wenig, als sehe er zurück in längst vergangene, bittere Zeiten. »Ist im Niendorfer Gehege.«
Ein klappriger Mazda hielt mit quietschenden Bremsen neben den beiden Alten am Straßenrand. Aus der heruntergekurbelten hinteren Seitenscheibe ragte eine kleine Leiter, auf der Rückbank, vor und auf dem Beifahrersitz standen diverse Farbeimer. Der Junge mit der Pumuckl-Frisur – Johannes, erinnerte sich Valentin – entstieg seinem rostigen Gefährt.
»Nachschub«, erklärte er Valentin grinsend und entlud die Farbeimer vom Beifahrersitz auf den Gehweg. Dann zog er die Leiter aus dem Seitenfenster. Vom Eingang des besetzten Hauses aus winkte ihm Carlchen eifrig zu.

»Komm gleich her mit der Leiter, wir brauchen sie!«
Johannes gehorchte, klemmte sich die Leiter unter den Arm und marschierte los. Valentin sah auf die Rostlaube mit der weit geöffneten Beifahrertür und erkannte, dass der Schlüssel noch im Zündschloss steckte. Freddy fiel dieser Umstand im selben Moment auf. Dann kreuzten sich ihre Blicke.
»Du fährst«, bestimmte Valentin.

26

Hey – die klauen dein Auto!«, schrie Carlchen.

Johannes drehte sich so abrupt um, dass er mit der Leiter Nele den Hammer aus der Hand schlug, den sie gerade an Leo weiterreichen wollte. Alle vier sahen gebannt zum Mazda hinüber, der sich in ruckartigen, kleinen Hüpfern nach vorn bewegte. Dazu schwangen die Köpfe der beiden Männer hinter der Windschutzscheibe im Gleichtakt wie Wackeldackel, bis der Wagen plötzlich über den Kantstein auf den Gehweg ausbrach und sämtliche dort abgestellten Farbeimer abräumte wie eine Bowlingkugel die Pins beim Strike. Farbfontänen spritzten auf und färbten das Auto bunt, das knapp vor der nächsten Hauswand noch die Kurve kriegte und zurück auf die Straße holperte. Dort beschleunigte der Mazda fulminant und entschwand mit einer weithin hallenden Fehlzündung, als hätte er gerade die Schallmauer durchbrochen.

Die vier jungen Leute sahen sich entgeistert an. »Das war dein Opa«, fasste sich Johannes als Erster, »was fällt dem ein?«

»Der ist halt spontan.« Nele wusste auch nicht, was sie von dieser Aktion halten sollte. Doch das würde sie niemals zugeben. »Keine Bange, er bringt dir dein Auto schon zurück …«

»Aber die Farbe ist futsch«, stellte Carlchen sachlich fest.

»Ich hab sowieso keinen Bock mehr«, wandte Leo ein und ließ den Blick über die Hausfassade wandern, an der mittlerweile kaum noch ein halbwegs leicht erreichbarer Fleck ohne Parole, Spruchband oder Plakat geblieben war. »Ich finde, das muss reichen.«

Das fand Nele insgeheim auch. Und den anderen schien es ähnlich zu gehen. Sie sammelten Werkzeug und Farbeimer ein, wischten die verschütteten Farbreste, so gut es eben ging – es ging nicht sehr gut –, von den Gehwegplatten. Danach sah sich Nele noch einmal auf der Straße um. Es herrschte sonntägliche Stille und Langeweile. Abgesehen von den Leuten ihrer Gruppe war niemand unterwegs. Selbst die neugierigen Anwohner, die den Tumult anfangs noch von ihren Fenstern aus verfolgt hatten, waren längst wieder mit anderen Dingen beschäftigt. War das jetzt alles, fragte sich Nele, kümmert sich keiner weiter darum? Keine Solidaritätsbekundungen, aber auch keine Polizei – einfach nichts. Sie wusste nicht, was sie davon halten sollte. Die anderen gingen zurück in den Hausflur. Nele folgte Leo, Carlchen und Johannes so selbstverständlich, als gehöre sie dazu. Bevor sie sich alle in ihre Wohnungen zurückzogen, fragte einer der anderen Bewohner: »Wie geht es jetzt weiter?«
»Wir warten ab«, verkündete Leo. »Jetzt muss die Gegenseite reagieren.«
»Die dunkle Seite der Macht«, deklamierte jemand mit übertrieben schauerlichem Ernst und erntete allgemeine Heiterkeit. Dann verlief sich das Grüppchen auf dem Weg durch die diversen Etagen.

Marlene machte sich Sorgen.
Diesmal allerdings völlig berechtigt, fand sie. Dass ihr Sohn immer noch nicht zu wissen schien, was er mit seinem Leben anfangen sollte, war schlimm genug. Dass Leo in einen möglicherweise sogar gewaltsam ausgetragenen Konflikt mit dem Gesetz geraten könnte, war schlimmer. Und dann quälte sie noch das scheußliche Gefühl, in dieser verfahrenen Situation völlig zu versagen. Ich stecke meine ganze Kraft und Solidarität in meine Arbeit, dachte Marlene, aber das dankt mir keiner. Daniela sowieso

nicht. Die heuert und feuert eiskalt, das sieht man ja bei Linus. Ich hechle durchs Leben wie ein Hamster im Laufrad, rase herum wie in einem Kreisverkehr ohne Abzweigung. Und wenn ich mal glaube, etwas richtig gemacht zu haben, ist dieses Gefühl sofort wieder vorbei.

Außer gestern.

Dieses innige Gefühl von Vertrauen und Wärme zu Linus – zu einem Menschen, den sie nicht einmal eine Woche lang kannte – hatte sie nach ihren gemeinsamen Liebesstunden nicht mehr verlassen. Nicht, nachdem Linus letzte Nacht aus ihrer Wohnung gegangen war. Nicht, als Marlene heute Vormittag im Vollstress die hektischen Festvorbereitungen dirigiert hatte. Nicht einmal jetzt, da Sorgen und Zweifel besonders heftig an ihr nagten, weil gerade nichts für sie zu tun war, was davon Ablenkung verschaffen könnte.

Die Trauung war bereits gelaufen. Marlene hatte gehofft, Gronau danach – bevor sich wieder alles an der feierlich gedeckten Tafel versammelte – irgendwie von den anderen weglotsen zu können. Leider war Linus zu dem Zeitpunkt noch nicht in der Nähe gewesen, und so war diese Gelegenheit verstrichen. Mittlerweile saß Linus in dem kleinen Waldcafé und wartete sehnsüchtig auf ihre Nachricht. Alles hing an ihr.

Doch Marlene war im Moment außen vor. Die Hochzeitsgesellschaft saß in einem geschlossenen Zimmer an der Tafel. Marlene hatte das Catering überprüft. Normalerweise wäre sie längst gegangen, ihr Job hier war erledigt. Aber sie hatte Rebecca von Bornkamp gegenüber erklärt, sich ihr zuliebe bis zur letzten Minute persönlich um den reibungslosen Ablauf der Feier zu kümmern – als VIP-Service sozusagen. Das schmeichelte der Braut und verschaffte Marlene gleichzeitig das Alibi, sich noch auf dem Anwesen aufzuhalten. Nun strich sie tatenlos in der Küche und in den anderen Wirtschaftsräumen des prächtigen Forsthauses herum. Die Pracht präsentierte sich beim näheren Hinsehen allerdings schon etwas angegammelt, stellte Marlene dabei zwangsläufig fest. Eigentlich benötigte das Haus dringend eine Renovierung. Aber vor dieser kurzfristig angesetzten Hochzeit war das natürlich nicht möglich gewesen. Marlene trat an ein Fenster, dessen Holzrahmen an mehreren Stellen so morsch war, dass Teile davon bereits herausbröckelten.

Ihr Blick schweifte nach draußen. An den kleinen Vorgarten der Försterei grenzte noch ein Wirtschaftsgebäude, mehr Scheune als Schuppen. Vom Forsthaus aus blickte man auf die Rückseite, der Eingang lag außer Sicht. Marlene beschloss, sich dieses Gebäude näher anzusehen. Wenn Linus alleine mit Gronau sprechen wollte, könnte das kaum im Forsthaus selbst stattfinden. Da liefen zu viele Leute herum. Dort draußen wäre man unbeobachtet. Sie hatte zwar keinen Plan, wie sie Gronau dazu bewegen sollte, mit ihr hinauszugehen – aber ansehen wollte sich Marlene den Platz auf jeden Fall schon einmal. Sie verließ das Forsthaus, ging über den Hof und um die kleine Scheune herum.

»Hallo.« Robert Gronau seufzte ergeben und streifte die Glut von einer dicken Zigarre. »Sagen Sie Rebecca, ich komme gleich.«

»Entschuldigen Sie bitte, ich will Sie nicht stören – ich wollte nur mal raus aus dem Trubel …«

»Dann sind wir immerhin schon zwei.« Gronau schenkte Marlene sein feinstes Roger-Moore-Lächeln und hob einen gut gefüllten Cognac-Schwenker. Obwohl er sich gänzlich unter Kontrolle zu haben schien, verriet sein leicht getrübter Blick, dass es sich für ihn vermutlich nicht ums erste Glas des Tages handelte.

Marlene hatte sich von ihrer ersten Verblüffung erholt und lächelte zurück. »Sie sind ja gut ausgerüstet. Und bitte, stecken Sie Ihre Zigarre wieder an. Sieht nach einer längeren Auszeit aus …«

»Schön wär's.« Gronau klappte ein edles Feuerzeug auf und nahm die Zigarre paffend wieder in Betrieb.
Marlene stutzte. »Das hört sich aber nicht nach einer glücklichen Feier an. Tut mir leid – läuft irgendetwas nicht zu Ihrer Zufriedenheit?«
»Keine Sorge«, beruhigte Gronau. »Sie können nichts dafür. Sie gehören ja nicht zur Verwandtschaft. Leider, möchte ich sagen.« Er ließ seinen Blick wohlgefällig über Marlene streichen und verweilte dabei einen Tick zu lange auf ihrem Dekolleté, bevor er ihr wieder in die Augen sah. »Andererseits stören Sie mich gerade deshalb überhaupt nicht. Ganz im Gegenteil sogar.«
Er flirtet mit mir, unfassbar, erkannte Marlene. Erst seit ein paar Stunden verheiratet und schon auf der Pirsch. Egal, dachte sie. Das ist die Chance für Linus – sie müsste ihn jetzt bloß anrufen, ohne dass Gronau es mitkriegte. Gleichzeitig müsste sie ihn noch eine Weile hier draußen festnageln … Während Marlene diese Überlegungen durch den Kopf schossen, lächelte sie einfach nur zuckersüß. Bei den meisten Männern genügte das, um sie weiterquasseln zu lassen. Vor allem bei denen mit einem kleinen Schwips.
»Es gibt Menschen, die findet man auf Anhieb widerlich«, dozierte Gronau pathetisch. »Solche Menschen wie René von Bornkamp beispielsweise, meinen …« – er unterbrach seine Rede für ein kleines Räuspern, das ein ausgewachsenes »Hicks« nur unzureichend camouflierte – »… meinen frischgebackenen Schwager.«
Der Bruder von Rebecca Gronau, geborene von Bornkamp, war in der Tat ein Ekel, so viel hatte Marlene auch schon festgestellt. René von Bornkamp war ihr und den Leuten vom Catering bereits den ganzen Vormittag über damit auf die Nerven gegangen, dass er überall im Weg stand und an allem und jedem herumkritisierte – als sei er und nicht Gronau Auftrag- und Geldgeber die-

ser Festlichkeit. Also lächelte und nickte Marlene mitfühlend zu Gronaus Ausführungen, was ihn umgehend zu einem Vorschlag animierte: »Möchten Sie nicht auch einen Schluck Cognac? Ich kann Ihnen allerdings nur mein Glas anbieten …«
Das ist es, durchzuckte es Marlene. »Gegenvorschlag«, brachte sie mit einem neckischen Augenzwinkern hervor. »Sie warten hier auf mich, und ich besorge mir ein eigenes Glas. Gut gefüllt, selbstverständlich. Und dann stoßen wir auf die kleinen Auszeiten im Leben an.«
»Ausgezeichneter Plan«, grinste Gronau erfreut.
Ein gutgelaunter Haifisch, der meinen Sohn fressen will, schauderte es Marlene, während sie ihm noch einmal verschwörerisch zuzwinkerte, sich dann abwandte und dem Forsthaus entgegenstrebte.
Dabei tastete sie bereits nach ihrem Mobiltelefon.

Der betagte Mazda bremste schlingernd, rasierte mit der Stoßstange ein Kleingestrüpp am Straßenrand und bog in einen Feldweg ab, um mit erbärmlich knarzenden Stoßdämpfern in ein kapitales Schlagloch zu hämmern. Vor Schreck vergaß Freddy zu schalten, worauf der abgewürgte Motor mit einem gequälten Jaulen verreckte.
»Gut, dass ich Gebiss trage«, ächzte Valentin, »sonst wären mir spätestens jetzt die Plomben rausgefallen!«
»Mecker nicht«, maulte Freddy. »Du hast nicht mal einen Führerschein.«
»Und deinen haben sie dir doch abgenommen, als …« Valentin verstummte, als sei ihm gerade noch rechtzeitig etwas eingefallen – doch Freddy nickte schon und ergänzte bitter: »Als ich damals über drei rote Ampeln geknallt bin. Nur weil die Bullen hinter uns fuhren und du partout deinen Joint nicht aus dem Fenster werfen wolltest …«

»War 'n guter Joint«, wandte Valentin ein.
»Und ich ein Idiot.«
»Hättest den Lappen ja längst wieder abholen können.«
»Behördenphobie! Du weißt, warum …«
»Fahr endlich weiter, Freddy.«
Der Mann hinterm Lenkrad schüttelte den Kopf, was seine ungepflegte graue Zottelmähne gleich noch etwas mehr derangierte. »Nur, wenn du mir eine Frage beantwortest. Und zwar ganz ehrlich.«
»Schieß los«, seufzte Valentin ergeben.
»Als du gestern Bärbel vom Restaurant zu ihr nach Hause begleitet hast, bin ich euch gefolgt. Das weißt du ja.«
»Hab dich die ganze Zeit gesehen«, behauptete Valentin.
Freddy ließ sich nicht erschüttern. »Ich habe auch was gesehen. Ganz genau sogar. Bärbel hätte nichts dagegen gehabt, wenn du noch mit in ihre Wohnung gekommen wärst. Du weißt, was ich meine.«
Valentin kniff die Lippen zusammen und nickte stumm.
»Warum«, fragte Freddy eindringlich, »bist du nicht bei ihr geblieben?«
Valentin atmete einmal tief durch. Dann wandte er sich Freddy zu und blickte ihm offen ins Gesicht. »Die letzten Male, wenn ich mit einer Frau … gerade neulich erst wieder … also, du weißt schon … es klappt nicht mehr bei mir. Reicht dir das jetzt?«
Freddy musterte Valentin forschend, nickte langsam, starrte dann aufs Lenkrad und gestand trübsinnig. »Neulich erst? Bei mir ist es so lange her, dass ich mich gar mehr nicht daran erinnere …«
»Nun fahr schon«, forderte Valentin, jetzt beinahe sanft.
Freddy trat die Kupplung und drehte den Zündschlüssel. Der Motor startete zuverlässig und hebelte den Mazda aus dem

Schlagloch, als Freddy etwas Gas gab und die Kupplung kommen ließ. Plötzlich kicherte Freddy vor sich hin und erklärte: »Du weißt, wie es geht – und kannst nicht mehr. Ich könnte noch, weiß aber nicht mehr, wie es geht …«
Erst schien Valentin darüber in Zorn geraten zu wollen. Dann jedoch entfuhr ihm ein erstes Glucksen, das nahtlos in Gekicher überging und sich im Duett mit seinem alten Kameraden zu einem kapitalen Lachanfall steigerte, bis Freddy, tränenblind vor Gelächter, die Wagenflanke an einem Pfosten entlangschmirgeln ließ und daraufhin erschrocken den Mazda erneut zum Stehen brachte.
»War nur das Portal«, bemerkte Valentin trocken nach einem prüfenden Blick in den Seitenspiegel. »Zum Glück steht das Tor weit offen. Hättest du sonst garantiert nicht gesehen.«
Freddy ging gar nicht darauf ein, sondern wies nach vorn. »Da ist er. Robert Gronau.«
Vor ihnen verlief die Zufahrt geradeaus weiter zu einem imposanten Haupthaus. Eine kleine Abzweigung führte zu einem Wirtschaftsgebäude, vor dem ein elegant gekleideter Herr an einem Holzstapel lehnte, eine Zigarre schmauchte, dabei einen fast geleerten Cognacschwenker in der Hand hielt und dem Mazda interessiert entgegenblickte. Erst recht, als das zerbeulte Gefährt direkten Kurs auf ihn nahm und nur wenige Meter von ihm entfernt ausrollte.
»Überlass mir das Reden«, gebot Valentin und öffnete die Beifahrertür.
»Hast du einen Plan?«, erkundigte sich Freddy angespannt. Valentin bedachte ihn mit einem schiefen Grinsen und schwang sich aus dem Wagen.
»Also wie immer«, murmelte Freddy und stieg ebenfalls aus.
Gronau stellte sein Glas auf dem Holzstapel ab und trat ihnen einen Schritt entgegen, wobei er leicht ins Taumeln geriet. »Dies

ist Privatbesitz, meine Herren – Spazierengehen und Pilzesammeln ist woanders!«

Valentin baute sich unbeirrt vor Gronau auf und versetzte gelassen: »Das moderne bürgerliche Privateigentum ist Ausdruck der Erzeugung und Aneignung der Produkte, die auf Klassengegensätzen, also auf der Ausbeutung der einen durch die andern beruht.«

Gronaus Blick ruhte für einen Moment irritiert auf dem eigentlich durchaus verständig wirkenden Alten, dann wandte er sich ratlos an dessen Begleiter, der ihm – dem Aussehen nach – allerdings weit unseriöser erschien als der Sprecher. »Was redet der?«

»Kommunistisches Manifest. Siehe Kalle Marx und Fiete Engels«, erklärte Freddy lakonisch. Valentin nickte ihm anerkennend zu und klatschte stumm Beifall.

»Kommunisten«, stieß Gronau verächtlich hervor und wandte sich zum Gehen. »Ich lass Sie jetzt rausschmeißen …«

»Hiergeblieben«, forderte Freddy und versuchte, den Bauunternehmer an der Schulter zu packen und festzuhalten. Gronau riss sich ruckartig los – und das reichte, um den alkoholisierten Mann ins Straucheln zu bringen. Er stolperte, schlug der Länge nach hin und touchierte mit dem Schädel unsanft den Holzstapel.

Es klang nicht gut.

Er stand auch nicht wieder auf.

»Scheiße, Scheiße«, jammerte Freddy, »immer ich …«

Mit einem Satz stand Valentin beim Mazda und riss die hintere Seitentür auf. Dann kehrte er zurück, bückte sich, packte Gronau bei der Schulter und fuhr Freddy an: »Mach schon – in den Wagen mit ihm!«

»Wir stehen vor dem Wirtschaftsgebäude. Wenn du die Einfahrt hochkommst, noch ein Stück vor dem Forsthaus«, sprach Marlene aufgeregt ins Mobiltelefon und hörte Linus aufatmen.

»Endlich! Aber, Marlene …« Er zögerte.
»Ja?«
»Höchstwahrscheinlich erreiche ich nichts. Und wenn Gronau dann eins und eins zusammenzählt, wird er darauf kommen, dass du mich alarmiert hast. Jedenfalls, wenn du jetzt wieder rausgehst und bei ihm bleibst, bis ich auftauche.«
»Wenn ich nicht zu ihm gehe, ist er vielleicht weg, bis du hier bist. Ich gehe also«, erklärte Marlene kategorisch. »Bis gleich. Viel Glück.«
Sie legte auf und erhob sich von der Toilette – ein diskreterer Rückzugsort für ihr Telefonat mit Linus war ihr nicht eingefallen. Sie langte nach dem gefüllten Cognacschwenker, den sie sich vorsorglich aus der Küche geholt und im Waschbecken zwischengeparkt hatte. Hoffentlich sieht mich keiner, wenn ich mit dem Gesöff aus dem Klo komme, fuhr es Marlene durch den Sinn. Obwohl es ihr eigentlich allmählich vollkommen gleichgültig war, was Schnöseltypen wie die Bornkamps über sie denken mochten. Wenn sie denn überhaupt dachten.
Die Diele durchquerte sie unbehelligt. Doch gerade, als Marlene frohlockend das Forsthaus verlassen wollte, fing die Braut persönlich sie an der offenen Tür ab.
»Frau Fischer, haben Sie vielleicht irgendwo meinen Mann …?« Rebecca Gronau verstummte abrupt, in ihren Augen der Ausdruck ungläubiger Überraschung. Automatisch folgte Marlene ihrem Blick und erstarrte: Zwei Männer stopften einen seltsam erschlafften Körper wie eine kaputte Gliederpuppe auf die Rückbank eines rostigen Autos.
»Robert!«, hörte Marlene einen Schrei neben sich. Dann rannte Rebecca Gronau mit wehendem Brautkleid los. Marlene ließ ihr Glas fallen, startete ebenfalls und überholte die Braut mühelos. Für weitere Heldentaten kam sie jedoch zu spät: Die Männer hatten ihr Fahrzeug bestiegen und gaben ihm die Sporen. Die

Maschine jaulte auf Hochtouren, bis man ihr mit martialischem Knacken den nächsthöheren Gang bescherte. Der Wagen machte in voller Fahrt einen Satz nach vorn und entschwand unter Zurücklassung einer Staubwolke.
Marlene blieb benommen stehen. Hinter sich hörte sie Rebecca Gronau gebetsmühlenartig eine Kombination aus Buchstaben und Zahlen murmeln.
Das Autokennzeichen.

Bis zum Waldcafé war Linus mit dem Taxi gefahren. Die kleine Strecke bis zum Bornkamp-Anwesen absolvierte er nun im Laufschritt. Als er in die Abzweigung zum Forsthaus einbog, verschärfte Linus sein Tempo zum Endspurt. So bemerkte er den heranpreschenden Wagen erst im allerletzten Moment – nur ein beherzter Sprung in die Büsche rettete ihn davor, überfahren zu werden.
Mühsam rappelte sich Linus aus dem Unterholz auf und starrte dem Fahrzeug entgeistert nach. Den Fahrer hatte er so schnell nicht identifizieren können, aber die Rostlaube selbst kam ihm verdächtig bekannt vor. Sah aus wie das Auto von dem WG-Pumuckl, diesem Johannes. Falls das stimmte, dann saß vielleicht jetzt gerade auch Nele darin. Und der Wagen war direkt vom Forsthaus aus gekommen. Von Gronau …
Diese Erkenntnis sorgte bei Linus umgehend für einen Adrenalinschub. Er rannte, bis er Marlene erreichte, die ihn vor dem Wirtschaftsgebäude abfing und sich an ihn klammerte – schreckensbleich und aufgewühlt.
»Linus – sie haben Gronau mitgenommen, gerade eben …«
»Nele und Leo?«
Marlene schüttelte den Kopf und versuchte, ihre Nerven in den Griff zu bekommen. Es gelang ihr nur halbwegs. »Die Kinder hab ich nicht gesehen. Aber ihren Wagen. Und deinen Vater …«

»Valentin?«
»Zusammen mit diesem komischen Alten, der neulich bei dir auf der Straße gesungen hat!«
»Freddy. Sind die irre? Wieso ist Gronau überhaupt bei denen eingestiegen?«, fragte Linus fassungslos.
Marlene griff wortlos nach seiner Hand und führte ihn zu dem Holzstapel, auf dem noch immer der fast geleerte Cognacschwenker stand. Im Gras davor lag eine zertretene, halb gerauchte Zigarre. Und an einigen hellen Schnittflächen der gestapelten Holzkeile klebte eine dunkelrote Substanz.
Blut.
Nacktes Entsetzen fuhr Linus in alle Glieder. »Oh, nein«, brachte er mühsam hervor und zwang sich, den Blick von den Blutflecken abzuwenden und auf Marlene zu richten. »Was genau ist passiert?«
Erst allmählich fand Marlene wieder zu klaren Gedanken. Das Berichten half ihr dabei. Sie schilderte, wie sie und Rebecca Gronau Zeuginnen davon geworden waren, wie Valentin und Freddy den leblos wirkenden Gronau ins Auto verladen hatten.
»Glaubst du, er ist … tot?«, unterbrach sie Linus.
Marlene zuckte ratlos mit den Schultern. »Kann auch sein, dass er nur völlig weggetreten war. Er hatte schon ganz schön tief ins Glas geguckt …«
Linus wies auf das Blut. »Und das da?«
Marlene sah ihn nur unglücklich an. »Wir müssen etwas unternehmen, Linus. Ganz schnell. Rebecca hat sich das Autokennzeichen gemerkt. Sie hat bestimmt schon die Polizei alarmiert. Die fragen das Kennzeichen in ihrem Computer ab, und dann stehen sie bei den Kindern vor der Tür!«
Linus überlegte fieberhaft und griff schließlich nach seinem Mobiltelefon. »Ich ruf Nele an. Versuch du es bei Leo!«
Beide sahen sich an, die Telefone am Ohr. Sahen, wie jeweils in

der Miene des Gegenübers die angespannte Erwartung der Enttäuschung wich, als sich in beiden Fällen nur die Mobilbox einschaltete. Linus brach den Versuch ab und steckte sein Handy wieder ein.

»Leih mir deinen Wagen. Du bleibst und beobachtest, was die Polizei hier veranstaltet und ob sich Gronau vielleicht bei seiner Braut meldet. Ich fahre zu den Kindern. Und beide versuchen wir weiter, Nele und Leo zu erreichen.«

27

Freddy warf nervöse Blicke in den Rückspiegel.

»Guck lieber nach vorn«, empfahl Valentin und fügte tadelnd hinzu: »Du hättest um ein Haar meinen Sohn überfahren!«

Darauf ging Freddy nicht ein. Die Blicke in den Rückspiegel unterließ er auch nicht. Der Mann im eleganten Anzug lag noch genauso reglos auf der Rückbank, wie sie ihn dort abgelegt hatten.

»Was machen wir jetzt mit dem? Ob er tot ist?«

»Da vorn ist ein Parkplatz. Halt mal an.«

Freddy gehorchte. Während sie noch ausrollten, spähte Valentin schon nach potenziellen Zeugen – zu ihrem Glück waren nur ein paar geparkte Autos, aber kein Mensch zu entdecken. Kaum erstarb der Motor, wandten sich beide ihrem unfreiwilligen Fahrgast zu. »Er atmet«, stellte Valentin erleichtert fest und betrachtete die kleine, blutige Schwellung, die Gronaus Stirn verunzierte. »Das sieht nicht so aus, als würde ihn das lange außer Gefecht setzen …«

»Der Kerl ist noch ganz gut in Schuss«, gab Freddy zu bedenken. »Wenn er zu sich kommt, macht er garantiert Rabatz. Kannst froh sein, wenn er dir keine scheuert. Mit dir reden will er bestimmt nicht mehr.«

»Reicht mir, wenn er zuhört und nicht wegläuft.«

»Dann musst du ihn wohl festbinden!«

»Sachdienlicher Hinweis, Freddy. Genau das machen wir.«

»Was?«

Freddy sah entgeistert, wie sich Valentin den Autoschlüssel aus dem Zündschloss schnappte und den Wagen verließ. Als Freddy ihm folgte, hatte er bereits den Kofferraum geöffnet. Wie es aussah, fuhr Johannes darin jede Menge Zeug spazieren. Aus einem Wirrwarr von Leergut, Werkzeugen, Grillutensilien und alten Klamotten zog Valentin eine Wolldecke und eine Rolle Isolierband hervor. Sie wechselten einen verständnisinnigen Blick, der jede weitere Absprache überflüssig machte. Eine Minute später lag Gronau immer noch regungslos auf der Rückbank. Allerdings verschnürt wie eine Roulade und verborgen unter der Wolldecke.

»Wohin?«, fragte Freddy, als sie wieder vorn im Wagen saßen.

»Dahin, wo wir ungestört sind«, überlegte Valentin laut. »Leider hat momentan keiner von uns beiden eine eigene Wohnung …«

»Bärbels Laden«, meinte Freddy spontan. »Sonntags ist da keiner!«

»Und wie sollen wir dort hineinkommen? Bärbel können wir ja wohl schlecht fragen …«

Freddy kramte bereits in seiner Hosentasche und präsentierte triumphierend einen Schlüssel.

»Bärbel hat dir einen Ladenschlüssel gegeben?«, staunte Valentin.

»Na ja … direkt gegeben hat sie ihn mir nicht«, bekannte Freddy, nun sehr viel kleinlauter. »Ich hab mir mal irgendwann einen Abdruck verschafft und eine Kopie machen lassen …«

»Überaus vertrauenerweckend, alter Junge.«

Das regte Freddy mächtig auf. »Du weißt ja nicht, wie es ist, wenn man auf der Straße leben muss! Der Schlüssel ist meine Notfallversicherung! Damit ich immer einen Unterschlupf habe, wenn es gar nicht anders geht! Und ich habe ihn noch nie benutzt!«

Valentin klopfte ihm beruhigend auf die Schulter. »Dann wird es jetzt dringend Zeit dafür. Fahr los.«

Freddy gehorchte. Als sie wieder unterwegs waren, fragte er vorsichtig: »Warum hast du Gronau eigentlich nicht neben seinem Schuppen liegen lassen? Jetzt kommst du nicht mehr so leicht aus der Nummer raus …«
Valentin blickte stur geradeaus und schwieg.
»Ich meine, du hattest ihm ja eigentlich nichts getan – bis dahin«, setzte Freddy nach. »Nicht mal berührt hattest du ihn. Ich war es schließlich, der Gronau geschubst hat …«
»Und ohne mich wärst du gar nicht vor Ort gewesen«, erklärte Valentin knapp. »Wir hängen also beide mit drin.«
Freddy lächelte milde. »Schade, dass du das früher nie so gesehen hast.«
Valentin kniff die Lippen zusammen und sparte sich eine Antwort. Auch Freddy sagte kein Wort mehr, bis sie die heimische Gegend erreichten. Freddy lenkte den Mazda auf dem Gehweg und hielt unmittelbar vor Bärbel Maschmanns Ladentür.
»Das wird jetzt heikel«, äußerte sich Valentin angespannt. »Du sperrst die Tür weit auf. Wir passen auf, dass gerade niemand vorbeikommt, und tragen Gronau in Bärbels Büro. Dann parkst du den Wagen in einer Nebenstraße und kommst schnell wieder her.«
»Und wenn jemand aus dem Fenster sieht und uns beobachtet?«
»Müssen wir riskieren. Aber darüber mach ich mir keine Sorgen. Jeder hier kennt dich und weiß, dass Bärbel dir den Laden auch mal allein anvertraut. Die werden glauben, wir reparieren dort etwas oder bringen bloß einen Teppich rein oder so …«
Und genau so führten sie den Plan durch.

Wieder nichts.
Resigniert steckte Marlene ihr Mobiltelefon weg. Leo nahm ihre Anrufe nicht entgegen, reagierte auch nicht auf ihre eindringlichen Nachrichten auf der Mobilbox. Das sah ihm überhaupt

nicht ähnlich. Normalerweise unternahm ihr Sohn keinen Schritt ohne sein geliebtes Smartphone, in dieser Hinsicht war Leo ein typischer Vertreter seiner Generation. Diese Funkstille konnte, so befürchtete Marlene, nur eines bedeuten: Ihr Sohn war höchstwahrscheinlich in die Entführung Gronaus verwickelt und nun absichtlich abgetaucht.

Sie unterdrückte ihr Verlangen, erneut zum Handy zu greifen und Linus anzurufen. Der stand selbst unter Strom und bangte um Nele – da musste sie ihn nicht noch zusätzlich unter Druck setzen. Bei aller Panik empfand Marlene das Gefühl, in dieser schrecklichen Situation nicht alleinzustehen, als enorm tröstlich. Dieses Gefühl, einen Partner zu haben, wenn der Rest der Welt durchdrehte – das hatte sie lange nicht gehabt. Eigentlich noch nie, gestand sie sich ein. Umso mehr wünschte sie sich, selbst mehr zur Bewältigung der Krise beitragen zu können. Passivität war nicht ihr Ding.

Unschlüssig blickte Marlene um sich. Sie hielt sich immer noch außerhalb des Forsthauses auf, am Rande des Parkplatzes, wo Linus ihren Kombi übernommen hatte und wo auch noch die Fahrzeuge der wenigen Hochzeitsgäste standen. Umgeben von rauschenden Tannen, klarer Waldluft und Vogelgezwitscher wirkte die Szenerie wie ein Postkartenidyll und ganz und gar nicht wie der Schauplatz eines Gewaltverbrechens. Wo bleibt eigentlich die Polizei?, fragte sich Marlene. Hier müssten längst Blaulichter flackern, Kriminaltechniker in weißen Overalls herumwuseln und Kripoermittler alle Gäste vernehmen …

Da stimmte etwas nicht.

Am Forsthaus schwang eine Seitentür auf, vor der die Leute vom Catering ihren Lieferwagen geparkt hatten. Eine Mitarbeiterin der Küchencrew rollte einen kleinen Geschirrcontainer heraus und verlud ihn im Wagen. Marlene trat zu ihr und sprach die Frau beiläufig an. »Ist das Dessert schon durch?«

Die Frau nickte. »Alles abgeräumt. Aber der Champagner fließt noch in Strömen!«
»Gut gelaunt, die Herrschaften?«
»Aber hallo«, grinste die Frau, schmetterte die Lieferwagenklappe zu und eilte zurück ins Haus. Marlene wollte ihr schon folgen, als sie René von Bornkamp sichtete. Rebeccas Bruder hatte offenbar am Wirtschaftsgebäude den Tatort begutachtet und strebte nun wieder dem Haus entgegen. Von Polizeipräsenz war weiterhin nichts zu sehen. Marlene beschloss, in die Offensive zu gehen und den Mann nach den getroffenen Maßnahmen zu fragen. Aber dann drückte sie sich doch hinter ein geparktes Gästeauto, denn René von Bornkamp sah sich plötzlich so auffällig um, als wolle er sich vergewissern, dass ihn niemand beobachtete. Er strebte nicht in Richtung Haupteingang, sondern steuerte einen kleinen Schuppen an, in dem er bereits erwartet wurde – die Tür wurde von innen geöffnet, noch bevor Bornkamp sie erreichte.
Marlene wartete, bis Rebeccas Bruder im Schuppen verschwunden war. Dann hetzte sie von Deckung zu Deckung bis zur Rückseite der Hütte, die sich als ebenso marode erwies wie die übrige Bausubstanz des Anwesens. Zahlreiche Risse, Löcher und zwei komplett weggefaulte Latten ermöglichten es Marlene, jedes Wort zu verstehen, das in dem Schuppen gesprochen wurde.
»Da klebt Blut? Die meinen es ernst, René. Vielleicht lebt Robert schon gar nicht mehr …« Rebecca, erkannte Marlene sofort.
»Wenigstens bist du schon seine Frau. Und Erbin.«
Marlene erwartete eine empörte Antwort, aber Rebecca klang ausgesprochen sachlich. »Kann man nicht wissen. Die Entführer haben sich ja noch nicht einmal gemeldet. Aber sollten wir nicht doch die Polizei einschalten?«
»Hast du schon mit Robert über unsere finanzielle Situation gesprochen?«

Rebecca lachte freudlos. »Natürlich nicht. Robert ist Geschäftsmann, und zwar keiner von der netten Sorte. Ich glaube nicht, dass er mich geheiratet hätte, wenn er wüsste, dass vom sagenhaften Vermögen derer von Bornkamp absolut nichts mehr übrig ist …«

»Du wärst ja auch nicht seine Frau, wenn Robert ein armer Schlucker wäre!«

»Sei froh, dass er es nicht ist. Mit seiner Hilfe können wir den Familienbesitz vielleicht zusammenhalten.«

»Vielleicht«, brummte Bornkamp skeptisch. »Falls es Robert passt – was keineswegs sicher ist. Wenn er allerdings nicht mehr unter uns weilt, bestimmst du über sein Geld. Und deshalb sollten wir noch damit warten, die Polizei zu alarmieren. Melden sich die Entführer und fordern Lösegeld, vermasseln wir die Übergabe. Spätestens dann legen sie Robert um. Der Kripo erklären wir, unter Schock gestanden zu haben und dass wir unbedingt alle Bedingungen erfüllen wollten, um Robert zu retten.«

Drinnen herrschte einen Moment lang Schweigen, Marlene hielt die Luft an. Dann sagte Rebecca: »Die Polizei könnte beim Autokennzeichen ansetzen. Vielleicht kutschieren die noch mit Robert irgendwo herum. Hier, ich habe die Nummer notiert …«

Marlene hörte ein Papier rascheln. Und dann, wie jemand es in tausend kleine Fetzen zerriss. »Wir machen es so, wie ich gesagt habe«, erklärte René von Bornkamp kategorisch. »Ab jetzt erfüllen wir die angeblichen Bedingungen der Entführer! Ich gehe wieder feiern und erzähle den Gästen, Robert hätte ein bisschen viel getrunken und ruhe sich aus. Die Braut kommt auch gleich. Okay, Schwesterherz?«

Die Antwort blieb aus. Dafür klappte eine Tür. Marlene lugte um den Schuppen herum und sah Rebeccas Bruder über den Hof schreiten und im Haupteingang des Forsthauses verschwinden.

Kaum war er außer Sicht, klopfte sie energisch an die Schuppentür, öffnete und trat ein.
»René ... ach, Sie?« Rebecca Gronau wich erschrocken einen Schritt zurück – mehr Fluchtdistanz gab die kleine Hütte nicht her. »Sie hatte ich ganz vergessen ...«
»Anscheinend bin ich nicht der einzige Mensch, den Sie schnell vergessen«, versetzte Marlene.
»Sie haben gelauscht.« Rebecca fing sich bemerkenswert rasch. »Und möchten jetzt selbst ein Stück vom Kuchen, stimmt's?«
»Ich will kein Geld, wenn Sie das meinen.«
»Das ist gut. Geld würden Sie von mir garantiert nicht bekommen.«
»Sie kriegen auch keins. Jedenfalls nicht als Erbin.«
Rebecca kniff misstrauisch die Lider zusammen. »Was macht Sie da so sicher?«
»Ich weiß, wer Ihren Gatten entführt hat«, erwiderte Marlene schlicht, »und habe eine Vorstellung davon, wo er jetzt ist. Auf gar keinen Fall schwebt er in Lebensgefahr.« Hoffe ich wenigstens, betete Marlene insgeheim.
Rebecca ließ sich das Gehörte durch den Kopf gehen. »Sie wollten mir einen Vorschlag machen. Ich höre.«
Marlene atmete tief durch. »Sie kommen mit mir. Wenn wir Ihren Mann finden und es ihm gut geht, versuchen Sie ihn davon zu überzeugen, von einer Anzeige abzusehen und diese Angelegenheit auf sich beruhen zu lassen.«
»Und wenn mir das nicht gelingt? Oder ich gar keine Lust dazu habe?«
»Dann trete ich mit dem, was ich eben von Ihnen und Ihrem Bruder erfahren habe, an die Öffentlichkeit. Das dürfte Ihrer frischgebackenen Ehe den Rest geben. Ihrem Ruf sowieso.«
»Falls ich Ihnen helfe ...«
»Behalte ich alles für mich, Ehrenwort«, versprach Marlene.

»Und Sie stehen vor Ihrem Mann als liebende Ehefrau da, die sich persönlich in die Hölle wagt, um ihn zu retten. Er stünde tief in Ihrer Schuld – das käme Ihnen doch sicherlich ganz gelegen …«
Rebecca überlegte nicht lange. Sie reckte sich und hob energisch das Kinn.
»Auf geht's!«

Während sich Linus mühsam beherrschte, den nachtblauen Mercedes nicht mit gnadenlos überhöhter Geschwindigkeit durch den Stadtverkehr zu jagen – von einer Polizeistreife gestoppt zu werden, war so ziemlich das Letzte, was er jetzt gebrauchen könnte –, verfluchte er innerlich seinen Vater, bis ihm die Negativprädikate für Valentins Verhalten ausgingen. Der Alte ließ nie etwas aus, um sich ins Rampenlicht zu spielen, aber diesmal war Valentin wirklich zu weit gegangen. Machte aus einer harmlosen Junge-Leute-Wohngemeinschaft die RAF 2.0, alles innerhalb von wenigen Stunden. Dabei konnte man Valentin nicht mal zugutehalten, aus wahrer Überzeugung zu handeln. Sein lebenslanges Getue um Politik, Gesellschaft und Moral war immer bloß ein Scheingefecht gewesen. Außer Valentin interessierte Valentin eigentlich nichts und niemand.
Für mich hat er sich auch nie interessiert, dachte Linus bitter. Diese Erkenntnis war ihm nicht neu, damit hatte er schon immer gelebt. Leider hatte dies dazu geführt, dass Linus sich selbst nicht besonders für sich interessierte und sich aus Konflikten grundsätzlich lieber heraushielt. Vordergründig, weil er nie so egozentrisch werden wollte wie sein Vater. Im Grunde jedoch, erkannte Linus jetzt, weil ihm die Kraft gefehlt hatte, mit ganzem Herzen zu lieben. Wer liebt, kann sich nicht heraushalten.
Das hatte sich nun grundlegend für ihn geändert.
Blieb die Frage, was er in dieser Lage überhaupt tun konnte.

Valentin besaß kein Mobiltelefon, den konnte er nicht erreichen. Wieder versuchte er, Nele auf ihrem Handy zu erwischen – wieder legte er das Telefon ergebnislos weg. Ob die Polizei sie bereits geschnappt hatte?

Immerhin war von geballter Staatsmacht nichts zu sehen, als Linus den Kombi in seine Straße lenkte. Keine Uniformen, keine Einsatzfahrzeuge, keine Absperrungen. Alles wie immer. Linus atmete auf und bemerkte erst jetzt, wie fest seine Fäuste das Lenkrad vor Anspannung umklammert hielten. Er lockerte seinen Griff und hielt weiter Ausschau, während er den Wagen langsam durch die Straße rollen ließ. Nichts Ungewöhnliches. Das besetzte Haus präsentierte sich parolenübersät, aber still und friedlich. Den Mazda von Johannes konnte Linus nirgendwo entdecken. Am Ende der Straße wendete er, fuhr zurück und parkte den Kombi in der Nähe seines Hauses. Er stieg aus, wandte sich jedoch nicht seinem Wohnhaus zu, sondern eilte hinüber ins besetzte Haus.

Im Flur herrschten stromlose Dämmerung und der übliche gedämpfte Klangbrei, der aus den angrenzenden Wohnungen drang – Stimmen, Musik, irgendwo rauschte eine Toilettenspülung. Linus stieg leise die Treppen hinauf bis in den dritten Stock. Die Tür zur Wohnung von Leo, Johannes und Carlchen stand einen Spaltbreit offen, anscheinend war das Schloss immer noch nicht repariert. Oder die Polizei ist schon da gewesen, dachte Linus und spürte augenblicklich, wie ihm diese Vorstellung einen kalten Schauer über den Rücken jagte. Dazu passte, dass ausgerechnet aus dieser Wohnung kein Laut zu hören war.

Unsicher darüber, ob er an die Tür klopfen oder gleich hineingehen sollte, griff Linus zum Handy und beschloss, damit zuvor einen allerletzten Versuch zu starten, Nele zu erreichen. Als er das Freizeichen hörte, vernahm er gleichzeitig – ganz schwach – eine gedämpfte Melodie und erstarrte: Es hörte sich an wie Neles Handyrufton. Und kam eindeutig aus dem Innern der Wohnung …

Linus legte auf. Die Melodie verstummte. Er wählte erneut Neles Nummer: Die Melodie spielte wieder. Kurzentschlossen betrat er die Wohnung und ging dem Geräuschsignal nach. Es führte ihn durch den halben Flur bis vor eine Tür, die er ohne Zögern öffnete. Dahinter befand sich ein Badezimmer. Die Duschkabine stand offen, über der Heizung hingen zwei Handtücher. Und auf dem Fußboden lagen Kleidungsstücke wirr durcheinander. Linus erkannte Neles Sachen – unter anderem die Jeans, in deren Gesäßtasche ihr Handy steckte und munter vor sich hin fiepte. In diesem Moment legte in einer anderen Hose auf dem Haufen – der Größe nach von Leo – ein zweites Mobiltelefon los.

»Was machen Sie hier?«

Linus fuhr herum: Hinter ihm stand Carlchen in der Tür und funkelte ihn zornig an.

»Wo ist Nele? Es ist dringend!«

»Bei mir auch. Falls Sie verstehen, was ich meine.« Carlchen schob ihn energisch beiseite, trat vor die Toilette und öffnete ihren Hosenknopf. »Wollen Sie etwa zugucken?«

»Nele«, forderte Linus beharrlich. »Bitte …«

»Vorne, erstes Zimmer links. Und Tür zu, bitte. Hier ist nicht Kommune I.«

Linus stürmte aus dem Bad, knallte die Tür hinter sich zu und hetzte weiter zum bezeichneten Zimmer. Auch hier hielt er sich nicht mit Anklopfen auf.

Nele und Leo lagen auf dem Bett und schliefen. Engumschlungen und nackt teilten sie sich eine zerwühlte Decke, die allerdings mehr von ihnen entblößte als verhüllte. Wären die Umstände nicht so dramatisch und das Mädchen im Bett nicht ausgerechnet seine Tochter, hätte Linus dieses friedliche Bild wahrscheinlich gefallen. So eher nicht.

»Aufstehen, Polizei!«, scheuchte er die beiden Schlafenden laut auf.
Leo saß sofort senkrecht im Bett, Nele brauchte ein paar Sekunden länger. Dafür ging sie sofort auf Konfrontation.
»Du? Was soll das? Spielst du jetzt auch noch den Moralapostel?«
Leo schaltete schon einen Gang weiter. »Polizei? Werden wir geräumt?«
»Viel schlimmer!« Linus trat mit einem schnellen Schritt ans Fenster, schob die dort in Ermangelung einer Gardine angebrachte Wolldecke ein Stück weit beiseite und peilte hinunter auf die Straße: Alles friedlich. Noch. Er wandte sich wieder Nele und Leo zu, die ihn verstört ansahen, als zweifelten sie an seinem Verstand. »Wo sind Valentin und Freddy?«, herrschte Linus sie an. »Und wohin habt ihr Robert Gronau gebracht?«
»Den Immobilien-Gronau?«, fragte Leo verwundert.
»Opa hat Johannes' Auto geklaut«, empörte sich Nele, bevor Linus noch etwas sagen konnte. »Und diesen Gronau hat überhaupt noch keiner von uns gesehen. Der war viel zu feige, um uns bei der Demo persönlich gegenüberzutreten!«
»Moment mal«, stutzte Linus, »Valentin hat den Mazda geklaut?«
Nele nickte heftig. »Zusammen mit diesem anderen alten Knacker! Johannes hat nur kurz etwas ausgeladen, da sind die einfach eingestiegen und losgebraust. Voll krass, die Alten.«
»Zieht euch was an, wir müssen sofort raus hier«, forderte Linus eindringlich und setzte nach, als die beiden jungen Leute zögerten: »Gronau wurde entführt. In eurem Mazda. Es gibt Zeugen, die Polizei hat das Autokennzeichen. Die sind jeden Moment hier, glaubt mir!«
»Aber wir haben doch nicht …«, begehrte Nele auf, doch Leo sprang bereits aus dem Bett und fiel ihr ins Wort.
»Dein Vater hat recht, Nele! Wir müssen weg. Wir haben zwar

nichts damit zu tun, aber die drehen uns trotzdem durch den Wolf. Dich auch. Das will ich nicht!«

Mit Unterstützung von dieser Seite hatte Linus nicht gerechnet. So bittend, wie der junge Mann seine Tochter jetzt ansah, wirkte Leo tatsächlich so, als sorge er sich vor allem um Nele. Linus nickte ihm dankbar zu und drängte: »Holt eure Klamotten. Und Carlchen und Johannes – den vor allem. Schließlich ist der Wagen auf seinen Namen zugelassen …«

Leo zog Nele, die nun doch das Bett verließ, mit sich zur Zimmertür hinaus. Trotz der dramatischen Umstände kam Linus nicht umhin zu bemerken, dass seine Tochter und Marlenes Sohn ein attraktives Paar abgaben. Das Adams- oder Evaskostüm kleidete nicht jeden – diese beiden schon.

Linus wandte sich wieder dem Fenster zu und blieb auf Beobachtungsposten, bis Nele und Leo, nunmehr vollständig angezogen und begleitet von Carlchen und Johannes, zurückkehrten.

»Wir können der Polizei doch alles erklären«, äußerte sich Letzterer noch widerwillig.

»Ich nehme euch jetzt aus der Schusslinie. Wir gehen rüber zu mir. Dort wird die Polizei nicht suchen, aber von dort aus haben wir alles im Blick«, erklärte Linus energisch. »Und die Erklärungen überlassen wir demjenigen, der den ganzen Mist angezettelt hat …«

28

Wo bin ich hier?«

Robert Gronau zerrte wütend an seiner Handfessel, aber das Klebeband erwies sich als widerstandsfähig. Sie hatten den Geschäftsmann rücklings an die Vorderseite von Bärbels kleinem Schreibtisch gesetzt und seine Verschnürung weitgehend entfernt, Hände und Füße jedoch fixiert gelassen. Was sich als angebracht erwies, als Gronau wieder zu sich kam und sofort gut bei Kräften zu sein schien.

»In einem der Häuser, die Sie für Ihr Gronau-Center abreißen lassen wollen«, erklärte Valentin ruhig. »Mein Name ist Valentin Kruse. Mein Sohn Linus dürfte Ihnen bekannt sein.«

Gronau musterte ihn kalt. »Also darum geht es. Weiß Ihr Sohn, was Sie hier mit mir veranstalten?«

Valentin schüttelte den Kopf. »Ich spiele mein eigenes Programm.«

Gronau lachte höhnisch auf. »Wollen Sie mich etwa erpressen? Nach dem Motto, Sie lassen mich erst frei, wenn ich unterzeichne, hier nicht zu bauen?«

»Ich möchte Sie nicht erpressen, ich möchte mit Ihnen reden. Und da ich nicht beim Forsthaus darauf warten konnte, dass Sie von selbst wieder aufwachen – weil inzwischen garantiert jemand gekommen wäre, der mich rausgeschmissen hätte –, haben wir Sie eben mitgenommen.«

Gronaus Blick schweifte von Valentin zu Freddy. »Der da hat mich umgehauen!«

»Sie waren betrunken und sind gestolpert«, behauptete Valentin. »Daran sollten Sie sich doch erinnern …«

»Über Ihre eigenen Füße«, hieb Freddy eifrig in die gleiche Kerbe. »Ist mir auch schon passiert, wenn ich zu viel getankt habe!«

»Und die hier?« Gronau hob anklagend die gefesselten Hände. »Ihr habt mich von meiner eigenen Hochzeit entführt!«

»Gibt Männer, die wären dankbar dafür«, versetzte Valentin trocken.

Freddy lachte lauthals los. Gronau konnte nicht anders – er lachte mit, bis ihm die Tränen über die Wangen rollten.

»Was wird denn hier gefeiert?«

Die drei Männer verstummten abrupt. Im Durchgang zum Verkaufsraum stand Bärbel Maschmann, ihren Ladenschlüssel noch in der Hand. Ihr Blick hinter den funkelnden Brillengläsern war hellwach wie immer, aber ihre Miene sichtlich irritiert, als sie sich jetzt Gronau zuwandte. »Warum sind Sie gefesselt?«

Der Geschäftsmann wies auf Valentin – beidhändig, gezwungenermaßen. »Fragen Sie den da.«

»Ach, Bärbel«, seufzte Valentin, »was willst du denn hier an einem Sonntag?«

»Buchhaltung erledigen«, erwiderte sie spitz. »Und deine Erklärung hören. Sofort.«

»Darauf warte ich auch schon seit geraumer Zeit«, schloss sich Gronau ihrer Forderung an, nun wieder deutlich grimmiger gestimmt.

Valentin fühlte alle Blicke auf sich ruhen – ein Umstand, der ihn normalerweise beflügelte. Diesmal nicht. »Ich hatte etwas gutzumachen«, sagte er leise, ohne jedes Pathos. »Leider kann ich so was nicht besonders gut …«

Freddy rang enthusiastisch die Hände gen Himmel wie das frisch bekehrte Mitglied einer Erweckungsgemeinde. »Zeichen und Wunder! Ein Tag, an dem man nüchtern bleiben sollte, um ihn zu würdigen und zu preisen!«

Valentin trat an den Schreibtisch und fischte eine Schere aus dem kleinen Kasten, in dem Bärbel ein Sammelsurium von Stiften und Büroklammern aufbewahrte. »Ich dachte mal, wenn man älter wird, wird alles friedlich. Das Dasein rundet sich wie eine Christbaumkugel, ist irgendwann komplett, und man schließt zufrieden die Augen.« Er ging vor Gronau in die Hocke und schnitt dessen Fußfessel durch. »Es ist ganz anders. Jedenfalls, wenn man nicht von heute auf morgen tot umfällt. Alles, was man immer für selbstverständlich gehalten hat, zerfasert allmählich, schwindet dahin, löst sich schleichend in nichts auf – bis man sich selbst in nichts auflöst ...« Valentin durchschnitt die Handfessel und sah Gronau fest in die Augen. »Mir ist es völlig egal, was Sie hier bauen wollen. Es schreckt mich auch nicht, von Ihnen verklagt zu werden. Es geht mir sowieso nicht um mich. Es geht mir um meinen Sohn, meine Enkeltochter. Um Bärbel und ihren Laden. Sogar um den alten Freddy hier. Und darum, dass man Leuten wie Ihnen einfach mal sagen muss, dass der Mensch keine Verschiebemasse ist.«

»Freiheit, Gleichheit, Brüderlichkeit«, deklamierte Freddy ergriffen.

Gronau erhob sich vom Boden und reckte seine Glieder, blieb aber ruhig stehen. »Ich baue mein Center auf jeden Fall. Was wollen Sie also erreichen?«

»Dass Sie es bauen. Ohne harte Konfrontation mit den Anwohnern.«

»Die haben heute Morgen mit der harten Konfrontation angefangen.«

»Aber Sie sind im Recht. Sie haben das Geld und den Besitz. Jetzt hoffe ich nur, Sie haben auch noch Verstand und warten ab, bis sich alle ausgetobt und in die Situation eingefunden haben – anstatt sofort mit dem Polizeiknüppel zu drohen.«

Robert Gronau runzelte nachdenklich die Stirn. »Könnte funktionieren ...«
»Typische Valentin-Taktik«, schmunzelte Bärbel Maschmann, »die funktioniert bestimmt! Sie sind also Robert Gronau. Ich habe heute schon viel über Ihre Pläne gehört. Das ganze Viertel redet darüber.«
Gronau nickte Valentin zu. »Ich hätte Sie engagieren sollen anstatt Ihres Sohnes.«
»Valentin sabbelt alle rund«, pries Freddy seinen alten Freund begeistert an.
»Ich denke, diesmal ist es kein Gesabbel«, bemerkte Bärbel und trat neben Valentin. Der lächelte sie dankbar an und fühlte sich mit einem Mal sehr erschöpft.
»Gehen wir«, schlug er vor. »Herr Gronau, wir fahren Sie zurück zum Forsthaus. Vielleicht rufen Sie von unterwegs Ihre Frau an. Und die Polizei ...«
»Einverstanden.«
Sie gingen durch den Laden zur Tür. Valentin griff nach Bärbels Hand. »Entschuldige bitte, dass wir hier eingedrungen sind ...«
»Wieso eingedrungen? Ich hab immer gewusst, dass Freddy einen Schlüssel hat. Der Mann vom Schlüsseldienst ist doch auch hier Kunde.« Sie lächelte verschmitzt, Freddy zog nur den Kopf ein und sagte lieber nichts dazu.
»Und ich bitte dich wegen noch etwas um Entschuldigung«, raunte Valentin Bärbel leise zu. »Wegen neulich, als ich nicht mit zu dir gekommen bin ...« Er beugte sich zu ihrem Ohr und flüsterte: »Ich hab da letzte Zeit so meine Schwierigkeiten, muss wohl mal zum Arzt ...«
»Aber – du hättest gewollt?«, flüsterte sie überrascht zurück. Als Valentin nickte, drückte sie ihm sanft die Hand. Und sah plötzlich mindestens so glücklich aus, als hätten sie gerade miteinander geschlafen, stellte Valentin erfreut fest.

Gronau trat als Erster aus der Ladentür und stutzte. Dann wandte er sich zu den anderen um. »Die Polizei muss ich nicht anrufen. Die ist schon da.«

»Geh lieber nicht so dicht ans Fenster, Nele.«
Linus schob seine Tochter beiseite und lehnte sich selbst an die Fensterbank. Von hier aus hatte man die Straße gut im Blick.
Nele wollte schon gegen diese Bevormundung aufbegehren, da spürte sie Leos Hand auf der Schulter und hörte ihn leise murmeln: »Er macht sich doch bloß Sorgen um dich.« Verblüfft schluckte sie ihren Zorn herunter und beobachtete ihren Vater, wie er aus dem Fenster spähte und sich zwischendurch mit einem Rundblick durchs Wohnzimmer davon überzeugte, dass noch alle da waren. Das sah tatsächlich besorgt aus. Erinnerte sie irgendwie an eine Entenmama mit Küken. Wie eine Herde Küken waren sie Linus über die Straße und in seine Wohnung gefolgt, wo er darauf bestanden hatte, dass sie alle zusammen im Wohnzimmer abwarten sollten, was geschehen würde.
Bis jetzt war gar nichts geschehen. Nele verstand die Welt nicht mehr. Gut, die hatte sie eigentlich nie verstanden. Aber warum nun ihr Großvater auf die Wahnsinnsidee verfallen war, Gronau zu entführen, begriff sie wirklich nicht. Und weshalb ihr Vater sich so besorgt aufführte, erfasste sie ebenfalls nicht. Vielleicht aus so einer Art Verantwortungsgefühl heraus, dachte Nele, und bei diesem Stichwort fiel ihr ein, dass sie eigentlich mal wieder nach Chuck Norris sehen müsste. Aber vermutlich bekäme Linus eine Herzattacke, wenn sie jetzt das Zimmer verließe. Also blieb sie.
»Polizei!«
Mit einem Satz stand Nele neben Linus am Fenster, aller Warnung zum Trotz. Gebannt sah sie zu, wie unten ein Streifenwagen hielt und in zweiter Reihe mit eingeschalteter Warnblinkan-

lage stehen blieb. Plötzlich fühlte sie sich von zwei Armen umschlungen und sah in die Augen ihres Vaters.
»Keine Angst, ich bin bei dir«, flüsterte Linus und drückte seine Tochter fest an sich.
In diesem Moment klingelte es an der Tür. In Neles Blick stand helle Panik. Auch Leo, Carlchen und Johannes wirkten ziemlich erschrocken.
»Ihr geht in Neles Zimmer«, kommandierte Linus leise. Die jungen Leute folgten ihm widerspruchslos in den Flur. Erst als Nele ihre Freunde um den Gepäckhaufen herum in ihr Zimmer führte und sich die Tür hinter ihnen schloss, fiel Linus der Wellensittich ein, der dort immer noch tot im Käfig lag.
Aber da klopfte es bereits an der Wohnungstür …
Linus öffnete und sah sich Polizeihauptmeister Werner Möhring gegenüber, flankiert von seinem Kollegen Bennie.
»Guten Tag, Herr Kruse …«
»Hallo. Mein Vater ist nicht da.«
»Zur Abwechslung geht es mal um Ihre Tochter, Herr Kruse.«
»Auch nicht da!«
Bennie stieß die Tür ein wenig weiter auf und reckte neugierig den Kopf vor. »Da liegt aber viel Gepäck! Sieht überwiegend nach Mädchensachen aus. Ich darf doch mal …« Mit einem großen Schritt trat er einfach an Linus vorbei in den Wohnungsflur.
Linus versuchte ihn vergeblich zu bremsen und stieß verzweifelt hervor: »Nele hat mit der Entführung nichts zu tun!«
Jetzt betrat auch Möhring den Flur. »Was für eine Entführung, bitte?«
Kollege Bennie wühlte bereits im Gepäck herum und zog ein schwarzhaariges Teil hervor. »Eine Perücke?«
Aus dem Gästezimmer drang plötzlich ein eindringlicher, schriller Pfiff. Dann ein unterdrückter Schrei.
»Wer ist da drinnen?«, herrschte Bennie Linus an.

Der zuckte resigniert die Achseln. »Chuck Norris.«
»Sehr witzig, Herr Kruse.« Möhring legte die Hand an seine Pistolentasche und forderte laut: »Rauskommen! Schön langsam!«
Nach einer Schrecksekunde öffnete sich die Zimmertür, die jungen Leute traten in den Flur. Nele ging voran, hinter ihr lutschte Leo an seinem blutenden Zeigefinger. Möhring musterte die Gruppe eindringlich. Dann nahm er, einer spontanen Eingebung folgend, seinem Kollegen die Perücke aus der Hand und setzte sie Nele auf den Kopf.
»Na, Bennie – erkennst du sie wieder, unser Traumpaar?«
»Flashmob bei McDonald's«, grinste Bennie. »Wer notorisch die Schule schwänzt, kommt anscheinend auf dumme Gedanken!«
»Was wollen Sie eigentlich?«, mischte sich Linus ein – da trat Nele vor den Polizeihauptmeister und blickte ihm offen ins Gesicht.
»Sie sind meinetwegen hier«, stellte sie ruhig fest, zog sich die Perücke vom Haupt und warf sie zurück auf den Gepäckhaufen. »Wegen der Schule! Zwangsweise Vorführung?«
»Sie wissen ja gut Bescheid, kleines Fräulein«, nickte Möhring, zog ein amtlich aussehendes Schreiben aus der Tasche seiner Uniformjacke und reichte es Linus. »Hat ein bisschen gedauert, bis die Kollegen darauf gekommen sind, dass Ihre Tochter möglicherweise bei Ihnen wohnt. Und ich dachte, bevor wir die ganz große Nummer mit Handschellen abziehen, versuchen wir es noch einmal mit einem Überraschungsbesuch an einem öden Sonntag.«
»Wo wir doch sowieso neuerdings jeden Tag hier vorbeischauen«, ergänzte Bennie süffisant.
Linus blickte verwirrt auf das Schreiben in seiner Hand, auf die Polizisten und auf seine Tochter, die jetzt zu ihm trat – in Erwartung eines Donnerwetters. Doch Linus wirkte eher ratlos als schockiert. »Warum?«, fragte er bloß.

Ja, warum eigentlich?, fragte sich Nele selbst. Ich bin immer nur ausgewichen und weggelaufen. »Weiß ich selber nicht mehr«, gestand sie offen ein und empfand diese Antwort trotz ihrer absoluten Ehrlichkeit als völlig unzureichend. Sie rechnete deshalb mit weiteren Vorwürfen. Umso überraschter war sie, als Linus sich nicht an sie, sondern an die Polizisten wandte: »Ich kümmere mich darum. War's das jetzt?«

Dabei schob er sich instinktiv zwischen das Mädchen und die beiden Beamten. Wie ein Schutzwall, dachte Nele, sah den Rücken ihres Vaters vor sich und spürte plötzlich, wie ihr Tränen in die Augen schossen. Spontan schlang sie von hinten die Arme um Linus, schob den Kopf vorsichtig aus der Deckung und blickte den Polizisten in die Augen.

»Ich bringe das mit der Schule in Ordnung«, verkündete Nele mit brüchiger Stimme. »Gleich morgen. Kommst du mit, Papa?«

Linus nickte überrascht. Doch bevor er etwas dazu sagen konnte, platzten neue Besucher zur Wohnungstür herein.

»Herr Polizeihauptmeister!«, riss Valentin gleich die Initiative an sich. »Meine Familie hat nichts mit der Entführung zu tun!«

»Was für eine Entführung denn?«, erkundigte sich Möhring irritiert, während sein Kollege nur aufstöhnte: »Der schon wieder ...«

»Das ist alles nur ein Missverständnis«, drängte sich nun Gronau vor.

Möhring bedachte den elegant gekleideten Mann mit der blutigen Beule an der Stirn mit einem trüben Blick. »Aha. Und Sie sind ...?«

»Gronau. Robert Gronau.«

»Alter Kumpel von uns«, behauptete Freddy, der sich noch vor Bärbel Maschmann in den allmählich überfüllten Wohnungsflur schob, den Arm um Gronaus Schultern legte und losschmetterte: »Du brauchst doch immer wieder einen guten Freund/einen guten Freund, einen guten Freund/der's immer ehrlich mit dir meint/der mit dir lacht und mit dir weint ...«

»Polydor, 1959«, verkündete Möhring automatisch, während Bennie wimmerte: »Aufhören ...«

»Robert!« Eine junge Frau wand sich mit wehendem Brautkleid durchs Gedränge und fiel Gronau dramatisch um den Hals. »Es geht dir gut! Was bin ich froh ...«

In Rebeccas Fahrwasser kämpfte sich eine zierliche Brünette nach vorn. Marlene baute sich schützend vor ihrem Sohn auf und funkelte die Polizisten streitbar an. »Also, was die Entführung betrifft ...«

»Was für eine ...«

Ein schrilles Krächzen übertönte Möhrings Frage. Etwas flog durch die offene Tür des Gästezimmers und drehte hektische Runden über ihren Köpfen.

»Chuck!«, schrie Nele. »Macht die Türen zu, schnell!«

Türen knallten, Menschen fielen über Gepäckstücke, Hände schnappten nach dem wie wild herumflatternden Sittich. Inmitten des Chaos blieb Freddy seelenruhig stehen und reckte die rechte Faust nach oben. »Venceremos«, murmelte er, schloss die Augen und öffnete sie erst wieder, als die kleinen Krallen seine Finger kitzelten. Um ihn herum erstarrten alle und beobachteten gebannt, wie der Alte den Arm senkte, den zarten Vogel vorsichtig mit der freien Hand barg und ihm beinahe zärtlich in die dunklen Knopfaugen blickte. »Ich würde mich auch immer dahin setzen, wo's nach Rum riecht. Bist auf den Geschmack gekommen, was, Kleiner?«

»Und in der Verwaltung wäre erst neulich eine Stelle frei gewesen«, stöhnte Bennie. »Gemütlicher Schreibtischjob ...«

Ein Handy klingelte. Seines, stellte Linus fest und zog es automatisch hervor.

»Happy Birthday to you ... Happy Birthday to you ...«, säuselte es Marilyn-Monroe-mäßig aus dem Telefon. Petra. »Alles Gute, lieber Linus! Dein Vierzigster, Mannomann! Feiert ihr schön?«

Heilige Scheiße, durchfuhr es Linus, ich hab Geburtstag. »Kann man sagen … Danke, Petra …«

»Ich ruf dich morgen wieder an, dann hab ich mehr Zeit. Come on, let's go, Ben!«

Mörderischer Motorradlärm beendete das Gespräch. Ben gehorchte offenbar aufs Wort. Linus steckte das Handy weg, spürte alle Blicke auf sich ruhen, sah selbst in die Runde und wusste plötzlich: Lebendiger als in diesem Moment hatte er sich noch nie gefühlt.

»Liebe Leute«, grinste er breit, »wie's aussieht, habe ich heute Geburtstag!«

Schon stand Nele bei ihm und fiel ihm spontan um den Hals. »Alles Gute, Papa.«

Valentin machte einen Schritt auf Linus zu, sah ihn aber nur bittend an. »Bist du mir böse, Sohn?«

»Sehr«, behauptete Linus, grinste aber dabei.

»Eine ausgesprochen schräge Familie«, kommentierte Polizeihauptmeister Möhring kopfschüttelnd.

»Aber eine Familie«, stellte Linus klar und spürte, wie Nele ihn dafür bekräftigend drückte. Von Valentin erntete er ein vertrauliches Augenzwinkern.

»Doch kein Tag, an dem man nüchtern bleiben sollte«, ließ sich Freddy vernehmen.

Bennie wandte sich schaudernd an seinen Kollegen. »Wir gehen. Wenn die feiern, will ich weg sein.«

29

Es geht mir gut, dachte Linus.
Er lag in seinem Bett. Es war dunkel, aber nicht still. Neben ihm lag Marlene, eng an ihn gekuschelt, und schnurchelte ein kleines Frauenschnarchen – gerade so laut, dass es nicht nervte, sondern behaglich wirkte. Ihre Locken kitzelten ihn an der Wange, aber er bewegte sich nicht, um Marlene nicht zu wecken. Wenn er nicht daran dachte, dass es kitzelte, spürte er es auch gar nicht. Und es gab ja genug anderes, an das Linus denken konnte.
Sie hatten bis tief in die Nacht hinein gefeiert. Nicht alle natürlich – die Polizisten hatten sich schon vorher verzogen, und die Gronaus gleich nach ihnen. Linus schmunzelte in Gedanken an das Brautpaar. Gronau hatte Valentin und Freddy gegenüber triumphierend offenbart, er würde den Bau seines geplanten Centers momentan gar nicht finanzieren können, weil er selbst aufgrund eines anderen geplatzten Projekts so gut wie pleite wäre – aber mit dem Familienvermögen seiner frischgebackenen Frau würde er den Plan nun gnadenlos durchziehen. Daraufhin ergänzte Marlene umgehend Valentins Bericht um Rebeccas Geständnis vom drohenden Bankrott derer von Bornkamp, was alle sehr erheitert hatte. Es kamen sicher stürmische Zeiten auf die Eheleute Gronau zu, schätzte Linus, da blieb hier im Viertel erst mal alles beim Alten.
Bei ihm selbst sicher nicht, auch das zeichnete sich ab.
Valentin hatte ihn während der Feier beiseitegenommen und angekündigt, er werde ihm nicht länger zur Last fallen, sondern

zusammen mit Bärbel und Freddy eine Wohngemeinschaft gründen. Tatsächlich waren die drei am Ende der rauschenden Nacht in trauter Eintracht zu Bärbels Wohnung abgezwitschert – nicht mehr ganz trittsicher, aber in allerbester Stimmung.

Nele übernachtete drüben bei Leo, hatte aber noch mal versprochen, gleich morgen früh gemeinsam mit Linus zur Schule zu fahren und mit der Schulleitung zu sprechen. Vielleicht müsste sie ein Jahr wiederholen oder die Schule wechseln, aber es würde eine Lösung geben. Bevor Nele aufgebrochen war, hatten sie noch beide zusammen den Sittichkäfig zur Nacht zugedeckt. Dem so wundersam auferstandenen Vogel war die durchzechte Nacht nicht anzumerken gewesen, weshalb Linus die Geschichte seiner Tochter gegenüber auch lieber unerwähnt gelassen hatte.

Und Nele hat mich den ganzen Abend über mit »Papa« angeredet, dachte Linus glücklich.

Es geht mir gut, dachte er. Und das, was vielleicht nicht so rundläuft, kann ich beeinflussen, auch wenn nicht alles auf Anhieb gelingt. Mein Arbeitsplatz und der in Aussicht gestellte Reichtum haben sich verflüchtigt. Dafür ist mir die Liebe begegnet, und damit habe ich am wenigsten gerechnet. Mein Leben verläuft zwar oft im Kreisverkehr, aber da gibt es noch jede Menge Abzweigungen. Vor allem für einen, der mit vierzig genau in der Mitte des Kreisels steht.

Ein Handy klingelte. Nicht seins. Marlene rührte sich neben ihm, wühlte sich erschrocken unter der Decke hervor und angelte das Telefon aus ihrer Hose, die neben dem Bett auf dem Fußboden lag.

»Die Servicekräfte haben sich beschwert!« Linus vernahm jedes Wort, das Daniela Andersens aufgeregt keifende Stimme von sich gab. »Die Abrechnung ist nicht gemacht, Sie sind einfach von der Feier abgehauen, Sie haben …«

»Ich kündige«, unterbrach Marlene den Wortschwall der Agenturchefin, legte auf und warf das Handy aus dem Bett. Dann kuschelte sie sich wieder an Linus' Schulter und murmelte verschlafen: »Ist doch okay, oder?«

»Total okay«, grinste Linus und drückte sie zärtlich an sich.

Abspann

E-Mail von: Andrea Hartmann, Lektorin Droemer Knaur
An: Jan Schröter, Autor
Betr.: Chuck Norris

Lieber Herr Schröter,

so, nun habe ich Ihr Manuskript auch gelesen und möchte Ihnen gerne Feedback geben:
Ich habe mich bestens amüsiert! Das ist wieder ein sehr schöner, turbulenter Roman geworden, an dem ich wenig zu meckern habe (...). Mir war aber die Backofen-Wellensittichszene ein bisschen zu viel. Ich weiß nicht, ob man das wohl etwas entschärfen könnte?
Ansonsten ein wunderbarer Roman, der einen, wie Ihr letzter Roman »Mogelpackung« auch schon, ganz herrlich zum Lachen bringt, aber eben auch nachdenkliche Seiten hat. Und die Liebe kommt ebenfalls nicht zu kurz, das ist schön.

Dies nur auf die Schnelle.
Herzliche Grüße
Andrea Hartmann
Lektorin Droemer Knaur

E-Mail von: Jan Schröter, Autor
An: Andrea Hartmann, Lektorin Droemer Knaur
Betr.: Re. Chuck Norris

Liebe Frau Hartmann,

lieben Dank für Ihr Lob und für die Rückmeldung.
Sie werden es kaum glauben, aber es ist so: Der Wellensittich mit Schaumbad-Bruchlandung und anschließender Trockenkur im Backofen ist eine wahre Geschichte. Mir selbst mit meiner Wellensittichdame namens Jette passiert, als ich fünfzehn war. In der Badewanne saß mein Vater, und der baggerte genauso verzweifelt nach dem Irrflieger wie Linus. Die Backofentrocknung war die ebenso spontane wie grandiose Idee meiner Mutter. Bei fünfzig Grad (Ober- und Unterhitze, Ofenblech auf mittlerer Schiene) werden halb ersoffene, badeschaumierte Sittiche wie neu, dafür kann ich seitdem bürgen.
Natürlich hat es dann nicht an der Tür geklingelt, und keiner hat sich ausgesperrt, das habe ich gedichtet. Hätte aber sein können!
Jette hat es jedenfalls überlebt.
Ein Jahr später war sie so krank, dass der Tierarzt sie einschläfern wollte. Meine Eltern waren verreist. Ich verweigerte die Einschläferung und nahm den Sittich wieder mit nach Hause. Und dort hockte er exakt so teilnahmslos am Käfigboden wie Chuck Norris in der Szene mit Freddy. Ich habe ihm damals allerdings keinen Rum, sondern feinsten Cognac in den Wassernapf gefüllt – alles Weitere spielte sich dann genauso ab wie beim besoffenen Chuck, einschließlich des Kopfüber-an-der-Schaukel-Hängens, Los-

lassens und Abstürzens. Ich fand es ziemlich traurig damals, so ganz allein zu Hause mit meinem sterbenden Wellensittich, der schon viele Jahre unser Hausgefährte gewesen war. Weshalb ich selbst auch ziemlich viel Cognac süffelte (war ich mit sechzehn wirklich nicht gewohnt und dementsprechend angeschlagen …). Als ich am nächsten Morgen erwachte, saß Jette auf der Stange und tirilierte, als sei nichts gewesen. Den Kater hatte *ich*. Der Vogel hat danach noch zwei Jahre gelebt.
Also, ist ja wohl typisch: Das einzig Wahre an meinem Roman glaubt mal wieder keiner!

Herzliche Grüße
Jan Schröter

E-Mail von: Andrea Hartmann, Lektorin Droemer Knaur
An: Jan Schröter, Autor
Betr.: Re. Re. Chuck Norris

Hihi, die Geschichte ist ja wirklich der BRÜLLER!!!! Dann bleibt das drin, aber ich fände es hervorragend, wenn Sie genau diese Geschichte in einer Art Nachwort zum Besten geben würden. Was meinen Sie? Das fänd ich wahnsinnig gut!

Herzliche Grüße
Andrea Hartmann
Lektorin Droemer Knaur

E-Mail von:	Jan Schröter, Autor
An:	Andrea Hartmann, Lektorin Droemer Knaur
Betr.:	Re. Re. Re. Chuck Norris

Auftrag ausgeführt.